文　学　有　大　益
Literature benefits, tae fashion

TAETEA LITERATURE

大益文學

主 编 陈 鹏

城
CITY

02

漓江出版社
LIJIANG PUBLISHING

图书在版编目（CIP）数据

城 / 残雪等著 . —— 桂林：漓江出版社 , 2017.1
（大益文学 / 陈鹏主编）
ISBN 978-7-5407-8025-8

Ⅰ . ①城... Ⅱ . ①残... Ⅲ . ①中国文学 – 当代文学 – 作品综合集 Ⅳ . ① I217.1

中国版本图书馆 CIP 数据核字 (2016) 第 326256 号

02 城

出品人：吴远之

主编：陈鹏

特约编辑：马可　阮王春

责任编辑：陆源　孙静静

装帧设计：张雷

出版人：刘迪才

出版发行：漓江出版社

社址：广西桂林市南环路 22 号

邮编：541002

投稿邮箱：dayiwenxue@163.com

发行电话：010-85893190　　0773-2583322

传真：010-85890870-614　　0773-2582200

印刷：昆明卓林包装印刷有限公司

开本：889×1194

印张：21.5

版次：2017 年 1 月第 1 版 2017 年 1 月第 1 次印刷

书号：ISBN 978-7-5407-8025-8

定价：66.00 元

大益文學城 CITY
TAETEA LITERATURE 02

目　录

01. 卷首

进入，还是逃离

陈鹏

鲁迅说，世上本没有路，走的人多了，便成了路。城，也多如此——世上本没有城，住的人多了，便成了城。城者，古义谓之内墙环绕的安居之地，外墙则为郭。可见中国的城市概念一直内外有别，不像今天，一座大城哪还有内外之别？城在古代还有国的寓意，重要性不言而喻，《左传》："王先成民而後致力于神。"成语："众志成城"、"一字长城"……引申的要义，无非指向一种宏大的集体意志空间甚或道德、理想和文明的远方，一种被提炼被聚纳而后有"诚"、有"成"的中心辐射边缘的群居生活。

可见，人多么害怕孤单啊。

关于城，我眼前一再浮现卡夫卡的《城堡》，那个忽然抵达的土地测量员K远远看见了城堡（城）却不能得其门而入，切身检验了存在之荒诞。在我看来，K想进入城堡的努力是人类摆脱孤独的努力。尽管被永远挡在城外，但K兜兜转转反复不休不也让人心生钦佩？问题出现了：K非进城不可？没有别的选择？真的没有吗？卡夫卡不提供答案，除了死亡没什么答案值得一提。在生与死之间，在盘桓与进入之间，必然是没完没了的徒劳与看似前进着却永远前进不了的悖论……几乎和卡夫卡并肩的另一位大师加缪心有戚戚焉："人的困境是在荒诞的境地树立信心，以克服对死亡的恐惧。"

人必有一死，没有比孤孤单单地死更凄凉的了。无论古人建大城还是K想走进城堡，只为摆脱要命的孤单。是啊，难道除了孤单之死就不能相聚而活？选择一种热闹的、集体的、普适性的活岂非更容易将无意义的存在填满？在城中，你可能不再怕死，你可能活出了"意义"，因为你身边同样聚集着一大群孤孤单单的人呐。

城，既容纳渺小的个体，也在对抗生之孤单死之虚无的过程中孕育了伟大，人与人的城市故事也才值得一次次书写：法国佬巴尔扎克瞄准巴黎的《人间喜剧》、老托尔斯泰气势恢宏的《战争与和平》、福克纳向上帝致敬的约克那帕塔法世系……城之存在无限长，这个名单便无限长，更重要的是城所依附的"文明""文化"终究各成面目，无论北京还是巴黎，德黑兰还是彼得堡，耶路撒冷还是巴塞罗那，城之精彩、城之纷繁如星辰一般难以胜数，其伟大是远近高低各不同的伟大，也是行到水穷处，坐看云起时的伟大。可见人的想象力能创造多么伟大的城，而城，又能成就多么伟大的人，尽管，居于城的人和人性千百年来从未更改。

最近二十年，中国一头扎进快得让自己都赶不上趟的全球化运动中，其实质或可定义为"全球城市化运动"，其标准大多由高楼大厦、五星酒店、CBD、汽车、手机、网络……一一定义，这种"城市化"还在摧毁小镇与乡野，如果驱车离开昆明二十分钟，你会发现周边小县城的长相千篇一律——楼房由呆头呆脑的钢混水泥方盒子码就，横平竖直的大街小巷充斥各种小旅馆、美食店、洗脚城，附带铺天盖地的地产广告和性病广告，它们构成了我们熟悉又陌生的城。这些城，俨然与古中国的城有了重大区别，那时有白云游子意，落日故人情，有月落乌啼霜，江枫渔火眠。也就是说，古人逃避孤单的同时也葆住了诗和诗意，挽留了灵魂和尊严；如今的城除了欲望、野心之外几无所剩，变成一个个拉长着脸像心怀杀父仇恨一般的城，与诗意无关，与慢无关，与爱无关。于是，巨大的悖论诞生了，城或为摆脱孤单而建，如今的我们，却更加孤单。

你在全世界很多地方是看不到这些像毛坯一样粗糙的城的，如巴黎这样的名城也并非如此之大，其十里之外必然保留了古老畅达的诗意，这样的诗意通常是牛羊在茵茵芳草上散步，星星在低垂的天幕上眨眼，绝不是没完没了的高楼大厦，更不是狼烟四起的黑烟囱和毒雾霾。换句话说，我们的城，被城市化病灶感染的城也许还不是全球化的必然，而是跑得太快，弄得太糟，炮制了另一种人人渴望逃离的中国式的城。

且不管城市化的益或害吧，单说中国一度产生过多么伟大的城市小说，《金瓶梅》《红楼梦》《水浒传》《三言二拍》都记录了市井之英雄豪杰、落魄书生、大家闺秀、引浆买车者流们精彩的人生悲喜剧，反倒是最近二十年，当中国城市以火箭速度更新换代一造再造，我们反而丧失了描绘城市的创造力；我们缺少的不仅仅是曹雪芹、巴尔扎克、普鲁斯特，还缺少冯梦龙、卡波特、卡佛。中国新时期文学以来，"城市"一直是短板，50后60后们最擅长的还是农村，这已经与我们煎熬着仇恨着却又无法脱身的城形成巨大反差，换言之，城市文学已经被我们的城市生活远远甩在了身后。一面灰头土脸地蜗居于城，一面意淫农村之苦楚或甜蜜的作家，肯定是不合格的"背德者"。

我个人认为，尽管中国的城市文学还远未繁花似锦，但70后、80后乃至90后写作者们已经发轫，必将扛起中国城市文学的未来。既然毫无诗意的城已无法闪躲，不如勇敢地迎上去。当年土地测量员K一门心思要进去，今天的中国青年一门心思想逃离——不是因为无法摆脱的孤单，而是害怕连孤单的能力也丧失了。当越来越多的魔幻之城出现后，其反讽的现实，冷酷的存在，苦逼的生活，反而给新一代作家提供了如此之多的发现人心之幽暗、人性之荒谬的绝佳所在，立志写作的你，还等什么呢？

　　《城》是"大益文学"书系的第二辑，在首辑《慢》倡导"慢"生活和慢写作之余，我们有必要将目光转向人人不可回避之境——城。本辑小说、散文一律以城市生活为题，我们的努力，无非向亲爱的读者展现城与人的方方面面，而非扭开头去，不负责任地思念青山横北郭、绿水绕东城的远方。而远方，真有诗和诗意吗？

　　未必。远方同样是一座一座城。

02. 小说

残雪

本名邓小华，1953 年生于长沙，至今已有 600 多万字作品。出版有长篇小说、中短篇小说集及评论集多部。2015 年长篇小说《最后的情人》获第八届美国最佳翻译图书奖。2016 年 4 月入围英国独立报外国小说奖，5 月入围美国纽斯塔特国际文学奖。

师生之情

残雪

一

　　离婚后的煤永老师将生活安排得很紧凑，他要在事业上做最后的拼搏，将他的全部能量奉献给这些可爱的学生。他偶尔也会去亡妻乐明老师的坟头上坐一会儿，那种时候他就会对着那块汉白玉轻声说："我还行，别为我担心。小蔓也过得很不错……"

　　虽然不是完全没有伤感，但那种时候毕竟很少。再说小蔓隔一天就回爹爹这里来吃晚饭，还带着云医，所以他倒也不觉得寂寞。要干的工作实在太多了。

　　起先他还担心丹织会来找他，但她一直没来，他也就不去想这事了。虽然他同农的婚姻终止了，可是他从反思中获得了很多启发，他将这些启发都写进了他的教案。他在一个方面的探索取得了很大的进展，这就是关于学生如何融入生活，找到与人进行心灵交流的途径。他已进行了这方面的实践。煤永老师还想将他几十年的教学经验写成一本书，连出版社都找好了，是编辑主动来找他的，因为他在教育界的名气越来越大了。但是这本书还没动笔，他要找一个巧妙的角度来展开自己的教育思想。

　　最近他总是躲着校长，因为校长想拉拢他和丹织，见了他就提这事，还指责他，使他感到很狼狈。他知道校长是一番好意，可这种事是很复杂的，煤永老师对自己能否处理好这件复杂的事已经失去了信心。

　　星期天，煤永老师决定去看望谢密密。他已经在前一天通过谢密密的父亲通知了他。他买了一双翻毛皮靴要送给他，这种皮靴还可以踩水，很实用。他听密密的爹爹说，他已经不住在铁盒子里了，因为城管队不允许。现在他和矿叔租住在小区外面的平房里，他俩还租了一个库房来放他们收来的废品，生意很不错。

　　"我很想要他重返课堂。"这位爹爹愁眉苦脸地说。

　　"密密给自己选择了最合适的课堂，您就放心吧。"

　　煤永老师到达谢密密的门面房时，只有矿叔一个人坐在里面。矿叔告诉煤永老师，密密去一位名叫针叔的男子家帮忙去了，因为针叔的妻子昨夜发了急病，他去帮着料理，不过他很快就会回来的。

　　他们住的平房是个套间，矿叔住里面那一间。煤永老师看见密密的床和书桌，还有书架都收拾得很整洁。大概因为住所扩大了，书架也增加了一个，里面摆了不少书。煤永老师走近去看，居然看见了一本《经典哲学入门》。更多的是文学书和历史书，还有教育方面的书。煤永老师心潮起伏。

　　"密密说他将来要办一所小学，将他自己的和煤老师的理想在那里面付诸实现。他呀，每天都读书到深夜，说有紧迫感！"矿叔说。

　　煤永老师问矿叔密密的身体如何，矿叔说他比过去结实多了，因为他每天都坚持体育锻炼。两人正说着话密密就进来了。

　　煤永老师看到密密比他上次看见时长高了小半个头，肩膀也宽了一些，有点青年的模样了。并且显得比他的年龄沉着。

　　"煤老师，我很想念您。"密密大方地说。

　　然后他坐下来试穿翻毛皮靴。当他穿上翻毛皮靴在房里走动时，煤永老师立刻听到了大地的回声。煤永老师的心里在翻江倒海，但表面看不出来。

　　"密密穿上这鞋真漂亮！"矿叔由衷地说，"我老觉得密密才是我的儿子，哪怕在梦里我都是叫他儿子。不过我这个爹没什么用，幸亏有煤老师在。"

　　"有矿叔在，我对密密的生活一百个放心！"煤永老师说。

　　矿叔不好意思了，两只大手不知往哪里放，他结结巴巴地说：

　　"您瞧我，我这个样，我——真想给您磕一个头感谢啊。可现在又不兴磕头了。"

　　密密向煤永老师汇报说，最近他读书有不少进展，他慢慢地摸索出自己适合读一些什么样的书了，他的眼界是一点一点地扩大的。他每天的实际工作，还有与人打交道，这些对他扩大眼界也有帮助。每当他迷惑时，他就会回想起煤老师和母亲、还有矿叔说过的话，于是眼前的景象就会变得清明起来。

　　"煤老师，我真喜欢我的工作啊。"

　　"密密干一行爱一行，是我最看重的学生。"煤永老师对矿叔说。

后来他们三人到小区的饭馆去吃饭。

矿叔眼泪汪汪地向煤永老师敬酒，变得语无伦次起来。

饭后密密带煤永老师去小区里头散散步，矿叔先回家了。

"煤老师，这就是地下城的入口，不过这个时候进不去。"

"我听到了关于地下城的一些传闻，你认为那是怎么回事？"煤永老师问。

"我想，那里面是锻炼人的性格的地方吧。妈妈死了，您又不在我身边，我怎么锻炼我自己呢？有一天我和朱闪同学闯进了地下城，那里头对我和她都有一股巨大的吸引力。后来我就常想着要往那里去，差不多形成习惯了。"

"好，自己选择的总是最好的。"煤永老师感动地说，还捏了捏他的肩头。

救护车鸣笛的声音由远而近，小区变得昏暗，似乎在薄雾中下沉，煤永老师感到周围的景物变得有点虚幻了。

"那是孤儿团在搞训练。"密密说，"他们差不多可以呼风唤雨了。"

一辆三轮车忽然停在他们面前，密密看见贺伯站在昏暗之中。

"贺伯，我的老师来了。"

"啊，上车吧，二位上车吧！"

煤永老师和密密坐上三轮车，车子发动了。

"拾荒，你想带你老师去哪个景点？"贺伯的声音仿佛从他们脚下传来。

"去火宫殿吧。"

车子颠簸得厉害，小区的地面在起伏。煤永老师在心里感叹着。

三轮车出了小区，往南边的小路一直开过去。出了小区后天就渐渐亮了。

"孤儿团搞训练改变了环境，小区的居民没意见吗？"煤永老师问道。

"大家都很喜欢这种改变，因为满足了好奇心。煤老师，您也喜欢吗？"

"非常喜欢。火宫殿又是怎么回事呢？"

"那里是水蜜桃家园小区的记忆储藏室。"贺伯的声音又从他们脚下响起。

"贺伯同我们不在一个平面上。"密密微笑着说，"他的车只要一开起来，他就到下面去了，同乘客拉开距离。一开始我也很吃惊。"

"密密在这个地方真是长见识了啊！"煤永老师搂住他的肩膀。

他像矿叔一样，一直觉得这位学生就像自己的儿子，此刻这种感觉比什么时候都强烈。他看到了这位处变不惊的少年的未来。

　　火宫殿就是城市南边郊区的一栋四层楼的房子，属于附近的村子。贺伯将车子停在房子边上的枞树林里，他说他要在车上睡一觉。

　　密密居然掏出了这座楼房的钥匙去开门。煤永老师跟随他进了屋。

　　房子里面光线不是特别好，但也不算阴暗。煤永老师发现屋里摆满了文件柜，但一盏灯也没有。这一间大房占据了整个一楼。

　　"这房子里没有白天也没黑夜，总是这个样。"密密介绍说，"一楼是情书馆。您想读情书吗，老师？这些文件柜里头全部是水蜜桃家园小区的住户们写的情书。大家都愿意把自己的情书与人分享，这个信息一传出去，附近的皇村就派人到那边传话，说愿意提供情书保管室。您瞧，这么多的柜子，不算少吧？有的是恋人之间的书信；有的是儿子写给母亲的；有的是女儿写给父亲的；有的是男同事之间的爱；有的是女同学之间的爱，还有写给老师的；写给陌生人的；写给某个将军的；写给某个街道清扫工的；甚至写给自己的。这些信全是爱情信，我读过一些，一点都不荒谬，也不脱离现实。您听我这样说，是不是对水蜜桃家园小区的居民有了一点儿印象？"

　　"当然！我有了很奇异的印象。"煤永老师肯定地说。

　　密密高兴地用钥匙打开了一个铁柜子，从里面抽出一个大信封交给煤永老师。他用事先准备好的手电照亮信纸，使得煤永老师可以顺利阅读。

　　那封信是一名旧书店的伙计写给一位将军的。将军爱逛旧书店，尤其喜爱希腊神话和明朝绘画方面的书籍。去的次数一多就同书店的这位伙计混熟了。他们发现他俩之间有共同爱好。天长日久，就成了离不开的情人。通常是在旧书店的楼上的小房间（伙计的休息室）里，两人通宵达旦地聊天，还半夜里叫那些送外卖的为他们提供宵夜。这种要命的激情常常使得年轻的伙计第二天没法工作，只好请假一天。

　　煤永老师边读边微笑，那些信写得一封比一封有激情。

　　"密密，为什么你从来没给我写过情书？"煤永老师半开玩笑地问。

　　"我想过，老师。不过我不愿意用这种方式，而且我还要过几年才开始写情书。我现在的准备还不充足。"密密看着老师的眼睛说道。

　　"我明白了，这些都是最好的文学。密密本是多情的少年，现在又生活在文学之乡。是你自己找到了自己的幸福，而且你用行动教育了我。"

　　"老师您不要夸我了，我对自己也有不满意的时候。比如我常想：为什么我要睡八个小时呢？为什么我不能只睡六个小时？我觉得是我自己锻炼还不够刻苦所致。"

"不对，密密。你这个年纪能睡八个小时非常好。不要以为睡觉是浪费时间，这种观点是谬误。就像太阳升起与落下一样，我们的睡眠多么甜美！再说还有可爱的梦，还有梦里的情书，朦朦胧胧的那种，你不爱睡眠吗？"

"您说中了，我最爱睡眠——可是……"

"不要那个可是。爱它，全心全意地享受它，它是你最忠实的朋友。"

"老师，大概因为我离开您太久了，所以犯错误。您这样一说，我以前的记忆全复活了。看来我犯了急躁的毛病，哈哈。"

他俩一块读大学生给街道清洁女工的爱情信。那封信并不长，但是两人都为那里面奔放的激情所震撼。密密小声念出那些朴素的句子。

"密密，这位学生是不是你？"煤永老师问。

"当然不是。我但愿我是。他是大学生，我还太小，没有魅力。"

有一位中年女人从楼梯那里下来了，她目不斜视，一直走到屋外去了。

密密告诉煤永老师说她是梦游者。她原先也住在水蜜桃家园小区，她将自己的满满一抽屉情书放到这里来之后，便设法征得村委会的同意，搬到了这栋房子的四楼。她并不是真的在梦游，她其实是有知觉的。密密认为她是注意力过于集中，她要让自己停留在浓浓的诗情画意当中。

"老师，您不觉得她成了这里的一道风景吗？"

"嗯，我有这个感觉。这个景点真不错。"

"我们上二楼去吧，那里有激动人心的收藏呢。"

二楼靠墙放着很多柜子，柜子上全是抽屉。密密请煤永老师拉开一个抽屉。

抽屉里躺着五把衣刷，都很旧了，但干干净净。煤永老师拿起其中一把，放到鼻子跟前嗅了一嗅，马上闻到了鬃毛的香味。一股居家的气味随之扑面而来，煤永老师感到很陶醉。

"这里的东西都是传家宝，每一样都可以写一本传记故事。"密密小声说。

"这些衣刷真美，你们小区的人很有智慧。"

"如果我要编常识课文，在这里从来不缺素材。"密密自豪地提高了嗓门。接着他又压低了嗓门说："我刚才是说给柜子里的这些物件听的。这里还有更好的，您瞧，粗瓷餐具和木制饭瓢。我听说那一家一直用这同一套，用了三十年。您瞧，这饭瓢摇摆起来了，它该有多么得意。"

视觉／吴家林作品
纽约（1997）
　　　　　　　≫

吴家林╱

　　1942年出生于云南昭通。1968年开始自学摄影。1981年加入中国摄影家协会。原云南新闻图片社社长，2002年退休后成为自由摄影家。获美国琼斯母亲基金会国际纪实摄影奖，个人摄影作品曾多次在巴黎国际摄影节、美国休斯敦国际摄影节及世界各地展出。

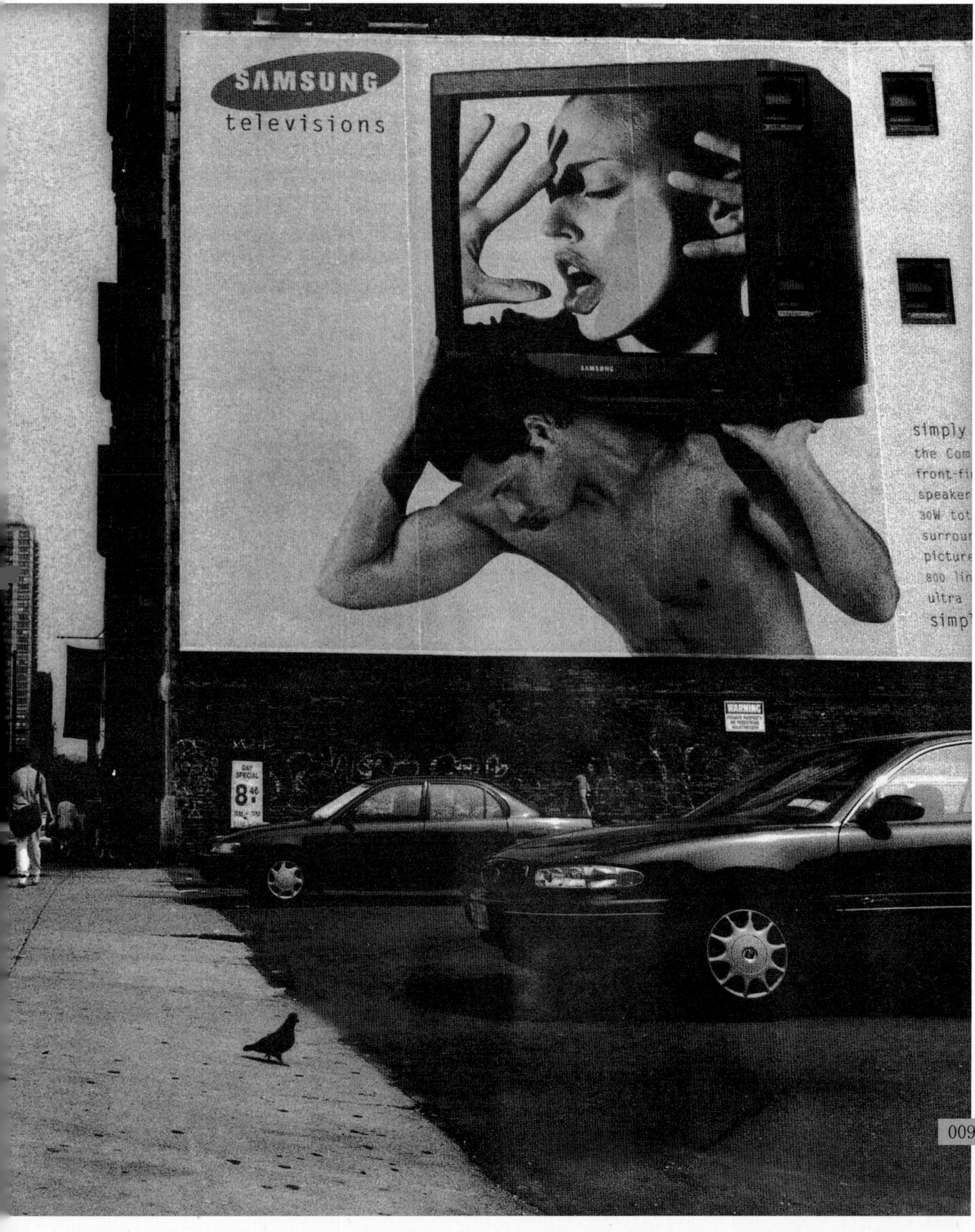
SAMSUNG
televisions
simply
WARNING
DAY SPECIAL

煤永老师将饭瓢放到鼻子跟前嗅了嗅，又一次深深地陶醉于其中。

他俩又依次参观了台灯，眼镜盒，镇纸，金笔，小水壶，各种旧式闹钟，小型收音机和电唱机，手工擀面机，甚至蝴蝶和蜻蜓的标本等等。煤永老师激动地叹息着，用鼻子去闻那些传家宝。

将二楼的收藏基本上参观了一遍之后，密密还想带老师上三楼。可是中年女人回来了，她将进入三楼的门从里面楼梯那里锁上了。

"也许她认为我们还不够虔诚吧。"密密说，"她对于参观者总是怀着一些忧虑。但是如果我们下次再来，她就相信我们了。这里的人都知道她的个性。"

"我觉得她很美，正配守护这些宝物。"煤永老师由衷地说。

两人走出收藏室时，贺伯已经在门口等着了。密密凑在老师的耳边悄声说，贺伯暗恋刚才那位梦游的女士很久了。

师生俩又坐上三轮车。

车一开，两人就听见贺伯在脚下说话。

"您以为这些收藏物是怀旧的象征吗？那您就弄错了！那是……那是……凡是来参观过的人，回去之后立刻变得意气风发了。您不相信？鄙人就是他们当中的一位。我老想往这里跑……这里展示的，就是我们的生活范式啊。很久以前我们就是这样生活了，我们不动声色。"

煤永老师会意地点头，说：

"原来贺伯是一位诗人啊。"

"我们小区里有好多诗人！"密密兴奋地接着说。

风中传来金银花沁人心脾的香味，两个人都闻到了。密密感到无比幸福，而煤永老师，不知不觉地将他搂得更紧了。煤永老师的心里有一根弦在颤动着，他无声地演奏着舒伯特的小夜曲，只想留住这仙境般的时光。

"那不是过去，那是未来啊！"贺伯又开始说了，"女看护人守护的，就是我们未来的生活，每一根木筷子都鼓足了劲，要成为射向未来的箭！"

"我们在往哪里去？"煤永老师问。

"我不知道，"密密眯缝着眼说，"贺伯知道。要不要问他？"

"不，不问。"

煤永老师闭上了眼，密密也闭上了眼，密密的一只手放在老师的手掌里。

"上次我回家，看见围墙边的那条水沟里的水还是那么清澈，是学校在照料小水沟吧？我们学校从来也不忽视这种事——我感到自豪。"密密说。

"水沟是学校的生命线嘛，还有花圃啦、树啊、鸟啊，都是生命线。"

车子停下了。两人从车内出来，站在太阳光里，便看见白发的老奶奶摇摇晃晃地朝他们走来。

"拾荒啊！"她深情地呼唤。

"奶奶好！"

贺伯告诉煤永老师说，杨奶奶是孤老，眼睛坏了，没法读书。拾荒在收废品时结识了她，从那时起，每个星期到她家两次给她念诗歌。听人说这祖孙俩甚至合写了几首诗。

三人随杨奶奶走进她那个小小的，收拾得很干净的家。

杨奶奶家有四个书柜，里头的书全是文学书，古代的、近代的、当代的诗歌和小说、散文。看来她是个文学迷。

"我有青光眼，已经快瞎了。前几年是我老伴给我念书，老伴过世后，我遇到了拾荒。老天有眼，我的晚年生活变得多么快乐！我从来没想过自己可以写诗，可是拾荒一来，我文思泉涌。你们想读我和拾荒合写的诗？不，拾荒不同意，我也不同意，因为我们还可以写得更好，我们天天在进步。"

杨奶奶紧紧地搂着密密，密密有点不好意思。

"他呀，有了不起的才能。现在我每天沉浸在诗歌里头，在心里默念。我本来已经是老废物了，都不想活了，拾荒一来全改变了。我现在还每天锻炼身体，因为我还要写得更多。"

贺伯说，杨奶奶和拾荒将来会一鸣惊人。密密听了这话就憨厚地笑。

"确实是这样。"杨奶奶说，"我们订了计划，拾荒是一团火，烧掉了我心里那些阴暗的东西。煤老师啊，您不知道我每天都在心里感激您呢。"

"杨奶奶，我还要感激你们呢。"煤永老师说，"是你们培养了他，我做得很少、很惭愧啊。"

"你们大概还不知道两个人合写一首诗的乐趣吧？那真是妙不可言！是拾荒发明这种创作方式的，其间的程序我说不太清楚，拾荒说他是从他那个居民小区的地下城里学来的办法。反正现在，拾荒让我起死回生了。你们设想一下吧，一个人，已经老了（我六十八岁了），在孤独中心里空空的，天天想着进坟墓的事，其他事都引不起兴趣了。忽然有一天来了一位少年，用一种魔法激活了她心里那些已经死去很久的东西。这种事不常有吧？可这是真的，就发生在我身上。我现在每天都把时间抓得很紧，我觉得我离进坟墓还早着呢。我不努力的话，怎么对得起拾荒和上天？拾荒就是上天派来拯救我的。"

杨奶奶说这些话时将她的脸转向光线，贺伯和煤永老师看见一张秀美的、青年妇女的脸。煤永老师的思维在快速运转，他考虑的是：如何在一般学生中普及天才学生谢密密的沟通才能？他认为应该存在着特殊的诱导方法。

"我已经开始学盲文了。如果拾荒离开了我，将来我就可以用盲文写诗、写散文。我的计划很大。"

有两位妇女站在门口探头探脑的。

"进来嘛！"杨奶奶招呼她们，"这里来的都是朋友。"

于是她们进来坐下了。其中一位年轻的开口说：

"我们先前读过杨奶奶和谢拾荒合写的一首诗，真是写得美极了。我们知道他俩还在继续创作，可杨奶奶不让我们读他们的新作了。贺伯啊，您劝劝杨奶奶吧。写了作品不就是给人读的吗？再说我俩都是诗歌爱好者，也想同他们学一手啊。近水楼台先得月嘛，相互促进嘛。"

杨奶奶笑起来，说：

"不会不给人读，当然要给人读！我们是不满意，想要写得更好才拿出来给大家读。请耐心等待吧。"

"可得让我俩先睹为快！一言为定。"年轻女人说。

"一言为定。你们不会等待太久。"

两位女人高兴地告辞了。

杨奶奶对煤永老师说，她要写的东西太多了，它们在她心中拥挤着，发出类似歌唱的声音。怎么能不写呢？住在这么美丽的地方，周围的邻居都是热心肠的诗歌爱好者……唉，以前她的眼没瞎时却看不到这些，是拾荒帮助她提高了觉悟。现在她可舍不得去死了，最好能活一百岁，到那时还能写。当然这是说笑话，就算活八十多岁，也还有一二十年可以写啊，这可是很长一段时间。如果她的水平不能再提高了，但她的作品帮助了别人，比如刚才那两位女士，这不也是非常美好的一件事吗？她没想到自己很快就有了这么多文友，这都是拾荒的功劳！

煤永老师称赞说，这个地方确实太有魅力了，他跟随他的学生来到杨奶奶家，就像来到了古人诗歌里描绘的景点——不，比古代的好多了，因为这里不仅有杰出的诗人，还有基数很大的、最好的读者，这些景象令他大开眼界，也令他振奋不已。他希望有一天，他能带他的学生来拜访杨奶奶，让他们来看看杨奶奶和拾荒取得的成绩。

杨奶奶听了煤永老师的话笑得合不拢嘴，她给了密密响亮的一吻。

离开杨奶奶的家，车子驶上另一条小路。

煤永老师闭上眼，他的思维变得很朦胧了。他感到浩瀚的天宇中有一些光体在飞旋，他伸手一摸，身边的少年不见了。

"密密？！"他吃惊地喊。

车内一片黑暗，只有他一人坐在那里。他镇定下来，静候。

"那种地方啊，想要不做点什么也难。"贺伯的声音在脚下响起来，"为什么呢？因为诱惑太大了嘛。你被推着前进，脚步渐渐硬朗起来。"

车停下来了，贺伯拉开了车门，搀扶煤永老师下车。外面很黑，影影绰绰的有些人影（也许是动物）在奔跑。煤永老师感到有冷风吹在脸上，居然吹得脸颊有点痛，现在并不是冬天啊。煤永老师被贺伯牵着手往前走，来到了一个有不少人的地方。

"这是一项大工程，需要齐心协力。"贺伯说，"每个人都必须聚精会神，才能做好自己负责的那一部分。"

"这是地下城？"煤永老师问道。

"对，就是地下城。"贺伯高兴地说。"老师真是通灵的人！"

煤永老师起先以为过一会儿，当他的眼睛适应了地下城的黑暗时，他就可以分辨出一些事物了。但是他同贺伯站在原地，站了差不多十分钟还是什么都看不见，只有一些稀薄的影子在晃动，而贺伯则不断地同熟人打招呼，交谈几句，有时又哈哈笑起来。

"这就是那位老师啊，怪不得我看着面熟呢。贺伯，请您问问他，如今他对古钱币的研究有没有兴趣？现在已经是春暖花开之际了。"一位男子说。

"嗯，我问问他。不过你不要抱希望。"贺伯说。

"我看出来了，他是我先前见过的魅力男子，他应该很苦恼吧。"一位年轻女子说。

"煤老师才不苦恼呢，苦恼的是你自己。"贺伯回她一句。

"煤老师，您坐下休息一会儿吧，他快来了。"

　　煤永老师顺着贺伯的手的引导往下一坐，果然就坐在了椅子上。那椅子不但不凉，还有点温热，像刚刚被太阳晒过一样。这是一张长条椅。他刚一坐下，另外一个人也挨着他右边坐下了。贺伯仍站在那里和人打招呼。

　　"煤老师，您终于来了啊，我一直在这里等。"右边的男子说。

　　那人的声音有点粗，似乎很熟，但煤永老师想不起来他是谁。

　　"您不用回忆了，我当然是您的熟人。我之所以等您，是为了同您讨论儿童教育的问题。现在您明白了吧，我和您是同行。我这几天打不定主意——让一个孩子培育一株玫瑰花呢，还是让他去市场兜售风铃？我想听听您的意见。"

　　"这两项工作都很好。在我看来，这里的关键问题大概是表情。"

　　"表情？多么新颖的表达！告诉我吧，我爱听。"

　　"玫瑰、泥土、肥料、雨滴等等都有各种各样的表情，市场里的顾客，也会有各种各样的表情。这些表情最能为孩子们所领悟。"煤永老师说着就兴奋起来。

　　"您说得真妙！您说到我的心坎上去了！为什么我就不能像孩子们那样感知事物呢？这是因为我已经忘记了，您提醒了我。谢谢您！"

　　煤永老师觉得对方在朝自己伸出手，于是就去握那只手，但他什么也没握到。他朝右边摸过去，发现已经没人坐在那里了。贺伯的声音从上方传来。

　　"这里的这些人全是这样，来无影，去无踪。他们说话直爽、性情古朴，外面的人有时会不习惯他们的做派。"他说道。

　　"可是我很习惯。他所说的，全是我考虑了很久的问题。"

　　"真的？那就好！那就好！"贺伯笑起来，"今天他一早就在这里等候您。他说他看见一个人就问：'煤老师来了吗？''煤老师会不会来？'后来您来了，所以今天成了他的节日。"

　　"就连我自己也没料到我会对他说出那些话来。莫非我也在等着同他、这位不知道名字的朋友会面？贺伯您瞧，在这里我开始了我的奇思异想。"

　　煤永老师仍然十分兴奋，他思绪飞扬，他感到那些问题的答案变成了一些毛茸茸的、正在发出细细的磷光的东西在空中浮游，它们离他那么近，一伸手就可以抓到。

　　煤永老师坐不住了，他站起来朝那些人影走去。当他碰见一个影子时，那影子就闪开了，并吃惊地发出声音：

　　"您是谁？"

　　"我是煤永啊！"煤永老师近似于表白地说。

　　"煤永？不，不对。"

　　影子离开了他。

　　这样连续几次，煤永老师就有点沮丧了。但他不罢休，坚持这种一厢情愿的相遇。现在他面前出现了一个不同的影子，煤永老师看得出他是一位青年，因为他有实体，他一半是影，一半是实实在在的肢体，煤永老师甚至摸到了他的手。他蹲在那里，探头探脑的。当煤永老师同他接触时，他就说起话来。

　　"您可以像我一样坐在地上嘛，这地是热的，虽不是被太阳晒过，却也差不多吧。我的意思是这就等于被太阳晒过了。您坐下了？很好、很好。您摸一摸这泥地吧，很热，对吧？让他们去岩洞里迷路吧。"

　　"谁？"煤永老师激动地问。

　　"还有谁？您的学生们嘛。我总让我的学生去那些黑地方，他们到了那里就忍不住将他们的小脸贴着发热的泥地。您注意到我的手了吗？这只手……它正在沉入泥土。事情总是这样的。我爱您，煤老师。"

　　"我也、我也爱您。多么奇异！您能告诉我您的名字吗？"

　　"名字没有什么意义。我住在这附近的小区里，我早就听说过您了，其实您也是我的老师，您的实践无人能比。"

　　"过奖了，过奖了。我倒觉得您才是我的老师呢！您一开口说话，我心里的一个问题就接近了答案。哈，我的手也在沉入泥土！"

　　泥土变得柔软蓬松，当煤永老师的手按下去时，就感到了那股引力。他想起了他的学生们，也许他们早就发现了这个秘密？从前他是多么迟钝啊！他听见密密的声音从下面传来："老师……老师！"

　　煤永老师身旁的青年对他说：

　　"您的这位学生啊，已经下去很深了。原先我和他总在岩缝里会面，相互传递信息，你为我开路，我为你开路，两个人差不多变成了一个人。后来情况就成了这样，我坚守在地面，他深入到底下。但我们并不觉得彼此被隔开了。煤老师，您希望我叫他上来吗？"

　　"不、不，不要干扰他。"

　　煤永老师的内心有点慌乱，因为有很多往事涌上了心头。他站了起来。当他站起来时，身边的青年就消失了，眼前的那一片昏暗中仍有人影窜动。煤永老师对自己轻声说道："这么多年都隐藏着的答案，是我的学生帮我找到了。"

他抬起脚来走，他不知道自己在往哪个方向走，因为这里没有方位。他有点迷惑，可是这种感觉多么新颖啊！也许他快要同密密会合了，实际上他同他也从来没有分开过。他的密密是灯，也是火，他总在扩展他煤永的眼界。人的一生中能遇到这样一位学生是多么幸运啊！煤永老师就这样一边感叹一边行走，他今天经历的事情给他的震撼太大了，他冷静不下来。那些阴影跳动着，有几个影子同他擦身而过，闪出火星，它们全都带电，它们的能量好像传到了他身上，令他更激动了。

"瞧他现在多么胸有成竹了啊！"贺伯说。

贺伯从他身后赶上来了。

"可是我得将您送到家。您是我们的珍贵的客人、志同道合者。"

贺伯的车子停在地下通道里，那地方黑得伸手不见五指。他搀扶着煤永老师上车，煤永老师坐下了。

在路上，煤永老师看见天已经黑下来了。吃着贺伯给他准备的便餐，心里有些纳闷：怎么好像才过去两三个小时，一天就过完了呢？他问贺伯，贺伯大声回答他说，这是因为这些景点都位于不同的时区，而且当他参观完了回到原地，原地的时间也改变了。贺伯又问他，对这种时间的变化有什么样的感觉？煤永老师说，感觉好极了，就像巨大的幸福降临到他身上的那种感觉。

贺伯将煤永老师送到学校门口。他说他还得赶回去接别的游客，因为夜里还有一些生意要做。他将三轮车开得飞快。

小蔓和云医从大门里走了出来。

"爹爹您去哪里了啊，我们可急坏了？"小蔓抱怨道。

"一言难尽、一言难尽……"

三人一道走回家去。

二

自从古平老师不再担任黄梅的数学老师之后，黄梅最为亲近的老师就是张丹织老师了。黄梅进入初中后开始发育了，个子也一下子蹿高，她现在比张丹织老师矮不了多少了。这个初中部是五里渠小学扩大后在原地新开办的，黄梅很喜欢这个环境，因为这里有张丹织老师，而且离她从前的偶像老师古平老师的家也很近，她偶尔还可以见到他。黄梅对自然科学的兴趣越来越大，她一直在自修数学和物理，即使休息日也常在寝室里解习题。与此同时，她还对文学发生了兴趣。这一点都不奇怪，因为她本是个极为敏感多思的小姑娘，天生容易同文学结缘，所以一得到张丹织老师的引导，立刻就在文学领域里上路了。最近她在读一本书名叫《云》的小说，是从张丹织老师那里借来的，她一有空就去同张丹织老师讨论这本书。她觉得文学给她带来的东西就同恋爱是一类的，她决心一辈子都要读文学。

张丹织在事业上一帆风顺，她不断创新，几乎每次实践都有成果。她的事迹还传到了教育界，所以常有人来学校到现场观摩她的教学。她已经从小蔓那里得知了煤永老师离婚的消息。开始时她很激动，但过了一段时间，她的情绪就变得很灰暗了。她觉得很可能煤永老师不爱她，她是在单相思。如果他有点儿爱她的话，为什么一点儿都不愿将他的心思透露给她？这很容易啊，因为有小蔓在他们之间传递信息。她失望地看到，小蔓一点儿都没有那方面的信息。这一次，她可能成了真正的失败者，这也许是由于她对煤永老师的误判，也许是由于她性格有缺陷所致。这个打击太大了，她曾一连两个晚上失眠。不过她到第三天就振作起来了，毕竟她有她最爱的工作，她的情欲有发挥之地，她的未来也展现出宽广的前景。最令她沉醉的是孩子们对她的依恋和爱，就为了这个，她也不能令他们失望。在目前阶段，她的爱情已经被她镇压下去了。工作如此繁忙，如此令她感兴趣，每天都吸引着她往前奔，还有让她兴奋不已的荣誉……她将自己的日程安排弄得非常紧凑，她像一台状态良好的机器一样运转。然而终归有那种时候，她蓦然回首，伤感便如同潮水一样淹没了她。可是张丹织毕竟是张丹织，她擦干泪水，以更大的专注和劲头投入日常活动，她可不愿自怨自艾，被生活击倒。一切都是她自己选择的，她应经得起失败的打击。

女友沙门来过电话，沙门的看法和她完全不同。沙门说，从煤永老师与农的关系来看，可以看出他是那种凡事喜欢深思熟虑、看得很远的人。在目前的情况下，如果张丹织不去主动追求他，解除他心中的某些疑虑，他必定会将自己对她的好感压下去，在自欺中生活。为什么丹织不主动追求自己所爱的人呢？要知道他经历了爱情的失败，目前他有心理障碍啊！丹织如此爱煤永老师，现在又已经不存在障碍，她应光明磊落地去爱，不应让心中的爱情之花枯萎。

虽然沙门说了这一大通，张丹织却并没有被她说服。张丹织一次又一次地回忆她同煤永老师的那些接触，努力地想记起他的表情、他说出来的几句话，然而得出的结论令她沮丧。她感到煤永老师的确是很深奥的人，深奥得她张丹织无法企及。可是这样一个人会对她怀有持久的兴趣吗？张丹织自己并不深奥，她认为农比她还要复杂一些。考虑到这些差异，也考虑到煤永老师目前的态度，张丹织灰心了。

星期天，黄梅同学来到张丹织的宿舍里，她俩要讨论《云》这本新出版的小说。

"老师，看了这本书之后我有点明白了，如果一个人的激情始终完全得不到对方的回应，那就不是真正的爱，而是一种误判，对吗？当然还有一种可能，就是时候还没到，对方还没有觉悟。不过我不属于那种情况。我所爱的老师有爱人，他全心全意爱他的妻子。我是将他当作一种理想来爱的，这里面有很多崇拜的成分，真正的爱情应该不是这样的……不过我喜欢我目前的这种感觉。它让我振奋，总有那种焕然一新的欣喜。"

"黄梅，你的小脑袋里能装下这么多思想，真令我惊讶。我得好好向你学习。说到书中的这位主角，虽然她的沟通的努力没有得到她想要的回报，可是我们作为读者那么喜爱她，这应该就是回报——她在不断使自己变得更美。真想结识这本书的作者啊，好的小说总让你产生这种愿望……"

"我阅读时就感到我在同她沟通，如果她在这里，我就会回报她。这位主角唤起了我这种渴望。书中的角色也使得我在想象作者的模样，这种渴望同我私下里对那位老师的渴望类似，但又不同。如果我要形容这种想象，那就是裹着光的云。这书名多好，能读这样的书真幸福。"

黄梅说话时小脸变红了，她神采奕奕。张丹织欣赏地看着她，她似乎看到了十年后的她。这一瞬间，张丹织感到自己变得有点像煤永老师了。也许是因为不能理解他，就下意识地去扮演他？

"的确是很好的书名，我也爱这书名。我有时又想，如果一个人对于另一个人有持久的吸引力，那很可能就是他们双方有什么共同之处，就像这本书中描写的那样。读者感觉到了，而角色们自己恰恰感觉不到，因为有障碍挡在他们之间，这障碍使得两方中的一方老处在盲目之中，甚至扼杀了他的感情，于是结果变成了这样：虽然书中的爱情失败了，作者的目的却达到了。"张丹织的语气变得很动情。

"我也在思考作者的目的。每一本书的作者都应该有目的吗？"黄梅问道。

"我想应该这样。没有目的的作者不会是好作者。所有的一流文学的作者都不是随波逐流的人，他们都坚守着同一样东西。"

"老师，您在恋爱吗？"黄梅看着张丹织严肃地问道。

"我不知道。也许你猜对了。我正在埋葬一段不成功的追求过程。我有时竭力将追求者看作小说中的人物，我想分析这个人物，不过我的功力太差了。"张丹织笑起来。

"埋葬？真不堪设想啊！也许老师有时也会犯错误？我觉得对方不可能不爱老师，这里面一定有误判。"

"我们不要讨论我的事了，我的事很无趣，还是文学最有趣。那么黄梅同学你认为这两位恋人之间的问题在哪里？"

"在于不同步。"黄梅很快地回答说，"他俩在气质上和表达方式上差异太大。由于磨合还不够多，就会有种种误会产生。所以我想，这两人的关系值得衡量，要看共同点和异质方面哪一方占上风。还有，机遇也很重要，您不是告诉过我，说人是会改变的吗？"

"你真的变成一个小大人了！看来爱情的挫折真能锻炼人。"

"可是此刻我最爱的是您，因为只有您认真同我讨论我的情感问题。"

有人在外面敲门，张丹织去开门。居然是煤永老师的女儿小蔓。

"黄梅同学，你的歌唱得真好！"小蔓说，"你打算在声乐方面深造吗？"

"我对自然科学的兴趣更大。"黄梅说。

"那太好了。你是个有长远目标的姑娘。丹织，对不起我打断你们几分钟。我是来告诉你关于我爹爹的情况的。我很焦急，他不要命地工作，连休息的时间也缩短了。我知道农的离去对他有打击，可是他的反应好像有点儿过度。"

小蔓后面几句话是将丹织拉到另一间房小声说出来的。

"前几天，他早上四点就起来了，后来也不知去了哪里，天黑了好久都没回来，把我和云医急坏了。唉，他是我爹爹，我从来没有劝过他任何事，你看现在我要不要劝他？"

"煤永老师还用劝吗？"张丹织笑起来，"我想这大概是暂时现象，你可以旁敲侧击提醒他一下，说说你的焦虑。"

"丹织，你真是个神！我一听你说话，我心里的那块石头就落了地。你说得对，我不应该对爹爹失去信心。我还是太不成熟了。另外，丹织，我还是忍不住要对你说，你太应该恋爱了，你稍微扩大一下社交的圈子吧。可惜我不是同性恋，要不我早爱上你了。"

小蔓一边说一边往外走。

张丹织若有所思地回到黄梅身边。小蔓的话证实了她的判断，她的事大概一点希望都没有了。袭来的绝望感甚至让她打了个冷噤。她不是决定不再理会这件事了吗？为什么还要绝望呢？

"老师，我觉得，您就是那朵云，所以同学们会这么爱您。刚才我想，可能是因为您追求过一朵云，自己就变成发光的云了？"

"黄梅，你真可爱。我从前追求的云不肯为我发光，是那种变幻莫测的。"

"如果仅仅是这样，我认为您不应该放弃。"

"瞧，又开始说我的事了。黄梅，你老是让我惊讶，我的思维远远比不上你。那么这本书给了你什么样的启示呢？"

"这本书是振奋人心的。它让人心里发光。我喜欢在中途停下来，心里想着爱一个人是多么美。有些情节我读了又读，把自己设想成里面的角色，那种感觉真好。我要走了，老师。 我要在心里祝愿您在爱情上走运，我今晚睡觉之前要祝愿三遍。您一定会走运的，我坚信这一点。"

黄梅离开后天就完全黑下来了。张丹织没开灯，她坐在黑地里，心里平静不下来。要是在以前，她听了小蔓带来的意外的消息也许会大哭一场，虽然那是倾向性不明的消息。可是现在她哭不出来了，她只是惆怅，这是不是因为她在变老？她不再到树林边去玩那种提灯的游戏了，现在她觉得那种游戏有点幼稚。小蔓劝她扩大社交圈子，她并不打算考虑。她认为要找到让自己满意的伴侣太难了，问题很可能出在她自己身上。所以这种事还是随遇而安吧。她又想起了黄梅同学关于云的那些话，这个姑娘多么美，难道不应当为这样的学生振作起来吗？于是她断然打开电灯，坐在了书桌边上。她的脑海里立刻拥挤着那些学生们的脸庞。于是她对自己说，即使煤永老师不爱她，她也要感激他，因为她张丹织由于这种激情而始终走在正路上，两年里头从未陷入过消沉……

张丹织组织的两个少年足球队——男队和女队，都在城市运动会上得了名次。她发现她的这些学生们都是全力以赴地投入，对比赛津津乐道。不过他们都不怎么关心名次，只关心彼此间的配合是否默契、到位。张丹织在心里暗暗为他们叫好。

　　黄梅是女队的队员、优秀的后卫，为比赛立下了大功。她汗流浃背地从球场上下来，一头扑进了张丹织的怀里。张丹织闻着少女头发里散发出来的香甜的汗味，一时竟有点儿神情恍惚。后面的女孩子们赶上来了，张丹织老师轮流拥抱她们。那些男队员则隔得远远的用眼睛向他们的老师示爱。

　　事后张丹织问黄梅：

　　"比赛是什么样的感觉？"

　　黄梅翻了翻眼，似乎有点儿踌躇，但还是说了出来：

　　"有点儿像我的早恋。那种热烈单纯的氛围。您知道，女孩子们在一块并不单纯，可是球队就不同了，每一个人都爱另外的人，爱得那么自然。比如说，她们的伤痛就像我的伤痛，我愿意为她们去受苦，去挣扎。"

　　"早恋真好。"张丹织笑着向她挤了挤眼。

　　"也许吧。我觉得我比她们每个人都要更成熟。"

　　她俩约定了休息日去登云雾山，回顾一下旧日的美好时光。

　　她们一早就来到云雾山下。在那条小路上，她遇见了下山来的猎人迟叔。

　　"迟叔收获大吗？"张丹织问。

　　"收获很小，都放在棚子里等朋友去拿。本想打那只野猪，想了想还是放过了它。都不容易啊。这位小朋友看着眼熟，是朱闪的好朋友吧？"

　　"叔叔好！我同朱闪原来住同一间寝室呢！"

　　告别了迟叔后，张丹织感叹地对黄梅说：

　　"迟叔是一位真正的猎人。猎人都是境界最高的，他们耳听八方……如果我有迟叔这样的境界，我就会什么烦恼都没有了。可是我还没修炼到那个分上，我往往只看见眼前的一些事。"

　　"可是烦恼也是有用的。早恋带给我很多烦恼，我不是因此受益了吗？"

　　"哈，你真是个小哲学家。那么你判断一下，我将来会不会修炼成一个很冷静的人？"张丹织发问时停下了脚步。

　　"我看不会。没必要嘛。我们这么爱您，您干吗要变成另外一个人啊？"

　　师生俩就这样说着话，走走停停地向山顶攀登。

　　黄梅在心里说："我愿意为张老师受任何苦。"

　　张丹织在心里说："这位小姑娘非同一般，比我强多了。"

终于到山顶了。她们发现山顶有一些变化，一个小木屋出现在一株巨大的古枫树下面。木屋的门前挂了一块牌子，上面写着"茶室"两个字。一位白发老爷爷坐在里面。

"妙极了！"黄梅欢呼道。

茶室里很阴凉，满房间暗香流动，香味来自花瓶里的野花。

"爷爷好！爷爷贵姓？"张丹织一边坐下一边问。

"我姓枫，枫树的枫。二位要西湖龙井还是安化黑茶？"

"西湖龙井吧。黄梅你要什么？"

"我也喝西湖龙井吧。老师，我们今天像神仙一样！谁会料到山顶有茶室？我都快醉了。"

枫爷爷到后面房里泡茶去了。

师生俩的眼睛适应了房里的黑暗后便看见了小白鼠，它们数目很多，看来是枫爷爷饲养的。右边那面墙上挂着十几幅肖像，是同一个女孩，大约八九岁，眼睛很生动。

"真香！泡茶的水肯定是山泉。"黄梅说。

枫爷爷将泡好的茶放在托盘里端出来。

"枫爷爷生意一定不错吧？"张丹织问。

"还不错。你们来之前已经来过一拨人了，他们来看日出。云雾山的风景还是很有名的。自从去年开了这个茶室，来的人渐渐多起来。别人都劝我不要做这种累人的营生，可我喜欢。趁着现在手脚还灵便。你们学校的老师和学生们也给我帮了不少忙。"

"我们学校？您知道我们是从学校来的？"张丹织很吃惊。

"当然啦。古平老师和煤永老师都帮过我，他们说我的茶室是云雾山的地标。"他转向黄梅说，"那些照片都是我孙女，她去世了。"

张丹织沉默了。她喝着茶，心里涌出异样的感动。又是煤永老师，无论她走到哪里，他总出现在周围。现在他又同这眼前的美好事物联系起来了。

黄梅的鼻孔张得大大的，她很想从屋里的空气中嗅出一点什么。

"地标？这形容得真好！"她大声说，"枫爷爷，那两位老师是我们学生的偶像，是世界上最好的人。"

"最重要的是，他们懂得云雾山。懂得云雾山的人可不是一般的人。"

走出茶室，张丹织和黄梅就听到一个女童在唱歌。那是枫爷爷的录放机里传出的歌声。两人站在原地听了好一会儿。

へ 视觉 / 吴家林作品

巴黎 (1996)

"老师，您懂云雾山吗？"

"大概不懂吧。我在努力学习。"

"我也不懂。我在想，如果完全弄懂了，那会是一种什么样的情景呢？那一定是非常神奇的吧。刚才在茶室里，有几只小白鼠在桌子下面跳舞！当时您在同枫爷爷说话，我简直看呆了。我以后还要来这里，我太想弄懂这些事了。唉、唉……"

"黄梅，你干吗叹气？"

"因为我弄不懂啊，真急人啊。这有点儿像迷魂阵，是不是？"

"对不起，黄梅，刚才我还以为这是成年人关心的事，你不会深入地去思考呢。我大错特错了。这种事是不分年龄的。刚才有一刻，我感动得话都说不出来了。"

"我也是！我觉得刚才我们同枫爷爷就像一场奇遇。我都不敢相信我的耳朵了。世上的事怎么会这么凑巧？五里渠小学——云雾山——两位我最敬佩的老师——枫爷爷和孙女，小白鼠——您和我……唉、唉。"

黄梅扑到地上去了，她说她要听一听那些枯叶下面有什么声音没有。

张丹织也俯在一棵松树的树干上听。

她俩都没听到异样的声音。张丹织说，这是因为她的功力还欠缺，黄梅则认为她们得时常来倾听，才会有收获。黄梅还认为，古平老师的学校从山里撤走是对的，也许那个时候他们还没有真正懂得山，现在他们是真懂了。刚才她第一眼看到茶室，就感到小木屋属于云雾山。后来进去饮茶，又观察了小白鼠的舞姿，听了枫爷爷的介绍，她感到自己进入了一个全新的世界。她以后一定要弄懂这些事。

"黄梅，你比我的希望大。"

"不，张老师，我感到您是懂得这类事的，但您总是那么谦虚，您比我看得远，您又镇定又机敏。"

她们在山脚下那条大路上遇见了久违了的谢密密，三个人都很激动。张丹织发现谢密密已经长成一位小男子汉了，不但五官漂亮，身体也显得很结实。谢密密来这附近看望了一位朋友，他得马上赶回去。他上了公交车，从窗户那里伸出头来，大声对张丹织说：

"煤老师最近同我见面了，我们谈起了您！"

张丹织想，谢密密是个早熟的孩子，诡计多端，不能完全相信他刚才的话。

黄梅看着开走的汽车，心里若有所思。

两人并肩走了一会儿，黄梅忽然说：

"张老师，莫非谢密密想拉拢您和煤老师？"

"那么黄梅，你怎么看这事？"张丹织笑着问她。

"好事情呀，嘿，我怎么就没想到这上面去？让我想一想——您和煤老师，我的天，太合适了！"

"可这件事并没发生，是虚构。"

"我们可以让它发生，为什么不？"

"不。不要。谢谢你，黄梅。"

"对不起，张——让我叫您丹织姐吧，对不起，丹织姐，我的想象力走得太快了。我多么希望您恋爱成功啊，就像那是我自己的事一样。"

"你的想法使我感到幸福。"

张丹织搂住黄梅，像搂着自己的小妹妹一样。

她俩坐上公交车，回到了学校。

那天夜里，黄梅梦见了古平老师，张丹织梦见了煤永老师。两人都实实在在地在梦中体验到了兴奋和幸福。

古平老师：黄梅同学，你在自学高等数学吗？

黄梅：古平老师，您好！您猜得对。

古平老师：坚持下去吧。你有天分。社会上认为女性不适合搞数学，这是愚蠢的偏见。你沉静灵活、毅力超群，这是少有的素质。

黄梅：古老师的夸奖让我快要晕过去了。

以上是黄梅的梦。

煤永老师：丹织，你怎么不来我家了？你可以和小蔓一起来嘛。

丹织：您还惦记着我啊。可我总觉得去您家里不太好。

煤永老师：你以前都敢来，现在反而不太好了？

丹织：我已经知道了您的态度，怎么还好意思去？

煤永老师：我的态度？我对什么事的态度？

丹织：就是您对我和您的事的态度嘛。

煤永老师：可我，我并没有表态……（隐去）

以上是丹织的梦。

　　有一天夜里，惦记着丹织的沙门又给她来电话了。

　　"丹织，我建议你来我的读书会。洪鸣老师和农结婚之后已经不来这里了，他们实在抽不出时间。如果你同意来，我们可以设法将煤永老师也请来。你们哪怕一个月来一次也行，不会浪费时间的。丹织，我想念你。还有云伯，他很想结识煤永老师……丹织，你就答应吧。"

　　"我也想念你，沙门。但学校的事确实压头。忙完这一阵儿我一定去看你。可是我不想见煤永老师，不为什么，只是觉得已经没必要了。你不知道我多么爱你，你就像我的亲姐姐，而且我觉得你是伟大的女性，我每天都为你感到自豪。"

　　她俩就这样一来一往地在电话里说话。最后的结果是，张丹织决定下个月去看望沙门，但不接受她的邀请，也不愿再同煤永老师见面。

　　张丹织希望这件事尽快地过去。她仍然尊敬、甚至有点崇拜煤永老师，可是她不打算再去追求他了。在这件事情上，张丹织看到了自己的能力的限度。她想，这世界上有些事就是她没法理解的，因为她不是特别复杂的人。她在这种伤感的夜晚甚至想起了前男友连小火，她为他如今的幸福生活感到欣慰。前些日子他来电话问她过得怎么样，她说她现在的生活中有幸福也有失落，总的来说她的情绪比较好，因为她的生活有目标。而且她认为自己已经克服了性情有点脆弱的毛病。连小火说听了她的话就放心了，还说希望她早日找到如意郎君。末了他告诉她说他的茶园的经营扩大了，煤永老师还帮他介绍了一些新的客源呢。张丹织想到这里便轻声嘟哝了一句："就像我周围有一张网一样。不过我不会在乎了。"

　　她有做不完的工作，她没时间老是伤感。尽管在爱情上遇到了挫折，张丹织总的来说对自己这两年的生活还是很满意的，可以说这是她一生中对自己最满意的时候。令她兴奋的是校长也对她特别满意，谈起她的工作就竖大拇指。

　　"丹织啊，"他语重心长地对她说，"不要怕挫折，挫折越多你会越坚强。你天生就具有皇后的风范，我这双老眼不会看错。"

　　"谢谢校长对我的关心。我倒是希望有很多挫折找上我，可惜太少了，所以我的锻炼机会不够多。"张丹织说。

　　"高，实在高！看来我没法给你劝告了。"

　　张丹织其实在心里领会了校长对她的一片情意。她感到温暖，她爱校长。她被温暖的人群包围着，这些人还特别细腻。前些天她回家时，爹爹告诉她说古平老师刚来过。来同他学吹笛子。他向爹爹通报说丹织已经找到如意郎君了。爹爹问他那人是谁，他说他现在还不能公开，但他相信他的判断不会错，丹织的婚姻问题一定会圆满解决。他让爹爹等着听好消息。

"有这事吗，丹丹？"爹爹问。

"哪里有？古平老师特别爱开玩笑。不过我喜欢他。"

"我一点儿都不为我女儿的婚姻着急。"爹爹大声宣布。

"您是世界上最好的爹爹。"

在学校里，她尽量避免同煤永老师碰面。她的眼力特别好，如果远远地看见了他的身影，她就想方设法躲开。有一回学校开全校职工表彰大会，她躲在一个角落里，会开到半途她就溜掉了。事后校长来给她送奖金，站在她窗户下高呼她的名字。

"为什么你要躲着大家呢？这是你该得的荣誉嘛。你不知道我们大伙有多么爱你，尤其是我。"校长说。

"我当然知道的。我也非常爱您，我总想让您为我感到自豪。"

"丹织啊，有你这句话老汉我就心满意足了。"

他俩都感到他们之间的关系从未像现在这样和谐，是一桩伟大的事业让他们之间实现了沟通。

她想，煤永老师对于她来说将永远是一个谜，她的判断能力达不到能解开这个谜的程度。既然达不到，就不应该去管它了。让一切顺其自然吧，她和他是银河中的两颗孤星，没法打交道。最近城里面有两所学校想将她从五里渠学校挖走，她都没有答应。她觉得自己已离不开校长、同事，和这些可爱的学生了。即使这里有煤永老师这样一个别扭的存在，她也觉得已经离不开这种别扭了。人心是多么奇怪的东西啊！

顾前

自由撰稿人，现居南京。已发表中短篇小说近百篇，两部长篇小说《三十如狼》《杯酒人生》。作品刊载于《收获》《花城》《人民文学》等刊物，曾被多种选本转载。

邻居

顾前

　　许亮对门的邻居搬走了，在门前留下了一堆纸屑垃圾。

　　这家人跟许亮做邻居有五六年了。男的四十岁左右，瘦高，戴着副眼镜。女的三十多岁，同样瘦高——比男的稍矮一点，但更瘦，也戴着副眼镜。他们还有个七八岁的脸色苍白的儿子。事实上，许亮对这家人一无所知，既不知道这对夫妻姓什么叫什么，也不知道他们是干什么的。在许亮的记忆中，他跟他们连一句话都没有说过。平常出门进门，如果碰上了，顶多点个头，有时连头都不点，彼此视若无睹地擦身而过。在许亮看来，这家人包括那个小男孩，都有点清高，或者说倨傲，总之有股子拒人于千里之外的味道。仿佛像他们这样的人，住在这样的老房子里纯属屈尊俯就，迫不得已，因而邻居之类的——比如许亮，也就别指望趁机跟他们瞎套什么近乎了。不过，话又说回来，假如换一个角度，站在他们的立场来看，也未必会觉得许亮是个什么正常人。不是吗，一个中年男人，既没老婆也没亲人，就这么一个人孤零零地住在这里。他们可能会想：这老光棍儿肯定有什么毛病，不是有生理疾患，就是性情乖张，否则怎么不成家？你看，他们邻居之间如此互无好感，自然也就不会有什么瓜葛了，反正谁也不靠谁活着。

　　说来好笑，做邻居时，许亮对这家人一无所知，可在他们搬走之后，他却意外地对这夫妻俩有了一点了解。

　　许亮住在这座老楼房的顶楼，这里只有门对门两户人家。那家邻居搬走后，许亮进进出出，总觉得对面门前的那堆纸屑垃圾让他不太舒服。因为两个门相距较近（顶多三米左右的距离），实际上，对面门前的纸屑垃圾，差不多也就等于是在许亮门前了。起初，许亮还坚持着不去管它——毕竟不是自己的事，可是没过几天，他就受不了了，

实在碍眼，还是把它收拾掉算了。

许亮回家拿了簸箕和笤帚，开始清理对面门前的那堆纸屑垃圾。结果，他在半张破报纸下面，发现了一个巴掌大的空药盒，上面有三个字：宫炎平。许亮歪着头，对这三个字端详了一会儿，然后打算把这空药盒捡起来再看看说明。但是他刚弯下腰去，却迟疑了，还是没有捡，嫌脏。其实他不用看说明也知道这药是治什么病的。宫炎平，从字面理解，就是把子宫的炎症给平复掉。而子宫的炎症似乎有个正规的名字，叫宫颈炎吧，许亮似乎是听说过的。那么这药就是治疗宫颈炎的喽。谁有宫颈炎呢？对门原来住着一家三口，两男一女，只能是那个女的了。想不到想不到，原来那女人有宫颈炎呀。这宫颈炎算大病还是小病，对健康又有什么样的影响？此外，她之所以那么瘦，说不定就是因为得了宫颈炎。但也不对啊，那男的同样很瘦，他是不可能得宫颈炎的。看来宫颈炎并不会导致瘦，那会导致什么？这里还有一个重要的问题：她怎么会生这个病的？是因为不注意个人卫生，还是因为不洁性生活？按说像她那样一个文绉绉的女人，应该是很注意个人卫生的，不说每天洗澡，起码每天都要洗洗屁股吧。至于性生活前的清洁准备工作，更应该是必不可少的，甚至可能是非常苛刻的。那她怎么还会得这个病？答案恐怕只有她自己或者她老公才知道了。

许亮想象着，在那女人竹竿一般干瘦的身体内，一个器官正在红肿发炎，或许还流着脓。这想象让许亮觉得恶心。不过恶心归恶心，但这发现本身，还是足够让他惊奇的了。不是吗，一个跟他没有任何瓜葛的女人，却让他知道了她体内如此隐秘的毛病。这可不是随随便便就能知道的事，这是一个女人的绝对隐私。

不久，继许亮发现了那个女人的绝对隐私之后，他竟然又发现了那个男人的秘密。并且这秘密还对许亮产生了不小的影响，甚至可以说一定程度上打乱了他平静的生活。

自从他们搬走后，对面的房子始终空着。可是一天中午，对门忽然响起了开锁的声音。许亮赶紧跑到门后，透过猫眼向外看。是那个男的。这说明对面的房子还是属于他的。他一个人回来干什么呢，是有什么东西还没有搬走吗？或者是他打算把这套旧房子卖了或是出租了，回来再收拾一下？许亮从门后走开了，准备上床午睡，但就在这时，楼道又响起了"哚、哚、哚"的清脆声音，是高跟鞋的声音。许亮急忙重新扑到门后，把眼睛紧紧地贴在猫眼上。没错，是个女的，但绝对不是那个男人的老婆。从背影看，她不高不矮，身体丰满，留着齐肩短发。年龄没法估计，只是从身体和穿着来看，不像个年轻姑娘。她推开对面虚掩的门（肯定是有意给她留好的门，不用她敲），闪身进去，然后迅速在身后把门关上了。

从那女的进去，到隔壁传来她响亮的叫床声，这中间顶多才过了十几分钟（他们倒是一点都没耽搁时间啊）。许亮不知道一个女人的叫床声竟然会有这么大，仿佛就来自身边。他像是挨了沉重的一击，浑身顿时就不能动了。他凝神屏气地听着。"哎呦、哎哟、哎哟、哎哟"，她节奏分明地呻吟着，期间也短暂地停止过几秒钟，但很快又呻吟起来。这呻吟声持续的时间不长（至少在许亮听来不长），之后传来她一连串急促的、含混不清的说话声，紧接着就是她一声高亢的呼喊"啊——啊——"。随后一切归于沉寂。

一会儿，对面响起了开门声，许亮马上从床上跳起来，连鞋都顾不上穿，赤着脚跑到门后。他还是晚了。从猫眼里什么也没看见，楼梯响起了高跟鞋的声音，她已经下楼了。又过了一会儿，对面的门再次响了，是那男的出来了。

这以后，每个星期除掉星期六和星期天，总有某一天的中午，那一男一女会来。一星期就来这一个中午。

他们每次来，程序都和第一次一样。两人分头来，分头走。这倒没什么，顶多说明他们心思缜密，不想让别人看到他们在一起，以免产生什么不必要的联想。实际上，最让许亮感到不可思议的是，他们不仅仅是程序和第一次一样，他们甚至连每个环节的时间，也就是从那男的来开始、到那女的来、到叫床、到"啊——啊——"的一声呼喊、到那女的走、到那男的最后离开，几乎都和第一次完全一样。好像他们对这每个环节的时间，都经过了精确计算，绝不允许例外发生。以至于许亮都可以预判他们进行到哪一步了。该大叫了吧，果然，"啊——啊——"的呼喊来了。这就要出门了吧，没错，对面门开了，响起了高跟鞋"哚、哚、哚"的声音。

他们为什么就不能有点变化呢？许亮想。

比如，有时他们也可以先谈谈情、说说爱，不一定非要来了就做嘛。之后也可以温存一番，相互表达一下喜欢，或是感激，再不然夸奖一下对方的性能力也是好的。不要完事就走嘛，搞得跟牲口似的。许亮觉得，他们之所以如此单调刻板，一成不变，肯定跟那男的有关。那家伙毫无疑问，根本不懂什么感情、什么浪漫，瞧他那副装腔作势的派头，就是个内心贫乏、自私自利的东西。他需要的只是生理满足。而那女的就不同了，就冲她那在床上激情四射的表现，她也一定是个千娇百媚、风情万种的女人。

像她这样的女人不会仅仅满足于干的，她一定还有别的需要。那她为什么会做他的情人呢？许亮猜测，他们也许是一个单位的，而他可能是她的顶头上司。他正是利用了这一点，对她恩威并用，迫使她就范的。这种事在社会上并不少见。太遗憾了，许亮真为她感到惋惜。

与此同时，跟他们毫无变化的苟合形成鲜明对比的是，许亮自己的生活倒是开始有了一些变化。

首先，他一个星期中，总有某一天中午的午觉泡了汤。还不单是泡汤这么简单。他曾几次三番，守在猫眼后面，单等那个女的出来，想要看清她的脸，可惜他一次也没有成功。他也不清楚自己为什么想要看清她的脸，或许是想研究她是个什么样的人吧。毕竟一个通奸的女人不是随随便便就能遇到的（就是遇到了你也不知道呀）。

每次那女的出来，都是低着头，而且像是故意的，用两边的头发遮住脸。仿佛她已经猜到了，对门猫眼后面，有个人正在偷窥。如此看来，她无疑是个羞怯的女人。这一点既让许亮失望又让他欣赏。无法看清她的脸当然令人失望，但与此同时，一个羞怯的女人也确实让他欣赏。许亮一贯对个性张扬的女人缺乏好感，对于那样的女人来说，似乎不张牙舞爪就不足以展示她们的魅力。许亮以为，女人的魅力还是来源于她们的温婉含蓄，羞人答答。激情四射有时是需要的，甚至是非常好的，但那只应该体现在私下里，比如在床上。人前就应该是个内敛的淑女。这不是虚伪不虚伪的问题，这是女人就该有个女人样子的问题。你不虚伪，你光着屁股给我到大街上走一圈来看看。

许亮听着她高跟鞋"哚、哚、哚"的下楼声，在心里想象她是个什么样的人（无法看清她的脸肯定给这想象打了不小的折扣）。她的穿着很普通，但很得体。上面是一件暗绿色的外套，紧身，稍稍衬出了她的胸部。下面是一条直筒牛仔裤。她的头发略微烫过，末梢向内卷。她整个人（除了看不见的脸）看起来丝毫都不惹眼。不过许亮知道，在这丝毫都不惹眼的外表下，隐藏着一个多么炽热的灵魂啊。她有丈夫吗，和丈夫的关系好吗，或者她已经离了婚？

当她高跟鞋"哚、哚、哚"的下楼声终于听不见了，许亮不止一次地有过开门跟出去的念头。他想悄悄地跟踪她，看她在哪里上班，或是家住在哪里，然后通过什么拐弯抹角的关系，跟她认识。这并非完全不可行的吧。只要跟她认识了，他就有办法和她进一步交往。他会跟她坦诚相待，谈自己是个什么样的人、有什么样的经历，以及他对女人的真实看法。他甚至可以和她谈谈自己那次失败的婚姻，以及离婚后这么些年来，先后跟几个女人并不成功的交往。他会打动她的。总之，他要想办法让她离开那个装腔作势的男人，做自己的情人（做老婆行吗？这个还要再深入地考虑考虑）。那样的话，他将不会只是听听那动人心魄的叫床声了，亲身感受无疑更加妙不可言。只是，所有这些真的可行吗，冷静下来又觉得有点荒唐。

许亮的第二个变化，就是他开始隔三差五地失眠了。那样的夜里，他躺在床上，翻来覆去的就是难以入眠，还烦躁不安。有些想法、有些场景，总是挥之不去。这在从前可是几乎没有过的事（刚离婚那阵子，他也曾短暂地失眠过一段时间，但很快就过去了）。他想过吃安眠药，可又觉得不到万不得已，还是不吃为好，否则一旦吃开了头，可能一辈子都离不开了。

为了克服失眠，他尝试过各种方法。比如看书，比如运动（做俯卧撑和仰卧起坐），比如喝酒。可这些方法，无一例外，都不管用。书根本就看不进去，捧着看了半天还在同一页上。运动也不行，累得要命，却依然心猿意马。喝酒呢，除了有一次把自己灌醉，其他的时候脑子反而更加活跃、更加烦躁不安。最后只剩下一条路了，那就是看电视，这好像还多多少少管点用。躺在床上，把头垫高，无休无止地看电视——无论是好看的还是不好看的节目，直到把自己看得筋疲力尽。

一天夜里，许亮又失眠了。他拿起遥控板，打开电视，开始一个频道一个频道地寻找稍微有趣些的节目。深夜的节目有趣的很少，不过无聊的节目其实催眠效果更好，但无论如何，人还是希望看点有趣的东西。就在许亮按遥控板的手指都开始酸了的时候，一个频道跳出了介绍本地名胜古迹的风光片。许亮对这种片子还是有点兴趣的，起码也比那些无聊的电视剧好看得多。此刻，片子里正在介绍牛首山。许亮小时候去过牛首山，好像是学校组织春游的时候去的。但这么多年过去了，他对牛首山早没印象了，这会儿看起来就像看一个完全陌生的地方。牛首山山势起伏平缓，斜坡上是大片的青草和鲜花。山脚下有个小湖泊，阳光在水面上跳跃着，岸边有个木头和茅草搭的亭子。顺着鹅卵石铺就的小路进入山里，只见到处绿荫如盖，磨损的石阶、蜿蜒的小溪，以及寺庙、古塔，看上去无不赏心悦目。再往前，转过一个弯，一块块巨大的岩壁上，出现了很多摩崖石刻。镜头缓缓推进，一处处石刻的字迹清晰可见。有元代的石刻、明代的石刻、清代的石刻，也有民国的石刻。忽然，一处清代的石刻引起了许亮的注意，上面的内容是：

　　舅舅携表哥和我于牛首山踏青　特此留记

　　　　　　　　　　　　　乾隆丙辰年春　马府街　小芸

　　许亮一下子从床上坐了起来，兴奋不已。是的，他就住在马府街，和留下这处石刻的清代乾隆年间的小芸，住在同一条街上。此外，马府街是条典型的小街，又短又窄（马府街是明朝永乐年间，大太监郑和的府邸所在地，郑和本姓马，因而得名马府街）。那么，当年的小芸无论是住在这条小街的任何地方，都不会和许亮现在住的地方相距太远。这也就意味着，他们可以称为是家门口的邻居。只不过，他们这对邻居之间相隔了两百多年。能看见两百多年前的邻居留下的摩崖石刻，太让人感到神奇了，不是吗？

　　许亮想象着他的那位邻居，那个两百多年前的小姑娘，以及她踏青的情景。那是个莺飞草长的春天，一个叫小芸的少女，和她的表哥一道，在舅舅的带领下游玩牛首山。小芸和她的表哥一定自小青梅竹马，继而情窦初开互生爱慕，并且得到了双方大人的祝福。但即便如此，在那个遥远的年代，少男少女也不适宜单独在一起，所以他们才在长辈的带领下来牛首山踏青。许亮仿佛看到，在和煦的春风中，一对衣衫飘逸的清代的少男少女，在景色如画的山中快乐地游玩嬉戏，一旁是他们慈爱的长辈。

　　"表哥、表哥，你看这儿的石壁上，有很多石刻。"

　　"是呀，还有前朝的石刻呢。"

　　"对了，那咱们也找个石匠来，刻点东西好吗？"

　　"刻什么呢？"

　　"就刻咱们今天来玩的事啊。然后很多很多年过去了，咱们老了，去世了，以后的人来玩，会看见咱们的石刻，会记住咱们的。你说对吧，舅舅？"

　　"小芸说得对，刻吧。"

　　许亮如今就看见了他两百多年前的邻居小芸留下的石刻，不仅如此，他也似乎看见了一个天真美丽和健康的小姑娘。他会记住她的。

　　那天夜晚，在接下来的时间里，许亮一直沉浸在一种温暖的思绪中，渐渐进入了梦乡。

视觉 / 吴家林作品
巴黎（1996 年）

杨晓升

中国作家协会会员、中国报告文学学会副会长。著有长篇报告文学《失独，中国家庭之痛》等各类作品 250 余万字。获 2004 年正泰杯中国报告文学奖、第三届徐迟报告文学奖、新中国六十周年全国优秀中短篇报告文学奖，和首届浩然文学奖。近年所著中篇小说被《小说月报》《小说选刊》《中篇小说选刊》《中华文学选刊》等多家报刊转载，并入选多部年度优秀作品选本。

病房

杨晓升

一

　　医院的病房不大，也不小，是三人间。三个病人的家属和护工进进出出，嘈杂是肯定的。即使如此，李建文老师也是通过关系才住进京城这家知名三甲医院的神经内科的。这关系，是他当初的学生唐慧娟。

　　唐慧娟是这家医院神经内科病房的护士长，护士二字乍看比医生差了不少，可后面加了个"长"字，虽说不上鸟枪换炮，却也有些猴子称大王的意味。不说别的，光说她掌控着病人的进出与病床的安排，权力就不小。神经内科的病床，满打满算就九十来个，可每天排队等着住进来的病人就得十来个。乍听你可能不以为然——病床不是有九十个嘛，等待住院的人数不也就是总病床数的九分之一？可你再想想，病人住院有一两天就出院的吗？神经内科病房收治住院的大都是脑梗或称中风之后四肢无力行动不便、甚至半身不遂者，住院时间多则数月，少则一二十天。如此一来，区区的九十个病床哪里够用？供不应求的情况下，当然只能苦苦排队，除非你有过硬的关系，比如科室主任或护士长，要么就是更高一层的医院院长。科（室）主任和医院院长虽然管着护士长，可护士长却管着九十个床位的具体安排与进出。即使主任或院长要为熟人开绿灯安排病床，也需要同护士长协调、通过护士长设法落实吧？

　　李建文老师得的是急性中风。四天前的那个晚上，七十岁的李建文老师睡觉时起夜，忽然发觉左臂和左腿沉得像被石头死死地压在床上，怎么也不听使唤。他使出浑身解数，用右臂和右腿挣扎着撑起身子，好不容易在床沿上坐了起来，却发现左臂和左腿异常沉重，像被人用刀卸了一样。感觉大事不妙的他禁不住大呼小叫，吓得身边的老伴从睡梦中惊醒，一骨碌爬了起来，边爬边问你怎么啦你怎么啦。李建文的回答仍是一阵叽里呱啦的乱叫，听不清他到底在叫什么。老伴迅速下床，趿着拖鞋从双人床的左边转到床的右边，发现老头儿面目歪斜，龇牙咧嘴地说着含混不清的话儿，左手和左臂软塌塌歪歪斜斜，不住地颤抖，歪斜的嘴不停地流着哈喇子。老太太惊叫起来，心急火燎地叫醒了隔壁房间的女儿和女婿。女儿和女婿衣冠不整慌忙来到父母房间，女儿边叫着爸你怎么啦爸你怎么啦，边试图扶着父亲站起来，父亲的左臂和左腿却软塌塌的怎么也使不上劲儿。女儿和女婿感觉大事不妙，急忙将父亲用力搀扶到客厅的沙发上，然后拨打120急救电话，将父亲送到这家医院的急诊室。诊断的结果是中风，也叫上脑卒中，属于缺血性脑卒中。这种病是由脑血栓梗塞引起，表现为突然昏仆、半身不遂、口舌歪斜、不语、偏身麻木等症状。

李建文老师在这家三甲医院的急诊室待了一天一夜，等待住院。因为病房满员，一时没有床位，急诊室又不让久留，征得家属同意，李建文老师被转到重症监护室。重症监护室可是医院里地地道道的吸钱器，一万元押金刚存进去，不到两天就呼啦啦被吸走，没了。再续上一万元押金，没两天又呼啦啦被吸走。这还不说，医生还不让家属随便探视。重症监护室规定家属探视只能在每天下午五点，且探视时间只有短短的二十分钟。李建文老师在重症监护室住了整整四天。那四天对李建文老师来说是什么感觉？用他自己的话说，生不如死。重症监护室里，偌大的大厅密匝匝摆满了至少二十几张病床，救治的大都是重症患者。那些患者有的气喘吁吁，有的不停呻吟。有的苟延残喘，有的生命垂危。最严重的，是切开喉管借助呼吸机一下接一下地艰难呼吸，仿佛让人看到生命停止前的读秒。相比之下，李建文老师的病情还算是相对轻的，虽然左臂左腿乏力，不能站立，但他意识仍然清醒。虽然他口舌歪斜，说话依然含糊不清，但经过一系列急救治疗，他的话基本能让旁人听懂。一个意识清醒却行动不便的人，被众多重症病人包围着，夜以继日地听着房间里充满绝望的呻吟，那是怎样的一种感觉？这还不算，更让他不爽的是重症病房里的护士像是稀有动物，数量少得可怜。要么，就是那些护士光顾围着重症病人转了。反正李建文老师想喝水、小便什么的，按床头的呼救铃求助，半天没人回应。大声呼叫，勉强有护士走过来询问，却来也匆匆，去也匆匆，纯粹是敷衍了事。一直躺在床上的李建文老师仿佛笼中困兽，气急上火，恼也不是，不恼也不是，只能隐忍着让那团火窝在心里，却越烧越旺，最终只能在女儿和女婿前来探望时，一股脑儿发泄到他们身上。李建文老师这样子，让女儿和女婿感到无辜、无奈，继而感觉憋屈、愤怒。好在四天之后，唐慧娟帮忙为李建文老师争取到了床位，让李建文老师优先入住到神经内科的这间病房。

二

李建文老师入住了病房，却并非万事大吉。

首先，家属必须安排人全天候照顾。入住病房，医生只管给病人检查治疗，护士只管给病人打针送药，而病人每天的吃喝拉撒，只有靠病人家属了。起初，李建文老师的女儿女婿主动承担起照顾父亲的责任，每人一天一夜值守，另一个除了上班就是在家里照顾母亲和正在上初三准备迎接中考的儿子，夫妻俩轮流替换。可没两天，夫妻俩就有些吃不消了。且不说夫妻俩每次陪护都需要请一天假，仅就夜以继日地陪床，睡睡不好，吃吃不香，就让人难以长时间支撑。何况不论谁来陪床，也得在第二天一早赶到单位上班，整个人无精打采昏昏沉沉，还怎么工作？唯一的选择，只能是花钱请护工。

不巧的是，医院里平时并不难找的护工那几天却偏偏稀缺，院方派不出来。外边打游击的护工也并不好请，工资高不说，每天前来应聘的屈指可数。先前来的老护工则早被其他的住院病人一抢而光。

那一天是李建文老师的女婿史光辉陪床照顾岳父。早上照顾岳父吃完早餐、上完厕所，他一个人走出病房打算到楼下看看有无前来找工作的护工，正巧在楼下听到有病人家属出院要送走护工。史光辉赶忙上前与人家搭讪，说明来意。那位中年女人听后欣然答应，说："瞧你来得多是时候，我们家护工小王照顾我妈两个多月，非常不错，她正要找下家呢。"中年女人边说边大声招呼"王美丽、王美丽"，那位叫王美丽的女子应声风一样飘到中年女子和史光辉的面前。

这是一位约莫四十岁上下的女子，皮肤稍显黝黑，却掩盖不住容貌的俏丽，苹果脸杏仁眼，脸红扑扑的透着健康的光泽。那双杏仁一样的眼睛洋溢着热情迷人的神韵，脸上还挂着笑，乍看便让人心生好感。

"你叫王美丽？"史光辉问。

王美丽笑答："是。"

史光辉说："我想请你照顾我家的老人，不知你愿不愿意？"

王美丽说："行啊。在哪个病房？"

"在神经内科。"

"哦，知道。就在二楼，我刚照顾的这位大妈是康复科的，也在二楼。工资每月四千，你得管吃管住。"

史光辉不知道护工的工资行情，但随口说"没问题"，又将探询的目光投向身边那位中年女子。中年女子说："没错，小王照顾我妈也是这个价格，关键是她照顾得不错，干活热情、周到、利索。要不是我妈已经康复出院，我们还真舍不得她呢。"这番话，让史光辉一下子像吃了一颗定心丸，连声道谢，并对王美丽说："好，没问题。只要你照顾好老人，我们不会亏待你的。"

史光辉满心欢喜带着王美丽来到李建文老师所在的神经内科4号病房，当王美丽见到李建文老师时，却忽然触电般愣住了。

——那不是李建文吗？在李建文三个字之后，王美丽的心中并未有跟着老师二字。尽管当初读初中的时候，从初一到初三，李建文连续当了王美丽三年的班主任。

见到李建文，王美丽的第一反应是愣，第二反应是这活不干了。她阴着脸，瞥一眼史光辉，转身一串碎步，走出了4号病房。不明就里的史光辉顿时一头雾水，傻着眼"哎哎——"地从后面追上来，堵住了王美丽的去路，"你……你怎么啦？"史光辉一脸不解、一脸焦急。王美丽瞥一眼眼前这个自己并不反感的中年男人，抬手掠了掠掉到额前的长发，若无其事地说："没什么，我不想干了。"

"为什么，不是说得好好的吗？你怎么啦，嫌工资少？"史光辉满脸问号，儒雅的额头隐约沁出了汗。那应该是急的吧？王美丽想。

"不是。"王美丽说。

"那为什么，本来说得好好的，你不能出尔反尔吧？"史光辉一板一眼地说，一副非要说清楚、说不清楚不罢休的架势。王美丽不由对眼前这男人又产生了一丝好感。她觉得眼前这位不愧是见过世面的北京男人，说话讲理，声音悦耳，条理清晰，即使焦急也温润和蔼，没有责备，相反传递着浓浓的善意。王美丽不由得联想起自家的男人，以及自家男人身边的那些狐朋狗友，脾气暴躁，说话粗鲁，动辄起急。此刻的王美丽并未回答史光辉的疑问，她静静地注视着眼前这个温文尔雅、却又正满脸焦急的北京男人，内心不由一软，那双美丽的杏仁眼瞬间流淌出迷人的温情。她又掠了掠垂下的长发，抿了抿嘴，索性反问："你和那病人到底是什么关系？"

史光辉一愣，不明白王美丽为什么要这么问话。我与病人什么关系难道那么重要吗，莫非护工干活也挑人选家属？难怪这些天请个护工都这么难，敢情买方市场在护工手里，甭管你是城市人北京人，并非你有钱想请人家，人家就愿意干。可眼下史光辉一家离不开护工，没有护工，接下来的日子将异常艰难。没有护工，自己和妻子怎么上班？让岳母照顾岳父吗？不现实呀，毕竟岳母也是年近七旬的老人了，到医院整天照顾岳父她肯定熬不住，何况家里的家务活也需要她。这么想着，史光辉虽有些纳闷，甚至有几分不情愿，却还是如实相告："哦，是这样，那老人是我的岳父。我们家人手不够，岳父住院确实需要请人照顾。你……你就留下吧，我们确实需要你。"史光辉说这话时一脸诚恳，一脸迫切，但声音仿佛春风化雨，柔和、温润，听起来十分熨帖、舒服，王美丽瞬间感觉难以拒绝。她心一横，忽然收回刚才想走的念头，不断给自己打气，她决意留下来，她倒要看看这么多年这个曾经让她伤心又让她痛恨的班主任是怎么过来的。

三

假如时光倒流二十年，那时候的王美丽可是个青春焕发、美丽迷人的农村女孩。王美丽虽然来自农村，却天生丽质，美若天仙。她不仅俏丽迷人，而且性格开朗，爱说爱笑，走到哪儿笑声就带到哪儿，那银铃般的笑声仿佛天生就从娘胎里带来，撑满了她的每一个细胞，兜也兜不住，掩也掩不严。那笑便只好任凭她的言谈举止如影随形，随时随地往外溢。要命的是，她笑起来眼里还脉脉含情，顾盼生辉，很容易让人想入非非。她笑容所至、目光所及，男人很难不顿生好感、萌生爱意。近水楼台、朝夕相处的同学更是竞相将她作为追逐对象。春心萌动的少男们频送爱意、暗献殷勤，时不时给她送文具、递零食，下雨时主动给她打伞，刮风时为她送衣。甚至有男同学愿意为她做作业。轮到王美丽值日做卫生，还有男同学抢先为她扫地擦黑板。凡此种种，不一而足。王美丽这样长时间受宠，天天被爱意包围，她那怀春的少女之心自然蠢蠢欲动，难以安分。原本她就智商不高、刻苦不够，学习成绩一直就是中等偏下，有了外来诱惑，优越感在她身上如瘟疫一样悄悄滋生，且一天天扩散。课堂上她时常走神，自学时她不能专心，成绩自然每况愈下。要命的是，她还影响了班里学习优秀的男生。班里几位学习冒尖的优秀男生，因了王美丽的存在，上课总是心神不宁，时不时要瞅王美丽，不看心里痒痒，下了课甚至还争风吃醋。

王美丽的学习成绩虽然不好，可她对学习成绩好的同学一向怀有好感。面对优秀男生频频传来的爱意，王美丽总是笑脸相迎。这笑容对王美丽来说很自然，一如春天禾苗破土、鲜花绽放，可这足以让钟情怀春的少男心猿意马，甚至神魂颠倒。而对于王美丽来说，那时候的她毕竟只是怀春的少女，对于男生的频频放电，她只是觉得好奇，有了好感，那种好感蕴含着温馨与美好。豆蔻年华的王美丽自然不愿意拒绝生活中的这种美好。不过王美丽对所有男生的感觉，也仅仅停留在这种懵懂朦胧、纯真美好的层面而已，还谈不上感情，更谈不上爱情。对于年仅十六岁的王美丽来说，爱情、婚姻之类的东西，在她心中一如她夜晚抬头仰望夜空、遥望星星一样，相距不止十万八千里。

班主任李建文老师可不这么想，当发现男生中的学习尖子因王美丽的原因而成绩下滑，甚至因为王美丽的原因而争风吃醋时，他焦急了、愤怒了。要知道他带的班是初三班，正面临激烈的中考。他带的班还是自初一以来成绩一直在同级中名列前茅的优秀班，他因此也连年被评为优秀班主任。对于视荣誉如面子、成绩如生命的李建文老师来说，班里的学生出了问题，男生中的尖子生成绩出现下滑，一如他颜面遭受威胁、生命出现危机一样，他突然警觉起来。他调动嗅觉睁大眼睛，密切注视学生中的蛛丝马迹，最大限度地寻找着问题的症结，很快将原因归咎在王美丽身上。期中考试之后的一天，放学的时候，他将王美丽留下，找她谈话。

"王美丽，你的成绩下降了，你知道吗？"李建文老师抖着手里的试卷，瞪着眼睛大声质问。

见班主任板着脸，黑云压城，王美丽脸上的笑容霎时被赶得不见踪影。她低下头，抿着嘴喃喃回答："知道。"

"知道，那你知道是什么原因吗？"李建文老师继续问。

王美丽抬起眼皮瞥了老师一眼，摇了摇头："不知道。"

"不知道？你天天来上学，竟然不知道成绩为什么下滑，你是真不知道还装傻呀？"李建文教师将卷子甩到桌面上，声音大了起来。

王美丽怯怯地偷看了一眼老师，抿着唇说："我笨，我不够努力。我……以后……一定努力。"

李建文霍地站了起来："哼，你自己成绩下滑也就罢了。你还影响了咱们班里原

视觉 / 吴家林作品
新加坡 (1996 年)

来学习好的一批男生，你知不知道？"

王美丽惊愕地望着老师，满脸狐疑，一脸的无辜。她嗫嚅着，欲言又止。

李建文老师抖着手指，母鸡啄食般好一番数落："你看看你，倒是长着一张好看的脸啊，可你的成绩却那么差，跟你的脸很不般配啊。成绩差也就罢了，你还拖班里的后腿，整天没心没肺地笑，狐狸精一样勾引男生，害得他们无心学习成绩下降。你真是金玉其外，空长一张好脸蛋啊！"

王美丽做梦也想不到自己一向尊敬的班主任会如此发火，更没想到班主任会说出这么刻薄伤人的话。不，这哪里是话，简直是刀、是剑，刀刀剑剑直刺她的自尊，此刻她的心头在汩汩滴血。她惊得眼珠金鱼一样往外突，美丽的苹果脸霎时扭曲了。

李建文老师却竹筒倒豆子般继续数落："不错，你是长着一张好看的脸蛋，可你将来难道真就准备靠这张脸蛋吃饭？你要这么下去，将来考不上大学，找不到好工作，你这么漂亮的脸蛋，难道去当农民、做保姆、当清洁工，干些下三烂的工作不成？那真是可惜你这张脸蛋了！你——"

李建文老师还想继续数落，王美丽却"呜——"的一声，像惊雷炸响，狂风大作，大雨滂沱。她捂着脸转身跑出李建文的办公室，任凭李建文怎么喊都不予理睬、不再回头……

四

王美丽跟着史光辉来到4号病房的时候，李建文老师正躺在病床上打着吊针。王美丽并没有叫这位曾经的班主任，她只是静静地站在床边，心情复杂地注视着病床上的李建文。与二十年前相比，李建文苍老了，他脸庞干瘪、清瘦、憔悴，眼窝深陷，胡子拉碴，头发斑白零乱，除了他的轮廓和神态，活脱脱像变了个人。岁月真像一把锋利无情的剪刀，王美丽脑海中忽然冒出这句话，她记不清这句当初到底是谁说的了，但她觉得这话准确、形象、生动。眼看着李建文突然苍老了，再也不像当初那样意气风发盛气凌人，王美丽内心隐约浮出一丝恨意与快感。心想：岁月也是公平的，你再厉害不也比我先老吗，当初的牛气哪儿去了？

最初，李建文老师并没有认出王美丽。只是当女婿史光辉将王美丽领到他的跟前，将王美丽的名字介绍给他时，他眼里掠过一丝不易察觉的惊诧。他扭过头将脸朝向王美丽，睁大眼睛想看清对方面容，越看越惊诧，越看眼睛睁得越大。再睁，那两颗浑浊的眼珠眼看着就要蹦出来了。

"你……叫王美丽？"李建文老师问。

"我是王美丽。"王美丽答。

"你是哪儿的人，家在哪？"

王美丽蹙了蹙眉，略显犹豫。她本不想回答，但想了想，索性如实相告："我家在山西省吕梁市中阳县暖泉镇桥上村。"

"噢，你在暖泉镇中学上过初中吧？"

"上过。"王美丽答。

"哪一年上的初中？"

"九三年到九五年。"王美丽答。

"太巧了，原来你是王美丽！你……还记得我吗——？"李建文老师清了清嗓子，忽然挣扎着想从病床上坐起来，女婿史光辉急忙按住不让他起身。"爸，您不能起来，您还在打吊针呢！"刚才岳父与王美丽的对话，也让史光辉惊诧不已。他感叹无巧不成书，世界真是太小了，原来王美丽还是岳父当初的学生。但史光辉做梦也没想到的是，岳父与王美丽之间当初曾经发生那样的不快。

王美丽被班主任李建文严厉批评并哭着离开他办公室的第二天，李建文老师发现王美丽没来上学。一连数天，李建文老师都发现王美丽没来上学。他不禁有些担心，也有些后悔，甚至开始自责，他意识到自己对王美丽的批评太严厉了，有些话太伤她的自尊。说到底，王美丽毕竟只是一个情窦初开的农村女孩。女孩都爱面子，都很自尊，心理还脆弱。何况王美丽平时都有男生追捧，有很强的优越感，素来只知快乐，不知伤心为何物，她怎么能承受这么严厉的指责和打击。她不会想不开吧？这么想着，李建文老师的担忧像虫子一样钻进他的内心深处，令他惴惴不安。

周末，李建文老师放弃休息时间，一个人骑着辆破旧的自行车，走了近十里的山路，径自来到王美丽的家做家访。他想与王美丽的父母做些沟通工作，也想向王美丽表示歉意，他想动员王美丽回学校上学。不料，那一天王美丽不在家，据说是跟着她父亲赶集到镇上卖红薯去了。家里只有王美丽的母亲留守。见到王美丽的老师来访，王美丽母亲的态度不冷不热，既不热情招呼也没冷言责备。当李建文老师提出让王美丽回去上学时，王美丽的母亲一口拒绝："俺家美丽说过，学校的老师太让她伤心，她自己不想上学了。她不想上就不上吧，原本她爹就不大愿意让她上，她成绩不好，读了书将来也考不上大学，花那个冤枉钱做甚？再说了，女娃读那么多书有啥用，既不能挣钱，又不能当饭吃。俺和她爹也想明白了，她不读也好，回家帮着干活，过两年找个好人家嫁掉算了。"别看王美丽的母亲只是个农村妇女，说起话来却像竹筒倒豆子，噼里啪啦，道理还一套套的，李建文老师几乎难以反驳。虽然王美丽母亲说的也是实话，依王美丽目前的成绩，如果不加倍努力，她初中能毕业就算不错了，考高中吗？悬。但李建文老师还是不忍心让这位农村女孩的上学之路因他而止，何况她还是个漂亮的女孩。怜香惜玉，凡男人都有，李建文老师也一样。

李建文老师说："大嫂，实在对不起，都怪我那天对王美丽的批评太严厉了，我向您全家和王美丽说声对不起。但王美丽毕竟还是个女娃，长得又俊，同学和老师们都很喜欢她，希望她继续上学，现在还刚刚是初三第一学期。依我看，她至少也得读到初中毕业吧？"说这番话时，李建文老师一脸恳切，谁都听得出这是肺腑之言。

王美丽的母亲一边打扫着院子，一边回答着李建文老师的问话，态度却依然不冷不热，她说："谢谢了！王美丽上不上学，得等她和她爹赶集回来，俺再问问她。你赶紧回吧，别再说啦。"

王美丽的母亲开始下逐客令，李建文老师无言以对。他只得悻悻地走出了王美丽的家。但离开的时候，他一步三回头，颇为不舍。内心深处，他期待着王美丽的消息，更期待着王美丽能继续来学校上学。

然而，事与愿违。周末转瞬即逝。星期一，王美丽依然没来上学。星期二，王美丽还是没来上学。之后一连几天，王美丽的身影都没有重新在学校出现。李建文老师的内疚和自责进一步加深。

转眼又到周末，李建文老师打算再做一次家访，动员王美丽继续上学。周五那天，他将这个想法向校长作汇报时，校长却制止他。校长说："上周你不是已经去过王美丽家吗？既然你已经过去，既然她自己不来上学，我看就算了。你知道，县里、镇里都在抓各校的升学率，王美丽的成绩那么差，你想让她拖后腿啊？还有，你不是说她在班里还影响男生的成绩吗，我看她不来正好，省得你们班成绩更差、升学率更低。"校长这番话让李建文老师很吃惊，可也让李建文老师无话可说。李建文老师琢磨着校长的话，觉得校长说的也不无道理。周末他还要备课，为学生批改作业，想了想终于放弃了计划中对王美丽的第二次家访。也是从那时起，李建文老师再也没有见到他曾经的学生王美丽。之后长达二十年的时间，李建文老师再也没有得到王美丽的任何消息。

因为正打着吊针，李建文老师不能起床，但此刻他百感交集。他躺在病床上将脸朝向王美丽："美丽，真没想到二十年后我还能见到你！你知道我到你们家家访，找过你吗？那天我对你的批评太严厉了，我想当面向你说对不起，我想请你原谅，想劝你上学。可那天你娘说你跟你爹赶集到镇上卖红薯去了。这事，你娘后来告诉过你吗？"李建文老师说话虽然吃力，依然有些含混不清，却仍然气喘吁吁、一字一句地说出来了。说完，眼睛注视着眼前这位越看越觉得熟悉的王美丽，焦灼地等待着她的回答。

王美丽却不置可否。她那双依然美丽的眼睛静静地审视着眼前这位二十年前的班主任老师，她在琢磨着这位曾经的班主任说的话到底是真是假。她感觉这番话似是而非，脑海一团雾水，眼前谜团重重。他真的到过自己家吗，母亲可从未向她提起呀！

未等到王美丽的回答，站在一旁的史光辉却双手一拍高兴起来："爸，原来您是王美丽的老师啊，太巧啦、太好啦。无论如何，你们原来是师生、是熟人。有学生来照顾老师，天下哪有这么巧的好事？求之不得呀！"说完，史光辉又笑脸盈盈地转向王美丽，"王美丽，你来得真是太巧了，我们太需要你啦。有你这位学生在我爸身边，我们真的比请谁都放心，太谢谢你啦！"说着，他不由分说，开始一五一十地向王美丽交代护理时需要做的一系列事情。比如何时吃药，怎么打饭，怎么上厕所，衣物在哪里，尿裤尿垫又在哪里。等等，等等，反正事无巨细，都是与护理有关的一切事宜，末了还再三叮嘱王美丽："拜托你了，希望你能将我岳父照顾好。工资按咱们约定的算，每月四千，干好了还会适当奖励，反正不会亏待你。"

对史光辉的这一番叮嘱，王美丽内心有些抵触、有些反感，心想：这人怎么没心没肺的，还没征得我同意呢你就自作主张一五一十给我安排活干？不过她那一丝抵触和反感，很快又被眼前这位外貌她并不反感、甚至有些好感的北京男人抵消了。看着这位北京男人儒雅白净的脸，看着他那副诚恳焦灼的神态，王美丽不忍心拒绝他。略显犹豫，她强迫自己留下来，她内心深处隐约有些好奇，她真的想看看李建文这个曾经的班主任这么多年到底是怎么过来的。

五

叮嘱完有关事宜，史光辉对王美丽说："我得走了，单位通知我开会，照顾我岳父的事可就全拜托你了。"说这话时，史光辉意味深长地看着史美丽的眼睛，表达着自己的迫切与善意。末了他又转身对岳父说："爸，我得赶紧回单位开会，有什么事您就让王美丽照顾您吧。下了班我或者玉芬再来看望您。"说完，史光辉拿起公文包匆匆走了。

王美丽与李建文老师面面相觑。

待回过神来，王美丽才主动问李建文老师："好吧，现在由我来照顾你。你，需要我做什么？"这是王美丽主动向她曾经的班主任老师说的第一句话，她既不称对方老师，也不用"您"。语气不亢不卑，态度不冷不热。

李建文老师感觉有些意外，但很快，他神态趋于平和。他说："美丽，你还未回答我刚才的问话呢！"

王美丽也有些意外："你刚才问什么了？"

李建文老师说："我刚才问你，我那天到你家家访，想动员你重新上学的事，你母亲告诉过你吗？"

王美丽没有回答，因为她母亲确实没有告诉过她。可她不能如实将这事告诉李建文老师，她想了想说："你问这个干啥，都是老皇历了，过去的就让它过去吧。"话虽这么说，她内心却依然耿耿于怀。她恨李建文当初对她那么不讲情面的责备与批评。当初要不是受李建文那么严厉的批评，自己当然会读完初中的，她想。

王美丽没有回答，李建文老师有些失望，可他也并不计较。他声音浑浊地说："唉，都怪我当初对你的批评太严厉、太不讲情面了。回想起来，我很后悔，我……我向你道歉。不过，你不继续读书，确实可惜。起码，你也该读到初三毕业呀。"

王美丽瞪他一眼："陈芝麻烂谷子的事，你老提它干吗？"她还是刻意避开对方的提问，毕竟李建文那次的批评，多少年来一直是她内心深处难以抹去的痛。

说话间，李建文老师的吊针眼看就要打完了。王美丽按了一下床头的呼叫铃，想告知护士。不料来的却是护士长唐慧娟，唐慧娟当初是王美丽的同班同学。

见唐慧娟走进病房，王美丽顿觉意外，她在这家三甲医院当护工快一年了，可从来没有见到过唐慧娟呀！不过再一细想，王美丽又觉得是情理之中，毕竟她以前一直在其他科的病房当护工，来神经内科病房当护工还是头一次。医院这么大，人这么多，自己整天又守着病人，她哪能那么巧就碰上唐慧娟呢？此刻见到唐慧娟，王美丽一眼就认出这位当初的同班同学，可她并没有喊她。唐慧娟进病房时只盯着李建文老师，没有注意到病房里站着的王美丽。是李建文老师主动提起来，唐慧娟和王美丽才开始相互打量彼此的。

见到王美丽，唐慧娟有些惊讶："哟——美丽，你怎么来这儿啦？！"忽然意识到这话不对，又猛地改口说："美丽，咱们好久不见了。"说着下意识伸出右手，主动上前同王美丽握手。

"慧娟，你好！"王美丽淡淡地笑着，却略显羞涩、尴尬，一只手被动地握着唐慧娟的手。她真的没有想到会在这儿见到眼前这位当初的同学。与王美丽相比，唐慧娟相貌平平。从外貌上看，王美丽是花，引人注目；唐慧娟是草，平淡无奇。王美丽招蜂引蝶，唐慧娟默默无闻。不过正因如此，天资并不突出的唐慧娟就更加专心读书，学习成绩虽不冒尖，却也一直保持中等偏上，最终竟也跳出农门，考上北京一所护理学院，毕业后幸运地留在京城的这家三甲医院工作。王美丽呢？却一辈子扎根在希望的田野上。

此刻，王美丽百感交集，她有些自卑，又有些不甘，她没想到眼前这位当初自己并不看好、甚至感觉并不如自己的同学，如今的境况却让自己望尘莫及。命运这个鬼东西，真是捉弄人啊！时至今日，王美丽的内心深处，却隐隐约约有那么一丝不服气。所以她的内心很快镇定下来，脸上的笑，也由开始的那么一点点自卑，渐渐变成不亢不卑。并且礼节性对唐慧娟说："慧娟，没想到在这儿见到你。"

唐慧娟一眼就看出王美丽是当护工来的，她爽朗一笑，对李建文老师说："李老师，您真是好福气，怎么那么幸运请来了王美丽。有这么一位过去的学生照顾，这回您就好好养病、安心治疗吧。"

李建文老师说："是啊、是啊，有你们这两位过去的学生照顾，我当然放心了。"

见他们俩一唱一和的，王美丽内心掠过一丝不屑。心想：你们俩自作聪明吧，我只是想干两天看看，说不准明后天一抬屁股走了，你们另请高明吧。不过想归想，她外表却没有一丝表露，而是微笑着、礼节性地点了点头。

唐慧娟为李建文老师拔下吊针，收起吊瓶导管什么的，对李建文老师说："李老师，您好好休息，我还得忙。让王美丽照顾您吧，有事您再招呼我。"临走时又对王美丽说："我走了，你好好照顾李老师吧，有时间咱们再聊。"

王美丽还是礼貌地点了点头："你忙吧。"

视觉／吴家林作品
纽约（1997 年）

≫

六

　　唐慧娟一走，李建文老师的事忽然多了起来。他先是说口渴，要喝水，水杯就在床头柜。李老师向来爱干净，他怕杯子落了灰尘，让王美丽将杯子拿到病房里的卫生间先冲洗一下。王美丽有些不屑，心想：床头柜又不是垃圾堆，你都病成这样了还穷讲究个啥？内心这么想，却碍于情面，还是拿起杯子走进了卫生间。打开水龙头，听着哗哗的水声，一转念却没有冲洗，心想：报复的时机来了。你穷讲究，我偏偏不让你讲究。心一横还将杯子伸进马桶的水里搅了一下，正要往外走，又觉得刚才自己这举动过分了，再说杯子有臭味可不行。她重新打开水龙头，哗哗地将杯子冲洗了一下，走出卫生间给李建文倒开水。水有些烫，王美丽也不说，她将活动病床摇了起来，让李建文半躺着将腰靠在病床上，然后把水端给了李建文。

　　李建文老师端过杯子，呷了一口，惊叫说："太烫了！"将杯子推还给王美丽。王美丽接过水杯，说："太烫就凉一会儿。"她看着李建文龇牙咧嘴的怪模样，内心掠过一丝快意。因为，她本来就是故意烫他一下。

　　水还没有凉好，李建文老师又说后背发痒。让王美丽拿来止痒药膏为他止痒。李建文老师说止痒药膏叫白皮金草本乳膏，放在床头柜的抽屉里。王美丽打开抽屉，一眼就看到了，却故意说没看到，她想多拖延会儿时间，折磨一下她曾经的班主任，心想：你就痒吧，狠狠地痒，多痒一会儿才好呢！看着李建文在病床上痒得一会儿嗞吧乱叫，一会儿愁眉苦脸，王美丽开心极了。可她忍着，没有笑，只在内心偷偷地乐、狠狠地乐。磨蹭了一会儿，王美丽才不紧不慢地将止痒药膏拿了出来，问李建文："药膏找到了，哪儿痒痒了？"李建文老师抬起胳膊，将手勾到后背，将痒处指给王美丽。王美丽明明已经看清李建文老师指的地方，却故意绕开那地方，用手指触碰着其他部位问"这儿呀，这儿呀"，却一次次被李建文老师否定。磨蹭了一会儿，她才从农村包围了城市，一步步触碰到李建文老师早就指明的发痒部位。李建文老师嘴上一直喋喋不休的"不是"好不容易才改为"是"。

　　王美丽这才用手指涂上药膏，小心翼翼地掀开李建文老师的衣服，将药膏涂抹到他后背的痒处。

　　抹完痒，又喝了水，李建文老师这才靠在病床上喘气。他刚才对王美丽的磨蹭隐约有些不满，却无从表达，也有意隐忍着不表达。不过，他还有太多的话要对王美丽说，他问王美丽失学之后干什么去了，现在的情况怎样，家里有几个孩子，丈夫在做什么工作？可这一系列的提问，王美丽都不予回答，王美丽敷衍说："你问这些干吗？跟你又没啥关系，你只管好好养病。"李建文老师内心有些不悦，心想：我是好意关心你呢，你咋啥都不说？师生都快二十年没见面了，换了别人，叙旧的话恐怕得一篓筐吧？这么想着，李建文老师心有不甘。他索性问："美丽，都这么多年过去了，你是不是还记恨我呀？"

王美丽一愣，不情愿地回答："这可是你自己说的。我……我要是记恨，干吗到这儿来侍候你呀？"明知自己这么说口是心非，可她还是说了。

李建文老师说："刚才见面我都向你道歉了，我是真心实意的。那次对你的批评确实太严厉了，导致你中途失学未读完初中，我一直后悔、自责。那时候，我是多么希望你能重返学校啊，哪怕我加班加点找时间为你补课，我也心甘情愿、在所不辞。"

王美丽不屑地白他一眼，心想：你是鳄鱼的眼泪吧？假慈悲！当初你当着我一个纯真女娃，捕风捉影，话说得那么狠、那么难听、那么伤人自尊，就你那刀一样的狠话，一下断了我的前程，改变了我的命运。当初我要不是失学，没准一努力也跟唐慧娟那样考上个大学什么的，跳出农门，哪里用得着今日这般漂泊在外当护工来北京侍候你？她虽然这么想，说出的话却还是理智地拐了个弯："嗯，都过去的事，老皇历了。你提这干吗？"

王美丽不接话茬，李建文老师有些失望、有些无奈，心想：或许她至今真是仍然记恨我呢。今天刚见面就问那么多，说不定人家很反感呢，自己是不是太心急了？此刻他提醒自己得慢慢来，好在还有时间沟通，自己会慢慢让她理解、原谅的。这么想着，他变换了话题："美丽，我想吃香蕉，你也吃一个。你将香蕉拿过来吧。"香蕉就在病床旁边的床头柜里，王美丽拿过香蕉，递了一个给李建文，自己却没有吃。内心道：哼，我才不稀罕你的香蕉呢！想拉拢收买我，没那么容易。

李建文老师咬下一口香蕉，发现对方没吃，说："你干吗不吃？别客气啊。"

王美丽说："你吃你的吧，别管我！"

李建文老师说："你不吃，我也不吃了。"说着将手中的香蕉递给王美丽。

王美丽没好气说："你……你这是干什么，刚才说吃，现在又不吃了，瞎折腾人啊？"

李建文老师望着她，讪笑："嘿嘿，我本来就不太想吃，只是想陪你吃。你不吃，我吃着也没啥滋味。"

王美丽听罢，内心浮起一丝暖意。心想：他真是想让我吃香蕉啊，那就吃呗，不吃白不吃，我干吗不吃？这么想着，她将李建文老师递过来的香蕉推了回去，自己又从床头柜里拿了一根香蕉，撕开皮大口吃了起来。李建文老师见罢，也跟着吃那已经咬了一口的香蕉，慢条斯理地嚼着。

吃完香蕉，李建文老师忽然内急，他想小便，左腿左臂却都不听使唤，这两天，都是女儿女婿端着带嘴的塑料尿壶为他接的尿。眼下女儿女婿都不在身边，这可怎么办？让王美丽这个过去的女学生为自己接尿，这成何体统？可不让她接，自己恐会憋出别的病来，再说时间一长，憋也憋不住，尿了床可怎么办？那就更糟糕了。此刻李建文老师内心狂风大作，电闪雷鸣，他意识到今天自己犯了一个天大错误，刚才见到王美丽的时候，他光顾高兴了，觉得来了一位自己过去的学生，肯定会比别人照顾得更好，却没意识到自己行动不便，拉屎撒尿需要人侍候，洗澡洗漱什么的也需要人侍候，这些见不得人的事要是自家的人也就罢了，陌生的护工也没什么，而眼下的王美丽可是自己过去的学生啊，堂堂的一个老师光着下身甚至赤身裸体让自己的女学生侍候，这成何体统？太丢人了！这要是说出去，让过去学校的同事和学生知道了，自己还怎么有脸见人呢？此刻李建文老师的内心风雨交加，又悔又急，斗争激烈。膀胱里却压力重重，尿急像惊涛拍岸，一阵紧似一阵不断袭来，令他焦躁不安，满脸通红，痛苦不已。这痛苦写在脸上，让王美丽一下捕捉到了。

王美丽说："你……怎么了？"直至现在，她仍然不肯叫这位曾经的班主任一声老师。

李建文老师捂着肚，表情痛苦地说："我……肚子疼，赶紧拿尿壶来，我要小便。"他终于绷不住了，尿急如着火，刻不容缓，这时候他可顾不上什么脸面了。

王美丽猛一愣，有些意外，虽然他以前也护理过行动不便的男病人，也需要侍候人家拉屎撒尿。可眼下她要侍候的却是自己过去的班主任老师，还是一位曾经挖苦过她不好好学习将来"去当农民、做保姆、当清洁工，干些下三烂工作"的班主任老师。不错，眼下自己干的就是为别人端屎倒尿的行当，甚至比清洁工更"下三烂"的护工。可护工怎么了，眼下你不也离不开"下三烂"的护工？有本事你别请我们这些"下三烂"啊！这么想着，王美丽心生鄙夷，也不免几分得意。她"哼"的一声，忍俊不禁："哟，李老师，你也要撒尿、需要我帮忙呀？真没想到啊！"这是她今天见面以来第一次称李建文为老师，却带着几分戏谑、几分嘲弄、几分揶揄、几分鄙夷、几分挖苦。她本想再磨蹭一会儿，狠狠地折磨他，却见他心急火燎，满脸痛苦，不停呻吟，同一病房的两位病友及家属也都众目睽睽注视着她。她不得不放弃邪念，迅速端来尿壶为李建文老师接尿。可她还是慢了半步，李建文老师的裤子还来不及扒开，汹涌的尿流便喷涌而出，裤子、被子全都被尿湿了。要不是王美丽眼疾手快，迅速躲开，李建文老师的尿液恐怕要嗞到王美丽的身上。

眼看着病床一片狼藉，王美丽气急败坏："你……怎么这么急啊，当过老师的还尿床尿裤子，不觉得丢人吗？！"话一出口，她自己都觉得过分，毕竟病房里的其他人都看着她。李建文老师则满脸羞愧、懊丧，闭着眼睛听王美丽的训斥，那样子像个做错了事的孩子。王美丽又气又急地看着他，心一软，忽然对这位曾经的班主任老师生出几分怜悯。

也许是觉得自己有些过分，也许是迫于病房里众人的目光，王美丽开始为李建文老师打扫战场。她为李建文老师换了干净的裤子，又叫来护士为李建文老师换了干净的床单和被单。她做这一切的时候，李建文老师有气无力地对王美丽说："对不起，我不是故意的，我实在是憋不住啊！"看着李建文老师落魄懊丧的熊样，王美丽没有答理他，内心既生气又好笑。尤其是为他换裤子，看到这位曾经的班主任老师丑陋的下身时，王美丽想：你这位所谓的班主任老师，当初你在学校也人模狗样、一副为人师表的样子，批评我的时候还冠冕堂皇，口口声声说我什么金玉其外，空有一张漂亮脸蛋。哼，你才是金玉其外呢，你道貌岸然，在学生面前口口声声教育人，今天扒下裤子你不也跟条狗一样光着屁股丑陋不堪嘛！当老师有啥了不起，凭啥可以随便批评人训斥人，眼下这样子你不也丑态百出？反正王美丽一边干活，内心一遍遍地嘲弄李建文老师。在这一遍遍的嘲弄中，她有了一次次报复的快感，内心得到一次次的满足。与此同时，她内心隐约生出一丝担忧，她觉得自己今天以来的所作所为，李建文不会怨恨吧，他会不会跟女儿女婿告状，明后天就让我走人呢？不过反过来一想，她觉得走也不怕，正中下怀，此处不留爷自有留爷处，再说你不让我侍候，我还不屑于侍候你呢！

黄昏的时候，李建文老师的女儿女婿都来了。当女儿女婿问李建文老师"王美丽照顾得怎么样"时，李建文老师一个劲点前头说："很好、很好。"王美丽大感意外，她久久地注视着眼前这位曾经的班主任老师，像刚刚认识似的。

七

三个人的病房，除了1床的李建文老师，还住着另外两个人：2床的刘平民和3床的雷政富。

刘平民是河北张家口的一个农民，五十出头，黝黑，干瘦，胡子拉碴，满脸皱褶，看上去像个非洲难民。只不过比非洲难民略胖，平和的脸上虽有愁容，却也时不时流露出憨厚的笑意。刘平民这几年在家乡干砖瓦工，因为高血压，一个月前干活时突发脑出血，剧烈头痛、恶心、呕吐、嗜睡和昏迷，走路还忽左忽右的打摆子。他先后在县医院和张家口医院住院治疗，前后已经花费三四万元，虽然病情稍微稳定，但症状并未明显减轻。不得已，全家砸锅卖铁倾尽全力将其送到北京，花了三百元从票贩子手里挂了个专家号，又靠一张从出院患者手里买来的二手活动简易床，在医院楼道和周边打游击等待住院床位，熬了十来天总算等到床位住了进来，等待做头上引流手术和腰椎穿刺手术。刘平民请不起护工，是妻子和女儿一直跟着陪护。母女俩整天愁眉苦脸，仿佛日子是根望不到头的苦藤，每天都需要他们一家慢慢咀嚼。

相比而言，3床的雷政富虽然是最后一个入住这个病房，却仿佛是一阵旋风刮进来的。那天入住的时候，他的身边前呼后拥，除了家属还另有几个男女随从。这些人像欢呼英雄凯旋一样大呼小叫，"雷部长"前"雷部长"后地嘘寒问暖。这些人搬来各种生活用品、各色水果和食品，还有一篮鲜花。只是这位"英雄"并非真英雄那般气宇轩昂，反倒像刚从前线败下阵来的伤兵，他嘴眼歪斜，说话时哈喇子流个不停，走路一瘸一拐，右手叉着腰，甩出的左手不时在空中打摆，样子很滑稽。他是严重中风患者，医生讲是大面积脑梗塞。从对方的言谈举止及后来与他们的交谈中，李建文老师渐渐得知，雷政富是河南某县委的组织部长。得病的当晚，他先被送进县医院，第二天在县医院院长的建议下被专车专程送到北京这家三甲医院。雷政富也没花钱请护工，但他带来两个本县来的年轻护工，都是他们县里的工作人员，一男一女，轮流照顾。雷政富的妻子和女儿，则都住在附近宾馆，每天都来看望雷政富，但更多的时间则是在北京到处旅游、闲逛。

听说雷政富从河南赶到北京的当天就入住医院了，2床患者刘平民的女儿刘彩霞禁不住问雷政富的女护工："你们怎么那么快就住进来了？我爹可是等了十来天好不容易才住进来的。"女护工听罢，久久打量着刘彩霞，一脸的鄙夷和不屑。娇刁的鼻孔挤出气流："哼，这有什么难的？住这么差的病房还需要费劲儿吗，三人一间，多拥挤啊！我们雷部长本来想住单间呢，可惜这医院现在没有，都让别人占用了，好扫兴啊！"

刘彩霞当场就被吓着了，她瞪着眼睛，又眨了眨眼、蹙了蹙眉，听天书一样傻傻地看着对方，仿佛是见到了外星人。

在场的王美丽也有些不相信自己的耳朵，她惊讶地看看雷政富的那个女护工，又望望给自己父亲当护工的刘彩霞，心想真是人比人气死人。自己要是与过去的同学唐慧娟比，不也是一样吗？说到唐慧娟，王美丽忽然好想见到她，可自打那天第一次见面之后，唐慧娟却一直未再露面。为了这事，王美丽禁不住问李建文，并且硬着头皮在久别重逢之后第一次称李建文为老师，李建文"噢"的一声，轻描淡写地告诉她："慧娟说这几天休年假，跟着丈夫和儿子到北戴河度假去了。"李建文老师的回答若有若无，似微风掠过，却在王美丽内心激起擎天巨浪。想当初与唐慧娟同班同学时，王美丽多么风光啊。论相貌，两人根本不在同一档次，王美丽绝对可以将唐慧娟秒杀。论学习成绩，王美丽与唐慧娟也相差无几。虽然唐慧娟总体上好一点点，可王美丽并没有将对方放在眼里，觉得是自己玩心大，用功不够。心想只要自己稍加努力，成绩追上甚至超过唐慧娟应该不成问题。可如今呢，自己的境况与唐慧娟却来了个大逆转，恐怕要算一个在天上、一个在地下。不说别的，来北京当护工之前，她哪儿知道什么叫休假、什么叫旅游？可接触多了，她知道城市里的人、政府的人（她在心目中将在外工作的人通通当作政府的人）都有休假、都有旅游。像唐慧娟这个自己压根没放在眼里的同班同学，不仅也有休假，也有旅游，而且还是到北戴河那么有名的地方去旅游。北戴河这个名字，王美丽过去只是在电视和广播上听到过，记忆中到北戴河旅游度假的都是些国家领导人，没想到唐慧娟也能去，还带着丈夫和儿子去，那滋味该多美啊。可她自己呢？身份是农民，干的是又苦又累又脏又下贱的护工。当初自己还是情窦初开的少女时，她像明星一样到处被男生追逐，被她检阅、挑选的人很多，可她偏偏选择了如今自己已经托付终身的丈夫。他并非王美丽的同学，而是村长的儿子，比王美丽大六岁，高中毕业虽未考上大学，但凭借当村长的父亲的关系，在镇派出所当了一名协警。他叫王英汉，一米七八的个子，又高又帅，能说会道，还特别会玩，时常骑着辆崭新的摩托车邀王美丽兜风。就因为他的高，他的帅，他的能说会道还会玩，当然还有潜意识中他村长父亲的背景，玩心也大的王美丽禁不住诱惑，放学后时常跟着王英汉开着摩托车到处兜风，到镇上看电影、逛街、吃喝、玩耍……日久生情，情窦初开的王美丽很快坠入情网，并在一次外出兜风时被王英汉连哄带骗偷吃了禁果，成了王英汉的女人。婚后王美丽也曾经享受过爱情与婚姻的甜蜜，但随着儿子的出生，王美丽那种甜蜜的日子稍纵即逝。王英汉游手好闲的毛病暴露无遗，他不顾家，好吃懒做，结了婚继续在外面拈花惹草，王美丽跟他吵、跟他闹，招来的时常是辱骂和毒打，王美丽如入牢狱，心都伤透了。王美丽就是被丈夫一次辱骂毒打时忍无可忍，狠心扔下儿子和家事离家出走，孤身一人到北京漂泊当上护工的……

八

那一天，因为挪床位的事，2床刘平民和3床雷政富发生了冲突。

3床的雷政富因为随从多，前来慰问的人多，慰问品也越堆越多，雷政富的老婆从外面游玩回来，见地方狭窄，不由分说，她便指挥那两个年轻护工将3床往2床这边挪了挪。这一来，3床靠窗户那边的空间自然就扩大了，可3床靠2床这边的过道却狭窄起来，原本在这边进出的2床刘平民及其家属自然也有了诸多不便。

2床刘平民的女儿刘彩霞首先提出了异议。刘彩霞对雷政富的老婆说："阿姨，你们这样挪床位恐怕不合适吧？您瞧瞧，你们这一挪，我们这边就变窄了，进出多不方便。"

雷政富的老婆瞟了刘彩霞一眼，满脸不悦撂下一句："有啥不方便的，你干吗非得从靠三床这边的过道走啊，靠1床那边不是也有过道吗？"

刘彩霞听了对方的回答，心想：这是什么逻辑？分明的强盗逻辑嘛！仿佛是被什么东西噎着了，她脸颊憋得通红，噎了半天才蹦出一串话来："你……你咋这么说话？我爹的床头柜本来就靠三床这边，这也是医院事先安排的，我们的东西都放这边了，我和我妈也已经习惯从这边进进出出的，凭啥得走1床那边的过道？"

雷政富的老婆抢白道："你们为啥就不能走那边的过道，你没看到我们这边人多东西多吗？嫌拥挤，嫌拥挤你们住大街上去啊，大街宽敞！"

这是什么话？简直是浑不讲理嘛！本来想讲道理的刘彩霞这回被彻底噎住了。她涨红着脸，浑身气得发抖，嘴中只断断续续蹦出"你……你……"，却没有说出任何完整的话来。刘彩霞的母亲虽然满脸不悦，却也不敢招惹对方，反而是扯了扯女儿的袖子，并用身体挡住了怒气难抑的女儿，息事宁人地说："算啦算啦，走那边就走那边吧，犯不着与人家置气。"

发生这一切的时候，王美丽正好在场。看着雷政富的老婆颐指气使蛮不讲理的样子，王美丽肺都快气炸了。本来与她不相干的事儿，却让她觉得自己仿佛就是刘彩霞，是被雷政富欺负的当事者。虽然她只是农家出身的一个小女子，可她打小就爱打抱不平，最看不惯别人以大欺小、以强凌弱。还是在读初一的时候，有一次在她放学路上看见小学的两个小男孩正欺负同班的一个小女孩，王美丽二话没说上前就给了两个小男孩一人一巴掌，一下子就把那两个小男孩打跑了。王美丽自己还将那个小女孩送回了家。眼下，王美丽看着官人雷政富的老婆欺负刘彩霞这样的农家女子，她恨得牙痒痒，恨不得上前给雷政富的老婆一巴掌。只是，现在的王美丽毕竟不是二十几年前的王美丽了，她已经不再年轻，并且已经为人妻也为人母，她更明白自己目前在社会中所处的位置，她认为自己只是个底层百姓，一个纯粹为挣钱养家糊口的护工，不到万不得已不要招惹是非。于是，理智这只无形却异常强大的手紧紧地箍住了她冲动的欲望，使她欲动不能。她只能在内心打抱不平，忿忿然望着雷政富的老婆以及可怜的刘彩霞。

正是在这个时候，李建文老师站了出来，替王美丽说了她想说但不敢说的话。李建文老师其实是躺在床上，扭过头对雷政富的老婆说："这位女同志，你这么说话、这么办事可不对。你嫌那边地方窄，想多腾出些地方，也应该和2床商量呀，不能蛮不讲理想怎么样就怎么样吧。毕竟这病房是我们三个人的病房，每人出的费用都一样，床位所占用的大小自然也应该一样。对吧？"

李建文老师说这番话时虽然仍气喘吁吁，也断断续续，却一板一眼，有理有据，让在场的王美丽刮目相看。王美丽万万没有想到，一向外表文弱的李建文老师敢在这个时候站出来主持公道，而且面对的是咄咄逼人不可一世的官夫人，李建文老师的形象在王美丽的心目中忽然高大起来。重要的是，李建文老师的这番话不亢不卑，有礼有节，让对方难以辩驳。只是雷政富的老婆大概已经习惯于骄横，不甘心在这样的场合丢面子，此刻虽然有些气急败坏，却难以发作，养尊处优的脸上那双诡异的眼珠骨碌碌一转，反唇相讥："喝——，你这位同志，说来说去归根结底不就是一个钱字吗？你说每个床位的钱大家出的一样多，那我们多出钱行了吧？你们要是缺钱，这房间里的三个床位钱都由我们包了，行吧？钱，我们不缺，我们不缺钱！"雷政富的老婆说这番话时，又恢复了咄咄逼人的态势，边说还边从她崭新的LV包中掏出两叠分装整齐的万元钞票，"啪啪"地在手里拍着，向2床和1床示威。

刘平民一家哪儿见到过这阵势，当场个个都傻了眼。

王美丽也震惊得瞪大了眼睛，心忽然间提到了嗓子眼。

只有李建文老师不紧不慢，他冷冷地望着对方，在床上欠了欠身，清了清嗓子，说："这位同志，你这样说话又不对了。你以为你有钱就可以为所欲为，想干什么就干什么吗？这儿可是北京，不是小地方，更不是你们县。北京是什么地方？是首都知道吧，首都可绝不像你们那小小的县城，首都凡事都讲规矩。你要是不讲规矩，我可要找这儿的医生和护士来评理了，你凭什么不经允许随意挪动这病房里的床位、多占用这房间里的地方？"李建文老师的脸色依然憔悴、苍白，但目光如炬，咄咄逼人。

一听说要找医生和护士评理，雷政富的老婆忽然像泄了气的皮球，原本那坚挺的气势忽然间蔫了三分。她鼓着眼睛，梗着脖颈，歪着满是怒气的脸"你……你……"地还想争辩什么，却让病床上的丈夫用手势制止了。病床上的雷政富用右手掌一下接一下地向下划着，歪邪的嘴焦灼不安地说着含混不清的话，似乎是示意"别说啦别说啦"之类的话。雷政富老婆这才气咻咻地停止争吵，傲慢的脸上却怒气难褪，那双不善的眼睛骨碌碌地转。

王美丽仍然气愤不过，她趁对方不备转身去上厕所，却不小便，也不大便，而是将组织部长雷政富刷牙的杯子伸进马桶的污水里反复搅拌，边搅拌边在心里恶狠狠骂"我让你狂我让你狂"，然后将杯子放水龙头下胡乱冲洗了一下，放回洗脸台的原处。做这一切时，王美丽很解气，感觉自己又当了一回路见不平、拔刀相助的英雄。

九

争吵停了下来，可矛盾并未得到解决。雷政富的老婆并未将病床挪回原位，雷政富所在的3床与2床之间的过道依然狭窄。2床刘平民的女儿刘彩霞气不过，只好到护士站找护士评理。

护士小张来了，二十出头、初出茅庐的小张一副正气凛然主持公道的样子。见原本位置整齐、过道均衡的4号病房里，3床的位置向2床挪动了，便噘着稚嫩的樱桃小嘴，义正词严地说3床："谁让你们移动床位了？这床位的位置都是按规定统一设定好的，不能随便移动啊！"小张说完，望着3床的雷政富以及他的那两位年轻男女护工，等着他们将三号病床搬回原位。只是雷政富躺在病床上，闭目养神，不知道是睡着还是装睡，反正是没任何反应。那一男一女的两位年轻护工，也只是瞟了小张护士一眼，无动于衷，埋着头玩着各自的手机。

众目睽睽，房间里的其他人都等待着小张护士的反应。只见小张护士脸一拉，花容失色，正色道："你们到底搬不搬啊，你们到底讲不讲理啊？"

那位年轻女护工见小张护士发火，这才说："这你别问我，你得去问问我们的林阿姨，她不让搬，我们不能随便搬；她同意搬，我们才可以搬。"小张护士知道，这位年轻女护工所说的"林阿姨"，就是3床病人雷政富的老婆，那位傲慢的组织部长夫人。

岂有此理！小张护士一听，肺都快气炸了。心想：你林阿姨算老几啊，莫非我们医院的病床都由你管了？真是蛮不讲理呀！她"哼"地一跺脚，拂袖而去。穿白大褂的小张护士快速走出4号病房，一串碎步急急忙忙地来到护士长唐慧娟的办公室，她想找唐慧娟护士长告状、评理，想请唐护士长亲自出马到4号病房处理那个蛮不讲理擅自挪动床位的事件。可惜铁将军把门，不知护士长此刻上哪儿去了。小张护士只得气咻咻地回到护士站自己的座位上。人在那儿坐着，心却像蹿进一头兔子七上八下跳，怎么也平静不下来。想想4号病房那个颐指气使的组织部长夫人，越想心里越生气，越想越觉得非尽快请唐护士长出面不可。

大约是十分钟之后，小张护士又来到护士长办公室门口，不想那位组织部长夫人却正在唐慧娟护士长的办公室，与唐慧娟正说说笑笑聊得火热。见此情境，小张护士大惊，满脸疑惑，进退两难。正想转身离去，唐慧娟护士长却叫住小张护士，交代说："小张啊，你来得正好。这位是林阿姨，就是4号病房3床雷部长的爱人。是这样，雷部长的亲属多，来慰问他的人也多，可病房有些窄，你去安排一下，将3床的位置往2床那边靠一靠，让3床靠窗户的地方留大些……"见小张一直蹙着眉，不明就里，唐慧娟朝小张护士摆了摆手，索性说："算啦算啦，要不我带你一起去病房挪一挪位置……"

那位林阿姨却适时插嘴，摆着手说："不用啦不用啦，唐护士长，其实那位置已经挪好了，我只是想请你们关照一下，尽量提供方便别再搬回去，毕竟来看望老雷的朋友实在是太多了，嘻嘻……"

唐慧娟听罢，爽快说："床已经挪了？好，挪了更好。回头我去跟2床和1床也说一声，毕竟都住在同一间病房里，大家都不容易，要尽可能互相体谅、互相照顾。"又回头交代小张说："小张，听着，就按刚才我说的，3床的雷部长要尽量照顾好。当然，还有1床的李建文老师也要关照，李老师可是我中学时的老师啊。"

小张护士听罢，心里像被人塞进一团乱麻，乱糟糟的，一时间理不出头绪，世界在她的眼前忽然变得模糊、陌生起来。

站在一旁的那位组织部长夫人却冷冷地看着她，似笑非笑，目光里有揶揄、嘲弄和几分得意。

小张护士霎时感觉到浑身像爬进万只蚂蚁似的，难受极了。无意间，她瞥见唐慧娟护士长靠门口的办公桌上放着一个信封，厚厚的，里面像装着什么，她冷不丁冒出疑问：信封里到底装着什么，这莫非就是人们常说的医生收的红包？唐护士长会收红包？她敢收人家红包吗？这一连串问号从小张护士心中冒出，烟雾一样在心头久久萦绕。

唐慧娟护士长倒是雷厉风行，她说了声"走，咱们到4号病房看看，小张你也跟我来"，不由分说就走在前面。三个人来到4号病房，唐护士长将刚才挪床位照顾3号病床的意思对病房里所有的人说了。包括1床的李建文老师、2床刘平民的家属，以及跟在唐护士长身后的小张护士在内，所有的人都静静地听着，有的惊诧，有的疑惑，有的愤怒，只有小张护士面无表情一直阴沉着脸。3床雷政富的亲属及随从此刻却挤眉弄眼，一个个喜笑颜开，掩饰不住脸上的得意……

十

唐慧娟的处事方式，让李建文老师倍觉意外，也让王美丽感到惊讶。明明是不公平、不正常的事，唐慧娟却硬是给拧过来，变成公平和正常了，还美其名曰"大家都不容易，要互相体谅"、"现在讲构建和谐社会，体谅是和谐社会的前提"……云云，理由都冠冕堂皇。

李建文老师想，即使真的要照顾3床人多地方要大些，也应当事先商量，不能先斩后奏吧？虽然唐慧娟将道理都讲了，可李建文老师还是觉得这道理有些讲不通，事办得有些生硬、有些蹊跷。虽然这么做自己并不怎么受影响，但他在为刘平民一家抱不平，他觉得人家本来就是一出身卑微、老实巴交的农民，患病住进医院本来就怪不容易的，3床你一个堂堂的县委组织部长就可以仗势欺人啊？李建文老师也想找机会与唐慧娟见面，将这些想法说了，但见面都是在病房里，那么多的人怎么方便说话呢？自己又有病在身，行动不便，怎么说目前是难有机会与唐慧娟单独说话沟通的。这么一来，李建文老师就只好将想说的话都藏在心里，将同情投给2床的刘平民。

　　唐慧娟护士长走后，李建文老师首先对刘平民的女儿刘彩霞说："小刘，唐护士长说的也不是没道理，咱们就互相体谅吧。你们那边地方小，可从靠我这边的过道进出，没啥大不了的，说起来都是小事。来，你们的东西那边要不便放就放到我这边来吧。"这番话，像平时拉家常，说得普普通通、平平淡淡，却让满心委屈的刘彩霞异常感动。她泪盈盈地望着李建文老师说："谢谢李老师！东西就不用动了，俺以后走靠您那边的过道吧。"

　　经历了挪床位的风波，王美丽对李建文老师的态度渐渐有了转变，心想毕竟是老师、知书达理的人，知道主持公道、关心他人。当然，唐慧娟到病房里扭转局面、讲那番话的时候，王美丽也觉得意外、惊诧，心生抵触、反感，她甚至在内心抱怨李建文老师为何不敢当面反驳唐慧娟，你是老师她是学生啊，为什么当面不敢讲理、不敢反驳？但这样的抱怨刚刚冒出，很快就被她自我否定了。老师与学生，那毕竟是过去的事，眼下李建文老师是病人，他有何能耐？他还有求于唐慧娟，还得靠唐慧娟关照呢！这么想着，她就释然了，渐渐将情感的天平倾向李建文老师。

　　李建文老师何止主持公道、关心他人？他还将关心付诸行动。女儿女婿送吃的，水果、点心、牛奶和饮料什么的，他一个人吃不了，便尽量让王美丽吃，也送给刘平民及其妻子和女儿吃，王美丽感觉在这些事情上，李建文老师的确很大方、很豁达，看得出他不是做做样子，而是实实在在将王美丽和刘平民一家看成自家人了。王美丽也将心比心，渐渐地将照顾李建文老师当成自己的事，吃药喝水、饮食起居、洗脸洗澡、大便小便等等，所有这些照顾李建文老师的事她都有求必应，细心周到，让李建文老师很是满意。李建文老师也时常在女儿和女婿前来探视时，对王美丽的工作倍加赞赏。王美丽听着也很受用。

　　唐慧娟护士长到病房来说了那番话之后，病房里风波停息、相安无事。2床刘民平一家也换成靠1床这边的过道进出，与李建文老师和王美丽每天也都平和相处，有说有笑。

　　3床的雷政富却相对独立，我行我素。他的护工，依然是一开始从县里带来的、一男一女的那两个年轻人。他的妻子和女儿，依然住在医院附近的宾馆，白天在外游玩，傍晚回来看一看雷政富。他的同事、朋友和亲戚，依然隔三差五、三三两两前来慰问，鲜花和各种慰问品越积越多，吃不完的水果和食品时常腐烂，他们宁可让多余的水果和食品过期腐烂，隔三差五地当垃圾扔弃，也绝不会让1床和2床的人分享。幸好1床的李建文老师自己并不缺吃，2床的刘平民一家虽然过得紧紧巴巴，经常是咸菜就馒

视觉 / 吴家林作品
昆明（1995 年）

头和米粥，却也不羡慕不稀罕3床到底在吃什么，甚至瞧都不瞧对方一眼，他们有自己的骨气和活法。

雷政富却不忌讳自己的富有，他时常在妻子和女儿前来探望的时候，当着众人的面，将前来慰问的人留下的慰问金从自己的枕头底下摸出来，一一交给妻子。

王美丽不屑3床雷政富的富有，但眼看着2床与3床物质上的巨大差距，她内心时常忿忿不平，心想这世界也实在太不公平了，同在蓝天下，一个县委组织部长和一个普通农民工，生活咋就有如此天壤之别呢？不过，王美丽的这种忿忿不平，只是隐忍着，藏在内心深处，表面看她同李建文老师和刘平民一家一样，与3床的雷政富每天相安无事，她只是利用自己上厕所的机会，时不时将雷政富的水杯和牙刷悄悄端起来，伸进马桶的污水里胡乱搅拌一下，然后放在水龙头下简单冲洗，以此发泄自己对雷政富一家的不满。

唐慧娟来病房查询得更勤了，每次来，先是与最靠近门口的1床的李建文老师打招呼，嘘寒问暖，然后望一眼2床的刘平民，却并不说话，径直进里面3床与雷政富寒暄。尽管雷政富说话仍含混不清，歪邪着脸和眼睛，哈喇子流个不停，但唐慧娟却关爱有加，耐心听着，时不时还嘱咐一旁那一男一女的年轻护工要注意些什么。遇到雷政富老婆和女儿在场时，唐慧娟更是热情高涨，与对方说说笑笑，谈得火热，一副亲密无间的样子。

病房里的王美丽虽然是唐慧娟中学时的同学加老乡，可唐慧娟并未表现出老同学加老乡之间应有的热情，除了最初见面时的几句寒暄，她对王美丽二十多年来的人生经历和生活状况并不多问，仿佛她们之间并非同学关系也非老乡关系。唐慧娟的这种处事方式，不仅让王美丽感到困惑，也让李建文老师感到意外。不过，王美丽对唐慧娟也不多问，同样并未表现出老同学加老乡之间应有的那份热情。这当中当然有一种先主后客的关系。王美丽想：你唐慧娟都不那么热情，我干吗要拿热脸去贴冷屁股？你现在是北京人，是护士长，你牛，可我也不稀罕。难不成我也离不开你、请你帮忙关照？哼，门都没有！我还年轻，好胳膊好腿的，眼下有的是力气，也吃得了苦，我凭本事干活，谁稀罕谁呀？于是，每次唐慧娟来病房查询，王美丽都不会主动同对方打招呼。目光与对方偶尔相遇时，也只是礼貌地点点头，不亢不卑，根据对方表情，礼节性地说或笑。这一切，被敏感的李建文老师看在眼里，李建文老师感觉唐慧娟有些过分，心想：你现在是北京人、护士长，身份上有优越感，可你与王美丽毕竟是老同学加老乡，再怎么说也不应该对王美丽不冷不热呀。一想到曾经的学生如今身份上有如此巨大的分野，李建文老师不由得感慨，再三替王美丽惋惜。不过，站在唐慧娟的角度讲，李建文老师也能理解，心想唐慧娟可能太忙了，没准也担心与王美丽关系太过火热会被王美丽粘上，毕竟王美丽眼下只是个地位卑微的护工，在北京漂泊做苦力，王美丽要是碰上什么难事麻烦事找唐慧娟帮忙，唐慧娟该怎么办？唐慧娟与王美丽保持距离，肯定是怕王美丽会给她添麻烦。反过来想，唐慧娟却肯定没什么事要依靠王美丽的。也是的，唐慧娟堂堂的一个北京人、三甲医院的护士长，会有什么事有求于王美丽这个地位卑微的普通护工呢？

<h2 style="text-align:center">十一</h2>

2床的刘平民入院以来，已经做了头上引流手术。大夫说，因为刘平民脑出血继发性感染，免疫力下降，体质虚弱，所以，在头部穿刺引流后，还要同时做腰椎穿刺加强引流。大夫说，腰椎穿刺手术不能只做一次，需要做多次，甚至反复做。到底需要做几次？大夫说还不好说，需要视刘平民的病情而定。不仅如此，为了控制他的脑出血继发感染，有必要使用抗生素，而抗生素是否有效，还要经常抽血化验，做细菌培养，查看细菌对药物的敏感度。如果细菌耐药了，还要将抗生素更新换代，甚至两种抗生素联合使用。刘平民大病一场，人也脱形了，医生说还可能需要输血，同时采取其他对症支持的辅助治疗手段。这一系列的治疗手段到底需要花多少钱？恐怕不在少数。且不说每次腰椎穿刺手术需要花上万元甚至更多，仅一根腰大池引流管就得花好几千。现在，抗生

素更新换代，价格不菲，再加上输血输营养液什么的，林林总总，光是药钱，一天下来可能就得一两千块，而且用多少还是个未知数，需要依刘平民的病情而定。

入住北京这家三甲医院以来，刘平民已经花了两万余元，加上此前在县医院治疗花的三万余元，前后已经花了五六万元。眼下又要继续一系列治疗，钱如山泉水般哗哗地往外流，而且只出不进，家境原本就不殷实的他们，感觉到经济上如登陡坡，压力越来越大。女儿刘彩霞高中毕业，在刘家一男一女的两个孩子中学历最高，甚至在刘家中也算最有文化。虽然家庭总管是只有小学文化的母亲，但为父亲治病张罗、奔波的事却责无旁贷落在刘彩霞身上。入院以来，刘彩霞已经先后三次交了住院押金，每次1万元，第三次押金虽然刚交两天，但眼下刘平民面临一系列的治疗，谁知道押金中剩余的钱能顶几天，加上身上剩下的那1万元，到底够不够用？这可是从家里带来的最后一点积蓄呀。对刘平民一家来说，眼下的日子像是一个讨债的魔鬼，每天早晨刚一睁眼，魔鬼便凶神恶煞前来敲门，天天来追债，刘彩霞感觉自己的心每天像急促激烈的安塞锣鼓，七上八下不停地敲，一阵紧似一阵。虽然每天内心都感觉到压力，但刘彩霞却咬紧牙关，像一位不屈不挠的女战士每天忙前跑后，不遗余力地与母亲一起照顾自己的父亲。按规定，病房里每位病人夜晚只准一位家属陪护，刘彩霞就让母亲陪伴父亲，自己一个人在医院里打游击。比方，在楼道或大厅里的固定座椅上打个盹，在花园里的石凳上躺一会儿，或干脆打开随身带着的一块塑料布铺开睡上一觉。天一亮，刘彩霞又回到病房里与母亲一块照顾病中的父亲。刘彩霞这样不辞劳苦地打游击，每天不用住宾馆（她也住不起宾馆），不用在医院附近租房（她也租不起房），自然省去了一笔不菲的开销。好在医院里治安尚好，患者及家属在医院夜以继日进进出出络绎不绝，无形中为她打游击提供了庇护，医院保安似乎也体谅她的贫穷处境，网开一面没有驱赶她，这让她每天虽然都诚惶诚恐、却总是有惊无险度过夜晚难熬的时光。即使如此，她自己每天还都是睡不好觉。自打陪父母到北京住院求医，她从未睡过一个安稳觉。为了节省开支，她每天更是节衣缩食，时常是在街头买个新出锅的热馒头就着咸菜填肚子，渴了就在医院的饮水机打免费开水喝。偶尔买的一两份带点肉味的荤菜或鸡蛋，她都是悄悄让给父亲和母亲。二十多天的游击战和消耗战，使刘彩霞这位二十出头、原本应该如花似玉的农村女孩，憔悴消瘦，面色苍白，看上去神采全无，仿佛是被烈日晒蔫的花朵。她的母亲，更是每天愁眉苦脸，唉声叹气。

那一天，刘彩霞的母亲正为刘平民日渐拮据的医疗费发愁，雷政富的老婆却带着一股浓烈的香水味儿花枝招展走进病房，满面春风地对卧病在床的雷政富说："搞定了、搞定了，主任医师、主治医生、护士长等等，所有环节我都红包开路，一个一个搞定了。老公你尽可放心，大老远的让你到京城治疗，就是要享受最好的医疗服务。"

老婆这么说的时候，病床上的雷政富冲老婆不停地摆手，示意她不要往下说。雷政富的老婆这才意识到了什么，瞅了一眼病房里的另两位病人及家属，依然大大咧咧无所顾忌地说："哟，这有啥呀，这年头谁不知道有钱好办事。别人都说关系重要，哼，依我说哪儿有钱重要啊。没有钱，人家凭什么要帮你？可你要是有了钱呀，哼，没有关系可以找关系。再说了人家拿了钱，能不帮忙吗？对啦老雷，唐慧娟护士长也答应了，过几天有病人出院，会设法将你调到单人间或双人间的病房。到时候，咱也用不着挤在这破地方受窝囊气了！"雷政富的老婆越说越兴奋，声调像女高音一样越拉越高，边说边瞅刘彩霞母亲和李建文老师及王美丽他们，似乎是故意要说给他们听，一副趾高气扬的样子。雷政富听着老婆没心没肺不停在那儿显摆，急得扭曲着脸龇牙咧嘴，一双眼不停地瞪老婆，恨不得变成子弹弹射出去打烂她那张絮絮叨叨关不住的嘴。

雷政富老婆说这番话的时候，刘彩霞母女内心都像爬进一窝蚂蚁，百爪抓心，感觉不是滋味。与母亲稍显不同的是，刘彩霞感觉雷政富老婆说这番话明显是冲着他们一家来的，要命的是这番话如隐形子弹，人家肆无忌惮射过来你却有口难辩，无法反击，因为与对方相比，刘彩霞他们一家除了性命一无所有，既没钱又没关系，根本不是对手，也根本不在一个档次，所以最好只能忍着，不要再招惹对手。这时候的刘彩霞只是一个劲地想：怎么当官的就这么有钱呢？难怪那么多人打破头都想当官，都要考公务员。这时候的刘彩霞也不恨对方，只恨自己笨，恨自己当初读书不努力，当初要是努力读书，没准也跟那些成绩好的同学一样考个大学什么的，哪怕是奔个大专拿张大专文凭，没准也能摸一摸公务员的门。听了雷政富老婆那番话，这时候刘彩霞的母亲也感觉内心热辣辣不是滋味，浑身上下都感觉到不自在。联想到刚才雷政富老婆说的红包，她内心也不由自主打起了小九九，她在盘算着自家的钱包和积蓄，到底够不够丈夫的手术和治疗费呢？即使勉强够用，不给主治大夫送红包能行吗？不送红包，人家大夫会不会精心治疗？这么想着，她内心忽然间滋生出一种欲望，这欲望像虫子一样不停蠕动，搔得她心里痒痒的很难受。她想她必须将这条令人讨厌的虫子赶出来。于是，她壮起胆子，拦住仍然停留在病房里但正准备往外走的雷政富的老婆，怯生生地问："这位同……同志，您说的得给大夫送红包，不送不行吗？"

雷政富的老婆惊奇地看着眼前这个浑身土气的中年农妇，一双凹陷的丹凤眼睁得老大，仿佛是撞见从地下冷不丁冒出来的出土文物。她不由自主地后退了两步，生怕对方挨上来似的，先是警惕地审视她，继而"嘿嘿，嘿嘿"地奸笑，揶揄道："谁说不送红包不行了？行啊，只要你交了医疗费，大夫没有不给你治疗的理儿。不过嘛——"她故意拉长腔调抬高声音，继续说，"哼，治得好不好，精心不精心，仔细不仔细，用心不用心，这可不是交了医疗费就能决定的。反正红包我们得送，不送嘛，一是情理上过不去，二是我们不放心。至于你们送不送，我可没工夫操心，你们自个儿看着办！嘿嘿，嘿嘿嘿……"雷政富的老婆眼珠骨碌碌的，眼神有得意有嘲弄，末了爽朗一笑，撒下一串笑声，不由分说拉起身边的女儿扭头走出病房，丢给病房里的人一双背影。她们母女俩留下的那股呛人的香水味儿，也在病房里久久弥漫，呛得李建文老师不住咳嗽。

眼看着母女俩消失的背影，一直在场的王美丽内心恨得牙痒痒，恨不得放出狼狗将她们母女吃了。明眼人都看出来了，雷政富的老婆是仗着有势有钱，故意欺负人嘛。可凭啥她们就那么有钱呢，又凭啥她们有钱就这样明目张胆欺负人呢？这世界真是太不公平了！因了这不公平，王美丽内心有一百个不服气，心想天底下的人都是爹妈生的，打小都不缺胳膊不少腿的，怎么就分出贫贱富贵三六九等？再说了，你有钱就有钱吧，我们平民百姓也不稀罕，不求你就是了，可凭什么你有钱就牛逼哄哄地狗眼看人低？王美丽这种不服气，在她的内心深处像雨后春笋破土而出，倔强地往上冒，拱得她焦躁不安无处发泄。她恨恨地盯着雷政富以及他一男一女的那两位护工，一转身又进了厕所。进厕所的王美丽不大便也不小便，她再一次将雷政富的牙刷和水杯端起来，伸进马桶中的污水搅了搅，然后打开水管冲了冲放回原处。做这一切的时候，王美丽觉得很解恨，她觉得似乎只能用这种方式才能发泄自己对雷政富一家及这个世界的不满。

十二

才过两天，雷政富就在唐慧娟护士长的帮助下调到别的病房了，是两人间。虽然不是他们一家期望的单人间，可也比原来的三人间宽敞多了。

雷政富走了，新的病人尚未入住，4号病房瞬间清静了不少。雷政富虽然走了，却并未带走刘彩霞母亲的心病。自打听到雷政富的老婆说要送红包的那番话之后，刘彩霞的母亲寝食不安，她一遍遍估摸着自己的钱兜，盘算着自己兜里的钱到底还能支撑多久。一方面，她让女儿刘彩霞去问主治大夫，想知道丈夫治病到底还需要多少钱；另一方面她还盘算着到底该不该给医生送红包。

父亲再一次做穿刺手术的时候，刘彩霞在手术结束时问主刀的邱大夫，父亲的手术还需要做多少次，到底要多少钱？邱大夫摘下口罩久久地审视刘彩霞，不置可否。刘彩霞生怕邱大夫有什么误会，讪笑着说："嘿嘿邱大夫，没……没别的意思，我是惦记着我家带的钱到底够不够用。"邱大夫这才说："这我可说不好，得依你父亲的病情而定。"刘彩霞尴尬地说："邱大夫，我们家是农村来的，身上没……没多少钱，您估摸着我爸最少还得花多少钱？"说出这话，刘彩霞的脸"倏"地红了，仿佛像被抓了现行的小偷。幸好邱大夫善解人意，他蹙着眉意味深长地望了她一眼，随口说："少说，恐怕也得有两万块钱吧。"刘彩霞内心扑通一下，心突然狂跳，像被谁惊着了。她向邱大夫道了谢，心事重重地回到病房。她将这一消息告诉母亲的时候，母亲瞬间感觉像被谁抽走了脚筋似的，脚下忽然间飘忽起来，左摇右摆得站也站不稳。女儿刘彩霞急忙伸出双臂扶住了母亲，一个劲安慰她说："妈您别急，咱们再想想办法。"躺在床上的刘平民喘着气说："孩子他娘，要不俺不治啦，俺……俺回家吧。"刘平民的声音不大，却惊动了妻子和女儿。妻子不知哪儿来的气力，忽然间冲着丈夫嚷嚷："你逞能啊，不治你的病能好吗？你的病不好，俺家靠谁挣钱，一家人喝西北风啊？"刘彩霞也安慰父亲说："爸，您的病刚治了一半，咋能半途而废不治了呢？您要是不治，原先花掉的钱岂不是白花了？不能啊，都到这时候了，怎么说也得治。钱不够，咱们再想想办法。"

可是，能有啥办法呢？刘平民这么想。他的妻子和女儿也这么想。

屋漏偏遭连阴雨，这时候刘平民的妻子又接到老家17岁儿子来电，说暑假即将过去，后天是新学期注册时间，学校催着他去报名交学费，加上课本费什么的，一共要两千多元。刘平民的妻子一听，心头又像被添压了一块大石，鼻一酸眼泪"唰"地一下往外涌。她一下蒙了，整个人拿着手机，呆呆地傻站着，手和脚都一动不动，任凭汹涌的泪水夺眶而出，以泪洗面。陪在身边的女儿急忙掏出手绢，不停地帮助母亲擦泪，可她自己的眼泪也禁不住往外流。与此同时，刘彩霞接过母亲的手机，冲通话那头的弟弟说："弟啊，咱爸正在北京治病，手头没有更多的钱，你能不能到学校同老师说说，学费缓一缓再缴？"通话那头的弟弟说："那哪儿行啊，学校老师哪能同意？"这头的姐姐说："你还没到学校说呢，怎么知道老师不同意？你试试看吧，反正咱家现在拿不出钱，我和妈眼下也没法回去。"那头"哇——"地传出一阵歇斯底里的哭声……

4号病房刚才发生的这一切，让在场的李建文老师和王美丽看到了。刚才刘平民说不治了，李建文老师心头就像被谁用线扯了一下，隐约有些胀痛。当听到刘彩霞的弟弟因交不起学费从电话那头传来的歇斯底里的哭声，李建文老师的心被彻底揪痛。他一边安慰着刘平民一家，另一边艰难地撑起身子，从自己的枕头底下摸出了一个普通的白色塑料袋，又窸窸窣窣地从白色塑料袋中取出一个牛皮纸信封，然后招呼王美丽，要王美丽将信封交给刘彩霞的母亲。

王美丽接过信封，看看信封，又看看李建文老师，满脸疑惑："这信封里面，是什么？"李建文老师清了清嗓子，说："信封里面……是五千块钱，你……给彩霞她妈吧，钱不多，但或许能够帮帮他们一家。"李建文老师说话时，声音沙哑、低沉，却如同一阵由远及近的春雷，先是低沉缓慢，紧接着"轰隆——"一声在王美丽耳旁突然炸开，让王美丽目瞪口呆，她只感觉到那雷声从自己心头轰隆隆碾过，震耳欲聋，惊心动魄！她万万没有想到，眼前这个曾经让自己记恨多年的李建文老师，会如此慷慨大方、干出此等感天动地的壮举来。她禁不住对这位曾经的班主任老师刮目相看，肃然起敬。

当王美丽还琢磨着怎么回答李建文老师的嘱托时，李建文老师却再次催促王美丽："美丽，你愣着干吗？还不赶快给彩霞他们送去！"循着声音望去，王美丽发现病中的李建文老师面色虽然苍白、憔悴，目光却炯炯有神，且异常坚定，不容置疑。王美丽只好服从。

当王美丽将装有五千元现金的信封交到刘彩霞母亲手中时，这位农妇捧着那个装着钱的信封，激动得语无伦次。她"蹭蹭蹭"地快步走到李建文老师床前，"扑通"一声跪下，朝李建文老师一个劲磕头。她的女儿刘彩霞也跟着母亲跪到李建文老师床前，一边磕头一边向李建文老师连连道谢。末了，刘彩霞搀扶着母亲站了起来，刘彩霞的母亲将那个装着钱的信封塞到李建文老师手里，激动地说："李老师，谢谢您的大恩大德，您的心意俺们领啦，可这钱……俺们不能收。因为您自己也要治病……"话未说完，李建文老师抢着话说："大姐，治病救人要紧，刘大哥是你们家的顶梁柱，他的病必须治好，不能半途而废，何况你家的儿子还要缴费上学，急需用钱。你就先收下吧，就算我先借给你的。我虽然也在治病，但医药费毕竟能报销一部分。再说女儿女婿就在北京，没钱他们会给我的。这钱，不多，但或许能帮助你们一家救急，你就收下吧。"李建文老师这番话说得十分诚恳，也入情入理，句句都说到刘彩霞母女俩的心坎上，让母女俩无可辩驳。母女俩双目四眼，你看看我，我看看你，又将目光转到李建文老师和王美丽身上。王美丽见状，上前接过李建文老师那个装着钱的信封，交到刘彩霞母亲手里，说："你们没看出来吗，李老师是真心实意要帮助你们。何况你们家目前确实困难，急需用钱，就算借，你们也要把钱收下，先渡过眼下这个难关，往后家境好转了，你们再设法还给李老师也不迟。"王美丽这番话也说得很诚恳，也同样入情入理。母女俩感动得泪水涟涟，连连道谢。病床上的刘平民也感动得泣不成声，此刻他扭头朝着刘建文老师，连声说："谢谢李老师……谢谢李老师的大恩大德……"

有了李建文老师这五千元救济，丈夫的医药费应该够了吧？刘彩霞的母亲在内心一遍遍盘算，也一遍遍在嘴边嘀咕。女儿刘彩霞也盘算着，听到母亲的嘀咕，她接过话茬："按理说，有李老师救急的这五千块钱，爸的医疗费应该差不多够了。只是……"刘彩霞忽然抿住嘴，心事重重地望着母亲。

母亲诧异地望着女儿，说："咋啦，你倒是说话呀！"

女儿翻了翻眼白，说："只是……还缺送红包的钱呢。"女儿朝雷政富原来住的3号病床努了努嘴，"人家不是说了，还得给主治医生送红包么？"

母亲蹙了蹙眉，久久盯住女儿，眼里透出茫然。她叹着气问女儿："是啊，还有什么……红包。这红包……得多少钱呀？"

女儿说："听人说过，几百是寒碜人，还不如不送。一千是毛毛雨，送了也是白送。至少也得两三千吧，没有这个数，人家大夫根本不当回事。"

母亲像被什么虫冷不丁咬了一口，惊叫起来："啥——这么多啊？这红包……不送行不？"

女儿说瞥了一眼母亲，说："也没说不行。"她又朝雷政富住过的3号病床努了努嘴，"那家的女人不也说了嘛，只要你交了医疗费，大夫没有不给你治疗的理儿。不过嘛，治得好不好，精心不精心，仔细不仔细，用心不用心，这可不是交了医疗费就能决定的。反正红包送总比不送好，送了，再怎么说人家也得念你个人情吧？可要是不送，人家大夫真会精心给我爹好好治疗么？"

母亲听罢，一时语塞，又不住摇头，叹气，末了一脸苦相。俗话说，没钱难倒英雄汉，何况她一个收入菲薄的普通农妇呢？仅仅几天，这位终日愁眉苦脸的农妇，一下子又消瘦了许多，看上去又老了不少。

"哼，依我说这红包就不送了——"刚才在一旁一直听着刘彩霞母女俩对话的王美丽插话进来，"你们家不是连治病、上学的钱都不够嘛，咋还送红包，咋交了医疗费还得送红包，岂有此理！这是啥世道啊，还让不让人活了？"王美丽睁大美丽的眼睛，边说边挥着手，她的语速极快，一副慷慨激昂的样子。

刘彩霞母女不约而同，惊诧地望着王美丽。就连病床上的刘平民也都扭着脸朝王美丽这边张望。

刘彩霞不解地看着王美丽，嗫嚅着说："你们说，不送红包，到底……能不能行？"说完她看看王美丽，又望望王美丽身边躺在床上的李建文老师，似乎想从更有见识的李建文老师那里寻求答案。但此刻的李建文老师正闭目养神，不置可否。

王美丽见状，索性替刘彩霞问李建文老师："李老师，您说说，刘彩霞该不该给医生送红包？"

病床上的李建文老师睁了睁眼睛，看看王美丽，又望望刘彩霞，先是点了点头，接着又摇了摇头，依然不置可否。

王美丽一跺脚，跨前一步，探下身子问李建文老师："嘿，李老师，你倒是说话呀！"

李建文老师被迫无奈，这才叹着气说："唉，我……也说不好。"

王美丽急了，一跺脚说："哼，这有啥说好说不好的？我就不信连这堂堂的京城医院都不讲理、不讲王法了？凭啥子交了医药费还得给你医生送红包啊？依我说，不送就不送。咱们老百姓没钱没势，饭都吃不饱，治病的钱都不够呐，凭啥还得给你医生送红包？"王美丽说得慷慨激昂，声嘶力竭，病房的窗户隐约被她高昂的声音震得沙沙作响。

刘彩霞惊得箭一样飞向门口，迅速将房门关上，嘘着声连连嗔怪王美丽："王姐你真是大胆，这么大声嚷嚷，也不怕让医生和护士听到了？幸亏那位当官的也不在咱们这房间了。"

王美丽一噘嘴说："哼，我才不怕呢？我又不偷不抢，光天化日的，谁还敢把我给吃了？"

刘彩霞叹着气说："唉，王姐，你说的我都同意。不是万不得已，谁还愿意花冤枉钱呀？可要是不送红包，我心里怎么说也不会踏实。我……我是被迫无奈，没法子呀！"说完这话，她久久地望着王美丽，等待着王美丽的回答。王美丽也久久地望着刘彩霞，目光炯炯，末了她咬了咬唇，说："你先别急，我帮你想想办法。"

十三

　　每到下班回家，唐慧娟的心情便不由自主沉重起来。上班的时候，怎么说她还是个握有一定权力、管着九十几个床位护士的护士长，每天指挥着一班人忙忙碌碌、却有条不紊工作。虽然她也受领导和上级管制，但相对独立的她多少还是有那么一些优越感和成就感。可一旦回到自己的家，她便受到婆婆、丈夫甚至是儿子的掣肘。在自己的四口之家，唐慧娟的权力和地位几乎排行老四。

　　唐慧娟的家在京城只能算一个再普通不过的人家，丈夫陈家男虽是北京某机关的一个副处长，而且祖辈四代都是地道的北京人。但在大小官员拥挤不堪活像蚁窝的堂堂首都，副处长算老几，随便捡块砖往街头一砸都能砸出好几个吧？小小的副处长官不像官兵不像兵，顶多算个小有级别的公务员吧？祖辈四代都是北京人又怎么了？陈家男的祖辈又不是皇亲国戚，连个为皇亲国戚跑腿的侍从都算不上，仅仅是北京南城拉三轮车干苦力的一介平民。陈家男幼年丧父，他是家中的独子。父亲车祸死后，当纺织女工的母亲一个人含辛茹苦将陈家男养大，本指望陈家男考上大学出人头地，不料陈家男高中毕业连三本都考不上。不得已，母亲忍痛将儿子送到部队当兵。成为军人的陈家男倒也争气，靠着自己在部队的努力，他一路摸爬滚打却也顺风顺水，十年间他从普通士兵步步晋升，从班长一直升到团长，最终转业回北京当了个副处长。这样的晋升，让数十年含辛茹苦的单亲母亲乐得合不拢嘴，一种不知从何而来的优越感像气球一样在她内心深处慢慢膨胀，祖辈都卑微惯了的她忽然间感觉自己也像个官员的母亲了，言谈举止、待人处事不知不觉地有了一种居高临下、颐指气使的习气。

　　唐慧娟与陈家男原本并不相识，是陈家男的领导周局长引荐介绍结为连理的。周局长当初也得过脑梗塞，也住进唐慧娟所在的这家医院。虽然周局长的脑梗塞只是轻度的，送得也及时，但住院的十多天时间里，当时还是年轻护士的唐慧娟对周局长照顾得无微不至，唐慧娟的朴实热情、细心周到让周局长十分满意。以至于出院的时候，年近六旬的周局长像关心自己闺女一样，充满关爱地握着唐慧娟的手说："小唐你有对象了吗？"唐慧娟脸一红，捂着嘴摇了摇头，有几分羞涩地回答说："还没呢。"周局长嗔怪道："哟，这么好的姑娘怎么能没对象？那哪儿成啊，不成！这事包在我老周身上，我帮助你想想办法，物色物色。"一句话说得刚到京城参加工作、当时还举目无亲的唐慧娟心花怒放，内心像抹了蜜一样甜滋滋的。仅仅过了一周，周局长就给唐慧娟介绍了陈家男。那时候的陈家男也没有对象，人家唐慧娟又是科班出身的大学毕业生，人长得虽不漂亮，可外貌也中规中矩，说好不好说差不差，反正是让人挑不出任何毛病，况且是陈家男的顶头上司周局长介绍的。领导关心你的终身大事，热心为你介绍对象，那不仅是看得起你，甚至是对你的信任与褒奖呀，一般人都求之不得呢，哪有回避推辞的理儿？陈家男与唐慧娟见面之后回到单位，面对周局长的再次关心询问，没有多想就答应了。可一回到家，母亲听说儿子相亲的对象是个外地姑娘，还是个农村的，不乐意了，说找个农村的穷亲家无异于往自个身上缠根苦藤，往后可麻烦了，不仅娘家人三天两头需要接济，甚至三姑六姨的都会来找你，没完没了的，你哪儿招架得住？那可是个无底洞！再说逢年过节，大老远的儿子儿媳还得两头跑，花冤枉钱不说，到哪头团聚都别扭。反正，母亲一股脑儿列出各种理由，不停地数落儿子。陈家男不申辩也不反驳，只是低着头像个乖巧的孩子，静静地听。待母亲说完了，陈家男抬起头说："妈，您说的都对。可这唐慧娟是我的顶头上司周局长介绍的，我不好驳人家周局长面子。再说了，您不是口口声声希望我进步吗？可我要是不给周局长面子，得罪了周局长，我……我还怎么进步呀？"母亲一听，像忽然触电似的，瞪眼张嘴的，却无言以对。是啊，儿子要是得罪了周局长，往后可怎么进步啊，不进步还怎么升迁、怎么出人头地呀？这么一想，陈家男的母亲不吱声了，只是长长地叹了口气。知母莫若子，母亲这个样，也就算默认了。母子俩都设想，只要仕途上能够不断进步，婚姻什么的也就算是人生的一把梯子，坚固就行，中用就好，好看不好看的倒在其次了。

唐慧娟与陈家男的婚姻，就是这样。说不上是什么巧合和机缘，反正是顺水推舟地就走到一起了，而且结婚后婆婆就成为他们一家的家长。只是陈家男的仕途并不像他们母子先前所料，借助周局长的关系得以进步和升迁，因为陈家男与唐慧娟结婚不到两年，周局长就因贪污受贿锒铛入狱了，陈家男的副处长于是便也原地踏步，十余年之后依然是当他的副处长。久而久之，陈家男和他的母亲就将怨气慢慢地撒到唐慧娟身上，尽管唐慧娟结婚第二年就已经为陈家生下一个儿子，尽管唐慧娟已经从先前的小护士晋升为护士长，尽管唐慧娟娘家的三姑六姨并没有像婆婆先前所料三天两头地进京城讨钱寻求接济。当然，唐慧娟自己的父母是需要接济的。在山西农村那个贫穷的老家，唐慧娟的父母是老实巴交的农民，一辈子伺候土地和庄稼，到头来土地和庄稼却没能给他们留下养老所需的保障和积蓄。唐慧娟的两个哥哥、一个姐姐，如今也都是靠外出打工勉强能养家糊口的农民，赡养接济父母的责任也自然而然地落到唐慧娟身上。唐慧娟每月的工资收入其实也只有五六千元，加上丈夫陈家男每月的六七千元工资，便成为他们四口之家生活的经济来源，唐慧娟哪来的钱接济自己娘家的父母呢？当然只能靠外快，准确地说是靠患者家属偶尔送来的红包了。最初时唐慧娟也诚惶诚恐，不敢收红包，但后来发现同事中一些主任医生、副主任医生甚至是主治医生都拿，她也跟着拿了，慢慢地也拿得心安理得。反正唐慧娟的红包不是白拿，她也从不主动索要。靠着当护士长掌控病房床位安排的权力，在患者家属急需救助的时候，唐慧娟总是能提供力所能及的帮助。一些受帮助的患者家属，自然也会以不同方式对唐慧娟表示感谢。烟酒茶水果等各色土特产，唐慧娟会带回家中。偶尔送来的红包，只要感觉安全，唐慧娟也不会推辞，回到家也绝不会告诉丈夫和婆婆，而是作为自己的私房钱，悄悄存入自己单独开设的个人账户，一部分用于接济老家的父母，余下的用于自己零花。唐慧娟给父母的钱不算多，也不是每月都寄，只是逢年过节或父母生日时，每次集中寄，有时寄两三千，有时寄三五千，反正是足够父母日常的生活开销。即使如此，唐慧娟对自己的父母至今仍然心存愧疚，因为工作至今她未能接父母到京城一住，甚至连让父母到京城看看也都没有。此中原因，就是她现在这个家。

唐慧娟在北京安了家，按说也应该是家中的女主人，其实不然。自打她嫁进陈家，婆婆便成为套在她脖子上的绳索，家里的事无论大小，几乎都要按照婆婆的要求，都要顺应婆婆的心意。做儿子的陈家男对母亲则是百般孝顺，凡事几乎言听计从。婚后的唐慧娟为此深深苦恼，背地里也不少与丈夫陈家男争执、吵闹，可陈家男要么是不理不睬，要么是拿出他的挡箭牌："我打小就没有父亲，全由母亲一己之力辛辛苦苦带大，母亲辛苦了大半辈子多么的不容易，我总不能惹她老人家生气吧？凡事你就将就着点吧，干吗要跟她老人家计较？"丈夫这话倒也是实话，一个单亲家庭中长大的孩子，成家立业之后总不能将母亲一脚踢开、不管不顾吧？何况家里也只有一套小三居室的房子，都七十岁的老人了，母亲不跟自己的儿子生活还能跟谁呢？每每想到这，唐慧娟的怨气便一如压到了钉子的汽车轮胎，慢慢地泄了，剩余的也只能慢慢地往自己肚子里咽。想当初，大学毕业刚在京城找到工作的唐慧娟，一心就想着嫁个北京人以便在京城立足，听周局长说陈家男是北京人又是个副处长，自己出身农村且仅仅是个护士，便像攀着了高枝似的二话没说答应了。如今想来，唐慧娟虽算在京城立足了，却并未找到她原本心目中的幸福。表面上看，丈夫是地道的北京人，也算有一官半职，是个副处长，可整天屁颠屁颠忙忙碌碌地听凭上级指挥，还时不时加班、出差，参加各种应酬。他对唐慧娟的感情也是说好不好，说坏不坏，不冷也不热，家务基本上指望不上。所以每天只要一下了班，唐慧娟便必须急急地赶到学校接孩子，然后买菜回家做饭照顾孩子，忙得像陀螺，一天下来，她感觉连骨头都累酥了，而且日复一日，天天如是。唐慧娟之所以至今没有将远在农村的父母接到北京看看，一是因为精力不济时间不够用，二是家里住宿条件不许可，更重要的是婆婆不会同意。别说让父母来京小住，就是春节带儿子回山西农村老家，婆婆都极不情愿，理由是农村太脏，怕自己的孙子染病。婆婆天生洁癖，动辄要求家里人洗手，碗筷每餐洗后都要消毒，桌椅地板每天擦得一尘不染，她自己用的东西绝不让别人碰。在婆婆眼里，农村等同于垃圾，脑子里满是脏乱差，去农村无异于上垃圾堆，她自然不愿意。正因如此，结婚十几年来，唐慧娟都很少回娘家，一般两三年才回家一次。丈夫和儿子就回得更少，丈夫两次（其中一次还是刚刚结婚），儿子一次，而且都是春节回去。每次从山西农村回到京城，刚进家门婆婆就逼着儿子儿媳和孙子洗手更衣，唯恐他们从山西农村带回病毒或瘟疫。每每这时，唐慧娟都觉得婆婆简直像个怪物，既可气又可笑，但最终她都只能服从……如此种种，这样的生活这样的日子，日复一日年复一年，长年累月，唐慧娟心头无形中像压了一块石头，也仿佛吸入了浊气，每天回家都感觉到压抑沉闷，心情难得松弛，脸上难见一笑。偶尔在丈夫的纠缠下行夫妻性事，唐慧娟也毫无兴致，都是被动应付，草草了事。

这一天下了班，唐慧娟依旧骑车先到学校接孩子，然后到自家小区附近的菜市场买菜，回家揿门铃，却不见婆婆前来开门。改用手敲门，也不见屋里动静。唐慧娟感觉诧异，莫非婆婆外出了？她只得将手里大袋小袋的菜放到地上，从背包里掏出钥匙开门。进了屋打开灯，唐慧娟发现婆婆整个人瘫倒在她自己房间的桌椅旁边，不停地呻吟，手里还抓着一块抹布，右脚的脚脖肿得像冬瓜一样粗大。唐慧娟一阵惊叫，忙扔下手里的东西，招呼儿子一块去扶婆婆，不料婆婆连爬都爬不起来，更无法站立，只是更加大声地一个劲嚷嚷疼。显然，婆婆大概是要踩椅子爬高擦灰尘，不慎摔下来的。唐慧娟让儿子看护奶奶，自己急忙打电话叫120急救，同时打电话催丈夫赶快回家。

十四

按照医生预计的疗程，刘平民还有几次手术就将出院了。为了让父亲能够达到更好的治疗效果，刘彩霞还在为是否应该向主刀的邱大夫送红包纠结。经过这段时间的接触，她感觉邱大夫还是不错的，态度和蔼，做事认真，从外表看全然猜不出邱大夫究竟是不是在意患者送不送红包。从情理上讲，给他送红包肯定是比不给送好，因为人都是讲报恩的，也都是讲感情的。"投之以桃报之以李"，这话是刘彩霞读初中时老师就讲过的，你给邱大夫送红包他还能不对你好吗？可反过来想，假若不给邱大夫送红包呢，他真的会对父亲百分之百好、用百分之百的认真给父亲做手术吗？假若别人都送红包自己却不送红包，邱大夫能高兴吗，他会不会记恨，会不会手术时给父亲使坏？刘彩霞不能肯定，她心生疑虑。此刻她只抱怨自己生在贫穷人家，更恨自己无能，恨自己不能挣更多的钱给父亲治病。她想假若自己有钱，毫无疑问，那肯定是要给邱大夫送红包的，送红包等于花钱买平安，至少是买个放心。

那天傍晚，刘彩霞照顾完父亲、安顿好母亲，像往日一样背起背包，径自离开病房到楼下寻找晚上的落脚点，她必须找到一处相对安静安全、也相对干净的地方过夜。刚出电梯，一个陌生妇女上来搭讪，神秘兮兮地问她卖不卖血，每200毫升给600元。刘彩霞有些惊诧，满脸狐疑，她警惕地审视对方，反问："你干吗的，怎么来找我？"

对方嘿嘿一笑，说："这位妹子，你别紧张，我跟你一样也是农村来的姐妹。我跟踪你已经好些天了，你一个大姑娘每天晚上幽灵一样在这医院里到处转悠，像没人要的流浪狗流浪猫一样找地方睡觉，要是有钱你能遭受这种苦？哼，让我看着都心疼。我要是没猜错，你肯定是陪家人来这里治病，也知道你们家肯定缺钱。可天下穷人都一样，哪个不缺钱？不瞒你说，当初进京城时我也缺钱，也卖过血。卖血又不是卖淫，不是啥见不得人的事，堂堂正正光明正大。咱们穷人是没钱，但有的是身体，急用时卖点血救急，填补家用，这有什么呀？许多农村来的兄弟姐妹都这么干过。何况你家人在这儿治病，说到底救人要紧呀，你说是不是这个理儿？"对方像一个演讲家，一股脑儿说出了这番话，说完脸上还挂笑，眼神既诚恳又带几分狡诈。可仔细琢磨，对方说的话又不无道理，甚至击中了刘彩霞的软肋、说到了她的心坎上，刘彩霞不由得有几分动心。她再次打量着眼前这位短发圆脸、看样子见多识广的陌生中年妇女，问："你说卖血，上哪儿卖呀？"

陌生妇女笑着说："不远，就在医院对面的胡同里。你要是拿定主意，明天一早不喝水不吃饭，打电话找我，我在医院门口等你。呶，这是我的电话。"陌生妇女说着，递过来一张名片。

刘彩霞接过名片一看，发现名片上赫然写着"救死扶伤，卖血光荣"，然后就是

视觉 / 吴家林作品
纽约 (1997 年)

对方的名字和电话。刘彩霞说："这名片上刘雪红的名字就是你？"

陌生妇女说："我正是刘雪红，你叫我刘姐好啦。名片上的电话也是我的，明天早上你来医院门口找我吧，记着不能吃饭不能喝水。"刘雪红说完，抬脚要走。

刘彩霞却上前一步堵住她："二百毫升才给六百元，太少了吧？你给一千吧，一千俺就卖！"

刘雪红的眼睛立马鼓得像金鱼眼："我的天，你这位小妹真敢狮子开大口，你是要卖血还是卖房啊？告诉你吧，二百毫升六百元你找遍京城也是这个价。"

刘彩霞眨巴着眼睛，将信将疑，末了拉下眼帘，自言自语："哼，连血都这么不值钱，那……那我就不卖了。"

刘雪红一看对方打退堂鼓，急了，她"嘿嘿"一声，讪笑着跨前一步说："妹子，看在你真缺钱用的份上，我咬咬牙，给你加一百，顶上天，我无法再加了。你爱卖不卖，不卖拉倒。"刘雪红说完，装作要走的样子。

刘彩霞却抢着问："大姐，你是说每二百毫升卖七百元？"

刘雪红肯定地说："是，七百元一分也不会少你。可要多一分我也不会给你。"

刘彩霞看着对方，沉默了，内心却打起小九九，在一次次盘算。原本，她想卖血挣一千元给医生送红包的，一千元虽然少了点，但送总比不送好吧，这是她内心已经拿定的主意。可如果 200 毫升只卖了 700 元，不足的 300 元怎么办，上哪儿找？她思忖着继续与对方讨价还价的对策，可听对方语气那么坚决，看样子是不会让步了。于是，她改变了策略："大姐，假如我多卖一百毫升血，你加多少钱？"

刘雪红圆脸上一双圆眼珠滴溜溜一转，嘴一咧，脸上立马开成一朵菊花："哟，妹子还想多挣钱呐？那敢情好。这样吧，咱们俩也别再讨价还价了，都图个爽快，按原来二百毫升谈好的价格，你多卖一百毫升我加三百五十块，三百毫升共一千零五十块钱，你看如何？"

刘彩霞一听，觉得这个数不仅已经达到自己想挣一千元的目标，那超出的五十元假若每天买馒头就咸菜，至少还够自己十来天的生活费，何乐不为？这么一想，她便满口答应："行。"

刘雪红一听乐了，脸上的菊花开得更加灿烂："好，就这么定了！不过得先提醒你，明天你只能先卖二百毫升，隔两天之后再卖另一百毫升。"

刘彩霞问："为啥？"

刘雪红笑，一只手亲昵地拍了拍刘彩霞的臂膀："哈哈我的好妹了，你问为啥？告诉你，你年纪轻轻的还嫩得像朵花，掐都能掐出水来，一下子抽三百毫升血，你挺得住吗，万一要出了事可怎么办？你一心只想着挣钱，我可不想为了挣几个钱惹出人命案！"刘雪红说完，搭在对方臂膀上的那只手还轻轻地摩挲着，竟然让刘彩霞感觉出几分亲热、几分怜爱。

刘彩霞内心瞬间生出一丝感动，她牵过刘雪红的那只手紧紧握着，摇了又摇："谢谢你大姐！那俺就分两次抽血，先抽两百毫升。不过……那另一百毫升血能不能提前一天抽？就是说，明天先抽两百毫升，后天接着抽一百毫升。因为……因为俺急着用钱。"她说的是实话，她急着卖完血尽快拿到钱好给邱大夫送红包。

刘雪红见对方那么着急，便说："明天你先抽两百毫升，看看身体状况再说吧。如果你的身体状况还好，再考虑抽另一百毫升。"

刘彩霞见对方又松了口，感激地笑："行，那就谢谢大姐了！"

刘雪红满意地笑："那就这么定了。明天早上七点到医院门口等我，记住不能吃饭，也不能喝水。"说完她抬腿离开，刘彩霞目送着她，一只手将对方留下的那张名片抓得紧紧的，仿佛生怕它跑掉了似的。

十五

那天傍晚，唐慧娟呼叫的 120 救护车十五分钟后就到达他们家。一男一女的两个医生拎着药箱和医疗器械，急急忙忙进了唐慧娟的家门，拉开架式察看唐慧娟婆婆肿痛的右脚脖，又给老人量了血压、测了心率，窸窸窣窣捣鼓了一阵，说老人右脚摔骨折了，得赶紧送医院。唐慧娟二话没说，嘱咐儿子要是饿了就先找点儿点心吃，好好在家做作业，她自己指挥救护人员将婆婆抬上车，跟车将婆婆送进了自己所在的那家三甲医院。她的丈夫陈家男，则是在整整一个小时之后才赶到了医院的骨科病房看望已经住院的母亲。

婆婆一住院，唐慧娟就更忙了。首先是她必须尽到儿媳的责任，利用自己在医院的人脉找到最好的医生，请骨科的护士同仁悉心照顾好婆婆，这些对她来说倒不是什么难事，毕竟自己在这家医院工作十多年了，虽然骨科与自己所在的神经内科不是同一个科，但吃饭开会什么的时常是低头不见抬头见，反正医院里就那么几百号人，医院的大院再大也大不到院外去吧。最由不得她的是，她必须为婆婆请一位理想的护工，他们医院最近无现成的护工，病房里那些护工可都是患者家属从外面那些散兵游勇讨生活的民工中物色请来的，理想不理想可不好说，反正好坏全靠运气和磨合。这时候唐慧娟才想起自己中学的同学王美丽，她想王美丽要是能来照顾自己的婆婆那是最合适不过的了，毕竟自己与王美丽熟悉，既是同乡又是老同学，让自己熟悉的王美丽照顾婆婆，知根知底，至少是要比别的护工放心吧。何况唐慧娟已经听李建文老师说过，王美丽现在对他照顾得不错，热情干练，细心周到，还肯干。只是王美丽眼下仍在照顾李建文老师，自己总不能夺人所爱、去挖李建文老师的墙角吧？唯一的愿望和办法，是等李建文老师出院后将王美丽请到自己家来。好在李建文老师再过一个星期就可出院了，只要工资不低于李建文老师现在给的价码，请王美丽到老乡加老同学的家来照顾婆婆，她应该是求之不得吧？话说回来，要不是自己的婆婆出了这档子事，自己是不可能让王美丽到家里来的，且不说婆婆压根不会同意，自己都不大愿意，毕竟现在的身份不同了，让一个四处漂泊的农民工到京城安居的家来，感觉总会有那么一些别扭，也有一些不那么让人放心。让自己的家彻底暴露在一个农民工的眼皮底下，谁知道对方会怎么想？毕竟自己的家也是堂堂首都的一个小康人家了，家境再怎么说也会比对方好得多，自己与王美丽过去又是同学，万一对方眼红怎么办？暗地里会不会使坏？暗地里会不会串通其他民工老乡前来偷前来抢？这么一想，唐慧娟又有些不放心了。可反过来想，不请王美丽而请素不相识的其他护工到家里来照顾婆婆，不是更让人不放心么？再怎么说，王美丽也是个自己熟悉的人，她真要是干出见不得人的事，自己总还能回老家找到她吧？

唐慧娟思来想去，越发觉得应该请王美丽，当然是在李建文老师出院之后。眼下婆婆住院，也只能暂时请别的护工了。

为了能够在李建文老师出院之后捷足先登请到王美丽，唐慧娟意识到自己理应先做些铺垫，毕竟自己好些天没同王美丽说上话了，每天检查病房，她都只是看看李建文老师，对他问寒问暖，而对旁边的王美丽常常只礼节性点个头打个招呼，似乎压根没王美丽这样一个同乡加老同学似的，说起来真有些匪夷所思。现在看来，唐慧娟意识到自己对王美丽多少有些冷落，除了久别重逢刚见面时的寒暄问候，而后半个多月的时间里，唐慧娟与王美丽这位老同学并未多聊，也未体现东道主应有的热情与关心，究其原因，唐慧娟承认是自己内心深处身份上那种油然而生的优越感。这也难怪，一个早已身居京城且已经是三甲医院的护士长，怎么可能与一个贫困农村的农妇相提并论呢？此时的唐慧娟既有些自责，又不断自我安慰。不过，她已打定主意，从现在开始要亲近王美丽，拉近老乡加老同学的应有关系。

这一天，唐慧娟从骨科病房照看完婆婆，回到自己所在科室的大楼，正想先到4号病房去看望李建文老师，顺便与王美丽多聊几句，甚至想到要将患者家属送的茶叶土特产什么的给王美丽分一点。可她刚出电梯走进病房楼道，就发现楼道里热闹非凡，一个女声正与一个男声激烈争吵，引来患者、家属及医护人员的纷纷围观。循着声音的方向，唐慧娟一串碎步钻进人群，发现争吵的是一男一女，那男的是他们医院的高从善院长，而那女的竟然是她的老乡加老同学王美丽！

十六

王美丽之所以要找高从善院长讨说法，并非心血来潮，而是早有预谋。自从刘彩霞为是否该向主刀的邱大夫送红包、并且最终认定砸锅卖铁也要向邱大夫送红包，王美丽有如鱼骨梗喉，浑身所有的细胞都像被火灼着了，她怎么也咽不下这口气。在她看来，患者本来就是弱者，身患重病本来就够倒霉的了，身体遭受痛苦不说，倾尽家资治病不说，还得花冤枉钱给医生送红包，这到底是哪儿的理儿？这社会到底还有没有王法了？那些日子，王美丽正为此忿忿不平、甚至夜不能寐之际，她又发现了刘彩霞的异常。

那天，王美丽首先是注意到平时一大早就来到病房的刘彩霞姗姗来迟，至少比平日晚来了两个小时，走进病房时还没精打采，面色苍白，说话都有气无力，仿佛是一夜之间被谁抽去了精气神。刘彩霞的母亲也注意到了女儿的异样，关心地问女儿哪儿不舒服了。刘彩霞苦笑着一只手撑开手掌，捂着额头掩饰说："我没事，可能是昨晚没睡好。"说完，又低头帮助母亲给父亲倒水喂药了。刘彩霞这么说，母亲和同屋的王美丽都信以为真，没太在意。但王美丽注意到刘彩霞一整天都像被霜雪打蔫了的南瓜秧，总是打不起精神，蔫蔫的不大说话，面色也依然苍白。王美丽还是以为刘彩霞可能真是昨晚没睡好的缘故。

到了晚上，大约九点半钟左右，照顾完父亲、忙活了一天的刘彩霞，像往日一样离开病房到医院里寻找当晚的栖身地，目光却与一直注意她的王美丽的目光意外相遇。

王美丽专注地审视着她，目光灼灼，宛若火苗一样烫着了她。刘彩霞猛地一激灵，仿佛闪电在身上掠过，她有些慌张地掠了掠头发，朝王美丽友善地笑了笑，欲言又止，那笑又显得勉强，还带着明显的苦涩。王美丽意识到，刘彩霞好像是有什么心事隐瞒着。当刘彩霞转身离去时，王美丽一串碎步追出门外，在楼道里堵住了她："彩霞，你真是身体不舒服吗，你好像有什么事瞒着你爸妈吧？"

刘彩霞有些吃惊地看着对方，目光却稍碰即逝，慌慌地移开，低着头，一双手漫无目的地绞捏着垂落在胸前的长发。沉默。

王美丽急了，用手嗔怪地拨捅对方："怎么啦，你还不信任我？你倒是说话呀！"

刘彩霞抬起头，目光却仍然慌慌地左右游移，无处逃遁。末了她抿着嘴，怯怯地望着王美丽说："美丽姐，谢谢你的关心！我……身体是不大舒服，可能是昨晚没有睡好。不过不要紧的，今晚我找地方多睡一会儿可能就好了。"话音刚落，脚下却发飘，身子禁不住摇晃。

王美丽赶忙用手扶住她的肩膀，眼睛却咄咄逼人地擒住对方的目光："你肯定没说实话！你到底怎么啦，快告诉我，姐看看能不能帮助你想想办法。"

刘彩霞感觉自己的肩膀被王美丽捏得好紧好紧，她极力想挣脱，却感觉力不从心，只得用恳求的目光望着对方："美丽姐，我……真的没事，休息休息就好了。"停顿了一下，又说，"美丽姐，后天上午我要是来晚了，你能不能帮我妈照顾一下我父亲？"

王美丽疑惑地看着对方："你干吗去？"

刘彩霞躲开对方的目光，抿了抿嘴，欲言又止。

王美丽急得直跺脚，双手抓住对方双肩使劲摇："瞎，你倒是说话呀，你不说话我怎么能帮你的忙？"

刘彩霞见对方越逼越紧，感到自己再也无法隐瞒，警惕地望了望前后左右，又拉着王美丽走到楼道的尽头，这才停下来对王美丽说："美丽姐，我要是把事情告诉你。你能不能替我保密？"

王美丽说："你尽可放心，你要是如实说，我保证只有你知、我知，天知、地知。"

刘彩霞见对方说得很坚决，一狠心，只好将自己今天早晨献血及后天还想献一次血的事如实说了。

听着刘彩霞的讲述，王美丽感觉自己浑身的血像被通电加热一样，迅速升温，热血奔涌。待对方说完，她的血也达到了沸点，仿佛就将奔涌而出要将自己的天灵盖掀开，她歇斯底里地摇着刘彩霞的双肩吼道："你疯啦，你不要命啊，你怎么能干出这种傻事！你没想你还这么年轻，这些日子都累成这样了还去卖血，你不想想你要是有个三长两短你爸你妈可怎么办？！"王美丽像疼爱自己的亲妹妹一样，暴风骤雨，劈头盖脸好一阵数落。刘彩霞眼窝里那憋得太久的泪水刹那间夺眶而出，顺着脸颊，像断线的珍珠扑簌簌地往下掉。王美丽心一酸，将刘彩霞搂进怀里，两个人在病房的楼道尽头抱头痛哭。

窗外夜色如墨，京城远远近近的灯光忽闪忽闪，一明一暗，仿佛夜晚数不尽的眼睛凝视着这人世间的不幸……

明白了真相，王美丽再怎么说也不让刘彩霞大晚上的像幽灵一样在医院里到处漂泊游荡了，至少是今天晚上，她无论如何不能让刘彩霞在外边流浪，她担心身体虚弱的刘彩霞出事。她好说歹说，将刘彩霞强行拉回病房，她打算将自己陪护的活动床让给刘彩霞，如果护士晚间查房驱赶，她就自己到楼道或院里打游击。进了病房，王美丽就将想法同李建文老师说了，当然她没有说出真相，只是说刘彩霞身体不舒服，今晚让她在我的陪护床上休息。这所三甲医院的病房里，每张病床旁边都配有一张伸缩两用的小活动床，白天可以收起，夜间可以拉开供陪护家属睡觉，每张陪护床每天收费二十元。李建文老师也是一直同情刘平民一家的，听了王美丽的话当然是满口答应，全力支持。只是他关心地问王美丽："那你住哪儿？"雷政富搬离4号病房之后，他住过的3号病床当天就被一个叫史高远的中年脑梗患者填上，陪护床也被他请来的护工占用，4号病房里根本就没有多余的床可供王美丽栖息。王美丽说："我好办，就坐椅子上也能睡着。再不济我就到楼道里找地方睡，反正彩霞妹今晚得在我的床上先睡。"话音刚落，王美丽不由分说拉开陪护床，将身体虚弱却还在推辞的刘彩霞强行按到床上。王美丽的举动将刘彩霞母女俩感动得泪水涟涟，刘彩霞的母亲还握着王美丽的手母鸡啄食一样连连叩头，千恩万谢。躺在病床上的刘平民也扭着头向这边的王美丽连连挥手，不停道谢。李建文老师看着眼前的情景，瞬间心头掠过阵阵暖意，他万万没想到自己二十几年前心目中的差生，如今会有如此感人的举动。他更加后悔自己当初严厉的责备导致王美丽的辍学。他想要是时光能够倒流从头再来，自己一定会倾心爱护、全力培养王美丽，要是能够将王美丽培养成大学生，那该多好啊。他很满意、甚至是感激王美丽这段时间对自己的照顾与陪护，可惜过两天自己就将康复出院了，他不知道自己以后是否还有机会与王美丽在一起。这么想着，李建文老师对王美丽既悔意连连，又浮生出无限的留恋……

因为担心夜间护士前来查房，王美丽照顾完李建文老师，安顿好刘彩霞，嘱咐刘彩霞的母亲帮助自己照看李老师，自己便离开病房到楼下物色自己当晚的栖息地。来到楼下大厅，她在医院的宣传栏意外发现一则通知，内容是"明天上午 8 点半，高从善院长将陪同市卫计委副主任马顺风到本院检查工作，望本院各科室各部门提前做好准备……"。看完这则通知，王美丽的内心瞬间像被勾出了一条虫子，心思忽然间活泛起来。巧的是，宣传栏原本就有好几幅高从善院长的照片，都是会议讲话或检查工作时的剪影。王美丽灵机一动，一个帮助刘彩霞一家打抱不平的主意从内心深处冒了出来，她有些不由自主地为自己的这个主意激动、兴奋，一股从未有过的正义感和神圣感也在她的内心深处油然而生。

有了这个主意，王美丽很兴奋，她带着这种兴奋在楼道里来回走动，在医院里四处踱步。末了她又回到神经内科的住院部，瞅准患者家属进出的机会悄悄溜回了 4 号病房。或许是老天开恩，这天晚上护士竟然没有前来查房，王美丽在病房的椅子上闭目养神熬过了一个特殊的夜晚。

十七

第二天一早，王美丽像往日一样准时起床，照顾完李建文老师拉撒洗漱、吃喝服药，一切打理停当，她便焦躁不安地在病房内外进进出出，也时不时到护士站打听消息，等候着高从善院长一行的到来。

大约是上午九点，伴随着一阵嘈杂的人声和脚步声，高从善院长如期而至，王美丽抖擞精神，瞅准机会在病房的楼道里挡住了高从善院长一行的去路。

唐慧娟挤进人群时，发现王美丽正咄咄逼人："请问你是高从善院长吧，我想问你，患者在你们医院做手术是否必须送红包？"

高从善院长惊诧地睁大眼睛，他万没想到在自己管辖的领地里，竟然会突然杀出个女程咬金。他有些吃惊，也有些愠怒，但或许是意识到身边的市卫计委马顺风副主任等领导在场，他的惊诧和愠怒稍纵即逝，转而是沉着平和地询问："请问你是谁？"

王美丽不亢不卑："我叫王美丽，是神经内科住院部 4 号病房患者的护工，请院长先生回答我的提问：患者在你们医院做手术是否必须送红包？"

高从善院长愣了一下，扭着头看了看身旁一脸严肃的马顺风副主任，又看了看前后左右正兴致勃勃围观的人群，镇定地反问："王美丽同志，你这话从何而来，谁说患者在我们医院做手术必须送红包了？"

王美丽依然咄咄逼人："不送红包，你能保证本院医生的手术质量，也能保证医生不为难患者和家属吗？"

高从善院长拍着胸脯说："我向你百分之百保证，本院绝对杜绝红包。如果你发现本院医生向患者索要红包或收受红包，无论牵涉到哪个医生，我们将一律严肃处理，严惩不贷！"

…………

王美丽与高从善院长正剑拔弩张的时候，唐慧娟站在人群的外围清楚地听着他们一问一答的对质，她意外，震惊，害怕，双腿发软，双手紧张得快要捏出汗来。一开始，她曾想到冲上前去拉开王美丽，可瞬间又胆怯了，理智提醒她绝不能上去，上前拉架万一让王美丽暴露自己的身份，高院长要知道了王美丽是自己的老乡、同学，那还不兴师问罪？高院长会对我唐慧娟怎么看，那不等于自找麻烦、自投罗网、自找苦吃吗？主意已定，唐慧娟便远远地躲在人群的背后，心惊胆战地听着王美丽与高从善院长的唇枪舌剑。

面对高从善院长的保证，王美丽镇定地说："好，既然你高院长这么说，那我向你反映一个情况……"她停下话，审视着高从善院长和他身旁的各位领导，又望了望前后左右围观的人群，冷笑一声，问高院长："高院长，你看我是继续在这儿说完，还是换个地方说？"

高从善院长又有些意外，他没想到眼前这个咄咄逼人的女程咬金既充满挑衅，又善解人意，他摸不准王美丽要反映的情况到底严不严重、重不重要，当着这么多人，要是真严重，造成不良影响那麻烦可就大了，他当然希望能换个地方听王美丽反映情况。可市卫计委副主任马顺风此刻就像一头老虎威风凛凛地站在自己身旁，他自己至多是一只小猫，哪敢做主？他只好扭着头，将探询的目光投向马顺风副主任。

此刻的马顺风副主任正一脸威严地注视着眼前发生的一切，但威严中带着期许。他冷静地审视着高从善院长，又赞赏地凝视着眼前这位眉清目秀、虽不年轻可也不失姿色的女护工，鼓励她说："没关系，你就在这儿说吧。大家都知道，如今的医患关系很紧张，今天我们到这儿检查工作，就是想倾听患者和家属的真实意见，以便改进我们的工作。作为一个普通护工，你敢于当面向我们反映情况，我们正求之不得。尤其是在今天，对我们来说也正是一次难得的工作现场会。我们将抓住这次事件，刹一刹医院的不正之风。你到底要反映什么情况，请放心说！"

迎着马顺风副主任投来的目光，王美丽看到了对方目光中隐含的鼓励与期待，一股勇气像鼓起的风帆瞬间充溢她的全身，她昂首挺胸，当着马顺风副主任、高从善院长等领导和众多在场围观者的面，忿忿不平地讲述了 4 号病房患者刘平民一家的窘境与遭遇、刘平民的女儿刘彩霞为了给父亲治病和向医生送红包不得已卖血，以及李建文老师慷慨解囊的前后经过。王美丽讲述这一切的时候，慷慨激昂，声情并茂，虽然带着浓重的山西口音，但她饱含深情的讲述和她那路见不平的侠肝义胆，却震撼着在场的每一个人，几乎所有的人都被她的讲述深深感染。

王美丽的话音刚落，高从善院长便如释重负，他情不自禁地上前握住王美丽的手说："王美丽同志，谢谢你，谢谢你反映的这种情况！"王美丽反映的情况虽然重要，也很真实，但只是患者正面临的窘境、纠结与遭遇，送红包的事也只是在酝酿之中，尚未变成事实，既不损医生的医德，也无损于医院的声誉，高院长有理由为此庆幸。

马顺风副主任的表情也不再像刚才那般严肃，紫铜色的脸上开始露出温情。他关切地问王美丽："刘平民一家在哪儿，还在 4 号病房里吗？"在得到王美丽肯定的回答之后，马副主任手一挥对高从善院长说："走，咱们去 4 号病房看看！"

4 号病房里，刘彩霞正和母亲一起搀扶着父亲起床，准备坐轮椅推到手术室去做腰椎穿刺手术，旁边一位男助理医生和一位护士在等候着他们。马顺风副主任和高从善院长等领导的到来，让刘彩霞和母亲都感到意外，不免局促。马顺风副主任和高从善院长你一言我一语地询问着刘平民的病情和治疗效果以及他们一家的经济状况，印证了王美丽所说的一切之后，当着马顺风副主任的面，高从善院长当即表态："刘平民同志，考虑到你们家的实际困难和特殊情况，我们计划为你减免余下疗程所需的医疗费用，将提交院长办公会讨论通过。你们省下的医疗费用可用于资助家里的儿子继续上学。"停了一下，高院长又对刘彩霞说，"你叫刘彩霞吧？你怎么能去卖血，怎么能够想到要用卖血的钱去给医生送红包？这太可悲、太不应该了！告诉你，我们医院向来杜绝患者向医生送红包，救死扶伤从来就是医院和医生的天职，医生绝不会因为你不送红包就故意为难患者和家属，这太荒唐了，根本不可能发生这样的事。你可千万不能再干傻事了。我向你保证，如果本医院出现医生或其他医护人员收受患者红包甚至向患者索要红包的情况，一经发现我们将一律严惩，绝不姑息。欢迎你和所有患者家属严格监督、举报。"

高从善院长地一席话，铿锵有力，如春雷滚地，一时间在在场所有的人心中久久回响。高院长的话音刚落，4号病房瞬间响起热烈的、经久不息的掌声。

市卫计委马顺风副主任望了一眼高院长，不住点头赞赏。马副主任环视了一周，微笑着对在场的人说："刚才高院长的一番话说得很好，我完全赞同。的确，救死扶伤是医院和医生的天职，可惜近年来被社会不正之风侵蚀了、扭曲了，以至于不给医生送红包，患者和家属都不放心。这确实太荒唐了。我们一定要理直气壮地杜绝送钱送礼等一切不正之风。不仅如此，像刘平民同志这样一些家庭确实有特殊情况和特殊困难的患者，我们医院还要根据不同患者的不同情况，适当减免过高的医疗费，为他们提供力所能及的帮助。我们一定要抓住今天的典型事件，在全市医疗系统开展一次生动的纠风教育，让救死扶伤的人道主义之风击退社会上的不正之风，使其重新占据首都的医疗阵地。从这一点上讲，今天我们要特别感谢王美丽同志，是王美丽同志的勇敢与勇气，才使我们今天能够倾听到了患者和家属的真实意见。王美丽同志，谢谢你！"马顺风副主任边说边走到王美丽跟前，紧紧地握着她的手不停道谢。病房里又一次响起热烈的、经久不息的掌声。

王美丽被这意外的赞赏和掌声感动得满脸通红，热泪盈眶。她那张红扑扑的苹果脸，也露出了多日以来难得的微笑。这笑容宛若春天悄然开放的迎春花，温婉明媚，美丽动人。

自始至终，唐慧娟护士长虽然一直站在围观者的最后面，但她亲身目睹了今天发生的一切，她的内心像坐过山车一样，经历了震惊、担心、惊喜等几个不同情感波涛的撞击。当王美丽的壮举受到高从善院长和马顺风副主任的先后肯定时，她有些激动，甚至有主动上前拥抱王美丽并向领导公开她俩老乡加同学关系的冲动，但这种冲动像流星掠过夜空，稍纵即逝。最后时刻，理智提醒她不可轻举妄动，她早已不年轻了，不再是不谙世事天真无邪的小姑娘了，多年的经历和阅历锻炼了她，她早已看惯了社会生活中太多领导的口是心非，热衷于做官样文章，会上一套会后一套，明里一套暗里一套，说的一套做的是另一套。此刻她暗自思忖：谁知道高院长和马副主任今天说的话到底是真是假呢？尤其是高院长，王美丽今天如此冒犯他，假如不是高副主任等检查组的领导在场，高院长会做何反应，他真会像今天这样唱高调吗？他口口声声说杜绝红包，身为一院之长，这么多年难道他真没有以权谋私收受过红包？高院长要是知道我唐慧娟与王美丽的关系，他会不会怪罪我唐慧娟呢？这么想着，唐慧娟便毅然决然地掐灭了自己内心的冲动，她甚至为自己的理智感到欣慰与庆幸。

但唐慧娟没有忘记今天的初衷，眼看着高从善院长和马顺风副主任等检查组的领导渐渐离去，唐慧娟假借查房关心李建文老师的机会主动与王美丽套近乎："美丽，你行啊，听说你刚才主动向我们高从善院长反映情况，受到领导们的夸奖了，真不错呀！"唐慧娟边说边伸出胳膊搂住王美丽，以示亲热。王美丽却将对方的手轻轻拿开，平静地望了她一眼，看不出高兴还是不高兴，然后径直去给李建文老师倒水喂药了。这举动让唐慧娟觉得有些意外，甚至有几分尴尬。

倒是已经能自己起床、此刻靠在床头上的李建文老师主动替唐慧娟解围："呵呵，看样子美丽不大习惯被人家表扬，她自己都不好意思了。"一句话，惹得在场的人都笑了。

十八

因了高从善院长的公开许诺和市卫计委的督促与重视，刘平民从那一天起的治疗费果真全减免了。不仅如此，医院还派出最好的专家组成治疗小组，为刘平民会诊治疗。刘平民的手术和医治效果果然日见明显，刘平民已经从先前的不能自行起床到现在能独自起床，并且已经能拄着拐杖开始在医院楼道行走，说话发音也日见清晰。这让刘平民的妻子和女儿喜出望外，感动不已。他们一家人对王美丽千恩万谢，对医方的开恩和李建文老师先前的慷慨解囊感激涕零。刘彩霞的母亲几乎每天都念叨"咱家这回真遇到贵人了"之类的话语，并且都以为这事完全是前生前世自家祖宗积下的德。

院方的宣传部门则在院长高从善的督促下，不失时机主动联系首都各大新闻媒体，对本院减免刘平民医疗费并全力救治的事件进行了连篇累牍的宣传报道，却只字未提本次事件的最初主角王美丽当初为帮助刘平民一家拔刀相助向高从善院长反映情况的壮举。

幸好当了英雄的王美丽对此并不在乎，她依旧每天脚踏实地地当她的护工，耐心周到地照顾着李建文老师。当然，看到同屋刘平民身体的日益康复及他和妻女日益开心温暖的笑靥，她也暗自为自己数天前的冲动与鲁莽感到高兴。

经过近一个月的治疗，李建文老师身体已基本康复。虽然他的力气并未完全恢复，气血也略显不足，但嘴不再歪斜，说话表达也基本清晰，幸运的是如今的他已经能借助拐杖自己慢慢行走，连上卫生间洗漱大小便也基本不用王美丽搀扶了。医生说，这在众多的中风患者中简直能算奇迹。一般的中风患者，要恢复到这种状态至少还得转到康复科进行两三个月的康复治疗。

　　眼看过两天李建文老师就要康复出院了，这天早上唐慧娟前来查房看望李建文老师时，瞅准机会拉住王美丽走到门外，悄悄对王美丽说："美丽，咱俩既是老乡又是老同学，这次意外见面快一个月了，我一直太忙未能单独约你，今天中午我请你到医院对面的肯德基吃肯德基如何？"唐慧娟说这话之前，是经过精心考虑的。她想家乡是农村，肯德基对王美丽这种身份的人来说比较稀罕，价钱又不贵，请王美丽吃顿肯德基先套套近乎，再提出请她到家里照顾婆婆一事，王美丽不至于不愿意吧。此前的一天，唐慧娟已经从李建文老师那里了解到，出院之后因女儿家里住房所限，李建文老师也没有要请王美丽到家里继续照顾他的意思。

　　听唐慧娟说出这话，王美丽有些意外，她睁大眼睛，审视着眼前这位老乡加老同学，有些怀疑自己是否听错了。意外重逢近一个月来，唐慧娟可从未表现出如此亲热，根本不像老乡更不像老同学，反倒像普通的陌路人，每天前来查房见面时都不冷不热地说不上几句话，眼看李老师就要出院，她葫芦里面到底要卖什么药？王美丽审视了唐慧娟几秒钟，嘴角忽然荡漾出一丝微笑，王美丽说："不啦，你忙吧，再说我也没时间，我得照顾李建文老师。"

　　唐慧娟说："没事，咱俩可晚点去，待你照顾李老师吃完午饭，安排他午睡之后咱俩再出去吃。你看如何？"

　　王美丽想都没想就给予回绝："不行，我是李老师请来的雇工，我不能离开。"

　　唐慧娟很执着："这事好办，我跟李老师说一声。"

　　王美丽依然固执："你甭说，说了我也不去。"

　　唐慧娟一脸惊愕："你……怎么啦？"心想你不就是个护工吗，怎么这么不识抬举？但这话她未说出口，只是像条顽皮狡猾的鲶鱼在心里不停搅动。

　　王美丽冷冷地说："没什么呀，我很好。我只是不想去。"嘴这么说，内心却想：才不稀罕你约请呢，你早干吗去了？自见面以来一直不冷不热，跟没我这个同学加老乡似的，眼下怎么大冬天烧热炕热乎起来了。

　　唐慧娟暗自思忖：咦，还真狗咬吕洞宾不识好人心了呢！我倒要看看你到底能牛到哪儿去。于是她索性开门见山："美丽，既然你不愿去，我也不勉强你。但无论如何咱俩是老乡加同学，应该是亲上加亲。我索性把话说开了吧，过两天李老师就要出院回女儿家了，他女儿在北京住房条件有限，不可能再请你到家里继续照顾李老师。我倒是有个主意，不知你想不想听？"说着她故意收住话，卖起关子。

王美丽抬起眼睛望向对方："你说吧。"

唐慧娟将对方装入眼里，笑着说："当护工老漂在外边，像打游击，吃住都不安稳，挺苦的。如果你愿意，倒是有个机会可到人家家里去照顾老人，工钱不会比你照顾李老师的少，吃住则会跟主人家里的一个样，比在医院好得多，也比较安稳。再说老住医院接触各色病人，时间长了难免对身体不好。"

王美丽听了不住点头，像心有所动。待对方说完，她问："是会比在医院打游击好，可你说的这家人是谁？"

唐慧娟瞥了一眼对方，一只手亲热地搭着王美丽肩膀，笑："嘻嘻，远在天边，近在眼前。不瞒你说，其实就是我家。我想请你到我家来帮助我做家务、照顾我婆婆。我不会亏待你的，你看咋样？"唐慧娟笑容可掬，满面春风，仿佛一位施舍者在等待被施舍者的道谢。

王美丽不禁惊讶，脑海快速穿越，一下回到自己的学生时代。与唐慧娟还是同班同学时，自己哪点儿比她差了？不仅不差，应该是比她强出许多，几乎不可同日而语。虽然论成绩两人不相上下，但论长相和个人魅力，可以说王美丽是花。唐慧娟呢，恐怕绿叶都够不上，顶多算路边小草。然而时过境迁，眼下自己与她唐慧娟却换了位置，自己竟然沦落到要受雇到对方家当保姆，这简直是奇耻大辱！此刻王美丽的内心像被针扎一样，隐隐作痛，她开始恨自己当初的无知，恨自己眼下的无能。假如当初不那么虚荣贪玩，自己何至于沦落至此，至少应该与她唐慧娟平起平坐吧？时至今日，自己却漂泊在外干护工。当护工当保姆虽也认了，但给自己过去的中学同学当，无论如何不可以接受。何况自从在京城意外与唐慧娟重逢以来，自己对唐慧娟的为人并不感冒，并且已经心存芥蒂，怎么可以受雇到她家去？想到这里，王美丽极力镇定自己的情绪，她掠了掠头发，微微一笑，不亢不卑地说："谢谢你的好意，我自己早有打算，你另请别人吧！"她声音虽然不大，但表情凝重，语气坚决，不容置疑，这大大出乎唐慧娟的预料。

唐慧娟双眉微微一颤，现出一脸惊愕："哦……那你打算干什么？"

王美丽瞥了对方一眼，并不想与对方过多纠缠，索性说："我不干啦，准备回家，我总不能老漂在外面吧？"稍停，未等对方说话，又说"抱歉，我得赶紧照顾李老师了"，话音刚落不由分说转身离去，丢给唐慧娟一个背影。唐慧娟的心瞬间仿佛被谁扯了一下，疼。

十九

大约一个月之后，唐慧娟因参加院方组织的横向业务交流到京城另一所三甲医院。那天，她在那家医院的一间病房里意外见到了仍然滞留京城、受雇在这里当护工的王美丽，只不过两人的目光如电光火石，刚刚擦碰便稍纵即逝，那一刻王美丽慌慌地扭转过脸，装作没看见似的照顾她的雇主患者去了。

瞬间愣得像木桩一样的唐慧娟也并未招呼王美丽，她感觉自己也有些尴尬，仿佛不小心撞入别人的隐秘之地，以至于慌忙地赶紧退出，落荒而逃，刹那间她心乱如麻。

打那之后很长的一段时间，唐慧娟一直郁郁寡欢，无论家里还是家外，生活似乎再也无法带给她快乐。最让她纠结的是，自己与王美丽明明是老乡加同学，好不容易在偌大的北京城意外重逢，原本应该是亲上加亲无话不说，可不知怎么地却成了陌路人，仿佛从来就不曾相识似的。细想起来，她也有些为自己重逢时的冷漠后悔，她渴望重新找回与王美丽年少时的同学友谊，可惜这种渴望如今看来已经渐行渐远，遥不可及。两个原本可以亲密无间的姐妹的人生，似乎从此就像两条平行线，再怎么伸延也都无法相交了。这时候，唐慧娟才真正体味到记忆中一位诗人说过的人生况味：世界上最遥远的距离，莫过于心与心之间的冷漠。

忙忙碌碌、浑浑噩噩又过了一天。下了班的唐慧娟骑着自行车行走在回家的路上，她身心疲惫，头有点晕，眼有点花，眼前热闹非凡、熙熙攘攘的车流人流，忽然间像喝醉了酒似的有些摇晃，天与地也像汪洋大海中的航船一样摇晃起来。她意识到自己可能病了，甚而感觉到得病的不仅仅是她自己，眼前所有的人、这个世界上所有的人似乎都病了。

——人有病，天知否？

晕晕乎乎之间，她忘记路口对面已经亮了红灯，突然间"嘭"的一声巨响，她连人带车被卷入奔驰而过的一辆水泥罐车底下。

天地间骤然响起一片凄厉的惊呼，震耳欲聋，惊心动魄……

言子

　　小说、散文、随笔见于《中国作家》《北京文学》《散文》《百花洲》《天涯》等多家纯文学刊物。曾获四川省"五一文学艺术奖"、四川省第三届巴蜀文艺二等奖、《滇池》文学奖、梁斌小说奖优秀短篇小说奖等奖项。

珠玉

言子

　　珠玉坐在阴沉沉的窗下阅读时，忽然想起一个书店，想起书店里那个书生一样的老板。那个年轻而清瘦的老板，珠玉好几年没见过他了！以前珠玉常去书店，网上购书后，珠玉难得进书店了，尤其最近两三年，书店在珠玉的生活里似乎不存在了。珠玉的眼睛停留在第 128 页，玩世不恭、愤世嫉俗的霍尔顿·考尔菲德正在纽约的中央公园寻找他的妹妹，他问一个溜冰的小女孩认不认识菲苾·考尔菲德时，珠玉突然想起了那家私人书店，那个文雅、面色白净的青年。该进书店看看了！珠玉合上书，起身面朝窗外，寒风将一林香樟树吹得狂乱，这种干什么都无趣的鬼天气，只适合待在家里读书，不读书的人，在这种冷冰冰阴沉沉的鬼天气里干什么呢？珠玉的左邻右舍，认识的熟悉的交往的，没有一个像她这样喜爱读书，也没有一个像她这样购买书籍，好些腰缠万贯的富人，一辈子都不读一页书，连通俗读物都不看，一生的时间全部用来追逐金钱追逐享乐追逐情色，或是，一生的时间都坐在麻将桌上。几天前，珠玉的一个朋友约了几个人去 K 歌，这个朋友喜欢叫上珠玉一起 K 歌，珠玉也乐意，她对唱歌不反感，唱去唱来，都是她喜欢的几首歌。当她用比较纯正的女中音唱德德玛演唱的《蓝色的蒙古高原》时，坐在她旁边的一个虎背熊腰的男人说："内蒙古是高原，不是草原吗？"珠玉看了他一眼，继续自娱自乐。从朋友的嘴里，珠玉知道这个男人是一个工厂的跷脚老板，下半生的时间都用来吃喝游玩，走过不少地区和国家，这样一个有钱的旅游者，问这种白痴的问题，走得再多再远，也是瞎走。一个不读书的有钱人，一个以旅游自豪的有钱人，连起码的地理都不晓得，走也是白走！六七个人里，珠玉知道，除了她，都是钱多得用不完但没有一个买书看书的。珠玉的朋友也不读书，有时珠玉收到赠书，推荐给她，她说："算了吧，我哪有时间读书？"珠玉知道她以前是要读书的，读那种好看的书，不知从什么时候起，不摸书了！唱完《草原恋》，珠玉觉得无趣，告辞。吃饭时，朋友电话她，她说已经到家了，不来了。

　　我就是个无趣的人！

珠玉望着窗外摇摆的香樟树想，这种鬼天气，不读书，真叫人绝望！

这种鬼天气，除了读书，珠玉还喜欢去河堤独行。

她是去河堤看见那家书店的，有些遥远了，那时她的女儿还在读小学，一晃，女儿都二十好几了！

书店小巧而精致，守店的两姐妹，朴素而安静，看上去属于那种有教养人家的孩子，她们的家就在这个富人小区，午饭和晚饭，其中的一个回家吃罢给另一个送来。有时老板和他的妻子也在，周末或下班时间，老板总是出现在书店，两口子同时出现在书店时，他们的小女儿也在身边，一个三四岁的孩子。老板的妻子也像个书生，戴眼镜，瘦小的个子，气质和长相与老板很般配，看上去也很恩爱。不知道老板和他的妻子是什么职业？有次买书，守店的姐姐对珠玉说老板是搞设计的，开书店并不是为了赚钱，属于个人爱好。珠玉听了感叹，个人爱好是需要金钱垫底的，多年来，她的愿望就是开个小小的书店，梦想罢了。她是个失业多年的下岗母亲，还是单亲，连温饱都成问题，哪有闲钱开书店？家境又不好，生活在乡村的父母兄妹也是俭省着度日，靠不上。珠玉梦想着有朝一日有钱了，开个书店，就叫小雅书店。如今，这个梦想中的店名已经被这家书店用了。这辈子也不可能有自己的书店，穷！让珠玉感到不可思议的是，老板怎么也把书店取名小雅，这是她萌生出开书店时冒出的名字。这店名倒是适合老板一家人，两口子都是那种不可多见的素雅之人。

第一次买书，珠玉就办了一张卡，8折。

有天下午买陈染的文集，她记得是1998年的深秋，一个叫花子进书店要钱，守店的姐姐把他轰了出去，而后对她说："前天这个人就来过，我们老板娘把抽屉里的零钱都给了他，好几十块！我们老板娘善良，不晓得这些人装穷，以乞讨为职业，这个老头这几年到处转，我都见过他好多次！"珠玉这几年上街也见到个老妞，换着地方要钱，有时在天桥，有时在公园门口，有时在超市门口，她不声不响低眉顺眼坐在地上，头上的褐色围巾裹住脑壳和半张脸，一只白色陶瓷缸摆在面前。珠玉第一次看到她丢了一块钱进去，后来上街总是遇见她以那种姿势讨钱，有时碰见她在天桥上，珠玉买了东西回转，她已经挪了地方，低眉顺眼坐在公园口了。珠玉曾经想以乞丐写篇小说，一个有钱的假乞丐，装穷弄傻在城市挨家挨户乞讨，试试人心到底有多善多恶。后来珠玉觉得写这种小说毫无意思，人心的善恶，她早有体验。

　　16 岁的霍尔顿没有找到他的妹妹，这个被西潘开除的中学生，一个人在纽约到处游荡，抽烟喝酒找妓女，孤独寂寞得要命。他几乎憎恨一切，有思想有见地，五门功课只有英语及格，并不是痴呆愚笨，相反，是个智慧之人，有点偏执。

　　霍尔顿从印第安博物馆出来，珠玉合上了书，这种鬼天气，要不要出去走走？珠玉喜欢一个人去僻静地走走，也喜欢在阴郁凛冽的天气走走。以前，她出门走走的地方除了河堤，就是她居住的后坡，一块被征用了二十多年的荒废的山野。这块闲置的山野，某个夏天，终于有人在上面开发楼盘，几片松林眨眼间消失，一幢幢楼房拔地而起，未封顶，眨眼间又停工了，满坡的烂尾楼。据说是哪一道"关节"出现了问题，两三年过去，遍地烂尾楼矗立原地。珠玉日日从窗口望见，便想起那些悠闲孤独的日子，那些慰藉了她的松林野草野花飞鸟池塘田埂，都被幢幢烂尾楼代替。现在，可走的地方只有河堤。她喜欢朝河逆行，一走就是半天，越走越荒僻，连人影都见不到。珠玉喜爱这种无人的境地，一个人，听着水声，逆河而行，内心同旷野一样寂静。走着走着，流水里出现一群野鸭，河洲上出现一群八哥，运气好的话，还能碰见一只戴胜鸟在草丛里觅食，一只水斑鸠在水岸疾走。下岗后离婚后，珠玉奔波劳累，为生存焦虑，是河流山野救了她！珠玉认为，对于少年霍尔顿，是那些野鸭救了他。纽约中央公园浅水湖的野鸭，从霍尔顿看见它们那天起，他就想知道结冰后，那些野鸭都去了哪里？坐车时，他向不同的出租车司机打听，没有人能够回答，认为他是个傻小子。珠玉也不知道那些野鸭都去了哪里。她曾经在后坡在河流上见过不同的野鸭，再去，那些野鸭都不见了！有个秋天，她在后坡的一口池塘见过两只野鸭，拳头大，好像是一对夫妻，优哉游哉地以池塘为家。珠玉站立塘埂上，看见它们觅食嬉戏睡觉，其中的一只叽叽叽叫个不停，像个小女人一样唠叨；另一只却是沉默寡言，干什么都是不声不响的。后来的一个黄昏，珠玉上坡来到池塘边，等了好一阵，也没听到野鸭的叫声。无影无踪。池塘边的青冈合欢乌柏光秃秃的，到处是黄焦焦的落叶。珠玉问一个过路的家在山坡上的男人，他也不知道野鸭儿去哪里了。冷起来，它们就要飞走，他对珠玉说。可是，冷起来，它们去了哪里？池塘离河流湖泊遥远，它们是怎么来到这里又是怎么飞走的？第一次看见野鸭消失的那个冬天，珠玉在一个太阳天望见一只老鹰在天空盘旋，她想是那只可恶的老鹰叼走了它。第二年秋天，坡上漫游，她又在塘埂上看见了两只野鸭，与去年看见的两只一模一样。它们又飞回来了？是不是去年的两只？珠玉在心里问自己，难道它们长不大？一年了还是老样子？冬至后，池塘一片寂静，两只给池塘带来生机和活力的野鸭无影无

≪ **视觉 / 吴家林作品**
纽约 (1997 年)

踪。它们去了哪里？这个问题一直缠绕着珠玉，就像纽约中央公园浅水湖的野鸭缠绕着少年霍尔顿一样。不过，珠玉那时还不知道有个美国少年在很多年前与她想着同样的问题。1951年，霍尔顿想弄清楚纽约中央公园的浅水湖结冰后野鸭去了哪里的那个冬天，珠玉不知道自己在哪个世界，也许她是江湖里的一只野鸭。还有一口池塘离这口池塘不远，隔着一片青冈林，发现野鸭前，珠玉有两个夏天漫步这里，看见一对潜水鸟在池塘生活。鬼精灵的潜水鸟，发现她，躲躲藏藏，在水塘捉迷藏。后来又见过豆娘，满池塘的豆娘密密麻麻穿梭在水面上。那是一个炎热的下午，珠玉苦闷地走着，来到池塘，看见了那个让她难以忘怀的美丽而壮观的场面。为了豆娘和潜水鸟，她特意在炎热的时候来过多次，不见踪影，它们，再也没有出现过。珠玉不知道这些鬼精灵去了哪里？飞走了，还是徒步去了他方？没多久，这口废弃的池塘成了草塘，另一口，生活过一对野鸭的那口，也成了草塘。珠玉似乎明白那些鬼精灵去了哪里，它们住在一片沉寂的烂尾楼盘下。

这种鬼天气，河堤上多半无人，后坡是不能去了，两口池塘以及池塘里曾经生活过的野鸭豆娘，都被埋在了楼盘下。这些消失后，珠玉要穿过喧嚣的大街抵达河堤，抵达一块空旷的僻静地。她戴上围巾和帽子，走进冷风。

过了那片富人区，便是河堤。

以前，珠玉过小区要进书店看看，有自己喜欢的书，便买下，那是多年以前了。读塞林格之前，她把海明威的两部小说集和一本研究海明威的书找出来温习，有两本是在这家书店买的，《乞力马扎罗的雪》是在2012年7月22日，《海明威画传》是在2007年2月25日，扉页上写得清清楚楚，日期下面都有小雅二字。珠玉一年要进多少次小雅、买走多少本书，记不得了，书店已被一家无人银行代替，24小时取款的那种。书店没有关闭，搬迁扩大了，有三家连锁店，一家在一所高校，一家在市中心一个背静院子出售音像的楼上，另一家在南山大桥头的小区外。珠玉上街，常常顺道去市中心那家看看，《乞力马扎罗的雪》就在这家分店买的，一个炎热的下午，流火的季节。她和老板早已熟悉，书店遇上，彼此望一眼，并不招呼，他们都是那种腼腆不善言谈的人。珠玉也在外面碰见过老板，有次看见他在干道上骑着一辆赛车迎面而来，有次在味千拉面馆，珠玉进门，发现一个坐在桌椅上的男人盯着她，珠玉回望一眼穿过面馆进了沃尔玛商场，她急着为女儿买一件东西。好熟悉的面孔！过了一阵，珠玉才想起那个她还在门外就盯着她的男人是她熟悉的书店老板，四目对视，珠玉在匆忙中竟然想不起是谁。珠玉后悔没有给他一个微笑，急匆匆走路。至今，想起他的眼神，珠玉认为自己太不礼貌，应该给他一个微笑的。我怎么过后才想起是他？珠玉埋怨自己的记忆。书店老板，或者说那个设计师，显然认出了是他的一个老顾客，远远看着。就在去年，珠玉与女儿在万达的一家餐厅吃饭，吃着吃着，进来的一对夫妻正是老板同他妻子，他们在珠玉对面坐下，隔着两张桌子。这么多年的波折、坎坷、焦虑，不仅仅是母亲，更多的是孩子备受精神上的煎熬和折磨，珠玉的女儿二十好几了，对面那对夫妻的女儿想必正在某所学校住读，不是周末，没带在身边。珠玉与女儿离开时，他们的饭菜还未上桌。

　　风有些刺脸，几颗冷雨从密集的高楼间飘落，柜员机前空无一人。这些冰冷坚硬的机器，对有的人来说很重要，对有的人却是一钱不值。就是一坨废铁！珠玉看着几台冷冰冰的柜员机，想起那些艰难而无助的日子，微薄的收入，每月还要从嘴里省下来买书。在衣物和书籍之间做选择，她会毫不犹豫地选择书籍，珠玉的日子，只能在二者之间选择。那些艰难而绝望的日子，这家书店给了她温暖给了她慰藉，而今，被冰冷的柜员机代替。珠玉想起那对朴素的姐妹，她们没有干到书店搬迁，接替她们的是一个胖乎乎的女孩，浓眉大眼，又黑又多的长发。珠玉在单位见过这个女孩，一个职工的孩子，跟着母亲从农村出来不久。女孩没干多久换了另一个年轻女人，一个剪小男头皮肤白净的女人，珠玉买书与她熟悉后，她常常主动向珠玉聊自己的事，离异，一个人过日子，说是来书店就是为了混时间。她向珠玉推荐流行读物，珠玉从来不买，无顾客时，她也读那些大家都叫好的流行读物。书店搬迁后，珠玉去书店，这个女人对她很热情，尽管她推荐的书珠玉不喜欢，她还是一如既往向珠玉推荐。那个胖乎乎的女孩，珠玉常常在单位大院碰见，她的母亲帮一家快餐店送菜，珠玉也常常在路上碰见，担子两头挑着两口大锑锅，珠玉想那锅里装的什么食物呢？红烧肥肠？萝卜烧牛肉？清炖排骨？那锑锅亮铮铮的，擦洗得真干净！这个女孩，现在是两个孩子的母亲，不再胖乎乎，还是一头黑幽幽的长发。她的母亲也不再送菜，而是帮她带孩子。
　　在书店，珠玉还遇见一个在媒体工作的熟人，还不到退休年龄，听说已经从一把手的位置下来，领着上岗工资过起退休生活。珠玉在书店与他相遇，每次看见他抱着一摞书离去，后来不再出现，有一天，珠玉听说他得脑溢血死了，孩子还在上学。好好的怎么就死了？人生真是无常啊！还是盛年，怎么就死了！珠玉感叹，世事难料啊！

阴冷的天，河堤上行人稀少。

珠玉记得有个冬天，大约三四年前，一个朋友的茶园开张，请客吃饭。这个朋友以前跟她在一个车间上班，珠玉下岗，她还在上班，车间效益不好，后来主动下岗了。她老公是单位一个部门的负责人，新来的一把手上台，看他不顺眼，下岗经营起了大理石，有了自己的公司和门面，房子也在外面买了。开张的这家茶园，是他们两口子从别人手里买下的老房子，改造装修，变了容颜。那天中午坐了六七桌，吃饱喝足，大家喝茶搓麻将，珠玉喝了一会儿茶，厌倦，告辞。茶园在铁路边上，珠玉出来，过地道过大街上了河堤。那天真是冷啊，寒风呼啸，珠玉逆风而行，逆流而行，凛冽中，很享受。她喜欢在恶劣的天气踽踽独行，比在喧嚣的茶园听麻将声舒服。人堆里，尽管珠玉的身边有那么多熟悉的人，哪怕是与多年交往的朋友在一起，珠玉也感到孤独和寂寞。一个人走在河堤，听风看云，反而踏实、安宁，内心满足。我就是孤家寡人的命！珠玉在寒风中朝河逆行，到了一片河洲，不见一个人影，越向前，越寂寥。风夹着雨。细雨蒙蒙。过了那片河洲，几片若隐若现的雪花飞落到珠玉的衣袖上。珠玉并不觉得冷，呼出的每一口热气白蒙蒙，和天空的颜色一样。过了一道河湾，珠玉的视线内是大大小小的雪花。我的运气真好！珠玉想如果无聊地坐在茶园听喧嚣声，哪能看到雪花？这座四季分明的城市，雪花已经成为稀客！珠玉在飞雪中，越走越远，人影模糊，到了另一块寂静地，辽阔而深远。朦胧飞雪里，珠玉想起《诗经·小雅·采薇》"昔我往矣，杨柳依依。今我来思，雨雪霏霏。行道迟迟，载饥载渴。我心伤悲，莫之我哀"的诗句，便在风雪里反复吟唱这几句。

她想起一个人。

杨柳依依的春天，珠玉走在长堤上，怀想中，总是思念一个人。一个让她一见钟情的人。他们一见钟情。那时珠玉还年轻，还没有下岗，她在五月的高地与他相遇。那时珠玉还没有房子，离异后同小女儿住在单位的单身楼，一间十二平米的小屋。跨进单位的那天，珠玉就住在这间十二平米的小屋，同屋的女子婚后去了丈夫的单位，又安排一个女子进来，直到珠玉结婚，女子才搬出去。珠玉住进这间小屋不到20岁，结婚25岁，生孩子27岁，第一次下岗24岁，再次下岗30岁，离婚33岁，住到在单位有了自己的一套小居室，珠玉已经40岁，她在这间十二平米的屋子结婚生子离婚，最美好的年华都是在这间简陋的小屋度过的，生活似乎又回到起点，一切都不似从前，珠玉不再是一个年轻的姑娘，是个离了婚的单亲妈妈，日子比从前更加艰难茫然。暗淡的小屋与她的心境倒是吻合，没有星星没有月亮。太阳照在别人的屋顶上。从高地回来，她的小屋漏进些微星光，珠玉望见了生命里的光亮。微弱而遥远，却温暖着珠玉的穷日子。有了憧憬和向往。那时电话还没有普及，座机对于一个家庭来说是奢侈品，手机还未出现，想打电话了，珠玉去邮局的电话亭，河堤附近。那些思念的日子，总是让她难忘。生命里微弱而遥远的星光。憧憬着茫然着忧伤着痛苦着焦虑着。每次走进电话亭，珠玉内心洋溢着快乐和幸福，心跳加速。珠玉怀念那些封闭的只能容纳一个人的电话亭。她走进邮局，走进电话亭，只为给那个人打电话，给别人打，她不进邮局，随便什么地方都行，大街上有的是公用电话。有了一套小居室，珠玉狠心花了一笔钱安装了一部电话，为那个人安装的，打过两次，那个人就从这个世界消失了。珠玉哭得一塌糊涂，痛不欲生。命运为什么总是捉弄我？我就是孤家寡人的命！好长一段时间，珠玉在灰暗里跋涉，没有人知道她的伤痛和绝望，生活还得继续。她想起一个人朝河逆行的那些黄昏，一年四季，人在河岸，心在远方。生命里微弱的星光从此消逝。

那遥远的为她黯淡的生命抹上一丝色彩的光亮！

那可怜的无望的爱恋！

昔我往矣，杨柳依依。
今我来思，雨雪霏霏。
行道迟迟，载饥载渴。
我心伤悲，莫之我哀。

珠玉记得她遥远的思念正是从杨柳依依的季节开始的，走到雨雪霏霏的时候，思念越来越遥远。

河堤无人。
漫天风雪。
开始是雪花，后来是雪粒。
珠玉站在几丛苍老的芦苇旁，听雪粒落打苇叶的沙沙声。天地苍茫。沙沙沙，沙沙沙。雪打苇叶的声音真是好听！

　　思念也罢，痛苦也罢，忧伤也罢，焦虑也罢，茫然绝望也罢，风雪里，朝河逆行，可以到达遥远的寂静之地！

　　多年来，珠玉就是在这种心境里挣扎着朝河逆行，渐渐到达了一块无人之地。

　　珠玉拿出手机看了看，不到黄昏，像是夜幕降临。几颗冷雨飘散。天地灰暗。自从那年的数九天在河岸遇上风雪，珠玉再也没有在这座城市见过一片飞雪。她朝天空看看，又望望四周，没有飞雪的痕迹。要想遇上一场漫天大雪恐怕难了！珠玉感叹着，看见一只黑雁随流水飞翔，渐渐隐没远空。接着，一对白鹭从她旁边掠过。另一只白鹭独立河石上，姿态优雅。白鹭独立时像一个老翁，一个仙风道骨的老翁，披挂的白衣更加增添了白鹭的仙气寒气。珠玉停下来，定睛看着独立于河石上的白鹭，也许是远古的哪位隐者！老子？庄子？陶潜？阮籍？王维？流放者屈原？这些古人中，她愿意选择哪一个做朋友呢？庄子？陶潜？阮籍？王维？好像都可以。做邻居也行，不必门对门，楼上楼下，一个单元，上上下下偶尔打个照面，点头、微笑，问候一句，不打招呼也行，相遇时四目相对，彼此把对方看着，不言不语。并不意味着陌生、冷漠，哪一天，煮饭时，突然发现厨房里没有姜或蒜，急需用，可以敲开他们的门，他们有急需的，也可以敲开我的门，要姜要蒜要盐都行。珠玉想着，继续朝前，阴冷里，越走越远。

　　转身顺流而行，珠玉可以到达喧嚣的城市，顺便约一两个人出来喝茶闲聊，一起打发时光。她总是逆河而行，除非有事，除非河岸上无人，她才违背自己的意愿。

　　有几年，珠玉再次下岗后，顺流去城市的某一条街道上班，一家房地产广告公司，珠玉是写手。她骑着一辆破旧的自行车，早出晚归，每周休息一天，晚上不能按时下班。下班后，还得做饭，还得洗洗刷刷，上班前，得先买好菜，日日上班都在赶时间，迟到扣钱。那个累，难以言说！珠玉被扣过几次钱，加班加点干活，从来没有一分加班费，迟到一秒钟，要扣除十块钱，珠玉每月的辛苦费只有几百块。老板以前是一个教师、一个诗人，经商后，完全是商人的做派。珠玉读过他的诗，写四川盆地的系列诗歌，那时老板是个瘦精精的教师，二十年后，珠玉再见他，一张面黄肌瘦的脸养得又白又胖，整个人比以前宽了两倍，一看便知是不愁吃不愁穿的成功人士。上班辛苦，除了采访，天天坐在闭闷的屋子对着电脑写字，老板审查她的稿子吹毛求疵。珠玉觉得老板对她还是不错，别人进去要试用三个月，珠玉第一个月就拿了全工资，没有试用期。有些大稿件，老板也交给她，月底可以多拿点钱。公司不止珠玉一个写手，报酬与写稿的多少挂钩，表面和气，暗里竞争，珠玉独来独往，做好自己的工作，从来不把心思放在那上面，也不请大家吃吃喝喝，她面临生存的艰难，没有闲钱也没有时间请人家吃吃喝喝。当然，他们的吃喝，也与珠玉无关。

坐在电脑前，珠玉常常觉得苦闷，有机会就找清静的地方走走，她偷偷去过河岸，去过李杜祠，在无人的中午，高温天，大家午睡的时候，她寻找一块僻静地蹓跶、发呆，心情舒畅了，再赶回办公室。她记得那个炎热的中午，对面的一个诗人小伙子扑在电脑前午睡，她悄悄出来，穿过洒满阳光的大街小巷，穿过江流，进了李杜祠。

园子里一片静谧，没有人像珠玉一样在炎热的中午蹓进来寻找安静。她在绿荫下绕着园子转了一圈，坐在园子中央的水榭上，看池塘里的几条小鱼游动。阳光斑驳，凉风绕绕，一对白头翁站立香樟树上婉转鸣唱，一只蝴蝶贴着长满小竹的岩壁飞过，一只蜻蜓从池塘上掠过。珠玉看着这些，心里有了宁静，她愿意就这样待下去。这块宁静之地。坐着坐着，看看快到上班时间，珠玉起身出了园子，一脚踏进喧嚣。

为了寻找宁静，珠玉有时提前出门，骑着破旧的自行车沿着河岸去办公室。她在柳荫下穿行，过完两座桥头，有一片浓荫，三株森林一样的黄桷树覆盖河堤。她喜爱上了这片浓荫，每次骑到这里，都要停下来，坐在石头栏杆上享受片刻安宁。她是为了这片浓荫绕着河岸走的。后来只要有时间，早上和黄昏，上下班，她都要绕着河岸走，到浓荫下，将自行车放下，独自坐下来享受短暂的宁静。一个细雨霏霏的上午，下楼后，珠玉突然不想去上班了，打电话请了假。她戴上随身听，沿着河岸穿行柳荫下，离第一座桥头不远的河堤上，有两株粗壮的垂柳，枝繁叶茂，柳丝摇曳，别有一番风情。珠玉站立树下，一遍又一遍听着山鹰组合的《忠贞》。细雨沙沙，柳丝翠绿，珠玉听着《忠贞》，雨声里，看两枝垂落河水的柳丝在和风细雨里摇曳。她的心也像柳丝一样湿润。开始只是细流后来变成了汹涌。反复听了几遍，珠玉离开柳荫继续向前，来到浓密的黄桷树下，耳朵里还是那首《忠贞》，她好久没有这样感动过了！

那个细雨蒙蒙的上午，珠玉一直在黄桷树下听山鹰组合的《忠贞》，不愿离去。

大桥修起，有了这三株黄桷树，有了这片浓荫。以前这里没有高高的河堤，一座石板镶嵌的小浮桥连接两岸。20世纪90年代中期，珠玉第一次下岗，天天骑着一辆自行车从小浮桥上来来去去，有次骑到桥中间，汽车把她逼近河水，差点儿要了她的命，过后想起惊魂未定，若不是她连车带人急忙倒向流水，有可能连车带人压在汽车下。

她记得自己打工的报酬每月 60 元。桥头上边是一条瓦房小街，破败、阴暗，黑洞洞的房间里住着这座城市的平民。他们在门口摆摊糊口，修鞋修自行车剪头卖香烟零食小吃的都有，忙碌奔波的人在这条小街在小浮桥上穿梭、来往，匆匆忙忙，从此岸到彼岸，又从彼岸到此岸。看似热闹喧嚣，实则荒凉寂寞。有了彩虹一样的大桥，人来人往的小街不再是此岸到彼岸的必经之路，归于寂静。珠玉站在浓荫下，看着楼房上的绿荫，想起以前早晚经过这条河岸小街的情景，世界看似在变，又好像什么都未改变。那是她第一次下岗出门打工。

离开广告公司，珠玉仍然沿着河岸来浓荫下享受短暂的安宁。有天黄昏，她一路走来，浓荫消失，三株森林一样的黄桷树，不知什么时候移走了，栽上了几棵光秃秃的小柳树。也许卖到某个富人小区了！珠玉想，三株大树，会卖出好价钱的！从此，珠玉只在春天顺流而行，走到两棵风情万种的柳丝下，享受一下新绿，便回转。

顺流而下，是为那柳丝和那片浓荫。这些不言不语的树木，慰藉了珠玉沧桑斑驳的心，让她的生命在奔波喧嚣中得到片刻的安宁，哪怕是一分一秒，她在绿荫下享受过。

一个孤独者！

大风大雨的日子，她也顺着河流漫游过，顶风冒雨沿着无人迹的河岸看着波涛汹涌的洪水漫游至三江汇合处。那是深秋，蝉声渐渐熄灭的季节，走着走着，一路看见有气无力的秋蝉掉落地上，没有了爬行飞翔的力量。她将每一只蝉拾起，放回湿淋淋的树上。它们奄奄一息，秋风秋雨里，不可能再发出一声鸣叫。珠玉想以《蝉声渐渐熄灭》写个短篇小说，主人公是同住一幢楼的邻居，一个下岗离异病逝的中年男人，得病前得病后，一个人住着，一个人料理自己的生活，有亲人，却无人照管，在蝉声渐渐熄灭的深秋静悄悄病逝于他的小屋，无人知晓。三四年过去，珠玉还没有想好该怎样写这篇小说，总有一天会写出来的，也许还要等三四年，也许明天早上就可以动笔。

珠玉难得主动与别人联系，有人打电话叫她喝茶吃饭，她也耐不住寂寞同三五个人坐在一起闲聊，回家后，总是后悔，不如一个人漫游河堤踏实。独自漫游河堤孤寂，却不虚空，内心有种满足。与几个人坐在一起，珠玉每次都感到空虚、寂寞，那种人堆里的孤独不是你一言我一语能够代替的。珠玉明白，虽说他们都自诩为作家，有的已经是"功成名就"，她与他们不是同一路人。这些"作家"，都是有钱人，过着富有的物质生活，繁华里，珠玉看到了他们的苍白、贫乏、孤独、寂寞。这些有钱有衔者，看上去自由、幸福，缺少独立，什么都不缺，缺的是爱情，似乎有了爱情人生才算得上圆满。珠玉想写两个有钱有衔的中年女人，打拼奔波了半生，什么都不缺，只缺爱情，害怕独处，需要有人相守、陪伴，需要将人生的快乐建立在别人身上，不断寻找，从不止息，自己可怜自己，感叹一个女人上了年纪独自生活是一件悲哀的事！两个渴望爱情需要爱情，一生都在寻找，为爱所困的女人。两个有钱有衔富得流油的女人，一个是投机者，自认为功成名就；另一个靠裙带走上仕途，也算功成名就，不缺钱不缺名，只缺爱情，苦苦追寻，总是不尽人意。她们都不是独立者，把人生的快乐和幸福建立在他人身上。在她们眼里，珠玉无疑是个可怜虫，无衔无钱无名无爱情无依靠，几十年寂寞孤单地独自生活。珠玉觉得，可怜和悲哀的不是她，而是她们。至少，我比她们快乐！虽说一无所有，珠玉有时这样想。她的确比她们富有快乐。她的生活看似简单、无趣，却是丰富的，与金钱名利爱情无关。

生命真是白驹过隙！

珠玉想起河岸新柳吐芽的早春，淡黄色的新绿像出窝的雏鸭雏鹅一样惹人怜爱，曲折河堤柳丝摇曳，一路美好春光，转眼间，新绿苍老，柳枝上憔悴的老叶已经被风刮尽。

一如人的生命。

几十年的光阴，坎坎坷坷，曲曲折折，回头望去似乎一片空白，什么也没有留下。爱也好痛也好，悲也罢苦也罢，一切的哀愁苦乐，犹如雾里看花。

爱过的恨过的痛过的苦过的渐渐遥远。

甚至想不起在这个世界上，你是怎么在时光里一天天走到苍老的。犹如柳丝上不曾有过新绿，有过春光一样。

珠玉来到这片河岸，正是新绿一样的年龄。

1982年的初夏，不到二十岁，一个懵懵懂懂的姑娘。珠玉是个晚熟的女孩，到了三十岁依然懵懵懂懂，生活竟然将这样一个单纯的笨女人磨炼得内心坚强。越来越强大。幽暗里，完全可以年复一年独自面对各种困境、各种磨难。1982年，已经遥远，珠玉记得这片河岸是田野，没有人工打造的长堤，她的单位在这片河谷的左岸，她同一个先到几天的女子住一间宿舍。黄昏，她俩跨出单位大门，穿过门口的川陕公路进入田野，再穿过宝成铁路进入田野，慢悠悠从田埂走到河边。星期天，她俩也一起踏着田埂来河边，有时珠玉一个人来，坐在河岸，独自发呆，渴望有一个人同她一起坐在田野上看流水。同宿舍的女子，与单位的一个小伙子恋爱多年，分手后突然远嫁，去了远方的县城，珠玉又和同住一层楼的两个女子进入田野去河岸。有几次，她们过河去了对岸的山坡，坐在草地上，遥望远山近水。渴望爱情的年龄，有梦想的年龄，珠玉同其中的一个女子已经试着在写作，另一个女子读了一个短期的作家培训班，还买了把吉他自学。这个进过作家培训班的女子，电大毕业分配在单位的档案室上班，与管她的人不和，下岗后自闭，谁也不理睬，靠每月150元的下岗费度日。先前，她的姐妹常从成都来看望她，住上一日两日，她父亲从西藏退休那年也转道来看望她，每年春节，她也回北方看望父母，渐渐地，她的家人不再出现，她一个人待在单身宿舍，哪里也不去。下岗那年，春节她去成都姐姐家，那时她还同大家说话，珠玉和她还在来往。她跟珠玉说起在成都的不愉快，两姐妹争吵，姐姐冒出一句"一幅穷酸相！"她跟珠玉说起"一幅穷酸相"这句话时，耿耿于怀，认为姐姐不该这样辱骂她。她没有说她和姐姐为什么争吵，姐姐为什么骂她一幅穷酸相。珠玉想，姐姐对她是有看法的。大家对她也有看法，她的东西，任何人借不到。有次珠玉有急事，想借用下她的自行车上街，她找了不是理由的理由拒绝。她的永久牌自行车就放在大门口车棚，珠玉耽搁的时间也不久，已近黄昏，她也不会用车，就是不愿借给珠玉。知道她的性格后，珠玉再不开口向她借任何东西。她在档案室工作时，电大的一个男同学来找她借钱，瘦瘦小小的一个男人，第二天，珠玉同她在楼顶打发黄昏的时光，她向珠玉说起男同学借钱的事。她对珠玉说："他怎么想起向我借钱？三百元，以为我有钱，是不是看我穿了件值钱的衣裳，以为我有钱？我哪有钱借给他！"那个夏天，她进档案室工作，为自己买了一件高档连衣裙，白色，荷叶边，穿在身上很好看。她说花掉180元，当时，拿这笔钱买一条裙子是一件奢华的事，珠玉想都不敢想的事。那是她穿过的一件最好看的裙子，以后再也没有看到她买过新裙子。下岗后，不再见她穿那条裙子。偶尔见她出门买菜，蓬头垢面，衣衫不整，从前饱满结实的身子黄皮寡瘦，病怏怏的风一吹就可倒地，谁也不理，她遇见珠玉也形同路人。她不再同谁说话，不再与人交往，不找工作不谈恋爱不逛街不远足，呆在屋子里直到内退。她曾经有梦想有憧憬渴望过爱情，什么也没有实现。珠玉见过的人中，她是唯一一个一生不曾恋爱过的女人！珠玉同她一起住在单身楼时，珠玉隔壁的一个大龄姑娘给她介绍过男朋友，一个乡村教师。她和这个人见了一面后，看到他同介绍人一起进进出出，不久，介绍人与这个教师结婚，去了教师的小镇。她向珠玉说起这件事迷惑不解，猜测给她介绍男朋友只不过是借口。这种事珠玉后来也遇到过，有个朋友要给珠玉介绍男朋友，约着一起吃饭，那个她夸奖的同珠玉一样离异的男人胖肥，不是珠玉喜欢的类型，不久，珠玉的朋友同这个男人恋爱同居结婚。过了几年，这个男人移情别恋，珠玉的朋友又过起了单身生活，珠玉，还是一个人，连男朋友也不曾有过。珠玉说她不喜欢肥胖的男人，这个朋友说她就是喜欢他的肚子，说他肥厚的肚子摸起来很舒服。她对他说："我就是喜欢摸你这肚子！"珠玉听罢笑笑，真真假假不去想。根本原因，是耐不住离异后的寂寞，害怕一个人生活。这个朋友也许是可怜珠玉的孤单，有次逛街，欣慰地对珠玉说："管他什么人，先抓着一个再说，挑去选来，竹篮打水一场空。"她是说给珠玉听的。

熬到内退，下岗自闭未谈过恋爱的女子分了一套一居室的住房，一切似乎都在好起来，有自己的小居室，有退养工资。然而，某一天，她进了精神病院，没有人再见过她。

为珠玉介绍男朋友的那个朋友离婚后，再次面对孤单寂寞的生活，开始了另一次寻觅，一次又一次，分分合合，不断寻觅，从不厌倦。

同住单身楼的另一个女子，大学生，调到另一座城市的科研单位，在报纸上征婚，很晚才结婚。珠玉去看她那年，她已离婚，有一个儿子刚上幼儿园。都是生活上的小事，经济上的，为一把小菜一斤猪肉走在一起已经生儿育女的夫妻可以各走各的路。

珠玉早就没有了她们的音讯，想起时，不知道她们活得好不好？珠玉漫游的河堤，从前是一条又一条田埂，珠玉同她们一起踩踏着漫游过田野河岸，如今，一个二个不知去向，音讯杳无。

田野上散落的人家，有了火车站汽车站街道公路后，聚集在一起生活。珠玉去火车站汽车站，要经过那片参差不齐乱七八糟的楼房，遇见一两个熟悉的面孔。从前天天看见她们在菜市卖猪肉，珠玉路过时，看见一个在自家门口开了肥肠馆，另一个打扮得像个富婆，脸上脂粉堆积，发了横财似的。

珠玉像一叶早春的新绿一样，到了深秋，便憔悴、枯黄、飘零。

年轻时这片河岸是纵横交错的田野，而今，往上往下，走上一天，也见不到一块田野了。珠玉想起那些懵懂的日子，那些渴望爱情总是想找个人消解孤寂的日子。自己的青春其实是苍白的！田野消失，黄昏，她踽踽独行于人工河堤上，有几年，她边走边思念那个后来去了天堂的人，想着有一天他们会一起漫游河岸，从柳丝吐芽的早春，一直走到雨雪霏霏。她憧憬着，想不到是一场梦，那是她一生的最爱。

他对珠玉说："现在太忙了，没有时间读书。等不忙了，把每年买下的书籍抽空好好读读。以后退休了，什么都不干，只读书。"

他没有等到那一天，累死的，延误了医治。

刻骨铭心的爱，岁月里渐渐模糊，一切都将渐行渐远。

从前的孤寂与现在的孤寂不是一回事。

从前的孤寂有慌张、浮躁、虚空、渴望；现在的孤寂是踏实、沉郁、恬淡、宁静、独立。

珠玉享受着独自漫游河堤的孤寂，不再渴望身边有个人同她一起从杨柳依依走到雨雪霏霏。

能像那次一样走着走着进入一个雨雪霏霏的境地该有多好啊！珠玉在幽暗的天空下渴望一场风雪降临，她爱上了一个人在荒寒里行走，尤其是在雨雪霏霏的天气。她喜欢那种纷纷扬扬、天地苍茫的境界。

拐过几道河湾，回返，不到六点钟，河堤上的灯一盏盏亮起，珠玉不急着回家。她想顺流去南山大桥头的小雅书店看看，选上一本书，泡上一杯清茶，上阁楼坐到夜晚回去。

河流上的大桥比以前多了好几座，珠玉沿着河岸跨过第十二座桥头，进入喧嚣，进入一片高楼。桥头的这片生活区已经沉寂，酒吧关闭，咖啡店关闭，服装店关闭。珠玉穿过这些关闭的店子，来到小雅书店前，站到关闭的玻璃门前，望见里边空空荡荡。

珠玉转身，望见了桥头上奔跑的车辆。这座大桥的前身是一座铁索桥，青春年华的珠玉，曾多次同青春年华的几个女伴跨铁索桥去彼岸的南山踏青、游玩、照相。她们都去了哪里？仿佛什么都没有发生过一样，世界看似在变化着，又好像什么都没有改变。

珠玉逆着幽暗的流水回家，踏进家门，她打开电脑，找到了一首 2012 年 12 月 16 日 13 点 32 分写下的一首小诗：

在花园小区坐806到青年广场
逆安昌河步行去小雅书店
皮肤白净剪小男式的女子早已熟悉
微笑招呼浏览书籍
莫言和蒋勋的一排书占据醒目位置
一对年轻男女从阁楼的茶室下来
隐没喧嚣的大街
我与女儿，另外一个年轻女子在书架间躲避阴郁的黄昏
女儿买了个小笔记本
坐10路车至必胜客
座无虚席，需要排队等候
与书店的冷清有着不同的人生
轮到上楼落座
等候比萨的漫长时间中
女儿在新买的笔记本上写着什么
我翻开随身携带的《于坚的便条集》
开始读诗
读到121页，还不见吃的
我的目光反复停留在这一页上：
"主题还不深刻
老师说 叫他把作文再次修改
他写的本来是家门前的山坡
越改越高了 他的作文已经达到西藏
但老师说还是不够
他只好再往高处走
去尼泊尔"

　　珠玉读了一遍，想起小雅书店那个清雅的老板。说不定哪一天，她会突然在大街上与他邂逅。

郑小驴

　　1986年生人，著有小说集《1921年的童谣》《痒》《少儿不宜》《蚁王》，长篇《西洲曲》，随笔集《你知道的太多了》。作品见于《收获》《人民文学》《十月》《花城》《山花》《南方周末》等刊物。获紫金·人民文学之星奖、湖南青年文学奖、《中篇小说选刊》全国优秀中篇小说奖。

仇人

郑小驴

1

　　刘明汉回到枫林镇的时候，天色已经暗黑下来。最后一班公交车孤零零地停靠在枫林镇机床厂旁的空地上。车上只剩他一个乘客了。五年前，去枫林镇还只有一趟公交车，现在站牌上已多出了四条线。刘明汉下了车，尖啸的西北风将路边的香樟吹得一阵阵颤抖，他使劲搓了搓冻麻木的脸，将衣领高高竖起来。戴着棉纱手套的公交车司机锁好车，握着保温杯进了马路对面的易购超市。超市窗户上结着厚厚的一层冷霜。如此糟糕的天气里，路上几乎看不见什么路人。

　　刘明汉对枫林镇的记忆还保持在五年前的样子，路面到处都是坑坑洼洼，下雨就变成一片沼泽。现在马路已重新铺过，拓宽成了四车道，连路灯也换了新的。远处新建的高楼在烟雨中宛如空中楼阁。房地产商闪亮的巨大广告牌无处不在，在寒冷的冬夜引人注目。机床厂倒是冷冷清清的，里面漆黑一团，守门的大爷大概也回家过年了。刘明汉哆嗦着手点燃一根烟，这时昏黄的路灯陆续亮了起来，光柱裹挟着纷飞的细雨，飘落在黝黑的路面上。

　　在公交车上他听新闻预告，晚上可能会有雨夹雪。

　　他听见身后一声清脆的刹车声，一只淋得湿透的黑猫冷不丁从路边闯了过来，车窗摇下，一个怒气冲冲的声音，操你娘，快过年了，不然碾死你！那声音听上去有些耳熟。他回头想看个究竟，只看到一辆奔驰S600的尾部，汽车从他身旁加速驶过，很快消失在雨雾中。透过朦胧的雨雾，能看见前方一片暗黄的灯火。灯火里有他的家。

　　几天前，他给萍打了个电话，告诉她过年回家。这是五年来，他唯一一次在外面给她打电话。电话比预想中的短得多。两人唠了几句，好像该说的话已说完。萍淡淡地说，回来就好，回来再说。他略微有些扫兴，以为萍会激动。至少她应该表现出一副激动的样子。

出狱后，他在街上找了家澡堂搓了个澡，买了顶毛线帽，一双棉鞋。从荒漠深处刮来的风一阵比一阵冷，似刀子刮骨，他又买了件军大衣披上，身体才暖和过来。他数了数身上的钱，还剩一千六百块。路过首饰店的时候，他想不能就这样回去，花了一千，给萍挑了一条银项链，又给儿子买了个汽车玩具。他将这些东西塞进一只破双肩包，然后买了一张长途坐票。他想马上就见到他们。

萍坐在沙发上看电视。门响的时候，她才意识到他回来了。你身上都湿了，下雪了吗？她说。他没说话，搂紧她，萍的腰肢和五年前一样柔软。他又闻到了萍身上熟悉的体香。好几年没闻到这股味了。他鼻子有些发酸，久久地凝视着她。她轻轻推开说，你还没吃饭吧？我去给你做去。

小枣已经睡了。手里还抓着电动坦克车。他进去的时候，小枣才刚学叫妈，走路不大稳，需要人扶着。现在长高不少，虎头虎脑的，他几乎认不出来。他俯身亲了亲，眼泪就掉出来了。家里和五年前没太大的变化。那台34英寸的康佳彩电还是他们结婚时买的，现在显得寒碜而落伍了。墙上依然还挂着他们的婚纱照。镜框上落了一层灰。他有些恍惚，失神地看了几眼，好像在看一对陌生的新婚夫妇。

萍端着一盘蛋炒饭进来，给他热了两道菜，问他要不要喝点酒。他问有什么酒。啤酒可以吗？他点了点头。你回来也不和我说，什么准备都没做。萍淡淡地说。包在火车上被人偷了，没法打电话，我差点回不了家。他愤然地谴责起小偷来，狗娘养的，啥都没给我留，连释放证明都丢了。他躁郁不安地望了她一眼，刚想说包里还有给她买的项链，突然发现妻子脖子上正戴着一条。白金项链，还配着一个亮晶晶的吊坠，熠熠生辉，一看就是上档次的货。刘明汉沉默下来，低头喝着酒。电视里正播报春运高峰期的新闻。镜头前人头攒动，将广场挤得水泄不通。他停下筷子，盯着屏幕，一张张陌生和漠然的脸从他眼前晃过。两天两夜的长途火车上，他一路昏昏欲睡，不知道包是在哪一站被偷的。到兰州时，他抬眼望了望行李架，鼓鼓囊囊的大包小包堆里，没他熟悉的那只。此后他再没睡过，计算着被偷的损失。五百块钱，一条项链，给儿子买的玩具，和几件不值钱的旧衣服。他后悔将所有东西都放在包里，连小学生都知道，不能把鸡蛋都放在一只篮子里。一路上他懊恼不已。漫长的旅途中，他想到的损失就是这些。快到站时，他才猛然想起，刑满释放证明也在那只包里了。

吃完饭，萍利索地收拾完碗筷，进了厨房。刘明汉也跟了进去。他从后面环抱着萍。手在她胸上握着。萍正在洗碗，沾着泡沫的手将他掰开，没看我正忙吗？她的声音和五年前比沙哑了些。模样倒没什么变化，腰还是腰，屁股是屁股，一点也看不出是生完孩子的样，甚至显得更丰腴俏丽些。刘明汉松开手，点了根烟，说家里这几年都还好吗？女人将碗筷放进消毒柜，撩了撩垂下的发丝说，还是老样子。你爸去年走的，胃癌晚期，大家都尽力了，他也不想拖累家里……坟地就在你妈旁边。你的那辆卡车也早转了手。钱都花在你爸治病上了。

他靠着墙，深深地吸了一口烟。明天早上，我去给爸上坟。他说。她将手在围裙上擦干，望一眼他说，老人家临终前一直念叨着你……你可终于回来了……

刘明汉杵在那，长长的烟灰一截一截地往下掉。

别人家越过越红火，就我们家还是老样子……萍终于扑在他肩头，低声抽泣起来。

夜里他躺在宽大的床上，将手伸进她的睡衣，摸索了一阵。萍低声恳求说，现在是危险期，别弄在里面。他问有套没？女人佯装生气，瞪了他一眼说，你觉得有吗？

在回来的路上，他幻想着这场久旱逢甘露的盛况，然而眼前的情形却不像那么回事。身旁的人甚至让他感到乏味和陌生。他颓荡地从她身上翻下来。过程有些潦草。她摸了他一把说，睡吧，你太累了。他说是的，坐了这么长的火车，累得快散架了。黑暗中，他脑海里浮现着一望无垠的戈壁滩。荒漠的风将芨芨草吹得发了疯似的狂舞。他又想起那张睡过五年之久的单人床。她突然转过脸，偎依着他说，明汉，你能答应我件事吗？他摩挲着她的头发嗯了声。别再和贾山他们斗了。你斗不过他们的。回来好好过日子吧。他的手垂在枕边，黑暗中时间似乎沉滞下来。他说，听你的。

2

刘明汉醒来，小枣已经起床了。萍正给他洗脸。小枣愕然地望着他，见他俯身伸手要来抱他，吓得扭头朝萍喊道，妈妈。萍说，乖，别怕，这是爸爸。小枣恐惧地瞪着萍喊，他不是我爸爸——萍忙呵斥儿子说，再瞎说我揍你啊！刘明汉抱起小枣，小枣打量他一眼，马上嚎啕大哭起来，使劲地蹬踏着，要从他怀里挣脱出来。也不知怎么搞的，刘明汉冷不防被儿子打了记耳光。这记耳光打得很受力，他被迫把儿子放下来，尴尬地摸了摸火辣辣的脸。小枣脚刚落地，一溜烟就跑了。萍说，儿子不认得你也正常，都五年了。他窘迫地朝她笑笑，心里更感歉疚。

吃完早饭，他去给父亲上香。夜里果然下了雨夹雪，山茶叶上盛着薄薄的一层细雪。已近年尾，过年的氛围浓了起来。大门都已贴上春联。四周不断传来爆竹声。天气阴沉湿冷，灰蒙蒙的，整个枫林镇被雨雾笼罩着。他看到那棵古香樟树被雷劈了一道巨大的口子，快要倒了。那棵树有五百多年了，是枫林镇的地标。他想起小时候，受了惊骇，母亲就会在香樟树上系上一条红布带，给他收惊。白天的枫林镇比夜晚看上去变化更大些。巨幅广告牌上写着"景林名郡——枫林区新标万人倾心耀世大盘"。他心里纳闷，枫林镇何时变成区了。沿街的门铺墙壁都用红油漆喷上了红圈的"拆"字。四周的高层商品房鳞次栉比，五年时间，这个他再熟悉不过的地方已让他陌生。

他在父亲的坟头跪下，抚摸着墓碑，想起父亲临终前一直念叨着他，顿时心如刀绞，悲痛不已。父亲是个老实人，干了一辈子的钳工。为了贾山的事，曾劝过他许多回，劝他不要和贾山闹翻。这些话他以前不爱听，甚至厌恶。他当父亲面前吼，你儿子也是个男人，不是个怂包！

说起来，他和贾山都是枫林镇长大的。两人还同学过几年。只不过贾山小学没念完就退了学。后来去武校学过几年。贾山曾当众表演过几次他的铁头功。国栋抓着板砖朝他头上拍去，砖头断成两截，贾山抖抖头，毫发无损，提起嗓门喊道，再来一块。

刘明汉还记得贾山小时候第一次和人干架的情景。几个高年级生合起来欺负他，贾山跑回家，操了把菜刀过来。刘明汉对贾山当年在操场追砍人的一幕记忆犹新。贾山那一次出尽威风，再没人敢欺负他。那几个高年级生后来见他就躲得远远的。那时流行给人取绰号。"跳蚤""鸡仔""大牙""山贼"什么的，没人逃得掉。刘明汉的绰号就拜贾山所赐。刘明汉长相斯文，性格也像女孩子。贾山就给他取了个绰号，叫"同性恋"。这个绰号伴随刘明汉度过漫长而阴郁的青少年。后来整个枫林镇的同龄人都这么叫他，他的名字倒少有人提及。

他憎恨这个绰号，更憎恨给他取绰号的人。他也给贾山取过绰号，叫铁滚，但是从没人敢当面叫他。

　　知道刘明汉回来的人越来越多。刚给父亲上完坟，在路上他就遇到了国栋。国栋还是以前的老样子，高瘦，两个眼窝暗淡无光，永远一副毒瘾发作的样子。他进去前，国栋成天跟屁虫一样跟着贾山混。他记忆中的国栋还在骑电动车，现在鸟枪换炮，座驾变成了凯美瑞。国栋降下车窗，说上哪儿，载你一程？刘明汉说，几步远，马上就到家了。国栋伸手递来一根烟说，前两天我就知道你要回来了。刘明汉推辞说，戒了。大男人戒啥烟啊，在里面多辛苦啊，好不容易出来了嘛——国栋显然话里有话，一直盯着他的目光不放。刘明汉接过烟，说你还是老样子。国栋说，老样子证明我没混好嘛，你进去这几年，大家变化大着呢！刘明汉说，没混好的是我，你们都混得比我好。国栋说，你回来也不打声招呼，马上年底了，贾山让我给你捎句话，他年前想请你吃个饭。刘明汉掏出火机，点燃烟，思忖一下说，你代我回去和他说，年底大家都忙，就不必麻烦了。国栋说，明汉，大家从小一块长大的，过去的事就过去了吧。话我给你带到了，去不去随你啊！

　　　　3

　　刘明汉前后共去了两次派出所。情况比他想象的要复杂些。事情卡在那张刑满释放证明上。负责户籍办理的是个刚从警校分配下来的年轻警察，姓陈。他进去还没聊两句，陈警官说，你就是那个同性……刘明汉？眼里滑过一丝异样的笑意。他有些惊疑，瞅了眼年轻人，并不认识。他把释放证明丢失的经过说了一遍。陈警官一边听着，一边把玩着手中的圆珠笔。不待他说完，就打断说，你这事特殊，我得请示下领导。他的领导就是雷所长。雷所长那天不在，陈警官就说，你改天再来吧。

　　第二次去，刘明汉依然没见到雷所长的身影。年底了，派出所显得比往常更为忙碌。陈警官正埋头整理资料，见刘明汉又来了，说，我给你请示领导了，你这情况办不了，不符合政策。刘明汉心里一紧，递给他一根烟，陈警官摆摆手，说不会抽。为什么办不了呢？刘明汉说。这是国家规定的。没有这东西，谁能证明你是这儿的人？去年枫林镇就撤销了，现在是枫林区了，想落户到这里的人排着长队呢！刘明汉忍着怒火，强颜作笑说，我从小就在这长大，这儿的人都能证明我是枫林镇的。那你拿出

视觉 / 吴家林作品
越南海防（2015年）

证明来嘛！陈警官很干脆地说道。刘明汉愣了下，知道再纠缠下去也不会有结果，就问雷所长在不在。陈警官说，你找他也没用。我又不是雷所长肚里的蛔虫，我怎么知道他在哪儿，现在都快下班了。说完继续埋头整理资料，不再搭理他。

他从派出所出来，虽然才中午，但天色灰蒙蒙的，感觉快要黑下来了。冷风飕飕地往衣服里灌，他搓着冻僵的手，心里一片茫然。

他给国栋打了个电话。问他在哪儿。国栋那边一片嘈杂声，听上去像一桌人在喝酒。国栋没说他在哪儿，反问刘明汉的位置。刘明汉说刚从派出所出来。国栋说，你是在找雷所长办户籍吧，他在和我们喝酒呢，你过来吧。

刘明汉招手上了辆夏利出租车，开车的女人戴着一项印着欢庆香港回归的鸭舌帽，裹着围脖，将脸遮掩得严严实实，只露出两只眼睛来。上哪儿去？女人问。中天酒店。他说。上那儿吃饭啊？她说。他嗯了声。女人将围脖扯了扯，露出大半边脸庞，笑着说，老同学，你真不认得我了？刘明汉哦了一声，脑海里飞速地搜寻。他一着急，记忆更显混乱。女人浮出的笑意慢慢隐退，说老同学真是贵人多忘事，李晶嘛！刘明汉忙自责地说，李晶！我记性是越来越不好使了。他一下子想起那位坐他前桌满脸雀斑的女孩了，那时他们从不叫她李晶，只叫她粉猪。这么多年，她的块头变本加厉，快比得上他两个了。李晶说，老同学你一点变化都没有嘛！刘明汉说，你戴着围脖，刚没认出来。李晶说，你们都是发大财的人，认出我也会装作不认识吧！刘明汉摆摆手说，我发哪门子大财哦，同学里就我现在混得最差了。李晶说，你还狡辩，中天酒店一桌子菜就够我忙活一个月了，普通人没事哪上那儿吃饭。刘明汉说，我也去不起嘛，我是去找人。李晶说，我才不信呢，你就怕我到时找你借钱吧！你找我借钱可就找对人了，刘明汉自嘲说。他倒是想起另一事，说你之前不是在机床厂的嘛，怎么跑出来开出租了？李晶说，你这人是真没记性吧，机床厂都倒闭三四年啦，连设备都拆了卖掉了。你还记得我们那个叫贾山的同学嘛，他现在大发了，机床厂的地皮被他买了，过完年这儿就要拆啦，听说要建个大型购物中心，今后买东西就用不着进城了！刘明汉静静听着，没说话。李晶像想起什么，说，我听别人讲，你和贾山有些过节，是不是真的？刘明汉说，别听人瞎传，都过去的事啦！正想把话题引开。李晶依然没放弃，说，我听人讲你去青海买枪的事，真有种啊，同学时我怎么没看出来。不开玩笑，很佩服你的。现在枫林镇——哦如今是枫林区了，已经是贾山的天下了，没谁动得了他一根毫毛。

　　到了中天大酒店门口，刘明汉问多少钱，李晶笑呵呵地说，老同学你这不是要打我脸嘛！有空改天再见。说完踩了脚油门走了。

　　包厢里烟雾缭绕，他一眼就看见了主座上膀阔腰圆的贾山。几年不见，他显得更粗犷了些。雷所长挨他坐着。国栋陪坐。其他几人都面生。七八个人正推杯换盏，酒局正酣，见刘明汉进来，一齐安静下来。贾山哈哈一笑站起来说，同性……老同学啊，好久不见！走过来伸手要握。刘明汉没有动，贾山的手悬在半空，又落了下来，很自然的样子。他拍了拍刘明汉肩膀说，老同学的脾气真是一点儿也没变啊！还没吃饭吧，过来喝杯酒，趁着雷所长也在。刘明汉说已吃过饭，转身想走，发现雷所长正静静注视着他。雷所长说，你不是有事找我么，怎么见到我就要走了？刘明汉只好硬着头皮坐下，挨着国栋。喝了酒的国栋面色红润了些。他责怪国栋，说你怎么不告诉我贾山也在。国栋说，刚好碰上嘛，再说你也没问我都谁在啊？这八人中，大多数他都不认得，也没人给他介绍。刘明汉尴尬地坐着，后悔自己冒失就过来了。

　　贾山说，老同学啊，你现在面大啊，请你吃个饭比请雷所长还难！雷所长说，你这人净说瞎话，你哪次叫我没来过？贾山笑笑说我说错了，敬你一杯酒嘛。目光却落在刘明汉脸上。刘明汉被他盯得无所适从，两只眼没地方落。刘明汉越是躲闪，贾山就越紧盯着他，像狮子盯上了肥美的猎物。

　　整个酒局，刘明汉浑身不自在，如坐针毡。他倒了一杯酒，走到雷所长身旁，刚举起杯说到户籍的事，雷所长头一偏，朝他斜睨一眼说，你的事我知道，先别急，我这人工作时不谈喝酒，喝酒时不谈工作。刘明汉忙点了点头。雷所长笑着起身拍拍他肩头，提议贾山也起来和刘明汉喝一杯。贾山端着酒杯站起来，说听老兄的。雷所长说，碰个杯吧，之前的事就算过去啦，要以发展的目光看问题！你好我好大家好！大家一起附和着说好。贾山举起杯，朝刘明汉笑了笑说，老同学，这杯酒，干了吧？刘明汉望了望雷所长。雷所长已经坐下，手中夹着烟，眯缝着眼看着他们。一桌人的注意力都聚焦在刘明汉身上了。刘明汉机械地举起杯，没和贾山碰，也没说话，一口先干了。贾山深深望了刘明汉一眼，一仰脖子也干了。雷所长带头鼓起掌，包厢很快哗啦啦地响起一片掌声。雷所长兴致高了起来，说这叫"杯酒释前嫌，一笑泯恩仇"。要贾山和刘明汉相互笑一笑。有人掏出手机，要记录这特殊的一刻。刘明汉微露羞恼之色，那边贾山脸上始终浮着笑意。只等他来呼应了。刘明汉突然有些焦躁起来，觉得这一切都像是事先安排的，故意要让他下不了台。两人就这么僵持着，包厢一下又沉寂下来。贾山笑着说，我这老同学从小就不爱笑，内向，像个女孩子。你看他在青海那鬼地方待了好几年，紫外线那么强的地方，皮肤依旧还那么白净，哪像我们个个皮糙肉粗的。小时候我们不懂事，老爱给人取绰号，他们背后管我叫铁滚。这些鬼，当面从不敢叫。贾山像来了兴致，大声朝国栋说，明汉叫什么来着，我忘了——国栋不大情愿，反问刘明汉说，是叫同性恋吧？一桌人都笑。贾山说，对，就叫他同性恋，那时都小嘛，懂什么叫同性恋啊！到现在我其实也不大懂。说完望着刘明汉说，明汉虽然长相秀气，但他儿子长得可虎头虎脑的……哦我不是这个意思，我是说明汉虽然斯斯文文的，可你们千万别被他的外表蒙蔽了。整个枫林镇，我敢说除了明汉，还没谁有这个胆要买枪杀人的。雷所长打断他的话，说又来了，又来了，过去的事就别再提啦！贾山重又斟满酒，朝刘明汉举了举说，明汉，冲这点我敬你一杯，在枫林镇，你是第一个扬言要杀我的人。现在要搞我的人多了，但你是第一个啊！我也纳闷，我和明汉也没什么血海深仇啊，我那时不就拆了几幢破房子嘛，又不拆你家的，你出这个风头干啥呢？你他妈要是现在振臂一呼，都能组成一个敢死队来了。可我现在寂寞啊，再没有像你这样明目张胆说要杀我的人了，他们顶多背地里骂骂嘴使使坏而已。你才是真正的好汉！雷所长夺过他酒杯，说你醉了，妈的今天喝得可真够多，四瓶茅台都见底了。再喝就醉了，快两点了，撤了吧！大家纷纷起身，一阵挪椅子的声音，雷所长最先出包厢。刘明汉紧跟其后，被国栋叫住了。国栋说，先留步，等会再走。人都走清了，只剩贾山还坐在包厢的皮沙发上。刘明汉说，有什么事就快说，我还有事要忙呢！贾山说，老同学有事也别急这一时嘛。他拉刘明汉坐下，从兜里掏出一个厚厚的牛皮纸信封说，老同学，快要过年了，这两万是我一点小心意，拿着过个好年。刘明汉说，你收起来。国栋说，明汉你刚出来，经济上不宽裕，这也是贾哥一番好意嘛。刘明汉脸色更显阴郁。我去当乞丐也不拿他的钱。国栋说，明汉这就是你的不对了。今儿贾哥已给足你面子了。贾山将钱扔在茶几上，点了根烟说，听说你的释放证明丢了，要不要我和雷所长打声招呼？国栋说，雷所长也不是吃素的，这年头办点事没那么简单，这钱你先拿着吧。刘明汉说，你们说完了吗，我还有事，先走了。他刚转身，听见身后传来一声脆响，玻璃杯的碎渣先他一步飞出门外。贾山说，当我怕你吗？你以为买枪那点小动作能瞒得过我的眼？别他妈给脸不要脸，敬酒不吃吃罚酒啊！刘明汉没回头，径直走了。

4

凌晨五点半，刘明汉下意识地醒了。在里面的几年，他的生活作息比钟表还要规律。萍和儿子还在熟睡。窗外昏沉，天刚麻麻亮。自从腊月以来，枫林镇成日阴雨绵绵，天一直没开过眼。刘明汉想起办户籍的事就再也睡不着，靠着床头，点了一根烟，看着熟睡中的妻儿。小枣的小手露出被子，肉嘟嘟的，他把被子拉了拉，将儿子的小手放回被窝。他细细地端详着小枣。越看他心里越忐忑不安。"虎头虎脑"。他厌憎这几个字。儿子的五官在某一刹那全部错位了，让他慌乱。这时萍也醒了，她揉了揉眼，抱怨说，大清早的抽啥烟啊，呛死了。他将烟摁灭了。心里隐隐不快。他起身去洗漱，对镜子发着呆。刚挤好牙膏，一不小心，牙刷刚好掉进洗脸台的夹缝里。他弯腰伸手在地上摸了摸，没摸到牙刷，倒是从缝隙中摸出一个软哒哒的东西来。那是一只使用过的避孕套。他不知道这是谁的遗产。他唯一能确定的除了卧室，萍和自己从没在其他地方做过这事。刘明汉悄无声息地将套子放回了原处。他想象那个人在镜子前抱着妻子时的情景。突然觉得恶心，一种无法向人诉说的恶心。

雷所长终于同意在他的办公室和刘明汉见一面。刘明汉提着一个编织袋，里面装着两瓶从镇上买来的"酒鬼酒"和一条芙蓉王烟。买烟酒的钱还是萍给的。知道他今天要去找雷所长，萍说不能空着手去，买点儿东西吧。刘明汉接过钱，默默地装进兜里，心里像打翻了一个调味瓶。

他将东西放在他办公室的茶几上，叫了声雷所长。雷所长示意他坐下。他递上烟，雷所长已经自己掏出一根叼嘴边了。我习惯抽自己的，他解释说。你的情况我了解，不是不帮你这忙，政策要求是这样，没办法的事，没这纸证明，谁能证明你是刑满释放的还是擅自逃出来的？你说是不是？雷所长觉得自己说到了点子上，点燃嘴上的烟，盯着他说，所以你必须得想想办法，让那边给你补一张……这话对刘明汉而言，像是判了死缓。他的语调听起来像个女人的，雷所长，能不能帮个忙，通融通融？雷所长说，不是我不通人情，你还是贾山同学，按理这个忙我是得帮，但没办法呀，现在上面规定得严，一切都得按规章制度来，我这小小的派出所所长算条卵，你求我没用。你去补个证明，证明来了，我雷某立刻给你办了！雷所长一副公事公办的样子。连刘明汉的编织袋都被原封不动地挡了回去。

回到家，萍问事情办得怎么样了。刘明汉将编织袋放在桌上，打开一瓶酒，咕嘟咕嘟就喝起来。萍说你这人怎么这样。刘明汉心里越想越气，他不仅在生雷所长的气，也在生自己的气。明知道雷所长和贾山是穿同条裤子的，他还傻乎乎跑去求他。他觉得刚才在雷所长面前的样子越来越像条狗。萍还要说什么，他乜斜了她一眼，说今天怎么不戴那条项链了？萍拉下脸，说，我想戴就戴，不想戴就不戴，难道还要向你请示吗？刘明汉将酒瓶重重地往桌上一顿，望着她，脸上浮起古怪的笑意。萍说，你朝我发什么疯，这几年我带着孩子，过得容易吗？别人都劝我和你离了，我都没动摇，你还这么待我！说完呜呜哭起来。小枣见母亲哭了，朝他瞪起眼睛，嚷道，不许欺负我妈！女人一哭，刘明汉心里一软，也慌乱了。他满脸歉疚地呆坐着，心里有很多话想和她说，却一句也说不出来。

五年前，刘明汉怀揣着四千块钱，在青海德令哈的牧民手中买到一把手枪。花了两千六，还送了他十发子弹。试枪时他打了一发子弹。那是他这一辈子第一次打枪。枪口飘起一缕蓝色的青烟，偏离靶心天远。那个牧民操着一口"青普"说，第一次摸枪吧，接过他的枪，利索地上好膛，啪的一声脆响，远处的啤酒瓶炸开一朵花。他将枪弹装进兜里，在几十里外的小旅馆过夜，准备第二天返回。夜半时分他被敲醒，几支强光手电筒照得他睁不开眼。等他清醒过来，他已经戴上冰冷的手铐。自始至终，刘明汉也没弄明白，到底是哪个环节出了问题。

他被判了六年，后来表现努力，获得一年的减刑。他学会了辨认骆驼刺、碱蓬、芨芨草和红柳。那五年都在劳改营度过的。劳改营其实就是个大得无边的农场，里面有电厂、粮食加工厂、商品站、邮局、银行、机械修配厂、汽车运输队、机耕大队、基建队，还有子弟学校、农业试验站、戏剧团、医院……在里面这么长时间，他也摸不清里面到底多大。除了睡觉，他们每日都顶着烈日在地里劳作。雪山融化的雪水汇入巴音河，让这片绿洲变得生机勃勃。他们在地里种植小麦、青稞、豌豆、洋芋和向日葵。这里昼夜温差大，白日酷热难当，夏夜也得盖棉被。

白天很忙，没工夫胡思乱想。夜里天空极其澄净，满天繁星低垂平野，能听见荒漠深处传来的野狼长啸，那才是刘明汉最孤寂难熬的时光。他想孩子，想老婆，想家中的老父。但凡想起这些，他就懊悔交集。他有一万种说服自己不去和贾山作对的理由。买枪也不过是想吓唬吓唬他。在枫林镇，贾山才是座真正的大山。是座刘明汉做梦都想翻过的大山。

最初是龙老太太来找他，说，明汉，你是我看着长大的，小时候我还给你换过尿片呢。现在贾山要征这块地，我房子保不了了，你和贾山是同学，你替大娘去说说吧。

这个请求他推辞不过。龙老太太不仅给他换过尿片，他小时候还吃过她的奶。他母亲奶水不够，他是吃龙老太太的奶长大的。小时候犯了错，家里人要打他，他拔腿就往龙老太太那里跑，在那里他可以安然无恙地躲过父母的责打。

更多的街坊过来央求他。他懂得唇亡齿寒的关系。拆了他们的，说不定下一家就轮他头上了。给他们帮忙，其实也是给自己留条退路。大家最不满意的是拆迁的价格，在这个问题上，对贾山的意见最大。他们打听到的小道消息，枫林镇将来有可能纳入城区，那时地皮会涨好几番。贾山出的价钱和他们预期的差上一大截。

五年的漫长劳改中，刘明汉不止一次为去见贾山而感到后悔。那是一次让他深感羞辱的会面。贾山不仅没答应他们的请求，而且还将他挖苦贬损了一通。

刘明汉说明来意。贾山冷笑一下说，就凭你？我这手续齐全，天王老子也不敢拦我，就你他妈的跟个老娘们似的，也敢跟我对着干？我明天就当着你面把他们房子拆了，你信不信？

那一刻刘明汉心里就和贾山较上了劲。他觉得这件事，自己要迈不过贾山这道坎，这一辈子也就休想了。

和贾山较上劲的刘明汉像头倔驴，任谁劝说也没用。强拆那天，他带领大家去抗议。他被几个保安看管得死死的，他刚冲上街，就被套进麻袋里，挨了一顿闷头乱棒，打完被扔进一间腐臭难闻的地下室里，半夜才放出来，这时龙老太太和其他几家都拆成一堆废墟了。

这口气，刘明汉没法咽下去。他在家躺了两天，反复看了好几遍吴宇森导演的《喋血双雄》《英雄本色》。他想象自己拿枪抵着贾山的脑门，贾山缓缓朝他跪下求情的场面。他想起几年前跑长途货运去青海时，听说那边买枪要比内地方便。他动了心，决定去趟青海。拥有枪，就拥有了权力。

5

这个年过得相当清冷。正月初六，刘明汉起了个大早，决心再去一趟青海。去青海前，刘明汉听从了萍的建议，先和监狱那边打了个电话。电话还真接通了。那边的声音懒洋洋的，断断续续地听他讲着。他能听见电脑传出的欢乐斗地主的声音。你过来吧，今天还没正式上班，领导不在。那人说道。他还想问几句，那人不耐烦起来，说这么大事你不来，我电话里怎么给你补办？刘明汉觉得别人说得有些道理，挂掉电话，决定亲自去一趟。

现在这个释放证明，对于他而言，突然变得意义非凡起来。他想贾山和雷所长他们是吃准了他拿不出这纸证明了。他暗下了决心，这次不仅要拿回释放证明，而且还要拿回自己的尊严。他在枫林镇出生，死也要在这块土地上。他想起雷所长那对暗含深意的目光，心里就像吃了苍蝇一样恶心。

我必须得亲自去一趟。他对萍说。只要那边肯重新给我开具证明，我就不用求那群孙子了。那边要不肯重开咋办？萍说。我的刑期已满，是合法释放，他们没理由不给我重开！为了表示对萍的质疑的不满，他又高声说了句，难道他们还让我回去坐牢？！萍不再说什么，问他需要多少钱。刘明汉说，给我来回的车旅费就行了，我快去快回。

漫长旅途中，熟悉又陌生的风景再一次从窗外掠过。列车穿过湿冷的南方，进入广袤的西北，离青海越近，他头脑就越清醒。记忆仿佛复活了。他像回到了阔别已久的旧地。冬天洁白的雪山、枯黄的草地、荒凉的戈壁滩、沉默无语的沙丘、高悬在旷野上空的皎月，这一切都让他莫名地怀恋。他以为再也不会回来了，没想到竟回得这么快。在长达四十多个小时的旅途中，他不断回顾五年的劳改生涯，想起在里面结识的狱友。他和一个绰号叫大石头的酒泉人最要好。大石头真名李大石，人如其名，一米八的壮汉，面如重枣，声若洪钟，有一身惊人的蛮力，像《水浒》里的好汉。他是牢霸，刚进来的时候，刘明汉没少受他的欺负。他们关系的转折是一次劳动休憩的时候，葡萄架的水泥柱突然倒了，正在假寐的李大石浑然不觉，眼看就要砸到他，旁边的刘明汉眼疾手快，奋力推了他一把。刘明汉因此压伤了脚，有两个月走不了路。那两个月李大石对他的态度明显好了起来。两人成了好友。有了李大石罩着，那五年，再没人动过刘明汉一根毫毛。

李大石犯的是抢劫罪，判了十五年。他们一共三个同乡，持枪去抢一个私营的金矿。对方早有防范，手里也有枪，他们没占到便宜。李大石当夜从酒泉逃往青海的茶卡。到了茶卡就到了他的地盘了。他说在那里有个相好，湖北仙桃人，他叫她小仙桃，两人在一起很多年，虽未成婚，但也只差个夫妻的名分。那里有个盐场，需要人干活，还能挣点儿苦力钱。

李大石问过他犯的事。说没经验的人才去那儿买枪。他不解，问原因。李大石笑笑，以后要枪，到茶卡来。去找老七，报上我名字，包你成！刘明汉说，进来一次就够了，不想再进第二次了。李大石大笑。

闲暇的时候，李大石常和他说起茶卡盐湖。黄昏的时候，天是紫罗兰色，人站在盐湖，就像站在巨大的镜面上。你再也找不到一处地方有茶卡盐湖那么澄净通透了。他把茶卡盐湖描述得像仙境一样，勾起了刘明汉对盐湖无限的遐想。

刘明汉出狱的时候，李大石还有七年的刑期。他心里无牵无挂，唯独对小仙桃念念不忘。说她说好会在茶卡等他出来的，到时和他结婚。李大石嘱咐他出去后，务必去趟茶卡盐湖，帮他看下她还在不在。刘明汉答应了下来。

初八这天，刘明汉又回到曾待过五年的地方。人不能两次踏入同一条河流。他想起初中时看到的一句哲人的话。春假后第一天上班，办公室还洋溢着节后的喜悦。他们商量着晚上上哪儿喝场大酒。他的闯入破坏了这种氛围。他们愕然望着他，办公室一下静了下来。他说明来意，将之前在枫林镇派出所说过的话又在这复述了一遍。

事情虽然费了点周折，但是比他料想的要好。狱政科那个快退休的女人告诉他，释放证明是不能补办的，一证一号，出了监狱就不能再重新开，这是规定。他听完头皮麻了麻，僵立在那，半晌说不出话来。她问他从哪里来。他说了。女人迟疑了下，说原则上是不能补办的，看你这么远跑一趟不容易，我给你出具一份复印存根，盖上章，回去也一样有效。他感激地望了女人一眼，心头一热。女人说，这次可别粗心大意又弄丢了，再丢我也帮不了你了。刘明汉忙说，丢不了，不会再麻烦您了，将存根证明贴身收了，朝女人道了谢，走出门。

天空湛蓝如洗，阳光照着山上的积雪，发出星星点点的银光。他怀揣着存根证明，心里如释重负，长出了一口气。他想有了这纸证明，他就不再畏惧谁了。他想想自己在雷所长办公室里的怂样，顿时觉得倍感羞辱。他为自己进雷所长的办公室大感懊悔，心想明知道对方在看自己把戏，依然还傻子一样往笼子里钻。

6

　　路过乌兰的时候，他突然想起李大石交代的事。他问火车在茶卡停不停。邻座是个穆斯林，瞟了他一眼说，茶卡没火车经过。告诉他，如果想去，从乌兰下了车，有大巴通往茶卡。刘明汉谢过，心想既然火车到不了，就没必要去了。再说他身上带的钱也不够久待。想到这，他心里豁然开朗起来，觉得欠李大石的承诺似乎也兑现了。

　　现在他只想早点回家。回到萍的身边。回到儿子的身边。老婆孩子热炕头，人生最大的幸福也不过如此。他想等事情办完了，他要和她来一次推心置腹的长谈。聊他在里面的生活，聊那么多孤寂的长夜，他是怎么苦熬过来的。他也想听听她这些年的生活。他想起盥洗台下面的那只避孕套，想起那软绵绵凉飕飕的橡胶体，胃就痉挛。但这都是过去的事了。只要她不说，他决意不会再提。他只想重新过回曾经的生活。又想他要是没被弄进去，一切也不会像今天这样糟糕。这样胡思乱想了一路。到枫林镇的时候，天色微亮，朝霞初泛，空气清冽，新的一天开始了。

　　当天刘明汉就去了派出所。接待他的依然是那位陈警官。他小心翼翼掏出那纸证明。陈警官接过证明，只扫了一眼，双手在键盘上敲了敲，马上将存根证明丢还给他，说，查不到你的身份信息。刘明汉盯着电脑屏幕，惊讶地说，你再试试。陈警官再试一遍，朝他不耐烦说，查无此人，你的身份信息这儿没有！刘明汉将手从裤兜掏出来，指了指电脑说，那我的身份信息跑哪儿去了？陈警官倒不急躁了，说我们这里查不到你任何信息。见刘明汉目光有点不对劲，说枫林镇已经撤镇设区两年了，户籍信息兴许出了差错，劝他去枫林区公安局问问。

　　刘明汉从派出所出来，直奔区公安局。他想这一定是个误会，户籍档案里不可能没他身份信息。他赶在午休前，跑到了区公安局。那边的户籍查询结果和陈警官说的如出一辙。查无此人。刘明汉呆若木鸡，感觉全身上下每个毛孔都在冒汗。他摘掉帽子，头发被汗水黏成一绺一绺的，冒着白气。他语无伦次起来，说，您……再查……查看。那边已经失去了好脾气，朝他不客气说，再怎么查也没有，这里压根没录入你任何身份信息！刘明汉心里的火忽地腾起，歇斯底里地说，那之前你们怎么给我办的身份证？！那边愣了愣，反应过来说，对呵，你的户籍证明呢？你拿来嘛！你把之前的身份证拿来，我们就能给你补办。刘明汉一下又愕然了。他记得自己的户口本丢失多年，拖延着没去补办，而他被捕的时候，身份证却是随身带着的。还是第一代身份证，当时夹在钱包里，里面还有几张银行卡和萍的合影。它们在哪丢的，现在又躺在哪，刘明汉心里一下茫然起来。

是个大晴天，天空瓦蓝，连东南方向平日难得一见的麓山也一览无余。广场上有孩子在放鞭炮，每响一声，他心里就咯噔一下。他想起出狱那天，也是这么一个晴朗的好日子。监狱干事将他带出牢房，走到监狱大门口时，守卫大声询问他："名字？哪人？何时入狱？判多少年？"刘明汉在里面五年，无数次回答这问题了，最后一次盘问，他没有以往那么响亮，但每一个字都说得掷地有声。说完有种说不出的轻松感。出狱的前夜，他辗转难眠，兴奋得整夜睡不着，将陪伴五年的判决书、减刑裁定书全撕了，告诉自己总算熬出头了。他将这些晦气的让他不堪回首的物品，全扔进了记忆的垃圾箱。

眼下，唯一能证明他身份的东西，在这个晴朗的冬日却变成废纸一张。他没法接受这种好天气的馈赠。很多人将麻将桌搬到室外，享受着这久违的阳光。到处都有人在翻晒棉被。他想萍一定也在阳台上晒被子了。他想象夜里闻着充满阳光气息的被子入眠的景象，顿时有些感伤和凄凉。

7

他不知道李晶是什么时候发现他的。李晶的夏利出租车就停在马路对面，他本想装作没看见，低头走过去。但是李晶已经发现他了，朝他摁了几声喇叭，喊道，老同学，好几天不见啦，上哪儿去？他只好硬着头皮朝她慢慢走过去。她穿件火红的紧身羽绒服，戴着绿色毛线手套。胖圆脸冻得像只红富士，眼睛眯成一条缝，笑着说，这几天都没看见你人影呢。刘明汉说，去外面办点事，刚回。李晶说，怪不得，前几天同学聚会，去了很多人，我还以为你也去了呢。刘明汉说，你去了吗？李晶自嘲地说，他们怎么会叫我，我去还不给他们丢人现眼嘛。

刘明汉上了车，让她载回家。李晶和他同学的时候，就是个有名的话痨。这么多年来，一点也没变化。话匣子一打开，就没完没了。问他现在的工作、收入、未来的打算、家庭，问得刘明汉只想跳车夺路而逃。李晶显然没有料到这点，说老同学你还是以前的老样子，不爱说话，像个姑娘。刘明汉尴尬地笑笑。说话间，就到了。这回他坚持付了钱。李晶见他真掏钱，嗓门也大了起来，说，老同学你这不是见外嘛！钱却还是收了。小枣拿着一只遥控直升机，在门口玩得正起劲，刘明汉喊了声小枣。萍在翻晒被条，循声朝这边望来。李晶和萍相视一下，脸上的笑容突然凝固起来，低声问刘明汉说，这是你老婆？刘明汉回答说是。李晶说，你老婆好漂亮啊！刘明汉见李晶表情有些古怪，说，认识吗？李晶说，眼熟而已，我在中天酒店门口碰到过几回。你老婆和贾山好像还蛮熟的。见刘明汉脸色瞬间变得很难看，赶紧指着旁边正在玩耍的小枣说，哎哟这是你孩子啊？都这么大了，多可爱啊，长得真像你！

那天下午，刘明汉坐在父亲生前住过的房间，抽了整整一包烟。父亲的房间还保持着几年前的原貌，几乎没怎么动过。他失神地坐在父亲常坐的那张藤椅上，想起父亲，眼泪不觉就流了下来，只恨自己的无能和无知，连见父亲最后一面的机会都没有。父亲是机床厂的一名钳工，只读到小学，但是个聪明人，喜欢看风水和算卦，平时爱钻研这个。每月初一、十五，父亲都会给列祖列宗上香茶，烧纸钱。现在神龛上冷冷清清，香炉里连灰都倒掉了。他翻看着父亲的遗物，无意间在一本看风水的书里，看到一张纸条。上面写着：

明汉我儿，我日子不多了，你远在青海服刑，我恐怕等不及你回来了。最不放心的就是你。没人看得到自己的后脑勺，不要太在意外面的风言风语，回家好好和萍过日子。凡事一定忍耐三分。

刘明汉心里细细地揣摩着父亲的绝笔，心里顿时百感交集。又想这应该算得上是父亲给他的遗嘱了，这么重要的信物，为何要藏在如此隐蔽的地方，不交给萍呢？刘明汉越想心里越复杂。这时萍上来了。她诧异地望着他，说大半天的怎么不见人影，原来坐这里。刘明汉说，爸去世前有没有什么嘱咐？萍摇了摇头，说他痛成那样，还能说什么，都讲不出话来了。刘明汉不语，起身下了楼。

这几天，小枣倒是和他熟了些。玩得开心的时候，也愿意让他抱。他仔细端详着儿子的长相，心里想着李晶说的那句话，"长得真像你！"，他越想这句话越不对劲。

小枣的肤色既不像萍，也不像他。嘴唇倒和他有些像，厚实，眉毛似乎也有点他的影子，但眼睛一点也不像他。他和萍都是双眼皮，唯独儿子是单眼皮。刘明汉心里常冒出那个可怕的念头，无人的时候，就捧着小枣的脸细细察看。小枣乌溜溜的大眼朝他做着各种鬼脸，嘻嘻地笑着。刘明汉想，这一定不可能。他忐忑不安的神情到底让萍察觉到了。萍抱过儿子，问他怎么了。他说户籍系统里查不到他身份信息。萍安慰说，不行再打电话问问监狱那边怎么办。他沉默着，将手搭在妻子肩上，俯身又吻了吻儿子的脸，眼睛湿润，背过身去，悄悄用袖子揩掉。

　　狱政科的电话接通了。里面刚说第一句话，刘明汉就听出是那女人的声音。他支吾着把情况说完。女人的声音明显带有几分不快。女人说，从被捕、起诉到入狱中间十几个环节，你怎么确定身份证就是我们弄丢的？总之，存根证明也给补过了，该办的手续也给你办了，现在你和这儿没任何关系了。说到后来，女人不仅激动，甚至有些气愤了。

　　萍说，要不找人疏通疏通关系？刘明汉两眼茫然，说，找谁？萍刚想说雷所长，话还没落音，刘明汉就暴跳如雷起来。你和贾山到底什么关系？他指着萍说。萍说，你什么意思？刘明汉冷笑说，什么意思你还不懂？别以为我坐了牢，什么也不知道。萍推了把刘明汉说，今儿你可把事情给我说明了，我和他怎么啦？萍杏眼圆睁，做出一副誓不罢休的样子。刘明汉说，你不知道贾山和雷所长好得穿一条裤子吗，我找雷所长，还不如直接去找贾山呢！萍说，你听谁说我和贾山的坏话了？！刘明汉就不作声了。这边萍气呼呼的，别着脸坐在沙发上，继而将头伏在膝盖上痛哭起来。刘明汉心里也堵着一口闷气，心想这乱糟糟的局面，还不如回监狱好。

8

　　拆迁队的挖机轰轰隆隆地开进了机床厂。拆迁的消息传出后，很多人为了最后再看眼机床厂，一大早就赶了过来。天空飘起细雨，围观的人们打着伞，或披着雨衣，看着拆迁队的庞然怪物从工厂大门鱼贯驶入，柴油机的巨大噪音响彻机床厂的各个角落。风风雨雨四十多年来，枫林镇曾最引以为豪的东西，就是这个有着一千多职工的机床厂了。围观的人很多曾经都是机床厂的职工或家属。贾山的奔驰S600大早就停在外面的坪地上。国栋举着一把黑色的雨伞，替贾山挡着飘落的雨丝。派出所几乎全体出动了。几辆桑塔纳和帕拉丁警车在旁静候，随时待命，警灯在灰蒙蒙的雨雾中不停地闪烁着。一些对机床厂怀有感情的职工不同意拆迁，尤其是那些在这里干了一辈子的老职工。他们既没打伞，也没披雨衣，在人群中格外醒眼。写着"机床厂是属于全体职工的！""强烈抗议变卖国有企业资产！"的横幅拉了起来。几个白发苍苍的老人手挽手，在细雨中唱起了《咱们工人有力量》，"咱们工人有力量，嗨，咱们工人有力量！……"很多人当场落了泪。刘明汉的父亲也是机床厂的一名钳工。他在人群中看见了几位父亲当年的老同事。他想要是父亲还活着，一定也会站在他们的队伍里，高声合唱。有人看见了贾山，朝他围拢过来。国栋替他挡着，贾山赶紧坐回车里。有几个老者拍打着车窗，朝他跪了下来。贾山降下半边车窗，朝老人们解释说，你们有什么诉求，应该去找政府，和我没关系。这地是政府卖给我的。刘明汉在一边听着，心里更加难受起来。

有几个父亲的老同事认出是刘明汉，打听起他近况。刘明汉说还在办户籍。老人们对他很关切，七嘴八舌说，"你的事大家都知道。""估计是有人故意刁难你。""你说人家都出来了，却把人家户籍给弄没了，看这事整得！"纷纷摇头叹气。

刘明汉一一感谢了。他看雷所长坐在帕拉丁的副驾抽烟，车窗开了道缝。他心一横，朝帕拉丁走了过去。雷所长瞥了他一眼，装作没发现，眼睛继续盯着前方喧闹的人群。刘明汉敲了敲车窗玻璃，将他的目光拉回来。雷所长说，有事？刘明汉说，有事。雷所长说，有事所里说。刘明汉说，我就在这说。雷所长扫量他一眼，见刘明汉面露愠色，说有事赶紧讲吧，我正在执行公务呢！刘明汉说，我想知道我的户籍信息是怎么没的。雷所长干笑了两声，将烟蒂弹出窗外，说难道你担心是我弄没的？刘明汉不语。雷所长继续笑了笑，说你原来的身份证呢？刘明汉说，被抓后，弄丢了。雷所长说，那你把它找回来吧，公安局、拘留所、法庭、监狱没人要你的身份证。你把它找回，我就给你办理。刘明汉拍了拍窗沿说，这么多衙门，都是官老爷，我向哪找去？你上次不是说我有释放证明就给办理吗！？雷所长瞪着他说，上次是上次，上次我不晓得你是黑户。你成了黑户，你让我怎么给你办？除非你他妈再坐次牢！刘明汉突然醒悟过来，冷冷地望着雷所长说，我知道了，你们就没想让我再回枫林镇！身份证、释放证明都什么鸡巴玩意，就是故意刁难我不让我回来！说完转身就走。

家里无人，萍带着儿子不知上哪了。他起开一瓶酒，坐在沙发上，电视正在播放电影《出租车司机》。拉维斯的枪口正喷射怒火。很多年他都没看过如此解恨的电影

视觉 / 吴家林作品
越南海防（2015 年）

了。他趴在地上，伸手将盥洗台下的那团脏东西掏出来。有那么片刻，他觉得拉维斯就是自己的化身。之前他并不想追问这团东西的主人，现在他改变了主意。他不仅想知道是谁使用了它，还想知道那人更多的信息。他想起第一次带萍回家的情形，那时父母都还在世。他和萍是在深圳认识的。萍是四川人，比他要小四岁。他们都在同家公司，她当文员，他在企宣部。萍身材好，性格也开朗，是个婀娜多姿的万人迷。在那家两千多员工的台资公司，她是公认的厂花。有关萍的传言很多。有人说她来这家公司前，曾被一个港商包养过几年。公司经常有人为萍争风吃醋。即便是他们关系公开以后，骚扰萍的人依旧持续不断。后来他实在是不胜其扰，索性带萍回了老家。

当时能从这么多情敌中抱得美人归，刘明汉心里还很得意。他问萍，追求者这么多，为何后面却选了他。萍笑说，你比他们都实诚呗。刘明汉也笑，觉得自己老实，平日虽吃过不少亏，最后却捡了个大便宜，也很值。那年他带萍回家过年，私底下征询父母意见。父母起先都说好。直到有次父亲多喝了几盅酒，上了脸，才悄悄感叹道，好是好，但要不长这么好，就更好了。起先他不明白这句话的含义。现在他懂了。来到枫林镇的萍后来开过外贸服装店，只开了半年，没挣到钱，又转行盘下一家美容店。刘明汉辛辛苦苦在深圳打拼多年的积蓄，再加上父母的退休工资，全败在了萍手里。儿子出生后，萍把生意惨淡的美容店也转了手，索性在家当起全职太太。刘明汉靠给人跑长途货运养家，后来攒了点钱，自己贷款买了辆二手卡车。一家人的重担全落在刘明汉身上。

那条项链静静躺在她的梳妆盒里。他看了几眼，不会便宜。旁边还放着一瓶范思哲香水，看上去还没怎么用过。他端详着这些物品，又望眼墙上的结婚照，心里顿时五味杂陈。

9

周末这天，刘明汉特意起了个大早，带小枣去爬麓山。他问萍去不去，萍还在睡觉，睡眼惺忪地翻过身来，说你们去吧，我再睡会。起了一场晨雾，一轮朝阳从浓雾中破茧而出，辉映着远处的山峦。好天气已经持续了一段时间。他需要借天气好的时候，出去走走，换换心情。通往麓山的路径有十几条，他有意绕开大路，走了一条曲径通幽的小道。林间非常寂静，他牵着儿子的手，踩着厚厚的枯叶往上攀爬。儿子兴致很高，挣脱他的手，小兽似的在前面奔跑着，捡地上好看的红叶把玩。林间四处都是小鸟兽的声响。醒来的森林让他暂时忘了郁积于心的烦忧。晨练的人比他们更早上山，此刻开始下山了。小枣蹦蹦跳跳在前头小跑，时而躲在树后，和他玩捉迷藏。他明知小枣就躲在那儿，故意装作看不见。有时他悄悄绕到他身后，冷不丁吓得他咯咯大笑。这种天伦之乐将他心中的阴霾涤荡一空。他将小枣高高举起，小枣头顶因汗水氤氲而蒸腾着白气，亮晶晶的大眼瞪着他笑。他说，你爱爸爸吗？小枣应声回答说爱！脆脆的童声在林间传出很远。

到半山腰，小枣爬累了，嚷着要歇会。半山腰有座凉亭，透过薄雾，里面依稀有人的声音。刘明汉吩咐小枣爬到凉亭再停歇。小枣听了马上跑向前去了。等刘明汉慢慢爬到凉亭时，只见小枣温顺地坐在一个人的膝盖上。那人正背着他坐着，刘明汉一时看不清面相。他听见那人抚摸着小枣的额头，让小枣叫他爸，一边用纸巾给小枣擦拭着汗水。小枣一扭头就瞅见了刘明汉，要从那人膝上下来，说我爸上来了。那人一回头，刘明汉吃了一惊，没想到那人竟然是贾山。贾山正晨练下来，旁边挨坐着一位妙龄女子，大概是他的情妇。刘明汉将小枣拉拢到一边，朝贾山怒斥道，刚才你喊小枣什么，龟儿子你有种再说一遍？贾山笑笑说，原来是老同学上来了，小枣是我认的干儿子，这么多年他都叫我爸啊！刘明汉愤怒地盯着贾山的脸，那张皮笑肉不笑的脸让他倍感屈辱和厌恶。刘明汉和贾山的战争在晨雾缠绕的凉亭打响。女人和小孩纷纷发出惊慌失措的哭喊。两只斗兽在对视的一刹那，奋不顾身地朝对方扑了过来，拳打脚踢后抱成一团，不将对方置于死地誓不甘休。山林中回响着两个男人的咆哮和怒吼。几个回合下来，两人身上都挂了彩，刘明汉的指甲在贾山的脸上挠了几道血痕，贾山将刘明汉死死地压在身下。刘明汉的鼻子被打得错了位，顿时成了个血人。两人喘着粗气，两眼充血，都杀红了眼。吓傻的小枣在两人身旁哭喊着，一会拉拉贾山，喊爸爸别打了，一会儿拉拉刘明汉，求爸爸别再继续了。

刘明汉感觉骑在身上的不再是贾山，而是一座大山。那座大山将他压得喘不过气来。贾山双手紧紧掐住刘明汉的脖子，那张变了形的脸看上去活像个发怒的阎王。在他意识模糊的时候，他听见贾山朝他怒吼着什么。贾山说，我就睡你女人又怎样，小枣本也是我的种！贾山扔下瘫软在地的刘明汉，站起来拍拍手，整了整衣服，抱起吓傻了的小枣和女人下了山。刘明汉无力地躺着，有那么片刻，他觉得自己分明是死了。松树在旋转，云雀和画眉疯了似的在林间穿梭，风驱赶着云块飞快地跑着。他坐起来，擦了擦嘴角的血块，觉得这一刻，该和之前的刘明汉说再见了。原来那个怯懦的刘明汉已经死去。新的刘明汉活过来了。他的人生轨迹也将发生重大改变。

10

来到茶卡镇已是下午。小镇天空明净，阳光和煦，虽已三月，但依然寒冷，不露行踪的寒风刮得人骨头疼。他一路打听老七的名字，终于拐弯抹角，来到一家私人旅馆门口。房东是个老头，自称老七。刘明汉说开一间房。有身份证吗？老头望了他一眼问到。刘明汉掏出那张刑满释放证。说这个行吗？最近查得严，没身份证不行。老头说。是李大石介绍来的。他说。老头惊讶地视了他一眼。我是大石头狱友。他又说了一句。老头不再做声，领他进了一间单人间。

来茶卡之前，他拿了萍那串白金项链。他悄悄离开的枫林镇，没让任何人知道。他把项链当了。典当行给出的价钱比他想象的高不少。他想这笔钱不久就会花在那些让他不痛快的人身上。他试想他们身体开花的情景。这样想的时候，他脑海中又闪现着拉维斯怒火中烧的眼神。三月份，茶卡的游客稀少。他在空旷的街上漫无目的地晃荡着。在这遥远的陌生之地，他成了世上最孤独的人。他想此刻要是死在这，永远也不会有人知道他是谁。连警察都不知道。他是这个世上的多余人。是法律意义上的黑户。临别前，他还向大石头描述着自己梦幻般的未来。他将重新当回卡车司机。挣了钱，会在家里开间小超市。天晴的时候，他要带老婆儿子去爬山，或者去河边垂钓。这样美好的生活曾经唾手可得。现在一切都破碎了，他什么都不再幻想。他只想干完这件事，好好地睡上一觉。

他向人打听茶卡盐湖的方向，决定去那个大石头无数次描述过的盐湖看看。黄昏降临，藏青色的云团正在天边聚拢。一条运盐的小铁轨伸向盐湖深处。他沿着小铁轨往盐湖走去。那是他第一次见到盐湖。一个银光粼粼的盐世界，盐山盐雕盐海，猎猎的寒风也含着盐的味道。天空从玫瑰红变成紫罗兰色。果然如大石头说的，就像天空之镜。人走在盐湖中，就像走在一面巨大的镜面上。澄清透明，仿佛能照见自己的前世今生。霞光穿过絮状的云团，刹那间天空变得明亮，黄昏的余晖血洗着天空，盐海也跟随着变了颜色，夕阳下的盐湖显得莫名地安宁。他站在湖中，看着盐水中弯曲的影子，霎时泪流满面。

天快黑的时候，他赶回镇上。远处的橡皮山脉被黑暗吞没，小镇亮起稀稀拉拉的灯火，和头顶闪烁的星辰连成一片。街上只有几个散客在游逛。他进了家兰州拉面馆，要了一份拉面。一个女人站在马路边抽烟，不停地打着哈欠，三月的夜还很冷，她穿得很少，只披着一件羽绒袄子。他刚从拉面馆出来，女人朝他招了招手，示意他过来。女人不算难看，但气色很差。女人朝他讪笑一下，拉了拉他的手，嘴里说着什么。他没搭理她，头也没回，径直朝旅馆走去。

刘明汉这次没有试枪。他直接开口向这个叫老七的人说要买枪。老头矢口否认，说你是不是有病，我这是旅馆，又不是军火铺。我要一把枪。刘明汉盯着老头说。我这没枪啊！老头将头摇得拨浪鼓似的。大石头说买枪就找你。刘明汉将兜里的钱掏出来，厚厚的一沓，啪地扔在桌上。我只留个回去的路费，剩下的你开个价。老头瞟了瞟钱，喃喃地说，这个大石头啊，净给我找这些人来……说钱你先收起来，我现在真不弄这行了，不过你真要买，看在大石头面上，我介绍个人给你。

那是刘明汉头回见到如此壮观的枪械。长长短短摆满一桌。卖家是个精悍的男子，操着一口河西走廊一带的口音，目光一刻不离刘明汉。

大石头的朋友？那人问。

狱友，和他同坐过五年牢。

买枪干啥？那人问。

杀人。

开弓没有回头箭，自己想好。

想好了。他说。

临走，刘明汉想起一事，问那人说，打听一个人，大石头有个叫小仙桃的女人，她还在这吗？

那人冷笑一下，说，早当婊子了，还吸上了白粉，大石头还惦念着她啊？

他将枪藏好，出了门。星夜气温骤降，他裹紧衣服，一路打着冷战。镇上的夜更加冷清，只有一家烧烤店还开着，几位游客在里面喝酒。女人还站在对面，一根接一根地抽着烟。他从她身边走过，女人这次不再和他打招呼，冷冷地看着他，脸上还残余着敌意。他走进烧烤店，点了些烤串，要了瓶小二锅头，慢慢喝着暖身，透过玻璃门继续望着对面的女人。女人玩着手机，抽烟，见到落单的男人就招手打下招呼。他喝完酒，觉得身子渐渐暖和过来。有位像游客模样的男人正在和女人讨价还价。他跨过马路，绕开男人，拉了女人的手就走。女人说，你带我去哪儿？他指了指旅馆。女人说，你还没给钱呢！他掏出几张钞票，在她面前晃了晃说，够不够？女人妩媚地笑笑，跟他回到房间。他说你是小仙桃？女人诧异地望他一眼，说你是谁？刘明汉点了一根烟说，我叫刘明汉，但是大多数人都叫我同性恋。只有大石头叫我名字。不过他也不知道我有同性恋这个绰号。女人扑哧一笑，说你真是同性恋？刘明汉回了她一个笑，说，大石头知道你在做鸡吗？女人的笑容就僵硬在脸上。拉下脸来，说你还做不做，不做我走了。刘明汉说，你试试。女人佯装生气，站起身来说，你真是个神经病，我不是什么小仙桃，也不认识大石头。你要不做，我就走了。刘明汉将身子挡住她的去路，说，大石头在里面经常提起的人就是你。他还说出来就和你结婚。他把你描述得那么好。还叮嘱我来看你。没想到原来是只鸡！大石头要是知道那就好玩了。他说在你身上下了大本钱，要不是为了你，他也不至于落得这样下场。女人的脸色在灯光下出奇地难看。她不搭理他，想夺路出去。刘明汉一把将她推倒在床上，女人发出一声尖叫，想大声呼喊，被他及时用手封住。她在床上极力抗争，像条泥鳅，他恼怒起来，一大巴掌挥了过来。啪的一声闷响，女人断了电似的，放弃了挣扎，捂着脸惊悸地望着他。他骑在她身上，眼中的怒火渐渐化为狞笑，用手做了个手枪的动作，指着她的额头，啪啪了两声。你信不信老子有枪……我想杀谁就杀谁。

　　你不信吗？他说。在她疑惑的瞬间，她看见他手上果然多了件黑漆漆的东西。

唐克扬

哈佛大学设计学博士，建筑师，策展人和写作者。著有《从废园到燕园》《长安的烟火》《洛阳在最后的日子里》《树》《夜》（法文和意大利文版）《美术馆十讲》和《癫狂的纽约》（译作）等。

含嘉仓

唐克扬

　　我一直不知道，田婆婆怎么靠这个就能维持自己的生计，她又为什么八十多岁了还要自己出来谋活路？在我小的时候，她就长年坐在我们家的巷子口，靠卖葱过活，那种南方才有的，比麻线粗不了多少的小葱，青白相间，香气扑鼻，每家每户炒菜都用得着，但一把葱不过才卖一分钱——要知道，一分钱对今天的孩子们来说是什么样的概念啊。

　　她有一个细篾片编织的竹筐子，筐子里面装着些葱，头天晚上，她自己从批发市场深一脚浅一脚地扛回来的，卖的时候，她得把筐子放在路边，筐子盖朝天放在筐的上面，再铺一层白布，一把一把地将葱排开，另外有一个搪瓷缸子用来收钱，全是一分一分的纸币和钢镚儿。她五点起床，天黑了收摊，好像从来也不知道搭着卖点别的什么，就那样多少年多少日子一直如此，风雨无阻。在一排排非常相似的灰色棚屋的尽头处，她坐在那里，满脸皱褶，浑浊的、将近失明的老眼从不顾街景，也不知在看些什么。一年四季，她像是都套着一身蓝灰色的老式布褂子，扣子扣在衣襟的一侧。

　　这从不变更的情景，却让我每次都能准确地辨认出家的入口。

　　小的时候我非常淘气，我从不买葱，但是我会装作买的样子，在手心里捏一个江边仓库里拾来的小铁片，五分硬币一样大小，我欺负她看不见，丢下铁片以后，捎上一把葱，顺便还拿够看一本小人书的"找钱"。如今，我非常后悔……当我想到一个人微不足道的一点善心，就可以给另一个人带来想象不到的福祉的时候，我就会想起我童年时做的缺德事，想起那个靠几把葱维持全部生活的老婆婆。但是她早已经死了。

　　据说，田婆婆的过去并不是那么落魄。她曾经有过一个丈夫，他是个忠心耿耿的看门人，在大陆行将解放的那一年，莫名其妙地，这个五十多岁的老头丢下家，跟着一个资本家跑到台湾去了，他的下落成了一个永远的谜团。

这个姓汪的大资本家也曾经住在我们的巷子里，准确地说，我们几十户人家所住的地方，原来都是他一个人的，这个地方虽然现在有 1 — 29 的门牌数，原来却只有一幢建筑，叫做含嘉仓 1 号。

含嘉仓是一个地名，差不多所有宁州人都知道这个地名，却不是所有人都说得上它的来历。在古代的时候，宁州是一个重要的米市，顺着长江，湖广的稻米被运送到这里，或者转卖到四面的江淮流域，或者装上运漕粮的大船，转到京城去给永远不种粮食的老爷们，沿江的滩涂地带慢慢发展成了各色各样的粮库。逐渐，也有些人贩卖些别的货品，像是布匹、茶叶什么的，填充在闲置的粮仓的边角里，最后几乎扩展到日用所需的差不多全部物事，许多人在这种跨区经营的买卖里面发了大财，置办了可观的家业，特别是那些拿了号子，朝廷特许经营的徽州盐商，比起在老家时高高窄窄的"一颗印"，他们在江边的院子盖得既宽敞又考究。但是笑到最后的还另有其人，同治末年，英国人驾着兵舰来到宁州，修建了他们自己的海关，在青灰的、平缓的屋顶之上，于是有了红砖砌就的高高钟楼的尖顶，它是如此的神气活现不可一世，弄得被它俯瞰的徽州朝奉们都会自惭形秽。

江边马路边，没有寻常江南城市可见的小院天井，只有一排排直统统的平房，前门店面后门仓库，像是兵营般式样千篇一律，密密麻麻排了将近十里，仓库和仓库之间逐渐有了街巷的分野；再就是宁州人此前不曾见过的西式仓库，它们也用本地的工人烧制的砖瓦，白粉墙里却是洋人工程师才懂得建造的木头桁架，不管是红砖还是青砖，这些仓库都盖得高大吓人，里面黑咕隆咚像是深不可测。据说，姓汪的资本家就是从这样的仓储贸易里发家的，他既做洋厂，也向海外销去他在内地采办的土产，拥有上百家这样的大小仓库。他自己在含嘉仓的豪华府邸，是一幢三面围合起来的两层水门汀大宅，中西合璧的样子，屋顶铺着江南特有的青瓦，台基下隐约露出地下室的采光天窗，两侧的楼上都是苏式雕花的木头栏杆，前面又有立着四根爱奥尼亚式的大石柱子的门厅。姓汪的资本家自己住正面，下人们和管家们住两侧的厢房。

解放之后直到公私合营那段时间，资本家的全家都跑了个干干净净，只有一个不得势的小老婆，年纪轻轻，人也还漂亮，我们管她叫汪姨，独自留下来照看汪府。没多久，新成立的国营航运公司接管了这所大房子，只给她留了一小间厢房，但她打死也不搬，一定要住在自己原来那间正房。在干部上门的那天，她拿着绳子要在房里寻死，碰巧管事的是一个心软的女同志，就依了她，也没给她落下一个"暴力抗拒改造"的历史罪名，多少年来，她就一直还住在那间房里。她从十六七岁一直熬到三十多岁，直到后来，灰溜溜的日子实在熬不过了，就嫁了一个五大三粗老实巴交的工人，也在航运公司上班——她并不姓汪，可是奇怪得很，汪姨还叫汪姨。

这些都是我出生之前的故事。

在我懂事的那一天起，前面说到的人都已经老了，他们人生中最清苦、最困难的日子也已经成为过去。在八十年代的某一天，"海外关系"忽然成了一个金光灿灿的词儿，居委会的人频繁地往我们院跑，说上面管统战的正在联络大楼的原主人，想让他回来投资。那会儿，我们都以为，汪姨的男人会回来，顺带着田婆婆也就有了指望，我们大伙也都就有新房子住了，那段时间人心惶惶，人们瞄着汪姨和她男人的眼光里，多了几分心照不宣的暧昧。可是，大大出乎大家的意料，大资本家在台湾做生意破了产，没落了，田婆婆的男人跟着他跑东跑西，早在二十年前就下落不明，姓汪的晚年穷困潦倒，没有留下一分钱财产还罢了，倒欠了一屁股的债，原来和他相熟的人，这下唯恐避之不及。

含嘉仓1号——不，是含嘉仓1－29号——的生活依旧平静，田婆婆还是每天在巷子口卖她的香葱，只是有几天，她的眼睛显得更加浑浊，不知道是在流泪，还是生命即将消逝的迹象。反正过了没多久，她就死了。

汪姨四十出头了才有了和她后来男人生的女儿，我们管她叫琴，那时候是我最好的朋友。她有一张可爱的笑脸，大大的眼睛，比起船运公司家属区的那些野丫头们，她是那么清纯秀气，又是那么懂得人情世故，在我心目中，她比我男小朋友圈里的那些屁大的小子们有吸引力多了。她妈妈汪姨，现在是一个集体企业的职工，她的工作就是给一个旅馆洗床单，一天要洗百十条床单枕巾，有时也带回院子晾晒，汪姨极有创意，把所有能挂的地方都挂满了：屋里、阳台、走廊、屋顶天台、两棵树之间、屋檐下面……琴的家里就像一个浆染店，我时常要在那些横七竖八悬挂着的白色旗帜中间寻找她的踪迹。

我们玩了好几年的捉迷藏，两个人玩。我的点子多，动作快，结果每次都是我胜出。直到有一天我再也找不着她，气呼呼地坐在她家的地板上，结果她在一个大柜子里憋不住笑出声来，悄悄把我叫到那柜子面前，让我进来看她家的"宝贝"。打开柜子我惊讶地发现，那柜子里面原来有一扇暗门，如果不是琴手把手地教给我怎么打开夹层，我怎么也想象不出里面还别有洞天。我看不清夹层里面是什么，只看得见她站在夹层和柜门之间，阴影里面，她笑得发颤的白裙子在里面一抖一抖，透出柜子里若有若无的亮光。琴招呼我进柜子去"玩"，可是，在黑洞洞不可知的阴影里，我破天荒第一次胆怯了——她咯咯地笑得更加厉害了。

现在我还常常回忆起那个铁灰色的木柜子，比现今市场上的大多数家具都要高大气派，立在顶高本来就很高的老式洋房的正房中间，居然一点也不显矮，打开柜门，柜子里有一面椭圆形的、雾霭霭的镜子，让外面的人看不清柜子里的深浅；就在这个镜子的旁边，琴熟练地按动板壁上一个不显眼的机关，镜子开了，竟然露出一个比外表看上去大了许多的暗仓，它是那么深邃，看上去好像连着墙上的一个大洞，可以让一个小孩轻松地躲在里面，里面黑黢黢的，不知道藏了些什么东西——如今倒回头去，我才意识到，对汪姨一家来说，这是多么胆大包天的行为，她一定在里面偷偷藏了什么不可告人的秘密，当初她死活不肯从她那间正房里搬出去，原来竟然有着这样不为人知的原因。

至今我还时常后悔，当初为什么没有大着胆子，打着手电筒看看那洞里的究竟。但是，我自己明白，在我幼小的心灵里，对这类的事情其实一直充满了恐惧，不管是江边码头旁那一排排陈年失修的仓库，还是"文革"时我们院里挖起的地下人防工事，我都不敢打听，既不敢随便去看，也不敢动心去想。我向来是个自由散漫惯了的小孩，但只有这件事是个例外，我虽然无比好奇，但却从来没有再向琴提过那个暗门的事。

偏偏，在我们日常生活的院里，有几个人是和这种恐惧紧紧联系在一起的。首先是老马师傅，他是个很严肃的人，绷着一张让人紧张的长脸，在船运公司基建科干了一辈子，终身没有结婚。不知是不是他的职业习惯，对于一切建筑材料，老马师傅都有着浓郁的兴趣，经常看见他拎着一桶灰浆和半拉砖头什么的，默不作声地从外面回来，别人若是问他从哪搞的，他总是不痛不痒地答上一句：

"路上拣的。"

其实，那些东西都是他从单位工地上"揩油"揩来的。老马师傅本没有个像样的家，他搞那些玩意儿很少是为了自己，而是为了院里的其他人。听说，在最初的时候，含嘉仓1－29号有一个很大的院子，房舍屋厢也还算齐整有序，但后来挤进来29户老老小小，公共面积便开始显得不够用了，人们都学会了自己往外"扩张"，给自己添点富余的地盘，在扩张的关键年头，含嘉仓里搬进了老马师傅。随着家家户户的需求上涨，老马的小屋里，很快便塞满了各色各样他"拣"来的建筑材料，水泥、沙子、钢筋头、碎木板、自来水管道里用的两通、三通连接件……

没人真正喜欢老马，特别是他那张老也不笑的马脸，一上来就让人退避三舍，可是到了谁家想要盖个厨房什么的时候，就用得着他了。虽然那年月人人都是砌砖抹灰的一把好手，可是基建科的老马显然是更专业的帮手——不，他简直就是以此为乐趣，时常反客为主。在大院里闲逛悠的时候，他常叼着一根似乎从来也不曾点燃的烟——通常是求他帮忙的人孝敬的——悄无声息地走到谁谁谁的身后，拍拍他的肩膀说，

"哎，你们家的自来水池子不行了，这样下去没两天就得漏水。"

说完以后，他弯下腰去，在地上拣了一块石头，在池子壁上画出一条线，然后又悄无声息地走了。过了两天，仿佛是中了魔咒一样，水池子真的开了一条裂缝，而且总有越来越大的趋势。

或许正是看惯了这种场面，我们小孩子都觉得，老马一定和这院子里的各种机关有什么天然的联系——他说哪开裂，就哪开裂，说哪有问题就有问题；他的手里，当然掌握着开启这些机关的秘密。他工作的基建仓库，我们有幸去过两三次，几次都是帮着居委会的刘嫂传递"发货"的消息——从货场大门走到仓库就不少工夫，看门的工人又让我们在仓库旁等着，过了似乎好几个世纪的时间，老马穿着卡其布的工作服，戴着工作帽，才像个鬼魅一样从深不可测的仓库里踱出来了。我们畏惧地站在仓库的门口，他面无表情地打量了我们几个小屁孩一秒钟，阴郁的眼神里像是有几分不屑：

"你们跟我进去看看。"

他吱呀呀推开死沉的大铁门，进去了。我们蹑着脚向透着凉气的门里张望，老马招呼我们进来进来！刚才还是嘻嘻哈哈的孩子们都像是见了鬼似的，谁也不说话了，只有我大着胆子向里走了几步，里面黑黢黢的也看不见什么，只有好像比含嘉仓1号的楼还要高大得多的铁架子，在幽暗的白炽灯下顶天立地地站着。

过了好一会，老马总算回来了，拍打拍打自己身上的灰土，他不无遗憾地说："找了，没有。你让他们在咱院的仓库里再翻翻。"

隔了几秒钟，他打量打量呆若木鸡的我们，又面无表情地补充道：

"刘嫂有钥匙。"

刘嫂是居委会主任，她平时总是笑眯眯的，从容不迫的样子，无论是邻居间吵嘴打架，还是小夫妻俩闹别扭，看上去没她解决不了的事儿。刘嫂的丈夫是个知识分子，自己却没什么文化，她最大的爱好就是养花，她的花很多，她家占据的那部分走廊却偏偏背阴，于是每天早上，刘嫂要把花一盆盆地端到屋外的院子里像狗一样晒太阳，月季、马齿苋、牡丹、菊花、仙人球、水仙、喇叭花、洗澡花……这些花不一定都是名贵的品种，有些就是刘嫂从江边滩涂上采来的野种，不用怎么浇水施肥，靠天下雨也可以养活着。养花的盆也各式各样，正儿八经的盛器很少，大多数都是破脸盆、破痰盂，甚至别人家扔了的铁锅饭盆。刘嫂爱花但并不一定懂花，这些花晒太阳也没什么讲究，它们在刘嫂这儿唯一能做的就是倾巢出动，在她家门前屋檐下的架子上一盆盆摆开了，像是一次盛大的静坐示威。

不知道为什么那天这花们却少了一盆——天知道她是怎么发现的。刘嫂把脸一沉，二话不说，回去端着一大瓷缸子茶水，端着一张小板凳，坐在她家的门口，开始没完没了地咒骂那个不知名的贼。

"偷我一盆烂花，能有啥 X 用啊，拿去给你老头 X 上药啊，烂你娘的 X 啊，你家没 X 下锅了是哇……"

我那时不过十一二岁，隐隐约约地知道 X 们是和男人的女人的什么东西有些牵连，而刘嫂一项突出的本事，就是可以把这 X 和一千种不沾边的事物联系在一块儿，变化出一番番的新意来。当骂声稍稍沉寂，你以为她嚷嚷得累了，即将结束的时候，她咕咚咽下去一口水，又出人意料地重新开始了，一两个小时内那绝对是连续广播。她的这种非凡的能力常常让我的耳朵和嘴张得一样大，收拢了一切烦躁的声波，恨不得赶紧找个棉花球堵上。我想，院子里的人那时和我的感受是一样的——巴不得那个偷花的人赶紧给她送回去。

第二天的清晨，人们发现那盆被顺走的花静悄悄地回到了原来的位置。

她终于骂累的时候，又变成了笑眯眯的模样，院子也恢复了原先的平静。刘嫂招呼着我们把老马的钥匙给她丈夫拿去，她自己则端着水壶，一盆又一盆地浇花，小盆的少点，大盆的多点，仙人球什么的基本不浇，野草野花们就放在院子里任其生长——看样子，每天她不浇个半个钟头，是不能浇完的。

刘嫂的爱人叫吴老师，是在附近小学教数学的，总穿着一套整洁的中山装。院子里的小孩里面，他最爱和我说话，因为大伙一致认为，在含嘉仓这帮孩子中间，我是唯一有希望出去读大学的，因此——至少是不远的将来——能具备和他近似的文化修养。吴老师从不骂人，这一点和他的居委会主任老婆，以及院子里那些暴烈的水手都截然不同。他爱好收集各种各样的公共汽车票，一份一份读单位里捎回家的报纸——在刘嫂提高了嗓门骂大街的那会儿，他正在户外的一把藤椅上，悠然自得地读八开四版的《参考消息》，他面不改色地看完第一版，然后皱着眉小声冲刘嫂说：

"唉，好啦。一盆花而已了！你有那么多盆花，你也不嫌累——"

这时的刘嫂一定是回头对吴老师笑了笑，然后又很快地回过头，好像是要把那个偷空跑远了的贼拎回来继续挨训：

"不累——他 X 养的听着不嫌累，我骂人的还嫌累？"

吴老师摇摇头，低头看他的第四版，脸上很快又浮现出了笑容。

"世界最小的国家之一——是列支敦士登，有意思，有意思，这国家还没有我们宁州大啊……还是中国大，中国大……九百六十万平方公里啊……"

吴老师不仅知道列支敦士登是一个小国，他还知道宁州市所有公交的线路，明白他们的汽车票上那些眼花缭乱的数目字都是什么个意思——售票员一般不透露这些秘密，破译了这些秘密的吴老师也是讳莫如深。他常常吹牛说，他要是伪造公共汽车票，没人能查得出来，后来他就开始真的收集上了公共汽车票，而且隔三岔五地，总托出差的人，从全国各地带各式各样的公共汽车票、电车票，甚至北京的地铁票。终于，到了我十三岁的那年，在《宁州日报》上面，吴老师发表了平生唯一的一篇豆腐干文章："小小汽车票学问大"，满大院地拉人看，喜得合不拢嘴。后来，他又把那张已经沾上了午饭油腻的报纸小心地剪下来，裱在一个玻璃相框里。

从此吴老师看见我，总是拉我重点介绍他的汽车票收藏，他知道票面上的数字、颜色、印戳、条划……都能表示不同的站名信息，售票员撕票时靠"划票"来记录乘客的上下站点，好查谁多坐了里程或者干脆捡了地上的以便逃票。吴老师和我解释说，售票员划票各有各的方法并不完全一样，事实上，他们对不同的乘客有不同的划票方法，假如你看上去不大可能逃票，他们就是简单地做个记号证明你买过票而已，而处理那些面相可疑的人，售票员的手法就要复杂多了，是在几个条件里根据那天的情况随机

视觉 / 吴家林作品
越南河内 (2015 年)

≫

选上几种组合，你拿着上趟车的旧票去混车一下就能看出来——这就是为什么从来都没有人能够猜出汽车票的原理。最后，要是我听得不耐烦了，他便仿佛奖赏我似的夸我两句：

"小光头有出息啦！现在念了重点中学，然后将来要上重点大学，然后——"

"——然后是国外的名牌大学。"

"小光头"是我四五岁时的小名——他似乎也不介意我早已长出了一头乱蓬蓬的头发，我倒是注意到他每次都把"名牌"这两个字读得很重。今天也不例外。

上了名牌大学又有什么好处呢？我似懂非懂地问。

你就和这些人不一样了。吴老师眯缝着眼转过头去，像是话外有音。我禁不住顺着他的眼光望去，在他的视线尽头，马师傅正在吆喝着众人，从院子里的公用仓库拖曳出一根长长的塑料排水管，水管瘫软在地上，像一条泄了气的蟒蛇。

院子里的人都知道，也乐于看到，一起上小学的"小光头"和琴是一对未来的小情侣。刘嫂已经不知多少次和汪姨说过这个事关长久的方案了，她的态度是非常认真的，仿佛这件事已经排进了她未来二十年的工作计划。不错，在那个年代，人们是耻于当众谈论男女之事，但是一旦这种事情落到别人的头上，哪怕只是调笑一对懵懵懂懂的小孩儿，女人们也会像打了鸡血一样来劲儿，刘嫂只要一提这茬儿，院子里就像揭开了一台大戏的序幕——只有晒太阳的田婆婆默不作声，她竟然像是在冬天的太阳下美美地睡着了。

"要是跟了老马那样的男人，那就可惜了……"

"也不一定，老马其实是有力气的……"

下面就是女人们诡秘的表情和吃吃的笑声。

码头工人们倒是真的有力气，但我模糊地记得，他们的力气是以打老婆著称的。一辈子打光棍的老马并没有机会打老婆，汪姨的丈夫倒是有的，他总怀疑隔壁的小马，也是水手，和汪姨眉来眼去，那么老实的他终于也忍不住爆发了一回，打得汪姨鬼哭狼嚎的。他显然是没什么道理的，虽然汪姨确实风骚，但她那个时候怎么也四十多岁了，已经断了这个念头。据说，有一天他在半夜里听到了小马"打"小马自己的老婆，感受到了小马真正花上的"力气"，终于承认自己错怪了小马——我那时候还小，所以分不清女人们鬼哭狼嚎到底是为了什么。

琴长得好，人又聪明，好像是继承了汪姨和资本家的共同优点。汪姨把她替旅馆洗的床单晒到公用的地方，甚至别人家的私人空间里，这件事本来并不是很合适，但只要是琴出马献上微笑的小脸，人们似乎都宽宥了汪姨的不是。在我家大人下班前的那段时间里，暖烘烘的床单也晒满了我家的过道，它们在风里呼呼地扯动着，像是江边饱胀的帆旗，让过路的人几乎没有地方可以下脚。但琴往往会"贿赂"我一点吃的，和我有一搭没一搭地瞎聊，最后琴总会噗哧笑出声来，她笑得那样可爱，每一次都让我晕乎乎地忘记了向她抗议。

"院子里太挤了。我家要有很大很大的一间房子就好了，这样我妈妈就可以挂得下所有的床单了。"

"你难道没听说过，这个院子其实最早是你家的？"

"我妈说了，男人是靠不住的。"

"两个男人都靠不住？你妈不就是有两个男人吗？"要换了别人，问这种问题早就被琴打了——我是从小马老婆那儿听说这种说法的。

"可是，有什么人是世界上唯一的？你吗？"琴认真地反问，并没有回答我的问题。

"皇帝呀，皇帝只有一个。"至今，我也不知道自己为什么会有这种无厘头的答案。

"可是早就没有皇帝了……"她天真地辩驳说。

"我要当我们院子的皇帝，你做娘娘。"

"做娘娘不好，因为皇帝喜欢的其实是宫女，不是娘娘。"

"皇帝就可以住很大很大的房子。"

"你住不了那样的房子。皇帝有很多很多间房子，每间房子里都有我家一样的大柜子……每个柜子里都藏着让你害怕的秘密……吓死你！"

我想象着那样的房子，那样的房子确实太可怕了。我吓坏了，似乎无处可逃。

有一段时间，我和琴疏远了。因为那时候，她又有了个逐渐长大的弟弟，我每次去找琴玩儿，都要穿过她家塞满什物的走道，还有她弟弟不怀好意的目光。他是一个坏小孩，似乎继承了汪姨、汪姨的死鬼前夫和她现在的工人老公的共同缺点：他有资本家那样丑，有汪姨那样爱算计，还有工人那样不讲道理。

琴后来上了本地的中专，全国各地有无数的这样的中专，像是什么"XX 直属 XX

第二轻工业学校"之类，而我上了一所大学，全中国可以数得出来的这样一所有名的大学。我告别含嘉仓的时候，就像从一个世界穿越到了另一个去，从战场一般的火车站月台上爬进车厢以后，我睡了很长一觉醒来的时候已经在北京了——从院子里告别离开的时候，像是走过了一长截有着幽暗灯光的时空隧道。

我再次见到琴是在大学毕业以后。没能赶上有"铁饭碗"的国家分配，我去了让我一生难忘的人才市场，那是一个和宁州的含嘉仓一样无比巨大的商品仓库，只不过吞吐的是人，不是货物。企图留在首都的计划泡了汤，我灰溜溜地又回到了宁州。

回到老家的我还是那个不起眼的"光头"，可琴虽然没有大学文凭，却出落得比我大学里的所有女同学都要漂亮。她从九十年代初商品经济大潮的时候就开始下海，没几年她已经有了不少钱，成了一个在电脑商城里出货的女老板。我受了同学的嘱托，去邀请她参加我们初次的小学同学会——在后来的岁月里我知道，这样的同学会还要开很多次——我费了很大劲才在一个巨大的五层楼里找到了她，她占了三家连续的铺面，还是一个靠近电梯的有利位置，不知怎么，堆满包装纸盒的楼梯间又让我想起了含嘉仓飘满床单的走廊。

那一晚我情不自禁地喝醉了，吐得满地都是。是她扶着我回了家，并且帮我擦洗，换了弄脏的上衣。

我睁开眼，她看着我，眼睛里忽然流露出一丝至今让我难忘的温暖，后来，我才理解，那既是情人的眼光，也含着一种母性的爱意——这种温暖却被下面让我感到震惊的话驱散了。

"你娶我吧。我原以为你不会回来了。"

"我们结婚了又能怎样？"

她喃喃地说，"我要给你生许多许多的宝宝。"

我的酒已经半醒了，突然感到一阵晕眩。在我大学毕业那个年代，宁州执行计划生育政策依然是十分严格的，也很少有人愿意去触犯这条红线而忍受各种各样的不方便，像我的表哥就刚刚因为超生被开除了公职——但那其实并不是我感到头痛的主要原因。在突忽其来的惶惑里，我只是仿佛看见了院子里漫天飞舞的白色床单，我恶狠狠地喊道：

"我不要！"

我并不想老死在这里，和刘嫂、吴老师、老马，甚至小马们一样……偶然的一个机会，我去了欧洲的某国，那个国比列支敦士登大了不少，可是照样吸引了中国人千辛万苦地去打工淘金——最近，我甚至听说吴老师的孙子也去了那儿自费留学，真的开始帮他爷爷收集列支敦士登的公共汽车票了。我辛苦地干了十年，结了婚，又离了婚，终于拿到了那个国家的居留许可，攒起了一点微薄的家业，光荣"海归"了。

最近一次又回到宁州，是在这个城市面临前所未有的改造的前夜，我要回来，照看我父母留给我即将拆迁的房子。这时候，宁州出现了一则爆炸性的新闻：含嘉仓，和它名字的意思一样，下面竟然埋藏着一个失落已久的古代粮仓，证明在汪姨的男人建房子的时候，江边的这块地方已经迎接了上千年的运输船队了，果然，清朝末年特地在此选址，建设他们从中国运出茶叶棉花的港口，鬼子们没有看走眼……可是剧情很快就反转了，让眼巴巴等着拆迁的含嘉仓居民感到失望的是，省里考古队的人来看我家这里的近代建筑，得出的结论是保留的价值并不算大，这一片过去叫做含嘉仓1号的地方，其实离古粮仓的遗址还远得很——因此原有的拆迁计划不变，居民们拿到的还是最早的便宜价钱。

后来，我设法结交上了开发"含嘉仓1号"楼盘的房地产公司的老板，从他手里以比较优惠的价格买了一套房子，基本上算是回迁在原址。现在，这个地方还叫过去的这个名字，可是景象彻头彻尾地变了：现在这是一大栋单体的摩天大楼，它既垂直地向天空拔起，也水平地向外扩张，不仅包括了原来的含嘉仓1-29号，还包括了附近的兴华街，打铁巷……连片的古老街区，简直像把半个城市都连根拔起了。现在的"含嘉仓1号"一幢大楼就有这么多间屋子，据说住得下上万人，洁净明亮的小区广场取代了晾满衣物的邻居院子，过去的痕迹被铲除得如此干干净净，以至于院子里恋旧的老住户都不晓得回迁到什么地方才算合适，我带给吴老师的各色欧洲车票，一下子都不知道应该给谁了。

我满世界地找……终于，在"含嘉仓1号"的公用露台上，我遇到了管开发的老吴，吴老师的儿子，现在帮"含嘉仓1号"做事。听完我的感想，他把手一摊说，那是因为你小时候感到的世界大，长大了再看就老觉得小城不够住，而新的小区向天空发展了，等于又找回了小时候的空间，不过就是换了一种新的结构而已——"现在人均居住面积增大了许多，"他自信地向我解释道，"然而，现在楼层也增加了这么许多，两个因素就彼此抵消了"。

"真的抵消了？"我半信半疑地问。

"依然是住那么多人的。"他自信地说。

我却觉得，他一定是帮开发商说话，夸大了建成的面积，虚报了在此居住的户数。减少了这么些个过去的城市建筑物，怎么可能就只有这一幢房子就能安置下呢？——可是，新建成的这片街区里，我一个人都不认识，现在，知道各种秘密的老马师傅一定老得不成样子，也找不到他了，一切都无从查证。我看见的，就只能是开发商领我参观的这些有限的样板间。我不禁又想起了琴家里的那个大柜子，和大柜子里的孔洞。

看来，秘密全都消失在这些孔洞，和他们掌握的通向这些孔洞的钥匙里了。

今天的老吴和过去的老马师傅有点类似，他的腰间挂着一大串各式各样的新钥匙，想必是给新楼看房的人用的。他还分管着"含嘉仓2号"正在施工的工地，没聊一会儿就急匆匆地走了，追随着他离去的方向，我遥遥地看见江中多了无数崭新的大船，江畔的汽笛还是和小时候一样的音调，船们，想必在繁忙地从远方搬运大楼建设需要的物资，又把我的记忆悄无声息地从这里运走。我伸出一只手，从口袋里慢慢抽出来领钥匙的凭条，不小心又带出来一张纸——那是前妻的来信，要我偿还离婚官司判我支付的赡养费用。我忽然生出一种冲动，想去找琴，转念间又感到一丝莫名的厌倦，我想起来，我这一年半已换了快五个新女朋友了，其中还有一个是在离婚期间勾搭上的。

我突然醒悟了，我自己其实也是江上这些船只中的一艘。

终于有一天，在宁州的旧家具市场上，我又看到了那个我熟悉的铁灰色大柜子，没错，就是它。

卖旧货的不确定地看着我，满脸狐疑，"你们家天花板有那么高吗？我可先说好了，这是老东西，比一般衣柜大许多，现在有的单元房，这么大的柜子连门都进不去，别说上电梯了。你要是到时候安置不下，我可不负责退货。"

我只感兴趣一件事情，我提出了一个让卖主很诧异的要求。

"我要再看一眼这个柜子的背后……"

"老东西啦，我也不诓你，实价一万八，都是好木头，拆了可以做好几件时兴家具呢。你要是真感兴趣，我就给你搬出来看看……"

在我真诚地表达了态度之后，几个小伙计吃力地将这个大柜子反转过来——我第一次看到了它结结实实的背面，不像现在宜家什么的，衣橱的门面后都是用纸板衬的底子，这铁灰色的大柜子确实不含糊，无论前面还是后面都是浑然一体，没有丝毫拼合或者改造过的痕迹。

我还在仔细观察的时候，老板的声音却在我身后响起了。

"你要真想要，就给个价，给钱就卖，不过你得自己找人拖回去，这个柜子死沉。"

"倒是个老东西，我见过呢。只是买了有什么用呢？有收藏价值吗？"

"嗨，你还真当它是个文物呢。实话告诉你，我收来的时候看走了眼，以为能值几个钱，行家看过了，说够不上收藏的档次，不过木头还不错，是真黄花梨——不不，我也说不上来是不是黄花梨，算了不忽悠你了，反正是好木头，就当收点木头钱吧，回家自己改了做个桌子什么的？"

砍了几回价，终于搞定了。我雇了三四个人，板车拉绳子拽的把柜子弄回了家，搬运的过程中，进货梯和家门确实都费了好大的周折，物业和搬运工几次建议说，要把柜子卸了拆成几块运进去，我坚持不让，还好，最后终于毫发无损地运进门了——柜子顶上，厚厚的灰尘一路扑扑地往下掉。我吆喝着工人，让他们把柜子立在我家最靠厕所的，最阴暗也最高的那个廊道里；确认他们都走了，门也已经锁好了之后，我凑近了柜子。

没错，柜子的最里面还是一层厚厚的灰尘，没人打开过。我摸索到藏在柜子顶层的机关，好奇地拉开了弹出的把手，想看看那后边是否还藏有什么东西。

我简直不敢相信自己的眼睛，后边居然拉开了一整扇暗门，反面是镜子，镜子里面有一个人影，那是琴，她调皮地向我吐着舌头，在引诱我走进那无底的时间的深渊。

我要不要走进去呢？

——那不过是我的幻觉，琴在眼前消失了，但柜子里暗门中藏的东西是实实在在的，从前她并没有骗我，那一沓沓的"宝贝"全都是旧日的有价证券，想必是汪姨在公私合营前藏在里面的，年久之后全都化为纸屑了。暗门拉动的一瞬间，它们从柜子深处的暗格上跌落下来，像雨一样溅起柜子里遍布的灰尘。

那是无数的、无数的记忆的灰尘在空气中飞舞。

张敦

原名张东旭，1982 年生于河北枣
强，现居石家庄，河北文学院签约作家，
出版有短篇小说集《兽性大发的兔子》。

蜀道

张敦

1

我对娘说，买火车票根本用不着跑到衡水去，手机上就能买。她不信，认为手机上买的票肯定是假的。我只好演示给她看，指尖在手机屏幕上戳戳点点。有一辆直达车，晚上八点半发车，运行三十多个小时后，到达成都站。就坐这一趟吧，除此之外，别无选择。选定后，进入购买环节。我先把娘添加进联系人中，再去选票，却发现娘的名字是灰色的，无法选中。联系人中只有两个名字，张家根和王丽珍。张家根是我，王丽珍是我娘。这两个名字一黑一灰，好像来自两个世界。

真能买？娘在问。我说，买不了。她又追问为什么买不了。这是因为你的信息正在后台审核，审核通过后才能买票。如此解释，她一定听不懂。我也不知道怎样解释她才能听懂，摸着手机屏幕，不知所措，情形颇为尴尬。去衡水买吧，她说。

能跑趟衡水，我当然愿意。刚才一时兴起，玩什么网络购票，差点断送一次进城逛逛的机会。之所以想用手机买票，无非是为了向她证明，我的手机也是可以干正事的。我又想到，即使在手机上购票成功，娘也不会相信，她必须见到实体票。村里人说她精，其实对她不够了解。他们把娘的多疑当成了精。她连我都不相信。我想去北京打工。她不但怀疑我能挣到钱，而且还认定我会一去不回，最终客死他乡。

我活到二十三岁，从没坐过火车。娘坐过一次，那时还没我，她刚满十八岁，从四川一直坐到河北，嫁给我爹。我就是这么来的——一对相隔千里的男女，通过火车的运输，得以靠近，结合在一起，繁殖出后代。当然，事情并不像我说的这么简单。爹娘的缘分来自媒人，但他们至今不清楚那媒人叫什么名字，也不知道人家是哪个地方的人。

　　娘说过，媒人有两个，一男一女，仿佛是对夫妻。女的嘴说个不停，好像一不说话就会死，即使在沉默的间隙，嘴也是半张着的。男的一言不发，像个哑巴，耳朵却非常好使，一有风吹草动，马上把目光投过去。娘是在小镇街边遇见他们的。那是下午，小镇的集市刚刚散去，娘因为丢了卖药材的钱，坐在街边哭。女人问娘怎么不回家。娘说钱丢了，不敢回家。女人说，那你跟我走吧，去成都，挣钱。

　　女人说的是普通话，听起来好像收音机里的人。娘最爱听收音机，相信里面传出的每一句话。当时她已在街边哭了一个小时，如果再没有人带她走，她觉得自己只能去跳崖了。她爹，也就是我姥爷，为人挺狠的，断然不会饶恕她，硬生生地回家，也是死路一条。所以，她只能选择相信眼前的女人。有那么一瞬间，她真以为自己遇到了救苦救难的观音菩萨。如果菩萨降世，肯定是说普通话的。她无法想象，救她脱离苦海的菩萨会说一口四川话。她和女人离开小镇，旁边突然出现那个男人。她以为，此人乃菩萨的护法，遇到一些乱七八糟的事，总不能让菩萨亲自动手吧。菩萨很会说话，不停地描述成都的繁华景象，就像在向她布道。说完成都，她又说重庆。当他们坐上班车的时候，女人的嘴里依次滑过了武汉、南京和上海，正天花乱坠地谈论北京。

　　他们到达县城，准备换乘更大的班车。娘有点儿慌了，想回家。女人说，接着走吧，一块儿去成都。娘转身要跑，被男人一把抓住，同时甩了一个大耳光。女人把娘搂在怀里，连声安慰，并大声责备男人不该动粗。娘被打蒙了，与她爹相比，男人打出的耳光更结实，手硬得像块铁。她的脸肿了，心也死下来，回家不也是这样挨耳光吗？现在身边至少还有一个菩萨一样的女人。她娘，也就是我姥姥，在生下第五个孩子后，得病死掉了。她是老四，下面还有个老五，是个来之不易的男孩。我姥姥连生四个女孩，几近绝望，最后把命搭上，好歹生了个儿子，也算死而无憾。我娘觉得女人像她的娘，下定决心跟她走。

　　班车在夜里开进宜宾市。他们找到火车站，买了去成都的火车票。成都是很大的城市，娘从小就听人说过。她最远只到过县城。在娘眼里，宜宾已经很大了，大得让她感觉不到自己的存在。坐在候车厅，她好像比身边那俩人还着急。早晨背着药材出门的时候，她可没想到自己会跑这么远，一下子就走出这辈子最远的路，再往前走，每一步都是一个新的最远记录。更要命的是，她马上就要坐上火车了，火车的速度难以想象，人坐在里面动也不动，却能日走千里，夜行八百，说是飞也不为过。

　　在火车上，女人与男人一边一个，把娘紧紧夹住中间。女人的嘴始终没闲着。无边无际的话语，伴随着火车轮子与铁轨的摩擦声，让娘昏昏欲睡。半睡半醒之间，娘突然感觉女人谈话对象转移到男人那边。男人终于开口，说的并非普通话，也不是四川话，但娘能听懂，应该是北方方言的一种。女人也暂时搁下了普通话，操练起与男人一样的方言。二人平静地交谈着，好像在探讨学术问题。娘假睡，专心听了一会儿，终于听出点眉目。原来他们在讨论娘的长相。男人说娘长得太丑，估计没人要。女人说好容易碰见个傻的，丑点就丑点吧，光棍汉也不嫌的，那些男的憋了半辈子，看见母猪都想日。

娘心里有点儿生气，想抬起头来说几句，自己丑自己知道，用不着你们说。她却怎么也醒不过来，身体像沉入了水底，被水草缠住，无法上升。多年之后，娘终于想明白，自己之所以一上火车就睡觉，是因为喝了女人的水。女人随身带着一个大玻璃瓶，里面装着水，不时让娘喝两口，她自己却从来不喝。

火车到达成都后，娘勉强醒来。他们并没有离开火车站，真正走进这座更大的城市。男人又买了三张火车票。女人说，成都工作不好找，最好去北京，那才是真正的大城市。娘没什么意见，反正已经离家很远了。他们坐上另一列火车，一直向东，又折向北，跨越万水千山，轰隆隆地向我爹靠近。

2

此刻，我怀揣两张身份证，坐在开往衡水的班车上。车窗外是平淡无奇的华北平原。从小就听娘讲，她的家乡与这里截然不同，那里山连着山，全是山，村子有的建在山腰，有的建在山谷，房子高高低低，都由石头垒成，田没有大片的，这一小块，那一小块，星星点点，干起活来翻山越岭，跑断双腿。

我活到二十三岁，还没见过大山。每当站在村子西头，看见太阳压住地平线，我就想，他们都管这景象叫太阳落山，但山在哪里？太阳根本无山可落。目之所及，只能看到另一个村子，屋顶和树木勾画出高低起伏的地平线。村子与村子之间，是大片的田地，每一个让人烦躁的春天，风吹麦浪，一波又一波，让我想到大海。我没见过海，就连湖也没见过。据说邻县有个衡水湖，我从没去过。村里人没有游山玩水的兴致，如果我对他们说想去看看大山和大湖，他们会笑话我，认为我是个神经病，甚至给我起外号，叫我傻根。

在他们眼里，傻子有两种，一种是智力低下之人，先天发育不良，长得嘴歪眼斜；另一种是不合群的人，智力方面绝对没问题，但特立独行，让人难以理解。我爹就属于后一种人，他叫张远翔，人称傻翔。

爹十五岁那年，父母双双离世，得的都是哮喘病。爹还有个哥哥，已经另立门户，结婚生子。哥哥有意把弟弟接到自家家里，一起生活，其实方便得很，也就是添双筷子的事。嫂子是个爽快人，同意小叔子来家吃饭，但睡觉要回老宅。爹就开始吃嫂子做的饭，过得还算快活。不知不觉十年过去，爹长成一个沉默寡言的光棍。嫂子为他着急，但毫无办法。没有姑娘嫁给一个家里穷得只有一铺炕和一床被子的人。为彰显自己还算有点钱，爹买回一辆摩托车。那是全村第一辆摩托车，是爹十年的辛苦钱。

据说，爹曾身穿黑色棉猴，胯下一辆鲜红的幸福250摩托车，呼啸着从村西窜到村东，再来一个潇洒的转弯，冲上村外那条宽阔的省级公路。他是村里的第一代骑士，这代骑士除他之外，再无旁人。直到我出生之后，买摩托车的人家多起来，第二代骑士才如雨后春笋般冒出来。不得不说，爹买摩托车是个壮举，几乎倾家荡产。他少年时手巧，在队上的皮组做工。皮组解散后，他与伙伴们搭伙做皮草加工，苦于本钱太少，干一阵歇一阵，挣得也不多。他买了摩托车，再无做皮草生意的本钱，只好去给人家打工。最看不惯他的是嫂子，十年的饭钱，算算也够买辆摩托车的，这小叔子却不给她一分钱。哥哥是个本分人，以忠厚老实著称于世，不理解弟弟为什么要买一辆毫无用处的摩托车，难道自行车还不够你骑的吗？这样的弟弟不管也罢！哥哥家不再管饭，爹只好自己做饭吃，不太会做，连自己都不爱吃，越发面黄肌瘦，好像一个手淫过度的青年。他骑着摩托车去相亲，人家姑娘都嫌他太瘦，而且不会过日子，花钱大手大脚，买摩托车就是例证。

意识到自己将孤独终老之后，爹骑上摩托车，进行了一次远游。现在看来，其实也没多远，目的地正是邻县的衡水湖。当时人们都骑自行车，从村里骑到衡水湖，得花大半天的时间。而且没人有那个闲情逸致。爹仰仗先进的交通工具，如一道闪电，降临在衡水湖畔。他策马扬鞭，面对浩渺的大水，不由得心生感叹，认为自己不虚此行。爹花了两天时间，沿衡水湖走了一圈，因为摩托车太过扎眼，身后总尾随着一帮光屁股的小孩。回到村里后，爹一改往日寡言少语的习性，逢人便讲述远方的见闻。听者最初很有兴致，能耐心听他讲完，后来发现他的讲述千篇一律，都是衡水湖那点儿破事，渐渐就没人听他的，开始暗地里叫他傻翔。爹赌气般打点行装，要去更远的地方。

整整一天，我家老宅上空炊烟袅袅，那是爹在蒸馒头，这是他路上的干粮。第二天，他将馒头、咸菜和被褥绑在摩托车上，又气势汹汹地从村西窜到村东。村人纷纷观看，目光交错，织成一张大网，只见骑士戴着红色头盔，像一只红眼的苍蝇，一头撞出网去，飞上公路，不知所踪。

爹对我说过，他第二次远游的目的地是大山。山在哪里，他不知道，身上没有地图，全凭直觉前进。他相信，只要自己跑得足够远，就一定能看到山。他一路向南，信马由缰，走得并不快。中午，他蹲在路边啃馒头，就着一块黑乎乎的老咸菜。口渴，拐进村子，走进一户人家，讨口水喝。他穿着破烂，犹如一位历尽沧桑的流浪汉。人家看到他的摩托车，不由得肃然起敬，以为此人不同凡响。爹饮罢一瓢凉水，跨上摩托车绝尘而去，留给村子一个潇洒的传说。当然，这只是他一厢情愿的臆想。其实，他们都认为，这人只不过是个有辆摩托车的二流子罢了。

太阳西坠，爹恍然看见前方出现一抹暗影，看那安然而豪迈的气势，应该就是山了。他加足马力，终于到达山脚下。他忽然感到，其实山离家乡并不算远，如果加紧赶路，半天的时间就能到。他沿山路前行，晚上找到一个村子，村中央有座戏台。摩托车停在戏台下，他抱着被褥登台，睡在舞台中央。

早晨醒来，他看到舞台的一角靠墙睡着三个人，一男两女，其中那个年轻的女子，就是我娘，她也从远方赶来，累得不成样子。

3

在衡水火车站的售票大厅，我排在队伍末尾，手里拿着两张身份证。这是我做梦都想来的地方，买一张票，坐上火车，有多远就走多远。手机上的购票软件我早就会用，一次次给自己买票，就像玩游戏，付费的环节犹如游戏的最后一关，我从未打过通关。直到有一天，一起长大的伙伴家福找到我，请我在手机上为他买一张去杭州的火车票。虽然他的手机比我的贵，但他不太会用。就连这样的笨蛋也要出门打工了。我对娘说，我要跟家福同去。娘不同意，让我老老实实在家待着，好歹饿不死。

给家福买票那次非常顺利，他的名字一直黑着，没有像娘的名字那样变灰。想必后台审核这一环节是后来才有的。我终于打过那最后一关，全身通畅，随后无比沮丧，心中充满愤恨，恶狠狠地把家福的名字删除，购票软件的联系人中，依旧只有我一人。

　　终于排到我，我把身份证塞过去，对售票员说，买两张去成都的火车票。我说的是普通话，不经常说，应该挺生硬的。售票员问，哪天的？我想想说，两天后吧。售票员又问，硬座还是卧铺？我想了想，说，卧铺吧，坐硬座会不会太累？售票员说，三十多个小时呢，坐硬座肯定累得不行。我说，那就卧铺吧。两张卧铺，把娘给我的钱几乎全部花光。

　　拿着车票站在火车站广场，心中升起一股莫名的离愁，上初中时，我读《唐诗三百首》，最喜欢那些讲离愁的诗，什么挥手自兹去，萧萧班马鸣，还有落日五湖游，烟波处处愁，我无数次在心中表演那种陌生的情绪，这次终于派上用场，马上要来真的了。

　　我端详衡水火车站的候车厅，人来人往，每个人都面无表情，看不出他们在想什么。我又跑到出站口，观察刚从火车上下来的人，同样都是面无表情。当年娘从这里走出来的时候，脸上什么表情？大概和他们一样吧。

　　当时，她喝了很多掺着安眠药的水，脑子昏昏沉沉，女人说什么，她就听什么，即使不愿意，也无从反抗。女人说先在衡水下车吧，去见一个亲戚。她和男人一边一个，架着我娘，走下火车，来到衡水火车站的广场上。旁边是汽车站，男人买了票，仨人又坐上一辆去往邢台的汽车。

　　多年以后，娘对自己的遭遇并不隐讳，事无巨细地讲给我听。在对事实进行陈述之外，她不时加入自己的分析及感悟。经过多年的思考，她已完全理清整件事情的来龙去脉。她说，那俩人干拐卖妇女的勾当，有周密的计划安排。他们先在邢台山区找到买主，然后前往四川，当年四川乃是中国第一人口大省，最不缺人。找到人后，骗到邢台，交给渴望成家立业的光棍汉，俩人能得一千多块钱。那时，对一户农民来说，一千多块钱，几乎是一笔巨款。

　　按照上面的计划，娘的命运应该是嫁给邢台山区的某个农民光棍，而不是华北平原上的我爹。娘的相貌改变了她的命运。俗话说，儿不嫌母丑，狗不嫌家贫。我作为娘的儿子，不该对她的长相说三道四。现在，故事发展到这一步，娘的长相成为推动情节发展的因素，我不得不向读者交代清楚。客观来讲，娘长得很丑，像历史课本里的北京猿人。

　　邢台山沟里的农民光棍没见过世面，看见娘后，惊为天人，一句话也说不出来。憋了半天，这位朴实的农民终于开口：太丑，不行。买卖黄了，那对男女带着娘没地方住，只好寻到村中央的戏台，打算将就一夜，明天再去别的村子转转。娘还纳闷，为什么亲戚不留人住宿，未免太不近人情，看来河北人远不如四川人好客啊。

人生如戏，我爹娘的第一次相见就是在戏台上。朦胧的晨光中，娘看上去没那么丑。爹起来收拾东西。男人和女人也醒来，连忙与爹搭讪。来言去语中，他们对爹的情况了然于胸，不由得眼前一亮。女人把爹拉倒戏台一角，悄声说，大兄弟，你看那个年轻姑娘，是我表妹，家里人都没了，就剩她自己，怪可怜的。爹说，是怪可怜的。女人说，你要是真觉得她可怜，就娶她做老婆吧。爹脸上一红，说，这怎么行，咱不能趁火打劫。女人说，她能嫁给你，也算上辈子修来的福分，你要是犹豫，我们就给她另找婆家了。爹说，你让我想一下。女人说，你别想了，过了这个村，就没这个店了！

爹终于做出决定，点点头。女人拍手称快，说，你的大摩托不错啊，想必一千五百块的聘礼对你来说也不是难事。爹说，什么，还要聘礼？女人说，对啊，谁家娶老婆不出聘礼？爹想了想，咬着牙答应下来。最后，爹决定马上回村筹钱，他给女人留下了地址和几个馒头。

跨上摩托车，临走那一刻，爹扭头看了娘一眼。娘刚醒来，也正看他。爹脸红心跳，油门拧得有点大，摩托车向前蹿了一下，差点熄火。他按了下喇叭，算是道别。此刻，他既依依不舍，又归心似箭。回去的路并没有花太长时间，但爹觉得无比漫长。如此看来，大山离家真的好远。

回到村里后，爹马不停蹄地找人借钱。把钱借到手之前，必须要讲清楚，为什么要借这笔钱。爹先来到哥哥家，对哥哥讲了自己的山中奇遇。嫂子在一旁听得明白，马上一针见血地指出，翔啊，你这是碰见人贩子了。哥哥不置可否。爹说，就算是人贩子，又有什么关系？哥哥说，对啊，只要能娶到媳妇，人贩子也无所谓。嫂子仔细一想，真是这个道理。爹顺利借到四百块，这是哥嫂一家的全部积蓄。

爹又拜访了十多家关系还算不错的，把山里的故事讲了一遍又一遍。多则一百块，少则几十块，爹总算凑够一千五百块。第二天，哥嫂陪他站在村口的马路边等人来。客车一辆接着一辆，但过尽千帆皆不是，哥嫂不免有些失望，认为爹在说谎。就在哥嫂意兴阑珊，即将离去之时，又开来一辆客车，下来仁人，中间那位，正是我娘。

4

我离开火车站，又去百货大楼转了转，这里是衡水市的繁华所在。每次进城，我都会走进这家商场，从一楼转到五楼，站在大玻璃窗前，看看四周的风景。下面是城市的街道，汽车来回奔跑，人们来回走动，远处是楼，更远处还是楼，好像也没什么可看的。在家时，我经常爬到屋顶上，眺望远方，其实也看不到什么新鲜东西，只能看到大片的屋顶，和朦胧的地平线。我从未在百货大楼里花过一分钱，东西太贵，看一眼标签，就恨不得放一把火。走出商场，我又走进新华书店。那里面有很多书，我随意抽取翻看，没人管，可以看个痛快。每次进城，我都会买本书，这也是他们叫我傻根的原因之一。

回到家里，娘看了眼火车票，马上发出惊呼，怎么这么贵？我说，这是卧铺，可以躺着睡觉的。她说，坐着跟躺着不一样能到四川吗？我说，是啊，一样能到，但躺着更舒服啊，三十多个小时，你想想，坐着多累！她说，咱去四川干什么？去给你找媳妇，不是去旅游，要把钱花在刀刃上，你马上去给我换成坐票。我说，不去，要换你自己去换。每次吵架吵到高潮，四川话就会从娘的嘴里喷出来，我听不懂，从她扭曲的表情推测，肯定是骂人的脏话。我不再还嘴，低着头，任由她说。

其实，买这卧铺票的钱也不算什么。我初中毕业后开始做皮匠，每年都能攒下一两万，从十六岁干到二十三岁，七年的时间，怎么也有十多万吧，除去给爹看病花的七八万，还剩下好几万呢。当然，家里到底有多少钱我并不清楚，钱都在娘的手里，她最清楚，有一点可以肯定，她说我们坐不起卧铺，绝对是夸张。我不理她，躲进自己屋里看书。她终于偃旗息鼓，不再瞎叨叨，闷头做饭去了。

三天后出发，说是一晃就到，但我觉得无比漫长，有点后悔，不如买明天或后天的票。看得出来，娘在精心准备。她烙了几张饼，去商店买了火腿肠和榨菜。她还买了几瓶衡水老白干，作为礼物，她爹爱喝酒。就在前几天，她跟老家联系上，知道她爹还活着，老头子特意关照，回去时别忘了带几瓶当地的好酒。

爹娘结婚二十多年，娘从未给老家写过信，一是根本不想家，二是怕她丈夫不高兴。邻村也有几个四川的媳妇，大多跑掉了，过得长久的寥寥无几。爹问娘，你怎么不跑？娘说，跑个屁，跑回去也是挨打。她无比智慧地断言，那些跑掉的女人没准会跑回来的。果真没错，还真有回来的，原因跟娘想的一样——跑回四川的女人并不受家里人待见，一是因为两手空空，没给家里带回财富，二是因为失身他乡，败坏了门风。二罪归一，当然打得特别狠。

在我看来，娘没有逃回四川也有两个原因：一是因为家庭结构相对简单，我爹无父无母，光棍一人，娘无需面对难搞的公婆关系；二是因为爹性格随和，遇事无主见，家庭的大权慢慢转移到娘的手里，她成了这家的主人，才不想跑呢。

公正地讲，娘是个会过日子的好女人，在持家方面，比爹强百倍。我出生后，娘封存了爹的摩托车，说那玩意儿太费油，加一箱油的钱，够家里吃半个月的。依娘的意思，这摩托车就该卖掉。爹死活不同意，说，这摩托车就是我的命，你卖卖试试。娘不再说什么。其实，在结婚之初，她也挺喜欢这摩托车的，爹带她去过一次衡水湖，她坐在摩托车后座上，体会到新婚的快乐。这大概是他们少有的甜蜜时光。

娘是四川人，爱吃辣椒。而辣椒这种植物，对我们村的人来说是陌生的，炒菜从来不放，地里也从来不种，仅有的辣椒还是青椒，或者叫甜椒，个头挺大，吃起来一点辣味没有。在娘看来，河北饭菜寡然无味，简直难以下咽。爹照顾她的口味，去集市上找辣椒，好不容易买到。娘炒的菜变得辣味十足。她一做饭，邻居家人都能闻到。每次吃饭，爹都被辣得眼泪汪汪，好像一个爱得深沉的诗人。

辣椒吃进娘的身体，转化为惊人的力气。她像男人一样挑水，抢镢头，甚至扛大包。干起活儿来，她如狼似虎，让村人叹为观止，这很大程度上抵消了相貌的丑陋，为她赢得了好名声。爹天生身子弱，与健壮的妻子相比，可谓手无缚鸡之力。他自觉地把庄稼地里的活儿都交给娘，只给她打打下手。娘对土地的热情始终不减，她说，这地比四川可好种多了，干起活儿来真痛快！

地只有那几亩，种来种去，温饱问题能解决，也就仅此而已。爹是老皮匠，给人家打零工做皮活儿，能挣一点钱。过了整三年，终于把外债还清。人们惊奇地发现，自从娶了媳妇，我爹就变成了正常人，那辆摩托车再没有出现在大街上，他改骑自行车，更多时候缓慢地步行。如此一来，再称呼他为傻翔就不合适了。爹面相老成，脸上的皮肤比较松弛，皱纹较同龄人多一些，所以被人改叫老翔，猛地听起来，还有点尊敬的意思。

5

出发的头一天，娘和我去买新衣服。尽管是个年轻人，但我对穿衣没什么讲究，不像家福他们，总穿着一身奇装异服干皮活儿。作为皮匠，穿什么都白搭，没有任何衣服能抵挡那股腥臭味。我不打算买衣服，只考虑要不要换个新手机。娘一听就火了，说，你的手机又没坏，换新的干吗？我说，去四川不需要拍照吗，应该换个拍照好的手机。娘思考半天，终于同意，她要在买新衣服的基础上，再斥资两千多块，给我买个新手机。她说，你穿着新衣服，拿着新手机，不怕四川妹子相不中。旧手机也不浪费，她拿来用，虽然不会用，装装样子也挺好。

转过天来，到了启程的日子，也不用急着走，火车是晚上八点多的。行李不多，只有两个大包，除了换洗衣服、路上的吃食，还有给姥爷、舅舅等人的礼物。吃午饭时，娘给爹盛了一大碗米饭，盖上饱含辣椒的菜，放在爹的遗像前。

爹是前年死掉的，哮喘，据说是家族遗传，现在我大爷也咳起来了，看着挺危险。我，还有那两个堂兄弟，恐怕难逃厄运，迟早也会咳起来。这是我找不到对象的原因之一，谁会愿意嫁给一个天生有病的男人？死之前，爹咳了十多年，整日气喘如牛。身为皮匠，得哮喘病实属不该，你在一堆皮子中间不停地弯腰（仿佛在向被剥了皮的动物鞠躬谢罪），空气中满是绒毛和皮屑，有一个结实的好肺，才能呼吸顺畅，从容自若。截至目前，我的哮喘病尚未发作，呼吸还算平稳正常。这让娘甚为欣慰，认定我主要是随她的，而不随我爹。她的身体十分健康，甚至可以用健壮来形容。我真要随她，就好了。对于自己这副皮囊，我比她了解，夜半时分，我经常憋醒，睁眼看着漆黑的屋顶，大口喘气，好一会儿才能平复下来。由此可见，我也不适合干皮匠。上学时，我成绩很好，是所谓的好苗子。只是我爹太不争气，咳来咳去，把家底咳得一干二净。我勉强上到初中毕业，迫不及待地加入皮匠的行列，挣钱维持老翔日益艰难的呼吸。

那辆红色的幸福牌摩托车在沉睡多年之后，又被我骑在胯下。这是爹的心爱之物，勤加擦拭，不时打火运转，保养得非常好。在去外村干活儿的路上，我和家福他们结伴而行，每人骑一辆摩托车。车队中，我的摩托车凭借老旧的外观与巨大的声响总能吸引路人的目光。家福他们知道，这是村里的第一辆摩托车，是其他摩托车的长辈，所以从没有嘲笑，有时还兴致勃勃地要跟我换着骑。通过比较，我发现若论马力，爹的摩托车首屈一指，稍加油门，你就会感觉胯下生出澎湃的动力，心中难免泛起老骥伏枥，志在千里的豪迈之情。

爹死了。我和娘都松了一口气。他整天喘啊喘的，看得我们也很憋气。他终于放弃呼吸，高枕无忧地睡去，放心地做几个好梦，不用担心被自己的咳嗽惊醒。娘很难过，也非常生气，埋怨我爹死得太早。她刚四十岁，因为长得丑，很难另嫁他人。她完全没有经验做一个寡妇。

爹死的那年，我的伙伴们纷纷结婚了。家福的媳妇是邻村的，长得很秀气。家福能娶到这样的女人，得益于富裕的家庭，他爹做皮草加工，每年有三分之一的时间，我给他家打工。自家活儿干完后，家福和我一起去外村找活儿干。他结婚后，似乎成熟一些，像个真正的大人。这两年皮子不好干，他谋划去南方打工，如今终于成行，他把媳妇扔在家里，怪可怜的。从这一点上，我看到自己跟家福巨大的差距。我死活找不到媳妇，饥渴得要命，而他已厌倦了夫妻生活，把女人看得云淡风轻。

6

香炉里插着三根香，烟往上飘。我对着爹的遗像磕头，娘也跪下来，祷告一番。如果她像电视里的人对着流星默默许愿那样，我会舒服很多。娘偏要把愿望说出来，老翔啊，你要保佑家根能找到媳妇。声音很大，毫无必要，爹作为鬼魂，应该不存在听觉的问题，嚷这么大声，恐怕胡同里的人都能听见。

我们锁好家门，走上大街，遇见几个站在街边闲聊的老娘们。她们正愁找不到新鲜的谈资，看见这对母子，兴奋得两眼放光，异口同声地问，你娘俩大包小包的，这是要去哪里啊？娘说，去四川，回娘家。随后，娘开诚布公，把此行的缘由和盘托出。她要她们知道，此次回老家四川，绝不是乡愁所致，如果想家，她早就回去了，老翔一直对她说，你要是想家就回去看看，但她就是不想，千里迢迢的，想着都累。突然有天灵感突发，何不为家根找个四川媳妇？她前思后想，觉得这个主意绝妙。爹找的是四川媳妇，家族传统由此而生，儿子再找一个，也算是顺理成章，无可厚非。另外，婆婆与儿媳同为四川人，生活习性一脉相承，势必会水乳交融，情同母女。

为跟四川老家的人取得联系，娘调动起毕生的聪明才智，先是开启尘封已久的记忆，苦苦翻找，寻到故乡村庄的名字。黑石村，她从小长大的村子，名字里有种占山为王的霸气。她说，以前确实闹过土匪，后来都放下屠刀，立地成了老实巴交的农民。沿着黑石村顺藤摸瓜，她又想起老爹的名字，王金良，年轻时可谓打女儿的一把好手，如今算来已有70岁的高龄，生死难料，即使还活着，估计也是苟延残喘，不复当年之勇。随后想起来的，还有她三个姐姐和一个弟弟的名字，分别是王丽华、王丽艳、王丽荣和王久发。弟弟的名字看起来独树一帜，实则最是正统，继承家族辈分，他是久字辈，久发，乃长久发家之意，寄托着王金良的无限希望。女孩取名不必遵循族谱，可随意而为，

鬼金

1974年出生，2008年开始中短篇小说写作。业余摄影。有小说在《花城》《十月》《上海文学》《小说界》等期刊发表，作品曾入选《小说选刊》《中篇小说选刊》等文学选刊。短篇小说《金色的麦子》获第九届《上海文学》奖。

《

视觉／鬼金作品
人生图景（2015 年）

丽字响亮好听，王金良喜欢，给每个闺女都用上，整齐划一，打造出金花四朵。

我在娘的指示下，给四川的舅舅写了一封信，本来想写给姥爷，怕他已不在人世，而且姥爷是个文盲，不识字。这是我此生写出的第一封信，尽管如此，我依然认为多此一举，远不如直接打个电话来得痛快。娘说，你怎么能查到你舅舅的电话号码？我说，可以向当地 114 查询，实在不行，还可以网上求助，请网友帮忙。娘沉吟半晌，最终否定了我的想法。她说，一直想给他们写一封信，想了十多年，再不写，就白想了，写吧，写工整点儿。我摆好纸笔，问娘怎么写。娘说，你看着写吧。我说，不能我看着写啊，应该你说一句我写一句。娘说，不知道说什么，你自己编吧，也不枉你读过那么多书。

娘不敢打电话，恐怕正是因为不知道说什么，也可能考虑到自己生疏的四川方言，难以自如地说清所遭所遇。初来这个村子时，娘的四川口音给大家带来无穷的快乐。她一开口说话，就有人模仿，不管学得像不像，大家都要抓住机会笑一笑。这笑声并无恶意，相反正是熟络的表现。在大家爽朗的笑声中，娘感觉自己被他们认可并接纳，成为不可或缺的一员。娘刻苦学习当地方言，学得很快，生下我后，已然学成，说得极其标准，天衣无缝。

那封信我写得很慢，提笔在手，不知道写什么，茫然四顾，还是不知道，跑去问娘，你到底想对舅舅说什么，她说，你随便写，怎样都行，最后要问一句，村里可有合适的女孩，介绍给家根。好吧，我无奈地长叹一声，坐回桌前，终于写下四个字，弟弟你好。三天后，信终于写成，娘告诉我地址，我跑到镇上，把信挂号寄出。

信寄走后，娘才问我都写了些什么。完稿之时，我曾想念给她听，只是有点儿不好意思。她没有要求，我就没念，想不到她又问我信的内容。我说，写的都是客套话，亲人分别多年的思念之情。娘问，最后提给你介绍对象的事没有？我说，提了，这个没忘。她说，没忘这个就好。

回信是一个月后收到的。执笔人不是舅舅，而是舅舅的小女儿，也就是我的小表妹。她先是很有礼貌地自我介绍，而后说爷爷看完信后非常激动。她的爷爷，也就是我娘的爹，还活着，他能看信，并且激动了，小表妹没有描述老头的神态，我想，他应该手捂胸口，老泪纵横。小表妹还说，姑姑，爷爷一直非常想念你，请你快来看他一趟吧，另外，表哥相亲的事，绝对没问题，这里有很多急着找婆家的女孩。

信是我读给娘听的，她安静地听完，并不激动。她点点头，说，还是我们四川女孩多，你的媳妇有着落了。

7

到了车厢里，我才发现，上铺是那么高。当初买到两张上铺，还以为也就一人高，不存在攀爬的难度。现在看来，以娘的能力，爬到上铺是堪比登天。她也被上铺的高度所震撼，立在走道上半晌无语。衡水是个小站，上车的人不多，整个车厢里，需要往上爬的，只有我们两个人。我第一次坐火车的激动之情烟消云散，再看一眼娘，感到深深的绝望。娘很胖。这都怪她吃得太多，每顿干掉两碗大米饭。我只吃一碗，这正常的饭量却饱受她的指责，她让我多吃，亲身示范，霎时间又干掉一大碗。娘说，小时候吃不饱，所以一遇到饭就拼命吃。

娘埋怨我买的票不够理想。我鼓励她，说，你爬吧，我在下面推你。她说，我可爬不上去。我说，你年轻的时候不是经常爬山吗？她说，是啊，那时多陡的山坡我都敢爬，现在不行了，多少年不爬，爬不动啦。我说，这有梯子，应该不难。她说，梯子这么窄，脚都放不下。我说，你以为自己是大脚马皇后？她笑了笑，把脚蹬在梯子上，开始向上爬。我站在她的身后，随时准备施以援手。好像比想象的容易，她轻而易举地爬到顶，身体高过上铺。梯子的位置有点偏，被车厢的隔断一分为二，供两边上铺人员合用，娘竖直爬上去，需要侧着身体，钻到上铺的床上。她斜着身体，努力把左腿跪到床板上，腿太短，够不到，脑袋已顶到车顶。她肥胖的身体挂在那里，因为吃力而抖动。我双手上举，只能够到她的小腿，用不上劲儿。一时间，娘被困在梯子上，情况危急，她随时会双手脱力，砸到地板上。

车厢内的人都在看她，还有人笑出声来。中铺的男人出手相救，他的位置得天独厚，伸手抱住娘的大腿，让娘踩住中铺的边沿，真是个好人，助人为乐，不惜让自己的床单被踩脏。刚才娘不好意思踩，左脚没有着落，无从接力。问题在于她还穿着鞋，刚买没多久的新皮鞋。我脱了鞋，分开双腿，蹬住两边的下铺，向上推她。她终于不负众望，成功爬到上铺。一旦身居高位，娘马上抱怨起床铺的狭小，还说铺板离顶棚太近，起身就会碰到头。我知道她在转移大家的注意力，以化解刚才的尴尬。我让她脱鞋，把鞋递给我，放在下铺的床底下。她不脱，害怕鞋子被偷。我不再强求，自己脱了鞋，蹬上梯子，轻而易举地翻到上铺。娘与我同在高处，近在咫尺。她开始埋怨我买的车票，那么贵，还要费力爬上爬下。我不再争辩，蒙上被子睡觉。

第一次坐火车，我哪里睡得着，头在被子里，仔细听火车行进的声音，不知道正往哪个方向开，希望早点离开河北，离开这没劲的家乡。打开手机地图，那个小蓝点就是我，正匀速移动，似乎永不停歇。突然，有东西隔着被子砸在我身上。我掀开被子，发现一个鸡蛋，是娘扔过来的，她要和我说话。

娘说，在四川，你有一个姥爷、一个舅舅，还有三个姨，除此之外，还有家族的人，王姓是村里的大姓，人丁兴旺，你从我这边论，该叫姥爷的叫姥爷，该叫舅舅的叫舅舅，嘴要甜点，别怠慢了他们，说不定谁就能给你介绍个对象。我走的那年，村里嫁不掉的姑娘多得很，你说也怪了，那地方的人就爱生丫头，往往生好几个丫头才能换来一个儿子。下地干活儿的，都是女人，男人蹲在家里，抽水烟。你没见过水烟，就是一个大竹筒，装上水，烟从水里过，抽起来呼噜呼噜响。你姥爷就是抽水烟的好手，抽一天也不累，抽两口，吐一口痰，别人看着恶心，但他本人痛快。有一次，他拿水烟筒打我，把那根竹管子打烂了，很心疼，罚我上山砍一根最好的竹子，他要做一根新的水烟筒。我走上山，砍了根竹子回来。你姥爷嫌竹子太细了，让我再去砍一根。我又砍一根回来，他又嫌太粗。我气得不行，真想一刀砍死他。唉，现在想想，都是亲人，这又何必呢？

那你后来砍的竹子怎么样，姥爷满意吗？

不满意，这老东西很难对付，他又打了我一顿，然后拿起柴刀，自己上山砍了一根。他回来后我一看，他砍的还不如我砍的那两根。对了，你知道我为什么能和你爹过下去吗？

因为他不打你。

他不但不打我，还什么都听我的。后来我也琢磨透了，你爹缺乏母爱，他把我当成他娘了……

母爱这样的词语从娘嘴里说出来，让我惊诧莫名，不由得重新审视起她来。只见她把肥大的身体平摊在上铺，大腿的肉挤压着栏杆。她望着伸手就能摸到的车顶，眼神涣散。记忆如同黑洞，把她吸了进去。她开始滔滔不绝地讲述着一个四川女人和一个河北男人的故事。我发现，经过当事人的加工，这个故事变得非常浪漫，美好得像一部瞎编的电视剧。

熄灯后，娘终于闭嘴，发出粗鲁的鼾声，比火车的动静还大。我睡不着，刷手机，几个小时后，眼睛疼，打开地图，发现已经身在河南。火车真他娘的快。

8

一路向西，我和娘穿越河南和陕西，终于在第三天清晨到达成都。这期间，娘两次从上铺下来，再爬上去，因为有了经验，身手灵活多了，不需旁人协助。她身上有的是力气，在适当时候，总能爆发出来。漫长的时间让她爱上卧铺，改口称赞我英明的决定，并发出感慨，说躺着坐火车简直是一种享受，什么也不用干，只是躺着，睡觉的工夫就到站了。我们坐在过道的窗前，一边看着高山，一边吃着烧饼。那些大山并没有带给我惊喜，仿佛早就相识，相看两不厌。

马不停蹄，我们又坐上前往宜宾的大巴。汽车在平原上奔驰，路很好走，高速公路，天气也不错，蓝天上飘着朵朵白云。后来汽车开进山里，下起雨来。雨中的山顶飘着稀薄的白烟，对我来说，那就是奇观了。路还是那么顺畅，这蜀道，与李白诗里写的截然不同。

雨很快停了，汽车跑得更快。在宜宾汽车站，我们打了一辆出租车，前往黑石村。车钱很贵，要四百块。娘说，这小车一定要让他们看见。车在山沟里跑，绕来绕去，我很快不知身在何方。娘望着窗外，说，变样了，变样了。

导航显示，我们到了黑石村。村子就在马路边，或者说，马路特意靠村而建。马路边的房子新些，往里走，赫然看见石头垒成的老房子。娘让司机沿不长的小街走了两遭，不断按喇叭，希望招来几个看客。司机说，村里没几个活人，都出门打工了。果真没人走出来。娘和我只好下车。

我问娘，是这里吗？她来回打量，说，记不清了，应该是吧。推开一户人家，我大声喊，有人吗？出来一位老太太，问，你们找哪个？娘说，找王金良。老太太问，你是哪个？娘说，我是王丽珍。老太太说，哦，丽珍啊，你回来啦，我是你婶子啊。娘说，婶子好。

亲戚关系并没有让她们有所激动，只是平淡地相互微笑，仔细端详。婶子说，你咋个回来的？娘说，先坐火车，又坐班车，最后坐小汽车，小汽车刚走。婶子说，快回家吧，你爹在家呢。娘说，我家在哪里？婶子指了个方向。

我姥爷住的房子看上去非常古老，院墙半人高，大门是两扇栅栏。娘在门外喊，爹！两声过后，屋门开启，出来一个小女孩，问，是姑姑吧？娘说，对，信是你写的吧？

女孩说，我是王晓兰，姑姑快进来吧。我们走进院子，我的表妹晓兰高兴地大喊，爷爷，姑姑回来啦！

屋里光线昏暗，依稀可见床边坐着一个抽水烟的老头，烟雾缭绕，看不清面目。他说，是丽珍回来了？娘说，爹，是我回来了。

娘在一张条凳上坐下，离姥爷有点儿远。我说，姥爷好。他点点头，咕噜咕噜抽起来。他说，该吃晚饭了，你们来得真是时候。晓兰说，爷爷，我来做饭。娘说，我来做吧。

她俩去洗菜淘米，当场只剩下我和姥爷。这老头子抽个不停，释放出大量烟雾，好像要得道升天。我俩没有话说。为打破尴尬，我掏出手机，看今天的新闻。他突然发出声音，你多大了？他的四川口音让我听起来很吃力。我说，二十三。他问，你们空手来的？我说，没有，还带着俩大包。

我把包打开，拿出礼物。姥爷的嘴终于离开水烟筒，笑逐颜开。他问，你能喝多少酒？我说，喝一点儿就醉。他说，等会儿咱俩喝点。我说，好，我去看看饭做好没有。我仓皇离开姥爷，跑进厨房。娘正和晓兰说话，看她的表情，我感到眼前的现实与她的理想大相径庭。

晓兰刚上初中，是个聪明的孩子，据她讲，家里只剩她与王金良俩人，她爹娘在重庆打工，过年时才回来，有时也不回。我写的那封信，邮递员送到村里的小卖部，王金良每日蹲在那里抽水烟，信是寄给他儿子王久发的，他理所当然地拿回家，让晓兰念给他听。回信虽然出自晓兰之手，但每一个字都是先从王金良的嘴里喷出来，然后被晓兰抓住，写到纸上的。在信的末尾，王金良撒下弥天大谎，说什么村子有很多姑娘找不到婆家。晓兰说，姑姑，村里的年轻人都出去打工了，哪里还有待嫁的姑娘？我也想去打工，重庆是不会去的，爹娘在那边，烦人，我要去北京，真正的大城市。

家里的菜只有土豆。晓兰带我去小卖部，买了几个肉罐头。路上，我问，你那三个姑姑呢？她说，都在重庆打工，不对，三姑没有在重庆，三姑在成都。

看得出来，娘深受打击，木然坐在饭桌前。王金良终于放下水烟筒，打开一瓶老白干，要和我一醉方休。晓兰默默地吃饭，一言不发。我客气地问，姥爷，您的身体还挺结实吧？他说，没啥子事，凑合活着。几口酒下肚，他又想起水烟筒，捧在手中，闷头吸起来。屋里安静，只有晓兰的咀嚼声和水烟筒的咕噜声。

来，你也抽几口。王金良把水烟筒递给我。娘说，别让他抽。王金良说，抽吧，都二十三了。娘说，不行。我谦卑地说，这个真抽不了。

王金良有点儿生气，老脸一紧，把水烟筒让到一边。他说，丽珍啊，你回家了，很好，娘说，你不该写信骗人。他说，爹确实想你，这么多年了。娘说，唉，好歹见面了。他说，是啊，你总算在我活着的时候回来了。娘说，我该早点写信。他说，你们多住几天。娘说，不多住了，明天就走。他说，给我留点儿钱。娘说，你要钱干什么？他说，人活着就得花钱。娘说，我没带钱。他说，你不带钱回来干啥子嘛！

娘站起来，同时吩咐我提上两个大包，然后头也不回地走出门去。王金良一跃而起，挡住大门，说，想走，没那么容易，我是你爹，掏钱孝敬你爹天经地义！娘掀起衣服，露出花白的肚皮，她的腰上系着一条丝袜，里面装着两叠钞票。她解下丝袜，王金良伸手来接。娘将丝袜抡起，砸在她爹的手上。王金良恼羞成怒，回屋去取水烟筒，然后狠狠地砸在娘的头上。水珠飞溅，血从娘的头顶流下来。我心情激荡，抬起一脚，将王金良踹倒在地。晓兰大哭起来。娘一巴掌扇在我脸上，说，这是你姥爷，你不能打他。她掏出一沓钞票，放在王金良手里，剩下的一沓，又缠到腰间。这时，王金良老态尽显，呜咽着哭起来。我找出卫生纸，给娘擦血。

黑暗中，我和娘走出黑石村。山风阵阵，吹走我身上的酒气。我问娘疼不疼，她说不疼。姥爷毕竟老了，力气不比当年，没有将竹筒打烂。脚下的山路无比漫长，不知哪里才是尽头。但我觉得身上有的是劲儿，能一直走下去，娘走不动的话，我可以背她走，即使她那么胖，我也背得动。

突然，身后传来一阵飞跑的脚步声。姑姑，姑姑，晓兰的声音。我们停下来。晓兰从黑暗中钻出，喘着气说，姑姑，让我跟你们走吧。娘说，你回去。晓兰说，不回去，让我跟你们走吧。

我和娘不理她，继续往前走。晓兰跟在后面，像一个弱小的鬼魂。月亮从西山升起，照着山路，只见这山路一直向上，仿佛通往山顶。我突然想起李白的诗，蜀道之难，难于上青天。如今我们正往天上走，并不很难。远处出现一道光，隐约传来摩托车的马达声，那是一位夜行的骑士。

家根，看，你爹来接咱们了。娘说着，晃动肥胖的身体，向前跑去。

林为攀

福建龙岩人，生于 1990 年。作品
散见于《台湾时报》《萌芽》《文艺风赏》
《青年文学》等刊物。

眠鹿

林为攀

　　某年某月某日，我在一处凉亭歇晌。凉亭盖在荷塘上，用木栈连接。这座凉亭是我最喜欢的去处，我爱躺在凉亭里观看那些停在荷叶上的蜻蜓。钢蓝色的蜻蜓是火焰。

　　红日在树间腾挪，泄出万道光芒。我躺在凉亭的走廊上，头枕手臂，两腿叠起，这样会让我比较舒服，但不能久卧，时间一久就会脖颈酸痛，需费时舒筋活络。我眯起眼睛看到凉亭的穹顶竟有壁画，我看过宣纸上的水墨画，看过电影上放映的油画，唯独壁画少见。那是我第一次看到画在穹顶之上的画，就跟我第一次看到电影一样惊奇。

　　有了电影后，我再也不用天一黑就捻灯卧床了。

　　我盯着壁画一动不动。此时有清风拂岗，那些壁画好像也在动。一个穿着绫罗绸缎的少女衣袂飘飞，我仿佛能闻到她周身散发出的香味。我起身，穿鞋，整衣，站在躺椅上，试图看清少女的长相。但壁画已经脱落了，除了少女的绿衣，黑发，以及身旁那只疑似梅花鹿的动物，这幅画并不能给我提供更多信息。

　　我有些犯困，走出凉亭。后背有些痒，我用手去挠，发现指甲缝里嵌了红漆，躺椅该重新上漆了。我来到荷塘，俯身将手洗净，然后用水浇脸，水凉如冰，霎时让我的心漏跳了半拍。我打了个激灵，深

177

吸一口气，将头整个浸入水面，朦朦胧胧睁眼一瞧，但见莲藕若玉足，水底的鹅卵石宛如我的眼睛一样明亮。我无法闭气太久，很快把头拔出来，又见水面荷叶袅袅，像画里被风暴拧弯的海浪，莲蓬在荷叶上踩着高跷，即将掉落下来。我从旁边摸到一根枯枝，一把打落颤颤巍巍的莲蓬，水面掀起一阵涟漪后，莲蓬再不复适才高傲。

我用枯枝勾到莲蓬，捧在手里，发现像极了我每天洗澡所用的花洒。我卧在水边剥吃莲子，味甘且苦，尤其是中间的莲芯，更是难以下咽。

待空了莲蓬，饱了肚囊，我掬水解渴，站起身来，发现我的腹中像有人在摇晃玻璃瓶，再看莲蓬，则变成了一个骷髅。我把空了的莲蓬踢到水里，惊了那些钢蓝色的火焰。

我回到走廊重新躺好。这条回廊包围着这座四角凉亭，每一个角均由一根粗壮的柱子支起，共有四根，合力支撑着红檐绿瓦的穹顶。但穹顶的壁画并没有见我吃了莲子，饮了水就变得清晰，反而更模糊了。

我忽然间有了些倦意。

我还记得过十岁生日那天，家里来了很多客人。各种奇珍古玩数不胜数，堆满了我的房间。其中有一个昼夜不息的洋钟我尤为喜爱。洋钟涂了一层孔雀蓝，指针指向的数字据说是罗马数字。这些数字就像遥远的罗马一样神奇。我听人说，古罗马曾经有一个斗兽场，那些贵族闲来无事便让奴隶斗兽取乐。这倒跟我们这里流行的斗蛐蛐颇为相像。

我是在过生日那天，才知道外面的世道变了。因为很多人都剪了辫子，留起了短发，明明是在我家，但我身后的那条辫子却让我局促不安，席间一直不停地回头张望。不知过了多久，那个洋钟突然响了，吓了我一跳，我以为打雷了，忙钻到了桌底下，然后我就听到了一阵笑声。我慢慢把头探出来，看到了父亲那张尴尬的脸，我赶紧坐好，等着别人给我切蛋糕。蛋糕上插了十根蜡烛，代表我已经十岁了，我吹灭了蜡烛。那个时候，我并不知道，在我吹灭蜡烛的那刻，外面有人正用炮火葬送一个时代。

从那以后，我发现家里的人变少了，很多事情都需要自己做了，父母也每天关上门商量着什么。我觉得家里的好日子应该快到头了，在好几个失眠的夜里都会思考自己以后靠什么谋生。第一次看到电影的时候，我发现电影里的人就像小丑一样好玩，想着自己是不是也能当个戏子，拈花把酒尽余生什么的。电影放映机是在我过完生日的第二天送来的，刚开始我以为是个照相机。

照相机我是见过的。白光一闪，就能把人脸留在一张纸上，只是这张人脸和在镜子里的有很大出入：镜中的脸生动活泼，相片里的脸却像死人一样毫无生气。

那天我一看到电影就爱上了它，以至于天天观看，从不停歇，即使每天都看同一部：一个着白衣，留黑发的少女，骑在梅花鹿上，鹿茸像阳具一样扎眼（电影画面还是黑白的）。我不知道这是不是在暗示我什么。当我现在躺在凉亭里看到穹顶的壁画时，不禁把画和电影联系在了一起。我越来越觉得壁画就是电影，于是我去查看其他几幅壁画，和电影画面逐个比较，却无更多发现。就在这时，我的脑袋又疼了。

每当我用脑过度，我的脑袋就会疼。从小到大都这样，很多医生都没法子。但我自己却琢磨出了一个治愈头疼的方法：不管寒暑，只要我脑袋一疼，我就会掀起衣服，让我的肚脐接触到空气。我就这样发现了自己有别于人类的禀赋——

我竟能用肚脐视物。

刚开始，用肚脐看到的都是一些平常事物，和用眼睛看到的并没有什么不同，刚才在荷塘里看到的莲藕让我误以为是人腿，但很快便发现不是——人眼哪能看到反常之物？脑袋疼的次数愈多，我掀衣服的次数也就愈频。很多次，我都通过肚脐看到了死去的人。这些人大部分都是我的祖先，他们生活的时代，无不车辚辚，马萧萧，将士弓箭各在腰，而他们现在的子孙却像去了势的伶人，个个萎靡不振，无精打采。我吓坏了，赶紧穿好衣服，那些满脸怒容的祖先瞬间不见了，换上了提笼子遛鸟，驾鹰遛狗的不肖子孙。那天傍晚，我放飞了笼子里那只钟爱的画眉，还有蟋蟀罐里未逢敌手的"大将军"。

情况就这样慢慢发生了变化。刚开始我通过掀衣服治愈头疼，但后来却在掀衣服的同时隐隐感受到了一股偾张的血脉。家人看到我在大雪纷飞的冬夜露出肚脐，遂给我添厚被子，加多衣服，就这样，我的血液还没来得及在体内燃烧，旋被这些衣服捂灭了。从那以后，我不再当着家人的面露出肚脐。

这座凉亭就这样成了我的秘密花园。

在炎热的夏日，我看到亭亭的荷叶上还停留着夜晚的露珠。这些露珠就像朝珠一样大小，但是颜色没有后者多。它们用阳光做灯芯，以荷叶为灯盏，燃烧着透明的火焰，并不需要朝珠那样把颜色印刻其上，才能彰显自己的斑斓。它们只要站在荷叶上，就能吸引整个天空的目光。夏日的黄昏非常漫长，我听人说，有些失明者眼前并不是黑暗一片，而是能看到向日葵般的黄昏。我羡慕这些被光明包裹的瞽者。

冬天时，大雪漫天，荷塘也被冻住了。那些荷花早已枯萎，只留下枯萎的根茎藏在淤泥里，只待来年春天破土而出，撑起一片片荷叶，让雾水在上面打滑，变成一朵朵珍珠，而后被风吹落，在水面破碎，重归平静。雪也遮了凉亭的颜色，红檐绿瓦的凉亭一夜之间肿了许多，只有我穿着厚厚的衣服站在凉亭里，望着白茫茫的水面，若有所思，又不敢把肚脐露出来。

每当闲来无事时，我喜欢刮头发。不管是剪子，还是匕首，抑或是刀剑，只要是利器，我都会在头上试其锋芒，它们刮干净了我的鬓角我的头颅，让现在很少有人留的金钱鼠尾辫在我的脑门心像马尾一样欢快。然后再用照相机把我脑袋的每个方位都拍下来，看看还有哪些地方没刮干净。每一次刮完头发，我都要拍好多张照片，这些照片我一直留着，除了脑门心的那一撮头发，其余和秃瓢没什么区别。和尚用戒疤宣示身份，我用金钱辫证明自己的姓氏。

刮掉的头发长得很快，有时甚至一夜之间就长出来了。冒青之时的头皮会发出春蚕啃桑叶般的沙沙声，这时头皮也会发痒。我经常分不清头痒是因为头发要硬出来通风，还是空气停留脑壳所致。

想到这，我的睡意顿消。我的头发昨夜刚刮，夏日的风从水面吹来，好像有一个娉婷少女在我耳畔匀匀呼吸。这阵舒缓的清风减轻了我的头疼。但我没有马上掀起衣服让肚脐光出来，而是打算趁着这股清风好好消磨难得的午后时光。

我没再去理会壁画。我伸出手试图抓住起于青萍之末的风，但风却从我的指缝逃走了。除了水，没有人能留住风。风来去无踪，令人无法捉摸。我曾经想用蒲扇留住风，但蒲扇最后像张开的五指一样豁了，风还是没有停留，而我的周身却汗津津，湿漉漉，就像刚从水里起来一样。

现在，这座凉亭变成了一把巨大的蒲扇，好像扇来了四面八方的风，把我吹得若一片轻飘飘的羽毛。我曾在遥远的敦煌壁画中看过风伯飞廉的画像：长着鹿一样的身体，布满了豹子一样的花纹；头像孔雀首，一对峥嵘古怪角，还有一条蛇一般的尾巴。很奇怪，能吹出无形之风的风伯，却长得比世间任何东西都具体。此刻风伯太热情了，它用鹿一样的身体供我驱策，还把豹子般的花纹洒在水面，让我的眼前一片流光溢彩，而它那个像孔雀一样的头还不时啄我青脑壳上的头皮屑，让我的脑袋更痒了，我紧紧地握住那对古怪、状如鹿茸的角，并将那条蛇一样的尾巴围在脖子上：我乘载着风，即将去往一片未知。

不用脱衣服，我就能感觉到我的肚脐像敷了薄荷一样清爽。尤其是我的头顶，像

视觉 / 鬼金作品
手术（2015 年）

有无数蚂蚁在攀爬，都是沾了甜蜜的蜂蜜的蚂蚁。

此刻就算我不脱衣服，风也会把我的衣服脱下来。它掀起我衣，我的肚脐很快触到了一束西斜的阳光，从而见到了红彤彤的荷塘。我以为，我会很快见到之前无数次见到的景象，说实话，这样的时刻我并不想重温一些注定将被这个时代抛弃的东西。我只想在这股醉人的清风中，惟愿长梦不愿醒：我在梦里身无挂碍，一身轻松，既可以大如鲲鹏，也能小如蜉蝣……然而，我的肚脐，我在此之前最为自得、且能观察非凡之物的肚脐却将我拉回到了残酷的现实世界。外面炮声隆隆。

荷塘里逆流的水、折腰的荷花，以及没了莲子的莲蓬，都在预示着，接下来会发生一些令人无法置信的怪事。我在静静等待着这个时刻的到来。

整座凉亭此时都在倾斜，穹顶上的壁画也在逐渐脱落。我看到这些壁画，变成了起初的颜料，这些颜料可能是在某些植物身上萃取而成的，也有可能借自天穹的彩虹，总之，这些丧失其味，斑驳其色的颜料就在我面前，变成了一拃灰尘。就在这个关口，从风里突然攥出水来，滴落在灰尘里，整块大地都在承受着水潦与尘埃，而天穹上的日月星辰也在快速旋转。我的脑袋沉重如石，脚下颠簸不平。如此异象，我从未躬逢。

就在此刻，我见到了传说中的她。

她穿着一件绿色的裙裾，在身后拖拽着一大片云彩，发如墨，足似藕，再细看，两眼竟空洞无物。坐骑是一头鹿，这种"四不像"的动物驮着这个绿衣少女，少女两手紧握其角。此时，回廊凉亭恢复了原样，地上的灰尘也不见了，穹顶的壁画消失了，只有红色的漆、绿色的瓦，在近黄昏里多了一种伤感。

我在重叠、螺旋般的大脑里，从中抽取了一段和当前有关的彩色记忆：我曾在高原上醒来，满眼皆是黄土，在一个石窟里，却有一副"鹿与少女"图，让我仿若置身南方，换言之，这幅未得到妥善保存的壁画在干燥的西北大漠，让我心潮澎湃，就像在倾听一个瞽者描述这个世界所有的色彩。从那以后，这个少女，那头鹿时不时地闯入我的梦境，在我好几次下定决心要成为一个戏子时，中断我的梦境。

我的梦，我那状若大脑褶皱般的梦，被绿衣少女，被鹿，被其他惊扰了。但我并不生气，梦是现实世界的影射，就像水珠反射着太阳的光芒，荷叶储存着天空的透明，我的梦恰如我的生活，只是刚好相反。我在现实生活里得不到的快乐，却一般通过雾霭沉沉的梦实现了。

可绿衣少女没让我多想。此刻我像青烟般的思绪被绿衣少女的话吹散了。

　　她说，她的话很凶，不像她呈现出的样子那般可爱，你为什么伤害我？

　　我听，我的耳很灵，不像我表面看起来的那么呆滞，我这才刚见到你。

　　她笑，她的笑容很暖，不像她的话那么冰冷，你见过我好多面了。

　　我哭，我的哭声很轻，不像夏风那么喧嚣，但是你的眼睛怎么不见了。

　　这时，她想到自己的眼睛，想到那张能一把掐出水的脸上，眼睛不见了。她在找眼睛，但她却看得见我。她说，不要惊讶，就像你能用肚脐看见我，我也能用鹿眼瞧见你。我这才看清那头鹿的眼睛在忽闪忽闪，就像夏夜的萤火虫，眨巴着星辰的光，呼吸着不知道是谁的气息。我问她眼睛的下落，她回过身去看水面，与此同时，那只鹿也回过身，她说她藏在莲蓬里的眼睛不知道被谁偷走了。我听了悄悄吐了吐舌头，反正她和鹿现在正背对着我，可是却被发现了，鹿用眼睛盯着我，然后是少女用脸面对着我，她问我为什么要做鬼脸。我说，人脸难摹，鬼脸易扮。她点了点头，说，你说得对。

　　我说，我虽然好像见过你，但一直不知道你叫什么，住哪里。她咯咯地笑了，真是世间少有的笑。她说，我不常出现的，人们一般按照自己的想象，把我和我的鹿画在纸上，涂在壁上，最近我还发现，竟有人装扮我，找不到鹿，就用马或骡子扮我的鹿，好玩，好玩。我说，这我倒不太清楚，你虽然说了这么多，但你一直没告诉我你的名字，我可以用我的名字跟你交换。她说，我知道你的名字，你的姓氏三百年来一直让人害怕，但很快你就会更名换姓了。我的名字叫荷花妖，这头鹿没有名字，就叫鹿，我来自荷塘。我今天跟我的鹿在水里玩得好好的，突然间我藏在莲蓬里的眼睛就不见了。你别看莲蓬有这么多莲子，但只有正中间的那两颗才是我的眼睛。你见到我的眼睛了吗？

　　多么像一出光怪的梦境。可我知道我此刻不在梦里，我眼前这位自称荷花妖的少女比任何东西都鲜活，我甚至能看到她摆动的裙褶，她的裙子在水面居然不沾水，是用荷叶编织的吗？那头鹿，鹿灯光一样明亮的双眼，放映着我的影像：我戴着瓜皮帽，正搜刮肚肠如何回答荷花少女的问题。荷花妖这个名字我并不喜欢，我更愿意称她为荷花少女。

　　荷花少女好像看出了我的心思，她说，我也和你一样，不愿意别人私自给我换名，所以你还是叫我荷花妖吧，世人皆恶妖，可我偏偏爱妖，我知道了，我的眼睛一定是你偷走了。我听到了我的眼睛在眨，我听到了我的眼睛在敲门。

　　我的肚子突然响了。刚吃下去的那些莲子使我有些肚疼。而且还隐隐能听见睫毛闪动的声音，对，敲门声也有。难道那些莲子真是她的眼睛？我偷吃了别人的眼睛，我偷了别人的光明。我有些害怕。此刻风声还未停，我的肚脐还是像眼睛一样澄明，不仅能视物，还能看到荷花妖好像要从鹿背上下来。

已经到黄昏了。晚霞，晚霞，白昼燃烧的余烬。我只好承认吃了她的眼睛。她回到了鹿上，说我早知道被你偷吃了，不过没关系，还给我就好了。我说我都吃下去了怎么还给你？她说她有办法，她让夏风将我的肚脐撑开，然后就可以让眼睛从里面跳出来了，你不要动，把衣服掀高一点，我快看到了，看到我的眼睛看到我了，它们钻进了我的眼眶，好了，可以了，不过我也要给你一个小小的惩罚，从今往后，你再也不能用肚脐看东西了，你和正常人一样了。好了，我要回家了，我要回家休息了。

我刚要说什么，就发现风止了，眼前还是一片荷塘，只是那些莲蓬里莲子饱满，荷叶静好。我掀起衣服，真的没再看见平时看不见的东西。只是隐约在天穹里，发现一朵少女倚鹿而眠的霞云。外面炮声更响了。我走，我跑，把下人的吵闹声关闭。

03

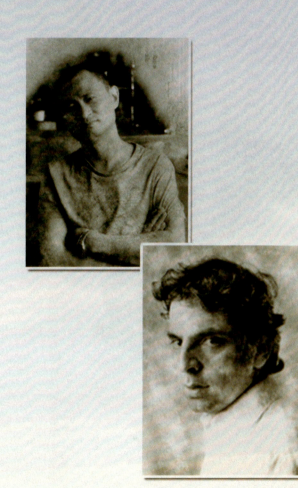

对垒

埃特加·凯雷特

1967 年出生，以色列作家，父母为纳粹大屠杀幸存者。1994 年第二部短篇集《消失的基辛格》获得广泛关注，2006 年当选以色列"文化杰出基金"优秀艺术家，2010 年荣获法国文艺骑士勋章，另获总理文学奖、文化部电影奖等。

一克之缺

埃特加·凯雷特

btr/译

　　我家旁边的咖啡店里有一个可爱的女招待。在咖啡店厨房工作的班尼告诉我她的名字叫希克玛，她没有男朋友，而且她是消遣性药物的粉丝。她在那间咖啡店工作之前，我从未去过那个地方——一次也没有。但现在，你每天早上都可以看见我坐在椅子上，喝浓缩咖啡，和她讲一点话——关于我在报纸上读到的东西，关于其他顾客，关于曲奇。有时我甚至能成功地让她大笑。而当她大笑时，对我也有好处，好几次我几乎约她去看电影了。但看电影有一点太咄咄逼人。看电影离约她出来晚饭，或邀请她飞到埃拉特的海滩过周末只有一步之遥。请一个人看电影只能意味着一件事；基本上就像在说，"我要你。"而如果她不感兴趣并拒绝，一切就不欢而散了。就因为这样，邀请她抽支大麻似乎对我更好。最糟也就是她说"我不抽烟"，那样我就会讲些关于嗑药者的笑话，并假装若无其事地再点一杯浓缩咖啡再走。

　　因此我打电话给艾维。艾维是我高中班里唯一一个烟瘾超重的人，我们已经两年多没有讲过话了，我拨号时在脑子里排练了一下假想的客套话，想找一些可以在提到大麻前和他聊聊的东西。但我刚问候艾维过得怎样，他就说："没劲。他们因为叙利亚问题对我们关闭了黎巴嫩边境，而且因为所有那些基地组织的狗屁事情关闭了埃及边境。没东西好抽了，我的兄弟。真是无聊透顶。"我问他其他事如何，他回答了我，尽管我们都知道我并不感兴趣。他告诉我他的女朋友怀孕了，而他们都想要这个孩子，以及他女朋友的母亲是一个寡妇，她不但催着他们结婚而且想搞一个宗教婚礼——因为他女朋友的父亲要是活着就会这么要求。我的意思是，试着推敲像那样的论据！我能做什么？用铲子把她爸爸挖出来问一问？

　　于是艾维不停地说，我试着让他放松，告诉他没什么大不了的。因为对我来说真的没什么大不了的，不管艾维是不是在一个拉比面前结婚，就算他决定永远离开这个国家或者变性，我都会平静接受。只有给希克玛的大麻对我才重要。因此我丢出了这句话："哥们儿，某人在某处有些货，对吗？不是为了爽，是为了一个姑娘，一个我想追的特别的姑娘。"

　　"没劲，"艾维又说了一遍。"我向你发誓，我都开始抽 Spice 了，像某种烟鬼。"

　　"我不能让她抽那种合成的狗屁东西，"我告诉他，"效果不会好。"

　　"我知道，"他从电话另一头咕哝道，"我知道，但是，现在啊，大麻——真的一点儿也没有。"

　　两天后，艾维早上给我打电话，并告诉我他也许会有一些东西，但事情很复杂。我告诉他我准备好付高价了，对我来说这是一次性的事，而且我只要一克。"我没有说'贵'，"他恼怒地说，"我说'复杂'。40 分钟后在喀尔巴赫街 46 号和我碰头，我会解释的。"

　　"复杂"不是这时候我想要的。而且，根据我高中时的记忆，艾维的"复杂"是真的复杂。说到底，我只是要点大麻蕊，甚至一支烟卷，和懂我笑话的漂亮女孩一起抽。现在我可没心情和惯犯们或住在喀尔巴赫街的随便谁碰面。艾维电话里的语气已经让我紧张了，而且他说了两次"复杂"。

　　当我到达时，艾维正戴着头盔在他的电瓶车旁等我。"这个家伙，"我们爬楼梯时，他喘着气对我说，"我们正要去见的那个人，他是个律师，我朋友每周帮他打扫房子，但不是为了钱——她做这个是为了得到医用大麻。他在哪里生了癌——我不太肯定是哪个部位——他一个月能得到 40 克的处方药，但几乎不抽。我请她问问他，是否愿意再减少一些他的量，于是他说可以讨论一下，但坚持我们两个都要来，我不知道为什么，所以我拿起电话打给了你。"

　　"艾维，"我对他说，"我只是要点儿大麻蕊。我不想去和某个从没见过的律师谈毒品生意。"

　　"这不是生意，"艾维说，"他只是要求我们两个去他的公寓谈一谈。如果他说了什么让我们改主意的话，我们可以立马走人。反正，今天不会做生意。我一个谢克尔也没带。只是说，我们至少让事情有了一个开端。"

　　我仍然觉得不太好。不是因为我觉得有危险，而是因为我怕会不愉快。我只是不能应付不愉快。在不熟悉的房子里和不熟的人坐在一起，有那种沉重的气氛袭来——那让我不舒服。"那，"艾维说，"就上去吧，可以过两分钟就弄得像收到短信不得不走。但是别把我丢下。他要求两个人都出现。就和我一起走进房子吧，那样我不会像个白痴，等一分钟之后你就可以走人。"还是不那么对，但艾维既然那么说了，我也不好再拒绝，不然就像傻逼。

这个律师姓科曼，至少门上是这么写的。那个家伙其实挺好的，他给我们可口可乐并在每个杯子里加了冰，杯口楔着一片柠檬，就像我们在宾馆酒吧一样。他的公寓也挺好的：明亮，甚至闻起来也不错。"看，"他说，"一小时后我就要出庭了。牵涉到一个十岁女孩的驾车逃逸的民事诉讼。那个司机仅仅坐了一年牢，现在我代表女孩的父母，他们起诉要他赔两百万。撞她的那个家伙，是个阿拉伯人，但来自一个富裕的家庭。"

"哇噢，"艾维说，就好像他真的知道科曼其实在说些什么似的。"但我们来是为了一件完全不同的事。我们是缇娜的朋友。我们来讨论的主题是大麻。"

"这是同一件事，"科曼不耐烦地说，"如果你让我说完，你就会明白。司机全家都会出现以示支持。死去的女孩这边，除了她的父母，没有人会出席。而这对父母会只是静静坐在那儿，低垂着头一言不发。"艾维点头并安静了下来。他还是不理解，但他不想惹怒科曼。"我希望你和你的朋友来出庭，装作好像是受害者的亲属。弄出点儿动静。造出些喧哗声。朝被告叫喊。叫他杀人犯。也许再哭一下，诅咒几句，但不要有种族歧视的内容，就说些类似'你这坨屎'之类的东西。简而言之，让法官感觉到你们的存在。他需要理解，在这个城市里有人觉得太便宜了这个家伙。对你们来说听起来可能有点儿傻，但像这样的东西会深深影响法官。这会把他们唤醒，把那些在陈旧枯燥的法律里束之高阁的东西清出来，让它们与真实世界发生联系。"

"那么大麻呢？"艾维试着问。

"现在我正要说到那个，"科曼打断他说道，"帮我出庭半小时，我会给你们每人 10 克。如果你们叫得足够响，也许甚至可以给 15 克。你们说好吗？"

"我只需要 1 克，"我告诉他。"你就卖给我，我们到此为止如何？之后，你和艾维——"

"卖？"科曼笑了。"卖钱？我是什么？毒贩吗？充其量我时不时给朋友一小袋作为小礼物。"

"那给我一份礼物吧，"我求道。"就他妈只要 1 克！"

"但我刚刚怎么说来着？"科曼勉强笑了笑。"我会给的，但首先你们得证明你们的确是朋友。"

要不是因为艾维，我永远不会答应，但他不断跟我说这是我们的机会，而且我们并不是要去做什么危险的或违反法律的事情。抽大麻是违法的，但朝一个压死小女孩的阿拉伯人吼叫——不但合法，而且完全合理。"谁知道呢？"他说。"如果那儿有镜头，人们说不定还会在晚间新闻里看见我们呢。"

"但要我们假装是亲属又是怎么回事？"我不断地说，"我的意思是，女孩的父母知道我们不是。"

"他没要我们说我们是亲属，"艾维说。"他只是说我们应该叫喊。如果有人问，我们总可以说我们从报纸上读到这个，我们只是尽责的公民。"

我们是在法院大堂里进行这番对话的，那儿又暗又有种霉污混杂的气味。而尽管我们还在继续争论，我们俩都很清楚我其实已经答应了。如果我没答应，现在我也不会和艾维一起坐在他的电瓶车后座。"别担心，"他对我说。"我会代我们两个一起吼叫的。你什么都不用干。就假装你是个试图让我冷静下来的朋友好了。只要让他们意识到我们是一起的。"

司机一半的家人已经到了，在大堂里盯着我们看。司机本人胖胖的，看起来相当年轻，他和每个新到的人打招呼，吻他们，就像这是场婚礼。在原告台上，科曼和另一个有胡子的年轻律师旁边，坐着女孩的父母。他们看起来不像在婚礼上。他们看上去筋疲力尽。母亲大概五十岁或更老些，但像只小鸟那样小。她有灰白的短发，看起来非常神经质。父亲闭着眼坐在那儿。每过一会儿，他会睁开眼一秒钟，然后再闭上。

审讯开始了，似乎我们已经到了某些复杂程序的最后阶段，一切听上去都有点儿专业和琐碎。律师们不断嘀咕着不同章节条款的数字。我试着想象我和希克玛在我们的女儿被轧死后坐在法庭里。我们被毁了，但我们彼此支撑，然后她朝我耳朵里轻声说道，"我要那个操他妈的谋杀犯赔钱。"想象不太有趣，因此我停下，反而开始想我们两个在我公寓里，一起抽着什么，一起看静音的电视里播放的关于动物的国家地理纪录片。不知怎么的，我们开始调情，而当她靠上我时我们接吻，我感觉到她的胸部压上来……

"畜生！"艾维在旁听席里跳起来开始叫嚷。"你在笑什么？你杀死了一个小女孩。穿着球衣站在那儿弄得像在兜风似的——他们应该让你在铁窗里烂掉。"司机的一些亲戚开始朝我们的方向走来，于是我起身假装试图让艾维冷静下来。事实上，我的确是要艾维冷静下来。法官敲了下木槌，然后说如果艾维继续在法庭上叫嚷的话，工作人员将强行把他赶出去，在那时，这个选择听上去比与司机全家互动更令人愉快，他们中的大部分现在离我的脸只有一毫米，咒骂并推搡着艾维。

　　"恐怖分子！"艾维尖叫。"应该判你死刑！"我不知道为什么他要那么说。但一个肌肉强壮的家伙扇了他一耳光。我试图将他们分开，卡进他和艾维之间，然后我的脸被他的头撞了。法庭工作人员把艾维拖了出去。在路上，他最后说了一句"你杀了小女孩。你摧毁了一朵花。希望他们也杀死你的女儿！"这时候，我已经跪倒在地上。血从我的鼻子或额头流出——我不太能确定。就当艾维说希望司机的女儿也被杀死时，有人实实在在地在我的肋骨上踢了一脚。

　　当我们回到科曼家，他打开冰柜，给了我一包冻青豆，并叫我用力压。艾维没有对他或我说话，只是问大麻在哪里。"为什么你要说'恐怖分子'？"科曼问。"我特别告诉过你不要提及他是个阿拉伯人。"

　　"'恐怖分子'又不是要反对阿拉伯人，"艾维辩护道。"就像'杀人犯'，定居者里也有恐怖分子啊。"

　　科曼没有对他说任何话。他只是走进洗手间并拿出了两个塑料小袋。他递给我一个并把另一个抛给了艾维，艾维笨拙地接下。"每包有 20 克，"科曼一边开门一边对我说。"你可以带上青豆。"

　　第二天早上在咖啡馆里，希克玛问我的脸怎么了。我告诉她出了点意外。我去拜访一个朋友，结果在客厅地板上踩到他儿子的玩具摔倒了。"而我在想你是不是为了一个女孩被打了，"希克玛说，边笑边拿来了我的浓缩咖啡。

　　"有时候那也会发生。"我试着回以微笑。"跟我在一起久了，你就会看见我为了女孩、朋友以及为保护小猫而被打。但总是我被打，从来不会是我打人。"

　　"你就像我哥，"希克玛说，"总是试图劝架、结果挨打的那种人。"

　　我能感觉到 20 克的袋子在我外套口袋里塞窣作响。但我没有关注那个，反而问她是不是看过那部关于宇航员的太空船爆炸，与乔治·克鲁尼一起困在外太空的新电影。她说还没看并问我这与我们正在谈论的东西有什么关联。"没什么关联，"我承认，"但那电影感觉很不错。3D 的，要戴着眼镜什么的。你要不要和我一起去看？"

　　有一瞬间的沉默，而我知道在此之后就会有答案。在那一瞬，那幅图景又出现在我的脑海里。希克玛在哭。我们两个在法庭里，手握着手。我试图换一个频道，转去另一幅图景——我们俩在脏兮兮的客厅沙发上接吻。试了，没成功。那画面，我就是没办法撼动它。

对垒十问

1. 你从什么时候开始写小说？

埃特加·凯雷特：我开始写作是在我服兵役的时候。在以色列，每个公民都必须在十八至二十一岁之间到部队服役。成了一个士兵让我感到很沮丧。在那段时间，我发现了写作。写作给了我在这三年艰难岁月中生存下去的力量。

2. 你每天用多长时间写作？

埃特加·凯雷特：不一定。有几天我可能从早到晚写个不停，然后整整几个星期，我可能一个字都不写，这主要看我是否有一个新故事需要讲述。

3. 你最喜欢的作家是谁？

埃特加·凯雷特：我最喜欢的作家一直是卡夫卡，他的难以置信的焦虑和幽默，从一开始就激励我写作。

4. 在你的一生中，谁对你的影响最大？

埃特加·凯雷特：我的家人。我已经从我父母我兄弟我妻子那里学会了讲述故事，他们是我最好的读者。甚至当我卡在一个故事里面的时候，我十岁的儿子也能给我灵感。

5. 你的爱好是什么？

埃特加·凯雷特：我喜欢去海滩并游一会儿泳。我住的地方离特拉维夫海滩只有十分钟的路程，所以我会经常去那。

6. 你认为自己是好作家吗？

埃特加·凯雷特：说你是一个好作家，这就如同在说你是一个好恋人一样，只有你的爱人或读者才能回答这个问题。

7. 你最喜欢的歌手是谁？

埃特加·凯雷特：是大卫·鲍威（英国著名摇滚音乐家，2016 年因癌症去世——

译者注）。对我来说今年是悲伤的一年。

8. 你对哪个城市印象最深？

埃特加·凯雷特：特拉维夫。我所生活的这个城市也是我最热爱的城市。

9. 你第一次恋爱时多大？

埃特加·凯雷特：是在我四岁的时候，我不好意思告诉那个小女孩我爱她，所以我踢她。幸运的是，从那之后我的沟通能力得到了极大的提高。

10. 谁是你生命中最重要的人？

埃特加·凯雷特：要挑一个很难。我儿子、我妻子、我母亲、我哥哥和我从三岁起就认识的最好的朋友，他们对我来说都同样重要。

陈鹏

1975 年生于昆明，1997 年毕业于武汉体育学院，国家二级足球运动员。17 岁开始发表小说，其"硬汉"叙事及复线结构独树一帜。曾获十月文学奖、海外文摘中篇小说大奖等多种奖项。现居昆明。

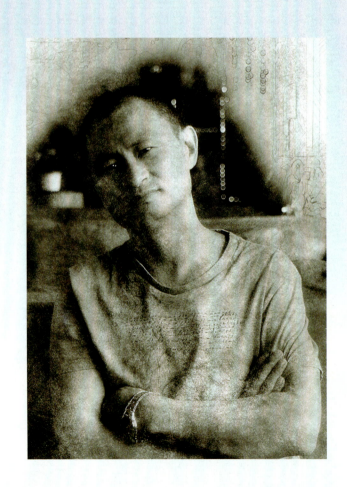

再见，马拉多纳

陈鹏

迭戈·马拉多纳要来中国啦！

据《体坛》《足球》两大报纸证实，马拉多纳将以阿根廷国奥队顾问身份协助主帅巴蒂斯塔（他的好友兼队友）参加北京奥运会。报上说，马拉多纳是为一支才华横溢的青年军督战，也为下一步接手阿根廷国家队提前热身。

闷热的七月，T62 次带着小子从昆明出发了，车速慢得像在大地上梦游；进入湖南才越开越快，风驰电掣的哐当声把山脊一层层剥开；大地不再是铁锈色，而是黛青，像废弃的茶叶；丘陵环绕荆棘，麻头雁排成一字；阴影在旷野中疯跑，偶尔闪现的溪涧绿如翡翠。向北，不断向北。风里充满厕所和铁轨的臭气。祖国的心脏。天安门广场。故宫长城。小子在电视上见过，它们大得像整个国家。连续三天，他以方便面充饥，直到进入河北才要了一份二十元的盒饭。几个小时后，小子已置身北京火车站站前广场，汹涌的人群让他惊慌失措——长这么大，还从没见识过这么多人呢，这么多活生生的人。他们奔走，打手机，说话，撩衣服擦汗。没人看他一眼。太阳喷着流火，真热啊。没走几步就喘不上气来。他挤到广场边，向一位协管员询问奥组委怎么走。奥组委？这个五十出头的男人腋窝四周全是汗。我靠，奥运会还没开始呢。懂了，来见识鸟巢的，对吧？于是男人把线路写他手心：火车站、2号线，建国门转5号线，惠新东街转10号线，奥体中心。鸟巢。记住了？小子点点头。男人指了指马路对过地铁口，那儿，快去吧。三块钱，随便倒腾，想上哪儿上哪儿。他扭头就跑，迎着层层叠叠的热浪和体臭。男人冲他大喊，嘿嘿，你妈没教过你谢谢俩字吗？

地铁里的人也一眼望不到头。窒闷的空气里有煤灰味垃圾味腥湿味。原来，火车不单在大地上狂奔，还能像潜水艇一样钻到地下。他使劲插进人堆，右脚针扎似的疼。是昆明买的新鞋，脚一定破了。黑暗和灯光飞速交接，隧道墙上出现奇妙的动画广告，"新世纪大宅"、"美时美刻的肌肤捍卫者"……液晶电视里出现一只可爱的绿豆青蛙，但是车内无数冷漠的面孔与戏谑的眼神表明，他们早就对它腻烦了。每天坐地铁的人，每天，要跑多少公里？雍和宫站，一个漂亮的白裙子姑娘戴着耳塞紧贴着他下了车，赤裸的手臂掠过他的脸，幽香恍如幻觉。她快步融入人流，消失了，再也看不见了。车到建国门，手心里的字迹褪了许多。右脚越来越疼，害他错过了站。只好从芍药居坐回去。他一点儿不难受，反而兴奋不已。终于把鞋跟踩平了，右脚舒服多啦。钻出10号线，小子被远处的鸟巢镇住了——钢铁的白垩色反光紧绷绷的，像一块巨冰。小子想象马拉多纳就在里面，就在足球场上，带领一帮阿根廷小伙奔跑、射门。他激动起来，沿地下通道过街。鸟巢正对出口，大得没法看清。

一个年轻的志愿者告诉他，离奥运会开幕还大半个月呢，现在场馆封闭，张（艺谋）大导每天彩排，哪有什么阿根廷队？他问对方，他们在哪儿？对方答，操，你问我我问谁？他眯缝着通红的眼睛打量小子。哪儿来的你？昆明。小子说。我靠，云南！可以啊。那么大老远——我来见迭戈·马拉多纳。对方笑了，知道这哪儿吗？他龇牙咧嘴，像蛇一样咄咄逼人。这儿是北京，是鸟巢，我操。知道。小子说。你知道？我看你不知道。我们每天陪张导熬夜，三天就睡了6小时。他盯着小子黑瘦的脸。马拉多纳是吗？志愿者前后张望。瞧见了？来只冰激凌我就告诉你。小子扭头看，不远处一顶红色的

"北京欢迎你"太阳伞下立着硕大的冰柜。去呀，还愣着？小子算了算口袋里的零钱，咬牙走到太阳伞下。一只冰激凌花了整整十块。他跩着鞋瓣里啪啦跑回来。志愿者接过去，扔掉盖子，抓起小勺，相当享受也相当夸张地狠吃一口，那架势像要把小子也一并吞掉。来一口？小子不吭声，喉咙火烧火燎的。小勺子里的东西比指甲还大，又软又水灵。没门！志愿者哈哈笑了，将小勺子收回去。马拉多纳是吗？那你听好咯——地下通道去对过大街，往东，第一个十字路口，右转，天蓝色屋顶那儿就是。记住了？小子脸上的汗水滴滴答答往下淌。别那么瞅我，不用谢！年轻人皱着眉头，去，快去，还愣着干吗呀！小子调头就跑，进地道，出地道，上大街，一路往东，再往右。回头时志愿者不见了，只有冰山似的鸟巢兀立于太阳下。小子找到唯一的蓝色屋顶，立即傻了眼，墙上写着"公厕"。重新钻地道，出地道，回到鸟巢。哪还有志愿者的影子？白色塑料盖子就趴在地上。耳边传来知了的叫声，吱忸，吱忸，吱忸——

　　鸟巢只是鸟巢，不是奥组委嘛。终于有人指点他，你得这么走这么走，明白啦？小子去了，犹如远征，转三趟车抵达北四环奥组委驻地，荷枪实弹的守卫坚决不让进。他在附近小巷里找到一家面馆，花15元吃了一碗分量十足的牛肉拉面，然后回到大门前坐等。一个中年女人出来了，小子凑上去说，我找马拉多纳。女人吓了一跳。谁？他重复一遍，我找阿根廷国奥足球队的迭戈·马拉多纳。女人问他，你哪儿的呀？昆明。他说。女人的目光一下子软下来，天呐。你一个人，从云南跑这儿找马拉多纳？是。你住哪儿？我刚到。吃饭了吗？吃了。你多大？15。哎，我女儿也刚15。你怎么一个人就——小子一声不吭。女人伸手摸他脑袋，他躲开了。跟家里人吵架了吧？不是。那你爸妈同意你跑北京来？小子没回答。偷跑出来的？小子摇头。那总得有个理由啊。小子还是不说话。要我帮你回家吗，回昆明？你还有钱吗？小子咬咬牙，转身要走。女人大声叫住他，喂喂，别着急啊。行，我信你。阿根廷队是吧？她掏出手机打了一圈，告诉他确切消息：阿根廷国奥队已抵达中国。不在北京，在秦皇岛。四分之一、半决赛和决赛才来北京哩。懂了吗孩子？小子点点头。你要么去秦皇岛，坐城际列车过去，也就几个小时。要么，你在北京住着，等他们打进四分之一。那可就说不准啦。

　　小子扬起头，我去秦皇岛。

现在能说吗，干吗要见马拉多纳？

他是我爹的偶像。

你爸？

我爹9岁踢球，马拉多纳在墨西哥拿了世界杯。

哇，那真是够久的。女人望着小子。我知道了，你爸他——

小子不愿说死字。可也没什么不好说的。肺癌。他说。死了。去年死了。

你爸是专业球员？

不是。

哎，那可真是……

关于爹，小子再也无话可说。踢一辈子，最佳战绩只在少体校打过全国比赛，可十几年来每到周末就去海埂踢野球。爱一样东西居然爱到死，小子无法理解。小子不爱足球，他热衷音乐、漫画和游泳。哪一种是最喜欢的呢？他也说不清。更说不清的是，你咋知道你最喜欢的东西慢慢变成你不喜欢的甚至讨厌的东西？不过，愿望总是有的，最大愿望，最大的愿望莫过于跳上泰坦尼克号那样的巨轮周游世界。

女人又问小子，你在帮你爸完成他的——

算是。

了不起！

他低下脑袋，想起在客厅墙上待了十多年的马拉多纳。1986年单挑比利时6后卫，迭戈背对镜头，一头卷发，蓝白间条衫，大大的"10"像黑硬的生铁。足球黏在脚上，左腿抬起，高出半头的6大红魔张开嘴巴，似乎氧气一下子消失了。

想好了？秦皇岛？

是。

钱够吗？

够。

千万小心。你一个人——

好的。

祝你好运！

……谢谢。

小子重新倒车、坐地铁。大冷的天，绿豆蛙把自己的围脖送给雪人。小子笑了。他赶上晚七点开往秦皇岛的城际列车。簇新的空调车厢比 T62 舒服多啦。可容纳 4 人的卡座只有一个大块头，坐他对面。小子觉得他像个杀猪的，也像流浪艺术家——大概 30 岁吧，络腮胡，红衬衫，白底蓝花的大裤衩下面是毛茸茸的肥腿，再往下是黑色耐克鞋。小子的目光被他察觉了，大块头友好地眨眨左眼。他垂下脑袋。随后发现大块头一直瞅着车窗玻璃，脑袋转来转去——欣赏自己的倒影呢。车厢整洁、安静，桌上小花瓶里插着粉色康乃馨。两侧的封闭车窗上，只有他们模模糊糊的影子。窗外，天空被残阳染成橘红，城市消失了，平原大得吓人。小子想找到答案：爹为何迷恋马拉多纳，二三十年来一直迷恋他？每个周末，爹和一帮兄弟的海埠野球风雨无阻；爹的肚子像怀胎十月，球速稍快就追不上了，经常被年轻人狠狠甩在身后。小子看他踢过两三场就再也不看。而迭戈·马拉多纳不得不看。吃饭喝水上厕所，一抬头就是他——身体前倾，双手向后，像大鸟一般随时可能带着黑色 10 号起飞。爹经常拍着啤酒肚说一模一样的话：这个杂种！这个伟大的杂种！……小子见过迭戈正面照：黑瘦的脸，目光倨傲，像上帝本人。总体说来挺难看的。比贝克汉姆难看多啦。读了《巴黎圣母院》就把他想象成卡西莫多；其余 6 个比利时红魔，就是圣母院广场上翻筋斗的吉普赛小丑。

从哪儿来？大块头突然说话了。

昆明。

啊哈。好地方。春城呐。

小子没吭声。

上秦皇岛旅游？

小子拽了拽背包。

嘿，兄弟，我不是坏人。我干电视的。大块头笑了，我秦皇岛、北京两头跑。有私活呢，我就奔北京。平时就老老实实待着。

电视？

对，宣传片啦，纪录片啦，专题片啦。

他摇摇头。

大块头不像干这行的，机器家伙什么的都没有，就一只瘦小的咖啡色皮包，斜挎在大肚皮上（比爹的还大），紧压深红色 T 恤，像勒着一头肥猪。

你学生吧？初中？

小子还是摇头。

不说？不说拉倒。大块头抓起小桌上的矿泉水瓶猛喝。窗外，倾斜的天空像烧红的铁。

你不看电视？大块头咂咂嘴，又说话了。小子不明白他干吗唠唠叨叨。你不看纪录片？我敢打赌你不看纪录片。

我看，讲奥运会的。

啊哈。我就知道你顶多看过这个。

还看过讲鸟的。一群大鸟，飞到很远的地方。摄影师好像一直骑在鸟背上——

哪有摄影师。这叫跟随摄影。懂吗？也就是说，把机器绑在鸟背上。

鸟不会飞走？

当然不会。大块头笑了，咧开很大的嘴巴。我靠，你什么都不懂。鸟是受过训练的，和人的关系好得像两口子。这种片子，最费工夫。

小子点点头。

至少五年。至少。大块头伸出巴掌，像一棵小树。我澳大利亚一哥们儿，在大海里拍鲨鱼，你猜拍了多久？

小子答不上来。残阳消失了。黑暗吞下奔驰的列车。直觉告诉他，此时昆明还大亮呢，离天黑早得很。忽然噼啪一响，一溜顶灯打开，车厢亮如白昼。

二十一年。大块头说。

小子想象不出来。大块头笑了笑，然后长长叹气，

二十一年没干别的，就拍鲨鱼了。最后，最苦逼的是最后——鲨鱼还没播出，他老兄就落海遇难，连个尸首都没找着。片子四年后才播了。有人被震撼，但绝大多数人毫无感觉。妈的，你说他这二十一年是不是白干啦？

小子想起爹，一生耗费十年二十年踢足球。从小摸爬滚打，结果呢？顶多混个专

业队，还是梯队。也就这样了。他不想成为爹这样的人。可有可无。谁又不是可有可无？谁又不死？

你去秦皇岛干吗？

小子不吭声。

说吧，我地道秦皇岛人，没准儿能帮你。我跟你说，秦皇岛姜汁蟹天下一绝，你必须尝尝，路边小馆子就有。海蟹巨便宜，五十块钱一大堆。

阿根廷队来了。小子说。

什么？

小子有些结巴，向他解释说，阿根廷国奥队来了，马拉多纳也来了。

我为马拉多纳来的。小子说。你晓得马拉多纳吗？

大块头一脸苦笑，然后捂着嘴巴嗷嗷大笑。

马拉多纳，你问我知不知道马拉多纳？他的样子像要哭了。我操，真的假的？马拉多纳真来了？来中国了？

就在秦皇岛呢。

大块头激动地踢腾黑色耐克鞋，叽里呱啦述说1986－1994年间那个伟大的传奇，说他在高一那年夏天见证了马拉多纳在美国世界杯上攻破希腊队球门冲向摄影机仰头咆哮的经典镜头，当场嚎啕大哭。没人比得了老马。天赋，运气，吸毒，减肥，上帝之手，世纪进球……小子腻烦了，马拉多纳的故事爹讲得太多。再也不想听任何人讲他。再也不想。小子望向窗外，整齐的白桦飞速撤退，让他想起昆明的夏天：凉风拂过小广场，流浪歌手唱着艳俗的伪摇滚歌。他往琴盒里放下两块钱，溜到一边看大孩子们玩滑板、跳街舞。一天的功课早就做完，他不是最好的，也不是最差的，不挺好嘛。爹走的时候他没掉一滴眼泪。爹不痛苦，一点儿也不。他守在床前，瞧着他苍白的笑脸渐渐变暗。墙上的马拉多纳迟迟没撤下来，否则空荡荡的，家不像个家。现在真不像个家了。小子越来越喜欢待在学校宿舍。周末回去时，桌上的老鼠屎比米粒还大。

他真的烦了。于是撇下絮絮叨叨的大块头去了厕所。返回时，大块头正把手机里的照片调出来。我拍的，他说。小子看见很多美景，与大块头的身段气质完全不符。有落日、海滩，有俯拍下去的鱼鳞似的沼泽。好看吧？大块头说，小子承认，好看。

大块头笑了，我看你对足球不感兴趣，对摄影还行。小子默认了。大块头还想调出别的照片，小子垂下脑袋。大块头放弃了，将手机塞进屁股兜，尴尬地吹了吹口哨。列车贴地飞行，将大片大片的玉米地抛在后面。

大块头又说话了，嘿，你将来想干吗？我是说，你的职业？小子还是摇头。一个人总得有点想法吧？总得喜欢什么东西嘛，就像我，搞摄影，搞电视，再过三年，不长，就三年，咱就搞电影啦。你呢？没喜欢的东西？小子继续摇头，我没想好。大块头又吹了吹口哨，少见，我靠，这相当少见，我在你这个年纪啊——他终于发现小子根本没兴趣听他的，于是眨眨眼，俯身盯着小子。

嘿，你干吗要见马拉多纳？

小子不想解释。

这讲不通。你不喜欢足球，也不喜欢他，偏偏大老远跑来找他。

是不喜欢嘛。

那就怪了，大块头暗褐色的眼珠发出冷幽幽的光。小子想逃走，逃到隔壁车厢去。他上厕所时发现很多空座。真是怪了，你从云南跑到秦皇岛，而且孤苦伶仃一个人……

小子一声不吭。

你对谁感冒？罗纳尔多？贝克汉姆？梅西？C罗？

小子咬紧牙关。

你说说嘛，说说你到底——

我说了我不喜欢足球。小子一字一顿地说。

大块头脸上有种被侮辱被伤害的困惑。车窗玻璃上出现他圆滚滚的、胡子拉碴的脸。头发几乎掉光了。

你女朋友崇拜马拉多纳？他又说话了。

我哪有啊。小子满脸通红。

为了某个人，或者，受了某个好哥们儿的嘱托……

小子默不作声。

对吧，我说对了吧？为了某个人，百分之百！我靠，你瞒不了我。

我只想要一个签名。

为谁？

我不喜欢他。小子说。真不喜欢他。每天从早到晚面对他，烦透了！

火车呼啸着，以惊人的速度冲刺，平原与黑暗咬得很紧。小子听见大块头一声长叹。车厢在换轨之际狠狠抖了一下，又像碾压了什么东西。他不知道自己为什么如此对他，又为什么坐着不走。是讨厌他肉球似的脸和他冰冷的眼睛以及他周身散发的油腻腻的气味？还是他的大肚皮让他想起球场上的爹？又或者，这些北方佬热络得让人厌烦？

长长的沉默被大块头打破，看来他不是小心眼。要吗？当餐车推进来，他带着长者的宽容抓起两瓶冰红茶，我请客。小子摆摆手，顺势紧了紧背带。大块头坚持买了冰红茶——他似乎很容易渴，上车以来一直喝水。不停喝水。他递一瓶给小子，自己拧开瓶盖大大灌了一口。他的举动表明，一个离家几千里的男孩难免反应过度，他呢，当然是见过大世面的，岂能跟孩子一般见识？他笑着，冲小子挤挤眼，伸手指了指，

包里装的什么？

他马上意识到又说错话了。啊，对不起，我不是那个意思，我的意思是，你好像很紧张，一直死拽着不放。你不说我也知道，无非贵重物品嘛。钱啊什么的。千万小心！我第一次出远门直接把钱揣在内裤里。死死贴着鸡巴。不骗你。

小子笑了。

大块头也哈哈笑了。小子忽然感到一种别别扭扭的羞愧。

喝吧喝吧，你不渴？

小子拧开瓶盖，喝了一口。又一口。

我第一次出远门是去阿拉斯加拍片，我掏出美元，还是热的呢。对，从下面掏出来，带着老二的骚味。我就用这些钱买了热狗和可乐。哈哈。

小子使劲笑出声来。

后来出远门就不那么干了。我也不带钱包，就把钱一张张分开，揣兜里，塞包里。我在伯明翰买了火车票，去曼彻斯特看曼联比赛，一张球票35磅。便宜！他妈的吉格斯踢疯了，边路突破连过三人射门得分。我告诉你，英国球迷真他妈疯狂，唔里哇啦的歌声能在你脑袋里回荡三天三夜……

　　小子又没兴趣了。他拧开瓶盖，喝下第三口甜腻腻的冰红茶，低头瞧了瞧微微晃动，能照见人影的白色橡木地板。

　　大块头使劲喝水。喝那么多居然不上厕所。水都跑哪儿去了？

　　我他妈恨不能从小踢球。当你20来岁才想好好踢，再也来不及啦。

　　我爹说，任何时候，都不算晚。

　　瞎话，骗你呢。马拉多纳要不是从小搂着足球睡觉，怎么可能捧回世界杯？

　　多累啊。

　　干什么不累呢？

　　我不想那么累。不想踢足球，不想跑那么老远来——

　　可你还是来了！

　　大块头冲他伸出大拇指。

　　小子的脸微微发烫。是吗，难道这些北方佬，觉得他跑这么老远很牛逼？

　　让我猜猜，大块头说，你包里，不是钱。是签名本？

　　小子摇头。

　　我知道了，我知道了。和马拉多纳有关。肯定和马拉多纳有关。球服啦，相册啦，剪报啦……

　　小子没回答。

　　大块头狡黠地笑了。其实，我最最崇拜的球星不是马拉多纳，你猜一下，给你三次机会。

　　哎，我不喜欢足球。

　　对对对，瞧我这记性。那就不说了。再也不说了。大块头抱歉地挥挥手。云南，我去过云南。希望下次再去云南拍片能见到你。

　　小子没说好，也没说不好。

　　单调的火车声似乎将永远持续下去。咣当咣当，咣当咣当。

　　大块头瞧了瞧外面，忽然高喊，到啦，秦皇岛。小子趴住车窗玻璃使劲看，果然瞧见星星点点又连缀成片的灯火。路灯一闪而过，比流星还快。

　　到了？

那可不！

灯光交替的间隙越拉越长，最后是月台高大的屋顶和更大更亮的弧光灯。车速越来越慢。忽然从后面车厢涌入一群游客，咋咋呼呼大包小包往前走。大块头站起来。

走吧？

小子随他挤入人群。列车进站了，微微趔趄着向前顿住。他感到大块头扑到自己背上，又重又热，像一头大象。他一身鸡皮疙瘩。但很快，大块头掠过小子，夹在人群中下了车。他没瞧见大块头有没有回头看他，有没有挥手道别，但隐约听见他也要见马拉多纳之类的话，汹涌的人流就把他抹掉了。无数陌生人聚拢又消散，小子被裹挟着穿过检票口，发现自己又到了一个陌生之境。天黑透了，四周灯火密集。他靠边立定，背包拽到胸前。包上多了一条口子。东西全不见了。钱，换洗衣服，海报。

对，海报。1986年，墨西哥城。马拉多纳单挑6大比利时后卫。

弧光灯下熙熙攘攘；空气更热，也更湿。一伙民工模样的人在他身边窜来窜去。那群游客——车厢里那群人出现了，小子想问问他们见没见过大块头，可终究没问。其实他也不清楚到底谁给了他一下子，是大块头，还是他们中的某人，或谁也不是。背包上的口子像咧开的大嘴。他想喊却喊不出来，而且肯定会厌恶自己太懦弱的。秦皇岛，不就是个岛么，应该比昆明还小或差不多大。既然差不多，那有什么好怕的呢？

在站前派出所，一个好心的民警借给他一百块钱，又把他送上直达奥体中心的88路车。小子到那儿时天空又黑又重，高耸的巨帆形体育场简直比鸟巢还大。他想找个网吧待着，后来索性躺在干净的水泥台阶上，反正热得要命，还能听见遥远的海浪声，风里有淡淡的腥咸。他枕着破背包入睡，醒来时天刚蒙蒙亮。是被清洁女工叫醒的，此人问他怎么睡这里？小子迷迷瞪瞪爬起来，像受惊的小马撒腿飞奔。他一路游荡，买了从未尝过的煎饼果子，就着昨晚的冰红茶吃了它。天灰蒙蒙的，热气仍未消退，手心里的站名全不见了，脚跟磨掉一块皮。一种深深的、深深的乏力感让他觉得自己病了，无法相信迭戈·马拉多纳正与自己共享这一片破布似的天空。还剩95块，吃饱肚子不成问题。

　　清晨，有人很肯定地告诉小子，马拉多纳和阿根廷国奥队下榻希尔顿酒店。他打了一辆车，鼻音浓重的的哥说他身上有股子尿骚味。他使劲闻了闻，真是，臭烘烘的。难道昨夜在尿上睡的？人尿，还是狗尿？又或者，自己尿了裤子？

　　一伙高举马拉多纳和梅西照片的年轻人聚集在酒店门口。没错。马拉多纳。1986年的迭戈·马拉多纳。卷发，黑脸，像个土匪。小子的心怦怦跳。有人告诉他，阿根廷国奥队每天上午在酒店草坪训练一个半小时，之后留给球迷的时间至少十分钟。马拉多纳、巴蒂斯塔、梅西从不拒绝签名合影。没人摆架子。此人问小子拿什么签名，小子答不上来。T恤？他们瞅着他身上冒着尿味的灰色T恤，从昆明上了火车就没换过。小子仍不回答。他们说你丫只能裸奔啦，要么胸脯要么后背，老二上也行啊，然后刺青，拓下来就能批量赚钱哩。嘿，你云南来的？云南那鬼地方多需要这门生意啊……

　　十点差五分，响起一阵欢呼，阿根廷人三三两两出来了，他们穿深蓝色阿迪训练衫，手里拎着漂亮的足球鞋。小子的心脏咚咚跳。马拉多纳揽着梅西走在最后，人群又爆发一阵欢呼，高喊他们的名字：迭戈、迭戈，梅西、梅西。小子踮起脚尖看他——怎么也看不清。这是他吗？蓄着胡子，卷发披到耳后，胖多了，也老多了。应该是他。十几年前的背影——闭上眼睛也能闻见单挑红魔的气味。硫磺味，汗臭味，让人咬牙切齿。迭戈腋窝里的梅西瘦得像只小鸡仔。他们微笑着冲人群挥手，大步来到草坪中央。小子使劲看他，使劲看。这是活生生的马拉多纳。是他，又不是他。时间往他结实的身体里塞了东西。除了背影，除了这个背影特有的霸气与傲慢，此人和他熟悉的迭戈到底有多少瓜葛？

　　小子忽然困得不行。

　　签名咋办？

　　马拉多纳和国奥球员玩溜猴游戏，然后传球、射门、跑圈，那只金左脚让足球服帖得像甩不掉的小狗。不过，也就那样吧。没什么特别了不起。就像铁匠打刀子，裁缝做裤子，会者不难嘛。

　　小子向大堂副理讨要小本子或者信签，总之能签名就行。对方极不耐烦，从抽屉里翻出一沓白纸，刺啦撕下一张。只有一张。丝毫不理会多给几张的请求，眼神明白无误：就它，爱要不要。笔呢？就一支铅笔。小子接过去。远远看见他们还在传球。多么枯燥的运动。爹干吗将大半辈子扔在上面？他退到大堂沙发睡了一觉，后来被众人夸张的呼声惊醒。他起身往外跑。一眼看见马拉多纳站在罚球弧附近和梅西比试脚法——他左脚比梅西的更大，也更准，指哪儿打哪儿。梅西就像个腼腆的小姑娘，要么把皮球送进门将怀里，要么一脚踢飞。马拉多纳回头望向球迷，说着叽里咕噜的西班牙语，让众人指定方位：左上角、右下角、横梁、立柱……然后大笑着，像魔法师一样完成指令。十个定位球，8个钻进左上死角，一个击中横梁，一个被门将没收。人们拍手，叫好，小子的心再一次砰砰狂跳。百分百确定他就是迭戈，画报上那个，身披10号的阿根廷人。

这个人，陪了他15年。

阿根廷队收工了，球员拎着东西往回走。球迷涌上去，将马拉多纳、梅西、巴蒂斯塔、迪马利亚团团包围；迭戈笑着，为他们签名，让他们合影；他们战战兢兢的，像当年红魔一样两腿发颤。他来了，迭戈·马拉多纳，来到他面前了，带着丝丝汗味。他屏住呼吸，递上铅笔和纸，偷偷瞥见迭戈眼角的皱纹和右耳垂上亮闪闪的耳钉。就在面前呢，不到半尺。天蓝色细白条纹的 T 恤湿透了，紧贴着直苗苗的结结实实的后背。这个后背，他看了多久啊。没有 10 号，也不是蓝白间条衫，肩部肌肉像油彩一样在深蓝色棉质纤维下洇开，让他想起爹的脸，想起爹汗湿的球衣和他硕大的再也瘦不下去的肚皮。小子忽然想哭，当着真正的迭戈·马拉多纳放声大哭。然而一切都迟了：纸太薄，笔尖噗嗤洞穿了它。迭戈摇摇头，腕间的宝蓝色手表轻轻一晃，掠过他，走向下一个。

他攥着破了洞、只有一点铅笔痕迹的白纸走进大堂。四周空荡荡的。阿根廷人消失了，就像从没出现。大堂副理冷冷看了看他。几个比他稍大的粉丝没待多久也散了，小子还是站着。他不知道往哪儿走。他也许完成了使命，也许没有。他说不上来。就像电影散场，人们纷纷离开，将屁股下的弹簧凳弄得噼啪响。伟大的马拉多纳来了，又走了，虚幻得像泛黄的海报。1986 年，2008 年。小子踱到沙发边坐下，被空前的疲惫牢牢抓着。也许，今天还能见他，也许再也没有机会。结束了，昆明－北京－秦皇岛。

也就这样了。

再见，马拉多纳。

可胸膛里的小东西干吗跳啊跳？噗通噗通。噗通噗通。噗通噗通。

阳光落在草坪上，一只灰色大鸟正缓步经过马拉多纳亲自挑选的罚球点。

对垒十问

1. 你从什么时候开始写小说？

陈鹏：大约 14 岁吧。正儿八经开始虚构，写故事，给朋友看，给队友看。我记得我们一起去某城市踢比赛，我写的小说（故事）成了队友们争相传阅的读物，虽然那只是一沓薄薄的稿纸。

2. 你每天用多长时间写作？

陈鹏：每天能抽出两小时就很不错了。太忙了。这对一个写作者来说，少得可怜。不过，我认为贵在坚持，积跬步也能至千里啊。

3. 你最喜欢的作家是谁？

陈鹏：最的话，还是海明威。他的硬汉风格、冰山理论对我影响甚大。当然，他的人生哲学——人可以被毁灭但不能给打败教给我的更多。也许，热爱海明威与我们都热衷体育和冒险有关。

4. 在你的一生中，谁对你的影响最大？

陈鹏：是我母亲。

5. 你的爱好是什么？

陈鹏：除了写作与阅读，当然是足球，书法和摇滚乐。

6. 你认为自己是好作家吗？

陈鹏：是的。作家应该自信。

7. 你最喜欢的歌手是谁？

陈鹏：30 岁前一直是齐秦。30 岁以后肯定是科特·柯本，涅槃的主唱。

8. 你对哪个城市印象最深？

陈鹏：巴黎。那可是海明威、菲茨杰拉德、乔伊斯甚至马尔克斯呆过的地方，更不用说雨果、巴尔扎克、莫泊桑、福楼拜、圣艾可续佩里……名单可以无限长。巴黎的美，巴黎的文化积淀、巴黎的自由包容之气息难以言表。

9. 你第一次恋爱时多大？

陈鹏：22 岁。

10. 谁是你生命中最重要的人？

陈鹏：妻子和儿子。陈小说，这是我儿子的名字。

郑润良

　　厦门大学文学博士后，《中篇小说选刊》特约评论员，《神剑》《贵州民族报》《人民文学》醒客APP、博客中国专栏评论家，鲁迅文学院第二十六届文学评论高研班学员。《中篇小说选刊》2014-2015年度优秀作品奖评委、《青年文学》特约栏目主持。

短篇小说的装置抑或 " 一记绝杀 "

郑润良

　　摆在我们面前的这两部作品从表面上看是绝然不同的，《一克之差》是以色列60后作家埃德加·凯雷特的作品，《再见，马拉多纳》是中国70后作家陈鹏的作品。《一克之差》在写法上是 "向外" 用力，借由一个很小的切入点来揭示当代以色列社会内在的族群隔阂与裂隙，关注点主要是社会问题；《再见，马拉多纳》则更多 "向内" 用力，关注年轻一代的心灵成长与内心的隐秘、困惑。但殊途同归，二者都达到了对所处社会世道人心的幽微之处的揭示，也达到了短篇小说在形式上的简洁与精神内涵的复杂性的融合。

　　从叙述的形式上看，这两篇小说异曲同工地都利用到一个我称之为 "叙述中介物" 的符码。这个符码在整个作品中起到结构全篇的中枢作用，引导着读者的注意力贯穿整个叙述过程。但这作为 "叙述中介物" 的符码其实是带有迷惑性的，它的作用其实主要是推动整个故事的发生发展，并且适时抛出作者的 "一记绝杀"（通常在故事的临近结尾部分），这 "一记绝杀" 中才包含着作者真正想要让你看到的东西。

　　在《一克之差》中，这个作为叙述中介物的符码是一克大麻。主人公 "我" 为了追求咖啡店里年轻貌美的女招待希克玛，投其所好，想方设法弄一克大麻，因为希克玛是消遣性药物的粉丝。为了得到这一克大麻，他想到了自己的朋友艾维。但艾维跟他解释，因为叙利亚问题黎巴嫩边境关闭，而且因为所有那些基地组织的狗屁事情埃及边境也关闭了，没东西好抽了。在两个年轻人的日常聊天中，我们可以感受到他们所处社会环境的不安全与动荡性。但凯雷特习惯于以轻描淡写的方式提到这些对小说中人物生存而言其实是非常严峻的东西，反而将叙述的注意力放在"一克"消遣性药物上。这种轻与重的对比和处理都是意味深长的。我们接着看，这一克大麻作为叙述的动力最终将两个年轻人推到一个陌生的律师科曼家里，并且推着他们走到法庭的旁听席中。科曼要求他们扮演一对可怜的夫妻的亲属，他们的女儿在一次车祸中不幸丧生，但得到的赔偿少得可怜，肇事的司机是阿拉伯人，来自一个富裕的家庭。科曼希望他们的到场能够使得法官在做出有利于这对夫妻的判决中发挥一点儿影响，作为报酬，"我"和艾维就可以免费得到十克大麻。科曼要求他们做出一点愤怒的表示，特别提醒他们不要提到对方是阿拉伯人。但意外还是出现了。艾维在法庭突然激动异常，骂肇事司机是"恐怖分子"，最终被对方狠狠揍了一顿，"我"也受到连累挨打。接下来的叙述其实已经无关紧要。我们拿到了想要的大麻，不是一克也不是十克而是二十克。但这二十克大麻其实没有派上用场，我顺利地约到希克玛一起看电影，根本用不着大麻。这个结尾，可能有的读者不大理解，觉得辛苦得来的大麻居然没派上用场，似乎前面叙述蕴蓄的紧张感到结尾一下子泄了。但这恰恰体现了作者的匠心所在。这二十克大麻其实是无实际作用的，它的作用仅仅是牵引叙述，导出那"一记绝杀"，也就是艾维的一句话引出的冲突及其背后的内涵。当科曼责怪艾维不应该说那句话时，艾维辩解说恐怖分子仅仅针对肇事司机的行为，与司机的阿拉伯人身份无关。但这句解释显然是"此地无银三百两"，艾维的过度反应暴露了他潜意识中对阿拉伯人的敌视心理，从而揭示了以色列社会严重的族群矛盾与内在的裂隙。这"一记绝杀"无疑非常重要。作家阿丁在评述凯雷特的另一部短篇小说时说，"这个短篇极短，却极其负责地定义了短篇小说，一块人生碎片，细小到微不可见，敏感的读者却能从中发现他人，同时也能投射到自身的一生。卡夫卡说要读那种能捅你一刀的小说，这篇和上两篇都是。

去挨捅吧。"凯雷特小说中的这种"一记绝杀"能够让你刻骨铭心地记住被捅一刀的感觉，它总是在你意想不到的时候出现，让你久久回味。

在《再见，马拉多纳》中，这个作为叙述中介物的符码是马拉多纳的签名。为了完成父亲的愿望，15岁的"小子"一个人从昆明跑到北京，希望见到父亲的偶像马拉多纳。一个志愿者耍弄了他，另一个好心的阿姨告诉他马拉多纳在秦皇岛。在开往秦皇岛的城际列车上，他碰到了一位马拉多纳的爱好者。这位自称导演的人滔滔不绝地表达了他对马拉多纳的热爱，却在下车时顺走了小子包里的钱物。这些挫折没有阻止小子最终来到马拉多纳身边，但他从大堂副理那里讨到的一张白纸却在马拉多纳签名时戳破了。小子最终没有得到马拉多纳的签名。在这样一个叙述过程中，我们可以看到，和《一克之差》一样，马拉多纳的签名这个符码和二十克大麻一样最终没有起到什么实际的功用，但它们牵引了整个文本叙述的进展方向。同样，最重要的不是马拉多纳的签名或者二十克大麻，而是作者在这两个叙述符码牵引的叙述过程中所设置的"关键"处或者说"一记绝杀"。在《一克之差》中，这"一记绝杀"是艾维的突发狂言；而在《再见，马拉多纳》中，则是大块头"导演"下车时的顺手牵羊。事实上，《再见，马拉多纳》中，除了小子，还有两个真正的主角。一个是小子的父亲。一个一辈子热爱足球、热爱马拉多纳的人。"关于爹，小子再也无话可说。踢一辈子，最佳战绩只在少体校打过全国比赛，可十几年来每到周末就去海埂踢野球。爱一样东西居然爱到死，小子无法理解。"陈鹏曾经当过十年的新华社记者，并且当过专业足球运动员，他相当多作品中的主人公都是足球迷。足球对他们而言，不仅是一种爱好，更是一种信仰，一种理想。陈鹏表面上在写球迷，实际上是在写一类理想主义者。而在功利主义弥漫的时代氛围中，理想主义者的境遇无疑是比较黯淡的。陈鹏的《绝杀》《去越南》以及"季节三部曲"等作品，都是通过书写有着足球运动员经历的男主人公在事业与情感领域的尴尬坚守与茫然无措，塑造功利时代落寞失意、进退失据的"硬汉"形象。《再见，马拉多纳》中小子的父亲，其形象与《去越南》中的葛云峰、《绝杀》中的李果一样，都是一个落寞的理想主义者的形象。与之形成对照的则是小子在列车上遇到的大块头"导演"。从他后来的行径可以看出，他的导演身份自然也是假的，他的真实身份应该是一个骗子。有意思的是，这个看上去非常体面的骗子也是一个马拉多纳爱好者，在讲起马拉多纳时激动万分。他一路上对小子宽厚关爱有加，却在下车时原形毕露。作者设置的这一情节突转、这"一记绝杀"令人深思，一个曾经那么热爱马拉多纳、热爱足球的人为什么会沦为一个骗子和扒手呢？我们可以想象，他也曾拥有青涩而清纯的过去，曾经也可能是一个理想主义者，却因为自我与外界的诸多因素一步步滑向了与理想主义者截然相反的另一种人生。小子最终没有拿到马拉多纳的签名。但是，就如我们前面所分析的，对于小子来说，能否拿到马拉多纳的签名完成父亲的遗愿并不重要，更重要的是他如何理解父亲的这种执着，以及这种执着对他而言意味着什么。

反过来说，这两个符码除了作为叙述中介物，也不是毫无用处或者随意设置的。《一克之差》之所以选择大麻这种消遣性药物作为叙述符码自然有它的背景与缘由。以色列年轻人对消遣性药物的迷恋与选择，恰恰说明他们生活在一个极度缺失安全感的社会里，他们希望借助这些违禁品麻醉自己的神经、逃避现实。这些人物身上甚至有着作者自己的影子。正如埃德加·凯雷特所言，他年轻时和朋友"用过世界上所有的毒品，做过许多疯狂的事。我们体验了太多的情绪，而情绪就像电流，太多了就会造成电路过载爆炸。我之所以和朋友这样胡来，是因为我们想尽力赶走恐惧。"因此，小说中艾维、希克玛等人对消遣性药物的爱好不是一种随意的设置，而是与以色列青年人的生存状态以及整体的社会氛围直接相关，也与作品所要表现的社会环境直接相关。同样，《再见，马拉多纳》中马拉多纳的签名既是一个叙述符码，也是一个象征性的符码。它代表了功利主义时代中理想主义者的人生追求。对于小子这一代年轻人来说，要不要继承父亲的这种生活方式与价值追求，还是另外选择一种不那么沉重的人生，的确是一个需要认真面对的命题。

　　在前面分析的基础上，我们回过头来再看两篇小说的题目，可能会感受到更多的意味。这两部作品的题目都包含了各自的叙述中介物，但又包含了某种隐喻性的色彩。在《一克之差》中，"一克之差"可以理解为一种缺憾感。不仅仅是"我"需要那一克大麻，所以有"一克之差"。艾维按照律师的嘱咐，本来在法庭里发挥得好好的，但他突然发挥过度，喊出了"恐怖分子"，引起不必要的麻烦，他的表现离律师科曼的预期也有"一克之差"。更关键的地方在于，艾维的过度反应暴露了他潜意识中将阿拉伯人与恐怖分子相联系的心理，暴露了以色列社会的内在裂隙与严峻的族群矛盾，也因此说明以色列社会离作者所期待的理想社会不知道还有多少个"一克之差"。这些意味的重叠无形中增加了小说的复杂性与作品的审美效果，令人回味无穷。同样，《再见，马拉多纳》这个题目也可以做多重理解。马拉多纳在作品中可以理解为一种理想主义的象征。小说中的三个人物事实上围绕着理想主义这个关键词形成了三种态度，小子的父亲代表理想主义者，大块头代表反理想主义者，小子则代表年轻一代在二者间的犹疑、选择与徘徊。对于小子的父亲而言，"再见，马拉多纳"包含一种理想未竟的遗憾；对大块头而言，"再见，马拉多纳"则是一种彻头彻尾的离开与背叛；对小子而言，"再见，马拉多纳"则是一个疑问，一种召唤！

　　好的作品有着无尽的阐释空间，好的短篇小说也是如此。我们当然还可以从更多的角度去阐释这两部作品，比如两位作者的年龄与他们作品的关系，或者同为东方国家、第三世界国家的作者，他们作品中可能的共通性等。凯雷特的作品以幽默、犀利著称，在以色列非常畅销，并且不失其深度，因为他道出了无数以色列人的心声。对于中国青年作家而言，凯雷特的作品有许多可资借鉴的地方。新时期以来的中国当代文学的发展，就是建立在对世界各国优秀作品借鉴学习的基础上。但中国作家更多地把学习焦点投向欧美发达国家，反而在一定程度上忽视了对同为第三世界国家、境遇更相似的国家作家作品的了解。其实，后者可能会给我们带来更多的启发。当然，随着中国当代文学的迅猛发展及其在国际文学大奖的屡屡斩获，随着中国软硬实力的提升，现在的中国当代文学事实上已经处在和世界文学同步发展的水平线上。在吸纳传统文学文化资源、世界优秀文学资源精髓、关注鲜活复杂的中国经验与中国人情感体验的基础上，一定会有更多的中国当代作家作品成为新世纪的世界文学经典。所谓"对垒"，其真正的意义应该在这里吧！

04. 诗人

耶胡达·阿米亥

当代以色列文学的领军人物之一，具有重大声誉及广泛影响的国际诗人。1924年出生于德国乌尔兹堡，1936年随父母移居耶路撒冷，是最早以现代希伯来口语写作的以色列诗人之一。一生共出版诗集11部、长篇小说两部和一部短篇小说集。一生获奖无数，其作品先后被翻译成37种语言，被公认为20世纪最伟大的诗人之一。

其主要诗集有《诗歌》《耶路撒冷之歌和自我》《阿门》《时间》《爱情诗》《伟大的宁静：纷纭的问与答》《耶路撒冷之诗》《甚至拳头也曾是五指伸张的手掌》《阿米亥：1948-1994年诗选》《开、闭、开》等。

其诗作多以犹太教信仰、《圣经·旧约》，及犹太人的历史记忆、现当代处境为线索，诗作透明、清新、深邃而睿智，想象力丰富奇诡，在探索人类伟大精神世界的同时，表现出令人叹为观止的语言活力和张力。

阿米亥译诗

耶胡达·阿米亥

刘国鹏／译

在仁慈的全副凛冽中

数数他们。
你数得清他们。他们
不像海边的沙粒。他们
不像无以计数的星辰。他们像孤独的人们。
在角落里，在大街上。

数数他们。看看他们
目睹天空横过破败的房屋。
穿过石头，出去再回来。为什么
你要回来？但还是数数他们，因为他们
在梦中打发时光
因为他们在外奔波，因为他们的希望被除去绷带
又裂开，因为他们将死于自己的希望。

数数他们
很快他们也学会了读墙上
可怕的字迹。学会在别的墙上

读读写写。而盛宴仍将是无声的。

数数他们。数数在场的，因为他们
已用光了所有的血，而这还不够
就像在一场危险的手术中，当一个人
像一万个人那样筋疲力尽，那样挨打。
因为
有什么样的法官，就会有什么样的审判，
除非它是在全然的黑夜里、
在仁慈的全副凛冽中。

爱的纪念日

爱的纪念日。一曲四十年代的赞歌。
信件像旗帜，在风中挥舞
或叠放在橱柜里。被我们成捆扎好。

"我身居橘园，
拉玛塔伊姆或吉瓦·哈伊姆一带的橘园①，
我定居水塔附近。
从它汲取伟大的力量和爱，
接下来的日子里，你会明白。"

----

① 拉玛塔伊姆（Ramatayim），城市名，位于
以色利中部地区，1990年该市正式成立，面积
19.239平方公里，人口52,437。吉瓦·哈伊姆
（Givat Haim），以色列地名，字面意思为"生
命山"。

秸秆释放出气味，当你掰断它，
叶子释放出气味，当你在手指间把它们
捻得细碎。我们的爱也会这样，
接下来的日子里，你会明白。

你将穿越遥远的距离，
但你从未出现在我的双目之间
也永远不会。你会明白。
你要去的地方没有橘园，
你会忘记这份爱
正如忘记你曾经拥有过的
孩子的声音。接下来的日子里，你会明白。

我不晓得历史是否会重演

我不晓得历史是会否重演
但我知道你不知道。

我记得，这个城市被一分为二
不仅犹太人和阿拉伯人之间，
也包括你我之间，
那时，我们住在一起。

我们成了自个儿的危险子宫
我们为自己搭建阻隔战争的房子
像极北之地的人们
为自己构筑安全温暖的家
好阻隔冰雪。

全市已和解
而我们还未曾团聚。
时至今日我知道，
历史不会重演，
正如我一直都知道的，你也不会。

凉鞋

凉鞋是一双整鞋的骨架，
这骨架，是它唯一的真精神。
凉鞋是我双脚驰骋的缰绳
和一只疲惫的脚，祈祷时
经匣上的系带。

无论我走到哪里，凉鞋都是我方寸间漫
步的
私人用地，我祖国的大使，
我真正的国家，大地上的
小生灵麇集的天空
而它们毁灭的一天终究会到来。

凉鞋是鞋的青春
和行走在旷野的记忆。

我不知道它们什么时候会失去我
或者什么时候我会失去它们，但它们终会
失去，天各一方：
一个在离我家不远的
岩石和灌木丛中，另一个

陷入近海的沙丘
像落日，
遥对落日。

情歌

沉重和疲惫伴随着阳台上的女人：
"留在我身边。"条条大路像人类般死去：
静静地或突然间断裂。
留在我身边。我想成为你。
在这个炙热的国度
词语得遮起荫凉。

而非言词

我的爱人身着一袭修长的白色
睡袍，无眠的长袍，婚礼的长袍。
向晚，她倚坐小桌旁，
梳子放在上面，两只小瓶
一把刷子，而非言词。
从头发深处，她钓起许多发卡
把它们抿在唇间，而非言词。

我弄散，她梳理。
我再度弄散。还会剩下些什么？
她无言地入睡，
她的睡眠摇摆着羊毛般的梦，
已对我了如指掌。
她的小腹易于吸收

《

视觉 / 鬼金作品
⌐守望者（2015 年）

世界末日
所有愤怒的预言。

我摇醒她：我们
一场艰难之爱的器乐组合。

一度，伟大的爱情

一度，伟大的爱情将我的人生一分为二。
前半截在别处
持续地扭动，像蛇被拦腰斩断。

岁月的流逝安抚我
愈合我的心脏，舒缓我的双目。

而我就像有的人站在
朱迪亚沙漠，望见某个标志：
"海平面。"
他看不到海，但他知道。

就这样，记住你的"脸平面"
我就能记得你无处不在的脸。

天堂是上帝的天堂

天堂是上帝的天堂
他把大地给了人类。而
黄金和大理石造就的，又是谁的祈祷所？
有多少男子亲吻门柱经卷？

他们承受来自一场爱的亲吻，像来自一
位女性？
有多少女子投身于神圣的墓地
被从身后抱住、因快乐晕厥？

年轻时就与耶路撒冷共舞的
老导游该会变成什么样子。
而今他倦了，而她还依然起舞
他被弃掷于大门之侧
裤扣掉了，口子敞着
只有苍蝇能发现他身上的甜

天堂是上帝的天堂，他把
大地给了人类，不过，这是谁家的桌子
又是谁的手放在桌上？

叶明莫什的风车 [①]

这风车从未磨出过面粉。
它磨出了神圣的空气和比亚利克 [②]
热切的飞鸟，它磨出了
话语，磨出了时光，磨出了

---

① 叶明莫什（Yemin Moshe），耶路撒冷的一个
老街区，字面意思为"摩西的右手"。
② Bialik，为生活在波兰、捷克一带的阿什肯
纳齐犹太人姓氏，这里可能指现代希伯来语诗
歌的奠基者和先驱哈伊姆·比亚利克（Hayim
Nahman Bialik，1873 年 - 1934 年。

雨，甚至炮弹
但从未磨出过面粉。

而今，它发现了我们，
日复一日地研磨我们的生命
将我们磨成和平的面粉
将我们磨成和平的面包
喂给年轻的一代。

这些话

————

这些话，像耶路撒冷边缘，
十字谷上空，成堆的羽毛
你瞧，我小时候，女人们坐着
拔鸡毛。
这些话而今满世界飞舞。
剩下的则被宰杀，被吞食，
消化，衰败，遗忘。

时间的雌雄同体
非昼非夜
已经摧毁了山谷
和座座绿意盎然、精心打理的花园。
一度，爱情专家常来光顾此地
在夏夜的干草丛中

展示他们的专业知识。

一切就是这样开始的。
此后——许许多多的话，许许多多的爱，
许许多多的花
买来攥在温暖的手上
或用来装饰坟墓。

一切就是这样开始的
而我却不晓得如何结束。
尽管如此，自山谷之外，
自疼痛，自远处
我们将不懈地向对方
大喊："我们会变的。"

游客

吊唁式参观是我们从他们那里得到的全部。
他们蹲坐于大屠杀纪念馆，
他们冲着哭墙，沉下坟墓般的面孔
并在下榻的酒店沉甸甸的窗帘后
欢笑。
在拉结墓 ①、赫茨尔墓 ② 和
弹药山 ③，他们纷纷
和我们著名的死者

————

① 拉结（Rachel）为亚伯拉罕之孙、以撒之子雅各的妻子。
② 赫茨尔(Theodor Herzl,1860-1904)，现代犹太复国主义之父。其墓位于赫茨尔山之巅。
③ 1967年"六日战争"中最为惨烈的一次战役发生于此。

合影留念。
他们为我们甜蜜的男孩子哭泣落泪
对我们豪放的女孩子充满非分之想
在凉爽的蓝色浴室，
他们把自己的内裤挂起来
好干得快些。

译者简介：

刘国鹏

　　中国社科院世界宗教研究所副研究员、哲学博士。现供职于中国社科院世界宗教研究所。研究领域为现当代中国天主教会史、比较宗教学等。作品形式涉及学术研究、诗歌及翻译、艺术批评等。出版著作：《刚恒毅与中国天主教的本地化》（获 2012 年第六届胡绳青年学术奖）以及《地中海的婚房》等，发表各类文章译作百余篇（首）。

吕德安

　　1960年出生。诗人，画家。上世纪八十年代初期与诗人画家同仁创建诗社《星期五》，并成为南京著名诗社《他们》的主要成员，此间著个人诗集《纸蛇》《另一半生命》，诗集《南方以北》。1992年旅居美国纽约，以画谋生，创作长诗《曼凯托》。1994年获首届《他们》文学奖，同年回国在福建家乡北峰筑居山中，创作长诗《适得其所》，同时将大量时间投入绘画创作并在北京牟森戏剧车间从事戏剧实践。1998年再度出国。这期间出版诗集《顽石》，2011年出版诗集《适得其所》。同年获云南高黎贡诗歌主席奖。2011年参与创建"星期五画派"。2012年兼职"影响力中国网"诗歌主持。2014年获《十月》文学奖及"天问"诗歌奖。2013年进驻北京工作室专业从事绘画创作。

在埃及

吕德安

傍晚降雨

一整天都在炎热中逃避，直到傍晚
传来阵阵雷声，接着起风下雨
让几乎枯竭的溪水充盈，形成了
所谓的山洪；哟，一整天我几乎
意识不到一点儿现实，直到雨
真实地落入山谷，才听见有人
在某处弯道上喊，隐隐约约；
而另一处，那些曝晒了三天
用来扎扫帚的茅草花穗，要叫人来
把它尽数搬移已经来不及；可事实上
此时附近并无一个确切存在的人
只有洪水在白天的黑暗里轰鸣
只有我，仍坐在厨房里歇息，喝水
看鸟儿飞过窗前，一只两只
看雨陆续落下，落在一个个盲点里——
哟，我以为世界再也不会发生意外
可是当我疯子似地跑进雨幕
脚踩滚烫的石头，发现自己竟如此的
原始和容易受惊，几乎身不由己

在埃及

从前有一回，有人打老远写信对我说，
风喜欢收藏我身上的东西，
我以为那句话就是诗歌，
因为我喜欢它的圣经的口气。
我从窗口望出去，世界
发生了变化。而诗歌的瞳孔变小。
怎么办，我但愿他指的是其他东西，
可偏偏是它：一顶皱巴巴的帽子。
我记得那天，自己心神恍惚，
冥冥中还仿佛看见沙漠里
多出一块沙漠——哎，等等！
我喊出一声，这才意识到风，
然而我再去抓住它已经来不及。
我笑自己只能眼巴巴地看着望着
那红红的一团如何顽固地翻滚，
最后落入埃及人的墓穴。怎么办？
就像一支落日的歌，就在
那几步远地方——我知道喜欢颤抖
又喜欢躲藏，是帽子的疯子本性，

不过那片满是黑洞的大地，
倒也是它完美而合适的去处——
我这么想，才让人高兴写了信。
一个守墓人，我知道他把它一直
当作一回事，他说风喜欢收藏
我身上的东西。他说他每天
都去对着那些黑洞喊一声"哈罗！"
真是没头没脑。可打那以后，
我忽然明白这不光是一句俏皮话，
也常觉得在一个人身上，其实没有什么
是不可以放下的了！

1998 年作改于 2017 年

半折的房子

一天，来了五个帮工，
五个帮工背后有一个看不见的人
为什么不呢？反正来了五个帮工
地板上移动着五个影子
房顶上出现了五只秃鹫
和五块飞翔的砖头
一扇扇窗户卸下搬走
整座房子就像一个空洞的凝望
但是五只秃鹫，仍在裸露的
钢筋枯枝上，围观的人群上空
继续飞翔着五块砖头
和一个看不见的人，他在指挥
在这个白天的黑暗里指手画脚

为什么不呢？只剩下一半了——
"你必须把它全部啃掉！"

给哑巴漆工的四则小诗

1

昨晚小阁楼的房梁上
垂挂着镜子般的水滴
如果它们不曾滴落
一串串地渗入房间

我就不会一边叹息
一边神经质地跳开
到楼下把你从熟睡中
拖起床。不好意思

说起昨夜的一场雨
我真感到自己老了
老得就像一个
看守房子的老神祇

周围没有一个说话的人
不过我还是说了：
那水直落在地板上
早已化成柔软的一摊——

2

那晶卵，如果它
从不曾滴落
而仅在自身重量里
轻如预言

那它的形象在时间里
就好比在别处
叫人一天都睡不好觉
狂自苦恼——

我好像说过这些
类似的老掉牙的话
如果有，我想你也是
根本一句也没有听进去

所以莫名其妙
所以你来，其实是叫你来
帮忙挪动一下东西
但愿你不要介意

3

滴水穿石。雨永远
在暗中滴答，可我似乎更高兴
站在亭子那边的你
像古人给人以灵感

"啊，要把它们擦得镜子一般亮
那是你的命运。"

"啊，风熟悉你手上的
砂纸的声音，你的漆刷"

我说了吗？我不可能说
就像昨夜将你唤醒
至于那水滴如何长年地滴答
我一句也没说

我只是远远地看着你
在如何仔细地
端详那风吹雨淋的
四根柱子

4

我很感激你，哑巴漆工
但是什么样的日子才是
髹漆的好日子
不会说话的你

自然也不可能跟我说
但你是一个真正的艺术家
只是依稀秋风里，世界
显得有点来历不明

我很感激你不声不响地
漆呀漆，甚至不看周围一眼

仿佛那层层叠叠的山景
根本不存在

仿佛都是为了让那亭子
在园子里更端庄，祥和
的确，它看起来
分外像亭子

漆画家

啊，原来是一桶生漆，
但是如果你打开它，看见它
起皱，黑洞洞的在空气中凸现，
你就看到了它的起源，或

嗅出它的孤独；
啊，美丽而无用！
但你一旦俯下身，全心全意
或用一根粗棍将它

从深处搅和，你就会还原它
死一般颜色，睡眠的颜色。
但那是一种什么颜色？
或许还是一种黑洞洞的空白。

这是儿时的印象。今天，
我备好了瓦灰，水，牛角
制成的刮刀，以及古代的毛笔，
毛刷和金泊银泊一张张。

如果可能还要有咒语——你知道
一切已呼之欲出，只欠东风，
这先人的说法今天也适宜，无论你
身在异乡或守在自己的山上。

公元 2012 年重阳节游太行山有感而作

秋天的落叶已落满京城
记得我受到邀请，要远赴襄垣
像个来自异地的古代诗人
坐等几日，天亮前便起身
徒步到太原，再到某个驿站
与另外三个诗人结伴同行

到了太行山顶才知道
那天已是重阳，于是问起
山脚下的襄垣，此刻又在何方
啊，那个睁着煤炭眼睛的襄垣
那片有人在湖心垂钓
日暮时闪着金光的新湖

傻傻的，也只是问问罢了
而四周寂静，也像有人在群山间
丢了知识，一时忘记了人生
又恍惚间突然记得前世曾经
到此一游——也像传说中
某个游山玩水的古代人？

我这么说兴许只是想让时间

慢下来。这个世界已今非昔比
还有许多宝地尚未去过
或者去过，如今回过神来
又值得再亲临一遍
好在来世还记得这山山水水

哟，但愿天天都有一些事
让人流连忘返，只是我们
天黑前还得赶回襄垣城里
那里晚宴过后还有一场地方戏
等着上演——马不停蹄
啊，主人的招待可谓尽善尽美

还有许多本地会写诗的
官员前来捧场，这大概
也是个好的传统，叫这一天
挤得满满，叫人不禁地想起
记载中的那个故国，或
《四乐图》的作者白居易啊

八大山人
——赠于坚，之前他来过 Johnson，写出长诗《小镇》

八大山人，朱耷，这里是 Johnson，美国
东部的一个小镇。很小。小得可怜。
但我每天都跑到大街上，去看它一眼，
其实，从窗口往外看，等树叶再落一遍，
一切也能尽收眼底。小。然而适合隐居。

你知道那是怎么一回事。然而昨天傍晚，
在桥底下，透过树枝，来了个钓鱼人，
他不是来"独钓寒江雪"，不是范宽，
或以后的那个愤世嫉俗的徐渭。
他抛出鱼线，转眼钓上一条。一样的小。
很容易用巴掌从空中接住。一样的小。
正如你在《游鱼图》里所画的。或一样的
可以画到纸上，栩栩如生——只是得用
另一只手。
不，没有人可以画你那种画，更没有人
动得了你的鱼竿，否则会撼动整个空间。
所以，在这晚秋时节，我想这里面有个
区别。
那垂钓人抓住了鱼，又将它按入水里，
好让它再去呼吸一次。这才造成幻觉，
让人想到你一生早早地遁入空门，
入世后又躲躲闪闪，直到晚年，
终于给自己盖间草堂，从此久无音讯，
难怪远在扬州的石涛以为你死了，
画下一幅《水仙图》，题上：八大山人，
即当年的雪个也，淋漓仙去……
却不知你还在南昌，卖你画的鱼，
像谎言，仅够糊口。回家后写下：
"配饮无钱买，思将换画归"。而今天，
当我在一个他乡的岸边读书，
读到 Howar Nemerov，一个美国诗人，
他说："同时的停止和流动，是全部的
真理。"
像是关于流水的教诲，无意中又仿佛

道出三百年前你的妙境，所以，三百年后，
八大山人，这里是一条黑色的溪流，
小而浅，但这里面有个区别。至少
看得清里面有什么东西，会很快溢出来。
它不是教堂，也不是一个人画着风景，
东画一笔西画一笔，告诉我们哪里才是
生活的点睛之笔。也不是某个钓鱼人，
在某个时辰，糊里糊涂地钓上一条，
转眼就不见了，糊里糊涂地成为
傍晚黑暗的一幕。而是你的那些鱼
在石头的缝隙里，仍旧悠然自得。
它们有时看似不在了，又近在咫尺。
它们没有游入深水，又像在更深处，
真瞪着我们的空无——一样的小
只是没有人，没有人动摇得了你的鱼
杆——

吃橙子的人
　　——看德国画家巴塞利茨的画有感而作

吃橙子的人即便颠倒过来
也还是吃橙子的人
瞧他半裸身子，漫不经心
像个原始人

吃橙子的人即便颠倒过来
也还是吃橙子的人
重要的是他像原始人
和他最后抹嘴的姿势

就像什么也没有发生过——
重要的是他在吃
在专心致志地吮吸
那满足的表情，遗忘的表情

果汁四溅。然而重要的是
眼下必须吃掉全部
和在某种光线下
给人身临其境的感觉

啊，多么甜。满是牙齿
里面一个湿漉漉的世界
都要溢出来了。然而重要的是
没有什么可以影响他

像君王一样吃到了树上
像君王，吃得满地都是
而他对此竟然能够
长时间地浑然不觉

05. 印象

宁肯

　　1959年生于北京，中国当代小说家，北京作协签约作家，常务理事，小说创作委员会副主任。八十年代写诗，九十年代写散文，系"新散文"代表作家之一。1998年开始长篇小说写作，已出版有《蒙面之城》《沉默之门》《环形山》《天·藏》《三个三重奏》等。著有散文集《大师的慈悲》《我的二十世纪》《说吧，西藏》《思想的烟斗》，短篇小说集《词与物》和《维格拉姆》。先后获第二届、第四届老舍文学奖，首届施耐庵文学奖，《人民文学》长篇小说双年奖，第七届北京文学艺术奖，以及第八届茅盾文学奖提名，首届香港"红楼梦·世界华文长篇小说奖"提名，首届美国纽曼文学奖提名。

城与年

宁肯

演习

七十年代，午后的街上寂静，没什么人，好像就我们几个小孩走着。插队的插队，干校的干校，加上清理阶级队伍，地富反坏右遣返，北京一下空了很多。街道干净，阳光几乎主宰了一切，我们走在街上几乎像幻觉。我们去永定门外护城河，去捞小鱼，可能的话还要到二道河逮蛐蛐。从我们所住的前青厂胡同到永定门外是一段遥远的路程，不过我们已经走惯了，对我们没什么。那时没有坐公共汽车的概念，就是走着，到哪儿都是走。我们前青厂胡同往东走不远就是琉璃厂，衔接处是个有点儿繁华的小十字路口，东是琉璃厂，西是前青厂，南是南柳巷，北是北柳巷，《城南旧事》电影拍的就是我们这一带，当年林海音就住在南柳巷，现在那儿还有她的故居。

我们过了十字路口，穿过黑白影片一样的琉璃厂就到了南新华街。这儿是一个更大的十字路口，再往东可以走到大栅栏，前门，往左便是天安门。我们不过马路，而是拐弯向南，走上一站多地便到了虎坊桥。虽然只有一站多地但两边分布着北京密度最大的小胡同，有的胡同堪称迷宫，绕来绕去很容易迷路。但我们从来没迷过路，就像你不能想象鹿、兔子之类会在森林迷路，就算偶然进入一个几百户人家的大杂院也不会。这种大杂院院中院，院套院，院中有胡同，胡同中有院，甚至还有一段小河、一个亭子、许多大树，走起来简直像梦境，但总会走出迷境，最终出了大院或许会来到一处大街上。我们像若干小动物钻出，往南走向虎坊路、陶然亭、游泳池、永定门、护城河……这段路很长，对走路的孩子是一段单调且又酷热的路。这段路没有胡同，都是楼房，有公共建筑，也有简易住宅楼，楼虽不高但在那个年代已迥异于低平的胡同，感觉既新鲜，又单调，又异己。所以走起来特别累，不像胡同千变万化，又熟稔于胸，走起来不累。

虎坊桥到虎坊路不过一站地，陌生的高大建筑依次就有北京工人俱乐部、科技展览馆，然后是一长溜儿浅黄住宅楼，《诗刊》就在这片楼里。八十年代初我曾怀着朝圣的心情去《诗刊》投稿，编辑部一屋子人都吸烟，烟气腾腾，几乎看不清具体的人，放下稿子就走了，可以说所有人都接待了我，也可以说没任何人接待我，说了不超过两句话。《诗刊》对面是前门饭店、光明日报社。《光明日报》是一座黄色大楼，正方形，有十层高，非常雄伟，是当时整个北京不多的几座高楼之一，周边也是那时不算多的居民楼，同样是浅黄色，不是后来的简易楼，不知什么人住在那里。紧邻《光明日报》大楼的是友谊医院，当时叫反修医院，也是一片苏式楼群。那时有个灾病的除了去琉璃厂的椿树小医院就是去友谊医院，在友谊医院的长廊与高旷的就诊大厅总有一种到了另外一个国家的感觉。从虎坊桥到虎坊路，短短一站地，集中了如此多的公共建筑以及单元楼，这在整个北京也不多见，使南城在那时的北京并不显落后，甚至有一种先进，一种贵气。这里离天桥不远，多是五十年代的建筑，应是对天桥的超越。时至今日这里格局变化也还不算太大，也堪称另一个老北京了，楼房的老北京。偶尔到这儿，充满回忆。

对孩子而言其实当时最显眼的还不是光明日报社大楼本身，而是大楼顶部的怪异的防空警报器。步行的我们，远远就能看到那闪光的在楼群之上的最高楼上的警报器，如果不是那几乎在云端上的警报器，我对《光明日报》大楼的印象也不会那么持久地尖锐、恐怖，警报器在珍宝岛之争后总是提示着轰炸，突然袭击，漫天飞过的敌机。警报器的样子本身就十分怪异，四个喇叭抱团分别朝四个方向，金属光波闪着环光，别说响声，看着就恐怖。

那时建筑物上的警报是分级别的，有的是区域性的，有的是全市的，《光明日报》方形黄色大楼上的警报是最高级别，它一响就说明整个北京甚至中国拉响了防空警报，反正据说整个北京都听得见。的确，一旦拉响，它的声音非常难听，恐怖，让人翻肠倒肚，恨不能想把胃吐出来。据说不用机械而是人工手摇，开始慢，然后越摇越快，声儿越来越长。那时区域性的防空演习比较多，是家常便饭，全市性的演习不多，时间主要在 1969 年后，或再晚些，因为晚些北京的防空洞已挖好。演习主要是有序地进防空洞，扶老携幼听从指挥。我们院很小，但也挖了个洞，只有两个洞口，相隔不过十米，由于和别的洞不连着反倒觉得特不安全。像延安的窑洞一样，院子里家家玻璃都贴上了米字条，有人连屋里镜子都贴上了，照镜子跟精神分裂似的。

全市演习一般头天就通知下来，让下午谛听全市防空警报，做好一切准备，只要一听见《光明日报》方向的防空警报，就立刻进洞。有的人还要演习卧倒，对空射击，大概是不同于普通百姓的民兵吧。意思是那样，手里并没有枪，就找个扫帚代替，局部演习时我们都乐，但全市的演习没乐。下午三点我们院的人都屏息凝神坐在家里，有人已弓起了腰，弓了好半天，简直像雕塑。谛听着，谛听着，甚至所有人都像雕塑了，每条街道，每个街区，工厂、商店、学校、幼儿园，全都谛听着。终于来自虎坊路黄色大楼顶上的警报慢慢地响起，不知谁发出了第一声叫：响了！响了！真的响了！响了！人们冲出屋子，掀开防空洞盖子，排着队，有人拿着枪（扫帚）负责指挥，并高喊口号："大家不要慌，有毛主席保护我们，什么也不用怕，我们会打回来的！"警报器的尖叫太瘆人了，指挥者的声音充满悲怆，一如电影《南征北战》撤退时赵玉敏对百姓说的。没人笑，尽管拿的是扫帚，但没人笑，主要是警报器的声音太让人难受了，因此大家听到铿锵的声音一时心里暖洋洋的。

战争，战争，那时北京战争的主题是那样鲜明，像家常便饭，做梦都会梦见原子弹氢弹下来，唐山地震北京也有隆隆响声，开始许多人以为是苏军坦克呢。反复的防空演习演练着，神经异常脆弱，因此从虎坊桥到虎坊路几乎一直本能地盯着大楼之上的警报器，想不看都做不到。午后又是那样静，很怕突然防空警报响了，因此我们走在黄色大楼下都静悄悄，仿佛怕碰了什么一下响起来。直到过了虎坊路、北纬路，到了太平路上的中央歌剧舞剧院心才放下来。待到绿莹莹的陶然亭公园，心已像腿一样奔跑起来，公园树上的鸟儿也不过如此。我们忘记了敌机、原子弹……

鱼

从前青厂到陶然亭，还有一条小路，就是穿胡同，从一出门往南拐的东椿树走到西草厂，再穿过一系列胡同，像魏染胡同、果子巷、迎新街、南横街、南堂子、儒福里就到了陶然亭。这条路与琉璃厂、虎坊桥、太平街、中央歌剧舞剧院这条路实际上平行，到了陶然亭自然汇合在一起，像小河与大河的汇合。在这儿继续向南，过游泳池到永定门，过桥，穿铁道，进入乡村，直到二道河。

那时一过护城河就是城外，城外就是乡村，是大片庄稼地，当时北京离乡村田野就是这么近，几个十来岁孩子走着走着就到了农村。为什么叫二道河？护城河在北京算一道河，但一般不这么叫，不过要从这儿论。过了护城河的下一条河就是二道河，三道河，当然还有四道河五道河，但太远了又不这么论了，而且这些河流已有了自己的名字。虽是远途，除了不坐车甚至连水都不带，也不带吃的，渴了就到附近的院子、单位或工地找自来水喝，饿了呢，就是饿着。通常要是捞小鱼到护城河就不走了，要是到二道河逮蛐蛐还要走一大段乡野之路。

即使是护城河，哪怕就是两岸区别也很大，对岸就是农田、乡村，这岸就是城市，排污口也主要在这岸，一河之隔的京城泾渭分明。只是捞小鱼我们通常就在这岸，对岸的烟树、庄稼地、农舍无论如何都让我们感到陌生，仿佛另一个国家。有些陌生会进入梦，有些永远不会，也不知为什么。我们每人一个捞小鱼的瓶子，仿佛就是因为瓶子我们才在此岸，七斤还有个简单得不能再简单的小鱼网，就是弯了根细铁丝，缝了一块布，文庆虽然没网但也有块手绢，系上四个角也可以捞。我就是一个瓶子、一双手，除此一无所有。家里没大人的孩子总是比别人缺什么，哪怕最普通的东西也往往没有。虽说春天小鱼儿特别多，一群一群的，但用手抄也像打捞梦一样，总是两手空空。特别羡慕文庆、七斤，但我也只能更加聚精会神，他们用小网、手绢布在水底等鱼群过来然后突然抄起。我则把两手埋伏在水下，鱼群过来，动作不能太快，太快鱼和水一下就都散没了，慢了也不行，水虽在鱼早跑了。这样不断总结，调整，一次次失败，两手空空，不是水没了就是一条鱼也没有。事实就算让鱼从手上经过已很不容易，要非常静，一动不动，鱼非常贼，常绕道而行，尽管如此极偶尔时我也能抄到一条。七斤抄得是最多的，其次是文庆，我最多一次抄过三条，更多时一条都没有。

护城河边，七十年代，芳草萋萋，两岸尚未覆砖，还都是泥土，就这点而言这并非是城市与乡村泾渭分明的一条河，甚至此岸的排污口也统一在泥土上。排污口多是大小不一的洋灰管，也有红砖砌就年代更久的污水口，污水涌流，奇怪的是小鱼还能活，甚至更加活跃，在某种颜色的水中它们就像在云中。常常麻雀就在我们的专注的头顶上掠过，好像就因为我们是小孩飞得特别低，呼呼一道风过去，简直欺负人。有时我们会看它们一眼，有时看也不看，视它们为无物，有种浑然的隔绝。世界或许就该是这样，人和自然物就应该没关系。水泥岸是愚蠢的，水与水泥是两种事物，但水与土不是，河没有了自然的泥土还叫河吗？就算植了树也像是假河。

七斤会分一些鱼给我，这样我的瓶子也不会空空如也，三个人的瓶子都很有内容。但捞鱼回来的路上并不轻松，主要是挨劫。当然也是孩子劫孩子，这种事任何时代都会有，就连动物世界也是这样。别小瞧小孩劫小孩，孩子的世界也是小社会，也相当残酷，就感受而言，孩子残酷起来比成人世界还没余地，还直截了当，所谓的童真世界，某种意义并不存在。或者即使存在也绝非一面，尚有童恶一面。这种恶并非学来，而是与生俱来，劫钱，役使，威胁，恐吓，任何有兴趣的东西甚至没兴趣的东西他们都劫，就算实在没什么可劫的也要欺负你一下。弱肉强食，丛林法则，而且也像动物世界一样再小的动物也不会俯首就擒，会本能地警觉，逃，玩命地跑。因此有时我们远远地本能地就觉得前面有什么不对，并没发现什么，但会立刻停下，观察一下，确定没危险了才会再往前走，同时仍准备着随时奔逃。

有时判断不清，我们会在某个地方等上半天，有时干脆掉头而去，假装走另一条路，好骗过可能存在的危险。但其实没别的路，劫道的人也非常了解这一点，因此有时我们觉得已骗过"掠食者"，结果"掠食者"会突然得意地出现在我们面前。我们拼命地跑，挣脱，被抓住是实在没办法的事，虽然不会被吃掉，但和吃掉也差不太多，反正魂儿是没了。当然，通常逃生总是快于追击，且又是同类生物，因此我们真的被劫还是少，我们或是避开，或是骗过对方，或是飞也似的冲过封锁线。其实人在儿时就得有这样的训练，说得客观一点儿，童真有，丛林法则更有，这才是童年真实的世界。

废品站

过了永定门护城河，对面有一个废品市场，由铁栅栏围着。路在这儿分成了两条，到前面不远又合在一起，仿佛为了这个市场。透过栅栏可以看见里边成堆成山的废品，锈迹斑斑的大铁锅、水桶、自行车、三轮车，以及电线、破收音机、建材、铁器，什么都有，物质匮乏年代的物质世界之丰富简直让人瞠目结舌，每每路过都感到这是一个不可思议的世界。我们很少进去过，一来我们的目的地不在这儿，二来也因为兜里没一分钱。没钱的人会对许多有兴趣的事物没兴趣，看看就走了，有种匮乏的冷漠，哪怕那儿是天堂或童话世界。一度这里因为卖二极管三极管电阻什么的，还有半导体喇叭等，对我们来说这些东西太神秘了，我们也进来过几回。类似这样的地方我们还去过校厂口的车子营，那是城里胡同中的一个最大的废品市场，那时样板戏《杜鹃山》刚上演，学校组织唱，我们经常起哄地改词儿唱："老五叔，指航程，七姑走向车子营，车子营啊——"原词为"毛委员，指航程，光辉照耀天地明，天地明啊！"老五叔、七姑是电影《青松岭》里的落后人物，经典台词是"我那点儿榛子？""卖了。"我们经常学，可见后文革时代已经没有什么不能开玩笑，政治常常在日常生活中成为解构话语。

车子营与我所住的前青厂琉璃一样，明代已成巷，而且离得很近，不过几条胡同，走路用不了二十分钟。但车子营属于宣北坊，明嘉靖三十二年加筑北京外城，一共设了"七坊"，其中正西坊、正南坊、宣南坊、宣北坊、白纸坊等都在宣武区内，"宣南"一词也由此而来。至清代车子营多车马店，其时已开始称车子营。车马店，南来北往，交易自然活跃，这里最终诞生一个城内的废品市场也不是没有一点儿渊源。许多年后回忆当年，我会把城外的永定门市场与城内的车子营市场搞混，这就更有意味：以废品而论，其几乎无限的丰富性使得北京在这一角有了一种超前的自由的诗意。废品站给那时闭塞又同一的北京提供了很多异样的东西，大概因为是"废品"，在这儿买卖东西不算"资本主义"（我们唱"七姑走向车子营"不是没有道理），而事实上许多不是废品的东西，人们也借废品概念拿这卖，这就形成了实际上的自由市场。自由借助了"废品"得以实现，一方面自由是人的根性，无孔不入，一方面又是多么具有反讽意味：自由成为废品还成其为自由吗？

但不管怎么说，废品站是人们唯一能够享受自由的地方，所以来的人特别多，买卖非常活跃，可以把任何东西在这卖掉，这意味着在这儿也可以买到任何东西，废品嘛，"我卖的是废品"，"我买的是废品"，废品，一个绝对的理由。所以那时就连高科技的半导体元器件也可以借助概念卖，可想而知这里还有什么不能卖的。而我们这些孩子，之所以对半导体元器件感兴趣并不是因为科学，而是北京那时流行自攒半导体。老百姓自攒半导体也是管控的结果，因为当时商店卖的半导体只有两三个管，一个二极管两个三极管，两个二极管一个三极管，收到的台数很少，而且主要收不到"敌台"。"敌台"那时是一个诱人的概念，也是人们听到不同声音的渠道，虽说危险但也是人所共知，谁没听过"敌台"呢？因此又不算什么。而自攒的半导体可以是四个管的、五个管的，甚至七个管的。七个管的那时就可以称王了，有短波，能听到密度很大的许多外国台，许多语种，钮稍一旋就一个台，"敌台"不必说了，已是次要的，主要是可以倾听世界。北京人渴望了解世界，一个北京人如果不了解世界就觉得自己不是北京人，后来的改革开放，拥抱世界在七十年代的民间就已孕育，就早已在倾听。

能攒半导体的人当然不是一般人，得有点儿"水儿"的人，我们院一个邻居的亲戚在七级部工作，七级部在北京当时名气非常大，好像北京的知识分子（特指科技人员）都是七级部的，"四五"运动七级部也是最活跃的一个部，他们做的花圈用卡车拉，最著名，阵势也最大，最体现当时的人民。这是后话。对我们七八户的小院来讲，来自七级部的人格外神秘，七级部又是保密单位因而更加神秘。七级部的那个亲戚在我们院一路领导新潮流，最开始他能自攒收音机我们已觉得不得了，接着他攒了一个五个管的，且款式新颖，喇叭也特别讲究，声音很清晰，质感悦耳，再后来他又攒了一个七个管的……我们院里就有人跟着学，攒不了五个管七个管的就攒两个管的，他只有初中文化，我们开始都不相信他，他买了电烙铁、锡丝、烙铁油、二极管、电阻、电容、线路板、外壳——都是在永外、车子营买的。常从他们家窗户里飘出一股股电烙铁油味，有些呛人，但我觉得很好闻，这是我们这个小院从来没有过的味道，历史上也没有，和整个小院历史传统完全不相干。

因为电烙铁，玻璃板也就应运而生，电路板要在玻璃板上焊接才行，否则易失火，而且有了玻璃板透着专业。当时不说别的，光是那套家活什就让我们佩服得不得了。我们觉得他疯了，有病，这是另一种感觉，不说它了。反正幸好有七极部的亲戚不时点拨他一二，有一天在七级部亲戚不在的情况下他的房间竟然发出了伟大的声音，所有人都熟悉的播音员夏青的声音。我们涌向了他的房间，就好像原子弹爆炸成功了一样。我们欢呼，有人激动得流下泪水，看到某种也事关自己的希望！没有文化也能干事。这就是民间——民间有巨大的活力，只要给出一点儿自由的空间，像永外车子营那样的空间，民间就什么都会创造出来。当然了，只有极少人具有某种偏执的天赋，然而对民间而言也用不着太多这样偏执的人，有个别便足以激活民间。

在攒半导体的影响下，当时有一阵最流行的实际是攒耳机子。攒耳机子很简单，人人可为，不用二极管三极管，也不要电烙铁、焊油、线路板，只要两个黑色的听筒，从车子营或永外买现成的，回家只要扯上根铁丝就能听了。铁丝拉得越长越高，声音会越大，越清晰，听的台也越多，有时还能听到"敌台"！最强大的"敌台"不是美国之音，那时好像根本没有美国之音，而是"莫斯科广播电台"——"莫斯科广播电台，我们现在开始广播……"说完这两句话会有一段像卸货一样"哐哐"的音乐，听上去非常不同，甚至很可怕。一般不敢多听，听上几句便赶快关掉。但过一会儿又会再听。

我没攒过半导体，对我来说耳机子印象太深了，我记得有一次我把铁丝也就是天线连到了院里晾衣裳的粗铁丝上，收音效果奇佳，声音一下大了很多，又正好听到"莫斯科广播电台，我们现在开始广播……"吓了我一跳。1996年我首次出国，俄罗斯远东第二大城市布拉格申维斯克，一个黑龙江边漂亮的大学城，但是到了宾馆却让我大吃一惊。房间仄小，一张单人床，一套很小的桌椅，其他什么都没有，没有电视、电话、卫生间，没有拖鞋，没有牙刷，在一切都没有的情况下居然有一副耳机子，就挂在墙上！耳机子一下子把我拉回过去年代，想起自己当年小时候听"敌台"的情景。

"莫斯科广播电台，我们现在开始广播……"

1996年中国已发生了很大变化，不要说宾馆，就是各家各户也都是二十吋的彩电，而这里的耳机子如同我们曾有的史前时期，曾有的车子营、永定门废品站的自由时期。我在房间听了好一会儿，只有一个台，永远是音乐，我真想在这儿听到："莫斯科广播电台，我们现在开始广播……"

但是没有，是柴可夫斯基，老柴。

心静下来。

冰

永定门外，有一处冰窖，总有三轮车从这儿往城里运冰。三轮车非常吃力，一般车上要装四五块冰，死沉死沉的。有时冰上盖着黑麻袋片，有时盖了一半，一路走一路化，留下长长水渍。蹬三轮的人路上挥汗如雨，脖子上通常挂一条白毛巾，面红耳赤，脑门发亮，由于汗水的原因眼睛很黑，但眼白却很耀眼。冰运到京城各大菜市场副食店，那时副食商店没有冰柜，夏天的肉就靠这些冰镇着。

冰窖完全是农村景象，除了黑色路面，两边是一望无际的麦田，茁壮的玉米，稻草人。几乎看不见村子，仿佛这一带就是冰窖区。路边分布一些高低不一的黄土墙、残垣断臂的土屋。没有门，只有门洞，每个门洞里面都有地下入口，三轮车从里面出来，一辆接一辆，一个夏天也不止息。有时还有解放牌大卡车进入，拉出一大车冰，不知这么些冰拉向哪里，送往部队或有当兵站岗的大院，也像三轮车一样一路滴水。到二道河逮蛐蛐的我们路过这里会停下找些冰吃。别看上面残垣断臂，里面却如此巨大，完全是冰的世界，冰多了也有一种辉煌与震撼。特别是冰都处理过，有着人工痕迹，都被切割成统一大小，从下到上码放，每块冰都有一米见方。这里太凉爽了，里面的工人都穿着军大衣，我们则是小裤衩背心，一会儿就冻得不行。每次我们都是很快取些碎冰带到外面吃，不敢在里面多待。

这些冰来自哪儿？天然就在这地下？难道是冰矿？但当时我们想不到这些问题，我们太小了，一切对我们都是天然的无可置疑的存在。我们不知道以前的事，甚至也不知道当时的事，多年后我知道北京还有个冰窖胡同，城里也有专事冰窖的地方，知道了清代富察敦崇所著《燕京岁时记》上说："当年周成王命凌人掌冰，岁十二月，敕令斩冰纳于凌阴。凌阴者今之冰窖也——藏冰之制始此。"指出西周时期周成王就已指定专业储冰官员于每年12月份制冰，取冰，将其切开，储于冰窖之中。又查到《诗经》中有云："二之日凿冰冲冲，三之日纳入凌阴。四之日其蚤，献羔祭韭。"

至少从最早的文字记载看，冰激凌起源于中国，前面提到周朝帝王为了消暑纳凉令人凿冰藏冰，消暑享受，到了唐朝已开始加糖入冰，长安街头已出现制售冰饮和冰食的商贩；宋代市场上冷食花样繁多，冰里已加水果或果汁；南宋已掌握用硝石放入冰水作为制冷剂，以奶为原料边搅边拌冷凝制作冰酪的方法。冰酪是现代冰激凌的最早起源，它的制作方法已经与现代冰激凌十分相似。公元13世纪马可波罗把这种制造冰激凌的方法带回意大利，西方才有了冰激凌，逐步发展，流传世界。

当时我们什么都不知道，"文革"时代中我们知道什么？传统与传统文化都革了，我们哪里知道明清北京的冰业十分发达，不仅有冰窖胡同，故宫内也有冰窖，盛暑时节皇帝会给大臣发"冰票"，大臣可以拿冰票到皇家冰窖买冰。明清两代冰是一种宝贵资源，只许官采，不许民采。直到清末民初才逐渐允许普通平民百姓开采储冰。那时采冰人被称为冰户，卖冰的店铺称为冰局。采冰一般都是在北海、中南海、筒子河、护城河上进行。三轮车不仅夏天拉冰，事实上冬天也拉，只是我们见不到。甚至更忙，因为从河上拉到冰窖，码冰是一项力气活更是一项专业技术。达官贵人用的冰特别是皇家冰窖窖底要以柏木打桩，四周、底部铺砌石条，地面部分要用大城砖砌成一米多厚的围墙，无梁无柱，形成拱形结构。每年皇家伐冰、储冰工作在冬至以后就进行了，首先由工部知会步军统领衙门，在采冰河段下游闸口墩放闸板蓄水，然后由兵丁乘小舟清除河水中杂草污物，再提起下游闸口的闸板，放出去脏水，水平后再次墩放闸板蓄水。据说这个前期工程称为"涮河"，经过"涮河"，过冬至半个月，河面则完全封冻，就开始伐冰了。这些我们能从哪里知道？都不知道，而且我们去的永外冰窖完全没那么讲究，我们不知道冰窖分为食用冰、冷藏冰，后者显然不必"涮河"，不必条石打桩，冰上大都沾着麦秸、稻草，连冰里面都有许多稻草。但我们照吃不误，有时还会吐掉麦秸，也没见有谁拉肚子，闹病。

我们应该知道却不知道的东西太多了，事实上我们如果碰巧知道一点儿什么，知道也是浅浅知道，更多的是不知道。看见运冰车我们最多追上去掰几根冰柱吃，被老头发现免不了被一顿骂。有的蹬三轮的老头常年走我们胡同，上学下学常见到，和老头都熟悉了，若再帮老头推一把，取一些冰柱老头就不会骂，还会高兴地说一句：冰棍败火，拉稀别找我。

二道河

二道河不宽，水也不大，弯弯曲曲，时宽时窄，在杂草中它来自远方又流向远方。远看河流无论如何都好看，但这条河不同：远看也难看。远远的就是污泥浊水，恶臭扑鼻，一眼望去是黑的。幸有芳草分布其间。问题是芳草常常带着黑渍，远看整个岸都斑驳。若光水黑，远看河还是好看的，天一映，也有某种光感。城里来这儿的人很多，但都是成人，带着家伙，骑车，不为闻味只为捞线虫。线虫不像鱼虫长在污水里，而是长在污泥里，远道而来的人们下到水里，将一块块布满红色线虫的滋泥挖下，装进口袋带回。那个年代京城的污水或许成分不复杂，甚至某种意义很肥活，不然污泥中怎么生长着那么多活跃的密密匝匝的线虫呢？

在流行着自攒半导体、红茶菌、耳机子的时候，也流行着养热带鱼、金鱼，线虫还不是金鱼特别是热带鱼最爱吃的，最爱吃的是水中的鱼虫，好像鱼边喝水边把鱼虫就吃了。胡同时有卖鱼虫的，几分钱给你抄一小网子，回家放进鱼缸，鱼可爱吃了，人的心情也会随之特别活跃。城里一场大雨之后就会有一些捞鱼虫的地方，鱼虫似乎喜欢积水、污水、死水，流动的水长不了鱼虫。城里积水地方有限，人们更多到郊外捞。捞鱼虫的人多了，郊外也不好捞，这时污水河的线虫就进入了人们的视野。线虫吃起来费劲，不像鱼虫一吞就到肚里，线虫得吞许多次，而且线虫事实上还在反抗。但也正因为反抗，张牙舞爪，红色的线虫在鱼缸里显得特别漂亮，一小块泥上往往飘舞着大团柔软的红线，鱼吃起来也好看。

二道河是我们的终点，也是许多成人的终点。

二道河是比较远的农村，我们"长征"到这里不是为捞鱼虫线虫，而是逮蛐蛐。金鱼和热带鱼都不是我们能玩的，我们只能捞点小鱼儿，因此在二道河我们会走得比捞线虫的人远一点儿，最好是深入到村边的豆子地、菜地、麦垛、玉米秸这些地方。蛐蛐也愿在靠近人的地方，反倒是空空田野上蛐蛐很少，不知怎么回事。有时不知不觉已走出很远，等到再回二道河感觉异常亲切，而看到护城河了就像到家一样。

两次过河，好像自己是来自河外边的人。

二道河，不知道现在还有没有。

蛐蛐

逮蛐蛐除永定门外还有一个方向，是广安门外。出了广安门，近一点儿的地方是湾子、莲花池，远一点儿的是小井、大井。莲花池是那时唯一见过的乡野水面，非常的陌生，不觉得美，小时候哪懂美。现在想来水面不大但当时觉得很大，水上有大片芦苇，偶尔的一两条船，芦苇连接着无边无际的乡野、天空、云，因为不懂美看上去甚至觉得有点儿恐怖。或许因为这一大片广阔陌生的水域，那时感觉广外与永外方向很是不同。不同还在于这个方向我们去得少，而且不再是走着，每次我们都是在果子巷子坐 6 路汽车。坐车与走着的不同在于路途始终是陌生的，与大地总有一种断裂感，而且一下了车感觉像一个人到了自己体外，自己和周围世界都是陌生的。走路就不一样，每一步都是与大地永远联系的，远远的你对终点就有熟悉，到了终点就像任何时候停下一样，大地仿佛专为你而设。永定门外是这样。

但广安门外不是。去永外我们是小学二三年级，去广外已是五六年级，仿佛二三年级不能坐车，五六年级可以像成人那样坐了。此外去广外逮蛐蛐工具也更专业，不光是用手，还有了蛐蛐罩子、纸筒、探子。蛐蛐罩子的做法是先用硬铁丝做成骨架，

视觉／鬼金作品
苍穹之下（2016 年）

上尖下宽，状若窝头，然后用细铁丝一圈一圈缠，直至封住。有了蛐蛐罩子，逮蛐蛐就方便得多，如果光用手，一是不易抓住，二是抓住了容易伤着蛐蛐。纸筒是用报纸做的，中指一样粗细，一头捻住，罩住蛐蛐后将其握在手心，纸筒对准大拇指和食指留出的空间，往里一插，蛐蛐就会自动钻入纸筒，再捻上另一头，一个完整战利品才算完成。

尽管有蛐蛐罩子，逮着蛐蛐仍不容易。在庄稼地、菜地或陈年的柴垛，你得先谛听，慢慢地寻声，蹑手蹑脚接近。尽管如此，一旦走近，叫声仍会戛然而止。只能慢慢等待。有时声音再起，已不在原地，移动或跳到了别处。蛐蛐极敏感，不知是否有嗅觉。关于听还有讲究，不是任何叫声都值得你蹑手蹑脚、屏气凝神去抓的。有的蛐蛐一听就是小个儿，不值一抓，有的一听就不一般，声震四方，犹若天籁。这样的蛐蛐很可能是大红头儿，至少是小红头儿，掐架非常厉害。小红头儿个儿虽不大但是疯，性如烈火，不大的身子却足令对手眩晕，退避三舍。抗战神剧《雪豹》里的那个男演员文章的表演风格就像小红头儿，兴奋起来不得了，不知道他掐过蛐蛐没有，我觉得他掐过。

大红头儿就更不用说了，那种稳，体大力不亏，低牙，俗称地铲子，铲着地，简直不可一世。小红头再疯也不过是个演员，大红头这才是巨星。一般蛐蛐根本不敢跟大红头儿对峙，就算体量相当也难抵挡大红头儿稳稳地贴地的攻击，它不是掐，而是将对手铲起，完全不可一世。我没见过传说中的大红头，但见过小红头儿。小红头是我们院的孩子头小徒子抓到的，小徒子那时已上班，他说不是在莲花池抓到，也不是在永外，小徒子说农村根本没有小红头，得到山里才有。小徒子是七一届的，那年分到了石景山第二热力发电厂，他说是在石景山上的岩缝里抓到的。确实，看上去小徒子抓到的小红头就不一般，瘦长，头部呈土红色，整个身子偏褐色，接近透明的感觉。一见对手就兴奋，疯，好像控制不住自己，三下两下就把对手掐出罐外。要么就是一口咬掉人家的大腿，让人家变成一只拐，主人心疼得恨不能哭，赶快把自己的抄走，恐怕慢了那一只拐也被咬掉。那阵子小徒子的小红头掐遍了我们那一带的胡同，让对手闻风丧胆，再没人敢跟掐。

掐蛐蛐的地方在周家大院胡同口，这条胡同长不过五十米，但胡同口比较宽，正对着前青厂胡同，形成一个丁字路口。胡同另一头是周家大院 3 号与相邻的 7 号，两个院子都住着上百户人家，是我们宣南那一带最大的两个院儿。3号大院从正门进去后门出来差不多就到了宣武门，里面纵横的小巷就如同外面的胡同，小时我们去宣武门、校厂口都是走3号。3号院套院藏龙卧虎，光是那时我们知道的就有许功——鲁迅的小舅子，启功——那时他还不是特别有名，只是住上一个院中院，也算独门独院。不知道的还有什么人就更多了，也无从说起了。胡同口西北角有个半圆形的带玻璃的房子，那是我们那一带的理发店，从小到大我们都到那儿剃头，剃头的两位师傅都特别熟，一个长得像张军长，一个长得像李军长，就连性格都像。特别是李军长最像，秃顶，长脸，为人和蔼，对小孩也像对大人一样客气，我们都喜欢他。张军长总是沉着脸，不爱理人，但是李军长有时会和他开玩笑，两人一唱一和也很好玩。理发店玻璃窗下有一溜儿凸出来的台基，石质不好，是很糙的火成岩，从早到晚总有人在这儿闲坐，聊天，在附近弹球，抓冰棍儿，下棋，玩曲别针，拍三角，人山人海地撂跤。那时没社区概念，实际就是现在的社区，自然这儿也是每年掐蛐蛐之地。每每理发店下都围了许多人，孩子、大人、老头，没老太太，没有女孩，没有妇女，偶尔有个女孩也被叫成疯丫头，那时就是这样。那算传统吗？我不知道。即使"文革"期间反封资修反得那么厉害也是如此，可见"文革"也非万能。

我养的蛐蛐从来没拿到胡同口去掐，主要我逮的蛐蛐都太小了，无论是在二道河还是在莲花池逮的，一点儿也不厉害，只和院里的小伙伴文庆、七斤、秋良之类的凑合掐掐，或者是自己的几个蛐蛐之间掐一掐。我当然知道我养的蛐蛐哪个厉害，这样掐主要是一种训练，即用弱的蛐蛐逗主力蛐蛐，让它保持锐气，每次和别人掐之前一定得先把它逗疯了，见对手就冲上去才成。然而即使如此，我养的所谓主力蛐蛐一见对手也开牙了常常立刻就跑，跑得就像刚才的陪练一样。我想尽办法让自己的蛐蛐英勇善战，比如喂大蒜、辣椒，在蛐蛐罐里放尖锐的石头，可还是回回让我失望。有一次我的一只蛐蛐被别人掐掉了一条大腿，我也没特别可怜它，觉得它没出息，该。之后让它当了陪练，没想到这个一只捌在我的蛐蛐中仍是最棒的，照样称王称霸，简直气死我了，而我也毫无办法，再与别人掐也只能让一只捌上。

有一次，小徒子给了我一只长期不开牙但身高马大的大蛐蛐，为此我展开了疯狂的遐想。蛐蛐是个黑大个，长得跟"油胡鲁"似的，两只大夯（大腿）往地上一戳，要是开了牙还不得天下无敌？小徒子说从逮着那天它起就没开过牙，怎么逗它也不开，喂什么也不开，我觉得这不要紧，万一，万一它哪天一高兴突然开了牙……我激动得不敢想下去。

我兴奋得睡不着，夜里一觉醒来还要爬起来看大黑。我觉得只要是蛐蛐迟早会开牙的，我给它好吃好喝的，让它吃鸡蛋黄，平时我都吃不着鸡蛋却给它弄了鸡蛋。给它吃辣椒、大蒜，不吃我就用蛐蛐探子蘸了辣椒大蒜探它的嘴，有一次它真的被辣得张开了大牙！它的牙多么漂亮，凶狠，像两只大地铲子，别说掐，吓也得给对手吓死。当然了这只是我用探子探的，还不是战场，但据说就得经常这么探，这么训练！我有的是时间，有足够的耐心。现在我一探它就开牙，这真让我激动。想象中的成功让我常常浑身发抖，因为没有什么比成功更能激励一个孤单无助的孩子。有一天我觉得可以让大黑一试身手，决定用一只捌跟大黑掐一掐，逗一逗大黑。小心翼翼将大黑请到了专门用来掐蛐蛐的罐子，让它先试一下战场，又探了它的嘴，激动万分！一只捌进了罐子，先开了牙，可能是看见大黑个儿太大有点儿害怕，开得不大，完全是试探性的。大黑稳稳的，一动不动，我觉得一只捌要是冲上来大黑会一口咬断它的脖子。一只捌真的冲上来了，大黑却不如我所料，掉头便走，一只捌立刻疯了，炸翅，吹哨，一边吹一边追大黑，把个大黑追得满罐跑。赶快用蛐蛐罩子把大黑提上来，怕它对失败印象太深，以后再不敢开牙。好几天不愿看大黑，希望大黑忘记一只捌，我那么小心就那么细，那么能体谅失败，抚慰失败，永不放弃。

埋

有人说蛐蛐得闷才行，而最好的方法就是把蛐蛐埋地下。仿佛与生俱来人对天空和地下有神秘感，上天做不到便把梦给予地下。一旦有了"埋"的想法我立刻从失败中振作起来，感觉又有指望了，那天当我撬开了屋门口一块青砖我的心是多么激动！不过砖下的虫子吓了我一跳，那是一种多足发黑有硬度的虫子。不是潮虫，潮虫我不怕，是火蝎子！不过转而又高兴起来，因为想到有火蝎子陪伴大黑说不定会厉害起来。现在回想起来，真是感叹小小的心灵原是那样活跃，生动，充满希望，就如同根系是随时扎入深处的。又起一块砖，穴挖了差不多有一尺深，方方正正，把蛐蛐罐密封，放到最底下。

让它孤独，让它忘记，让它出世。把土覆好，压瓷实，再把撬开的两块砖盖好，扫净，勾上缝儿，弄得完全不露痕迹，和别的砖一模一样。做好这一切，我又难过又高兴，我还从来没有因做了一件什么事而产生了如此强烈的好奇，看着埋了蛐蛐的方砖不想走。下面是一个自己埋下的秘密，这个秘密给我的印象太深了，构成了我童年的心，少年的心，那时我对天空毫无想象，对地下却不然，我被"地下"深深地攫住了。我觉得时间那么慢，每分每秒都那么慢，可以想象一个孩子心中只有一件事，时间会过得多慢。

本来至少要埋一个星期，只埋了一天便实在忍不住了，仿佛世界已因这一天一夜变了样。我无比兴奋地撬开了两块砖，将"久违"的蛐蛐罐小心翼翼地取出，打开密封，我看见了黝黑发亮的炯炯有神的大黑！多么的威风，完全像王，于是提出一只捌放入罐中，结果……梦是那么容易破灭。好在我没怨大黑而是怨自己，于是再次深深地埋入。不过经过那次也好，心理上的焦灼减弱了许多，知道急没用，急反而会损失宝贵的时间。

人就是这样自己成长的，抽象的教育没用，就得一个人这么经事，磕磕碰碰，自己说服自己，慢慢地长大。这次重置地下，真像安葬一样，非常安静，没有任何焦灼。开始每天仍是数着过来的，但数到一个星期后反而不着急了。时间本身在起作用，时间自身越来越强大，其间下了场大雨，整个地面都泡起来，新埋的砖明显与其他砖不同，雨顺着缝儿漏下去。但我也并不过分担心，蛐蛐罐封得很严，而且据说经过雷雨的天气，蛐蛐会更厉害。这一次等了十天，或者十二天，我已记不清了，或许有十五天。这次出土是决定性的，非常重大，时间好像过了几个世纪，中间有些天竟忘了这件事。没有比忘了再想起感觉的时间更长了，这时出土大黑真有一种"出土"的感觉。正好那时长沙马王堆汉墓刚刚出土了一具千年女尸，里面尚有一部孙膑兵法，轰动世界！因此我觉得我的出土同样意义非常重大。

其他一切都正常，大黑更黑，更亮，更神秘，但就是沉默，不开牙，面对疯狂的一只捌只是躲闪，一只捌叫，吹哨，炸翅，疯狂地扑，大黑有些不理解地转身，动作缓慢，简直具有大象的风格。我想它只要开一下牙就可咬断对方，但是它们仿佛不是同类，大黑一如既往木讷，麻木。

没有理由再埋。一只捌是高兴极了。

最终大黑成了一只捌的陪练，直到死去。

我不理解这件事。一直不理解。

黄尧

1946 年 9 月生。昆明人。2006 年至 2016 年任云南省作家协会主席。主要从事小说、散文、报告文学创作，出版《黄尧文集》及其他著作二十余种。多次获国家级奖项。

屋顶上的昆明

黄尧

上个世纪初昆明城内大多是瓦房。所谓"瓦房"，对于活到五六十岁的昆明人，完全不用解释，无人不知其所指。即是覆盖了灰瓦屋顶的房子。独院的、连片的、街衢、里阊、小巷，全是青瓦房舍，一层两层，至多三层，已经危乎高哉！从高处往下看，全城一片青灰色屋顶，鳞次栉比，最高处也就是钟鼓城楼，大大一个城垣圈住一个具有"中和之景"的"池"，这便是典型的邦国气象。

老房子

老房子，是昆明的典型记忆。

这个"库存"有多大？展开的幅面有多长，有多宽？在今天已然渺然。但依我这样的年龄，与"民国"稍稍沾边的人而言，至少在"老屋顶"下生活了几十年，是知道一二的。

大约 20 年前，昆明风传要拆了甬道街，年轻的朋友就去示威、抗议，展现他们作为先进文化人特有的可爱心性，以及保护文物，誓死捍卫"昆明文化"的义士风采。问及我何种态度，我反问："你们在老屋顶下生活过吗？"

恰恰。我在甬道街、景星街、市府东街一带生活了十年，贯穿我的整个少年时代。当然我不反对城市改造，更偏重文化的传承保护。

不久，我访问了我的邻居，至今仍居住在甬道街的老街坊、老邻居。不是专意的"采访"，也不打算诉诸文字。重点是"三妹"，39 岁，十岁学艺，她和上辈子的叔伯均在甬道街开剃头店，后来公司合营，他们家族的店归并了某国营理发店，他们随即成为国营"职工"。她一辈子只做一件事：剃头！在人的顶际喀嚓喀嚓。自己留长辫子，盘在头顶。店里有她的摩登照，椎髻高耸，酷肖唐代美人。

出乎我的意料，她是坚决的"主拆派"，且是联络组长，全街道分三组，约400多户。按她的说法，大家都是意见统一的，老房子可以拆，关键是补偿问题，划算吗？这可是商业钻石地带！"你不是不知道，老房子住不成了。成吊桶索了，楼板烂成筛子孔了，楼梯不敢上了，成奈何桥了……原来老爹老妈支老桩守房子，现在不起炊不点火，'铁将军'（锁）一挎交给老鼠了……儿子姑娘打死也不回去。等补偿下来去买新房子……"

另一位宋大哥，长我两岁，搭伙玩过鸽子，一辈子玩过一百样物件，从动物之飞禽到植物之盆景，能把"样四"变成钱，无固定职业。这是甬道街的典型住户。他故意在我面前做出开明派的样子，说："我住楼底，两个耳房修修补补出租给浙江人，那些旧社会就跑单班的，头顶上有片瓦就住得下去，再说，我的租金少啊……当然拆，老房子一无下水，当街倒屎尿，卫生太差！二无厕所，屎急了要穿街走巷找公厕，轮流蹲坑，还三毛一泡；三是我没那个本钱维修，椽梁瓦檐朽成一包糟，往哪点下手？我的条件是回迁，要铺面房，一还三！我得找吃啊……"他现今做鸟食兼鱼食生意，各种粟米、稗子、小豆和人工合成的鱼食，他腕子上三大串念珠，故意将各种票面的钱，握成一大扎，随时翻出来，哪怕找人家一毛钱。很有钱的派头。"你说说，这是昆明中心的中心，别处一拆就死，为哪样？商业街形成容易？拆成公交道，有哪样玩场？"

这就是老房子的命运、现状和"出路"。

昆明的老房子，清末至民初修建的较多。三校南迁，成立西南联大，不止一个老教授说：昆明像北平。原因大抵上是指有清代城墙，城内多牌楼，青瓦房舍，和数不清的"胡同"（昆明叫巷子），乍一看，以为是老北平的某一街景。到这个世纪初，老房子已近百年。抗战胜利后的1945年底至其后数年，是昆明建房的高峰，那时，人们或许以为太平日子一定久长了，战争已经远离了昆明。薄有家资的人也拿出钱来起房建屋。一时，昆明主城区因此焕然一新。这些房屋的样式，也大多是青瓦顶子，俗称的"两坡水"，即屋脊披撒下来的大大"人"字形屋顶。景况好点儿的人家，是青砖起架，即柱子是青砖的，称"墙抬梁"，四面墙体多用"土墼"，更有钱的，则近似后来的"砖混"结构，墙体全用青砖，开窗为四方形对开玻璃窗，只有屋顶是木架的。这就是所谓"西装身子戴草帽"。这样看来，昆明的老房子，色调一律，用材一致，风格一体的就是"老屋顶"。居家房屋之间，有滴水巷，宽仅一尺余，最宽不会超过两尺，不是用来通行的巷子，是给屋檐滴水的，当然最终成了猫鼠的通道。有的人家还起"风火墙"，即将山墙高高抬起，成"云头"状，有的不免有些精巧的装饰，不外云头、飞檐，与大屋顶的翘檐互成犄角，上坐落两个瓦猫——大排的瑞兽是皇宫建筑的规格，一般讳用。但站几个形象模糊的"仙人"，狮兽也是可以的。

这里要说的是老房子的用材，青砖灰瓦本地烧造，至今保留的老地名"南窑""瓦窑村"（多个）就是烧造地，"瓦仓庄"则是集散地。本地窑泥资源丰富，近东南方向下挖一丈就是"窑泥层"，黑泥进去，青的出来，也可以红的出来，多为火候控制。说到质量，仅仅敷衍一般使用，昆明古代乃海床，窑泥多腐殖质，炉窑温度一般就行，故青砖灰瓦的密度不够瓷实。若要"砖雕"，就要寻通海、曲靖一带的青砖，那里的青砖坚密异常，可以用来雕刻，乃至做成"研（砚）瓦"，成了高贵的文房用具。

一个两进院子或带天井的大院落，要用多少青瓦？数万，乃至十数万！这是中国中等人家接触过到的最大的交易数字！我记得上个世纪中期，板瓦加运费大约八分钱一片，青砖更贵。在本世纪初，也不会便宜，加上其他用材，足可耗尽一生积蓄！所以，不是一般人家，也不是起一般念头就可以起房建屋的。大抵上是持家主人的平生宏愿，也说得上荫及子孙的"世纪工程"。

筑墙用的土墼，是有黏土参合的黄泥，用铡刀铡碎了稻草，拌和了，用土墼范儿，也就是内里尺寸与成品一致的木框"拓"出来的，晾干就行。对于昆明来说，这可不是一般产品，我这个年纪的人，孩子时代没有谁没"拓"过土墼的，给人家帮工，按量算，三块一分钱，八九岁的男孩一天"拓"数百个土墼，找五六毛，够两天花消，是寻常事，但运土、捶土、过筛、和泥等工序下来，已然气竭。当然，还不是常有的"生意"。

老房子用的木构件，取材昆明山地的松木。大尺寸的是滇池水运而来的，大约出自滇南。梁、椽、檩等全用松木。窗棂、雕花门、屋角云头，凡配有雕饰的用稍好一点的柏、楸、樟、青香等。松木不是耐腐的木材，且易遭虫蛀，一般四五十年，已经熬到寿岁了，俗说"偷梁换柱"就实用讲不是贬义词，哪里落灰，手指一捻，是木渣，抬头可见某梁某椽已然百孔千疮，就得赶快"换"，否则蠹虫滋生，大屋就哗啦啦了。这是老房子一大隐患。

老房子的"隔断"，即客厅、堂屋与左右房间的隔离墙，通常使用的是木板做的"板壁"。上面施与书法彩绘，用以装饰也显示主人的文化层级、文墨趣味。中堂则是更大的落地板壁，加之楼梯、地板、牖廊……全部使用木材。整个老房子就是木头胎子。在新建之时，满屋松脂味，沁心醒神，是极为舒爽宜人的。故老房子最最要紧的是防火。打更的吆喝"天干物燥，小心火烛！"贯于长夜，也贯千百年，版本一字不改！

但三四十年过去，躲过了火灾，也躲不过木材的老朽开裂，最大的祸害就来了，板壁有无数缝隙，易生"壁虱"，即臭虫。这种吸血的寄生虫昼伏夜出，专事叮咬熟睡中人，尤其孩子，被叮咬后，浑身疔疮，重至染病，苦不堪言。我小时候最恶劣的感受是，夜晚起来，只见壁虱如索子一样沿板壁爬了出来，千军万马，捻杀不及，彻夜搏战，哪里得安寝？臭虫很臭，其味腥熏，且这些寄生虫可以藏在床铺缝隙里，即使"挨饿"两三年，菲薄如纸，一旦生人气味传来，即刻苏醒，吸食人血后饱胀如球，一摁，腥臭的血囊炸开，铺陈血迹斑斑……故孩子的一道课题，是用"六六六"粉来灭杀臭虫，更有辛苦的事是将床铺拆开，用滚水浇烫，用火辣辣的太阳晒……不用说，还有楼板、天棚上的老鼠，老鼠必然携带的跳蚤；尚有更老的房子，就有人们极为恼恨又无奈的蟑螂、潮虫、蚂蚁等，这些，是人类居所的共生体，没有听说人为此拼了老命去搏战的。大体上只是去顽韧适应罢了。如同一个人，最终的衰老、贫病、将死，异类就来分解尸身——老房子是人之宿命。而中国人，生性皮实，活着就行。

昆明葬俗或中元节的"接送祖"，要粘裱足够的纸房子，"烧给亡人用"，也称"老房子"，甚至为老人置备的寿材，也称"老房子"，与活人住的老房子别无二致。这是酸溜溜的中国式幽默。当心冥界——死了的人受雨招风，可见头顶上要有片瓦遮拦为生死之要，深入骨髓！

老房子的瓦顶，一般人家不"吊顶"，是直望椽梁和屋瓦的。开窗很少的房间，在瓦顶上铺设一两块"亮瓦"，玻璃的，浑浑的，但依然透亮，月光好的日子，由亮瓦泄下的月光，是一柄游弋的光柱，忽在东墙，忽在南墙，最好在你的枕间，可借光翻书，生出很多奇幻梦境。但瓦顶是透气的，不攒热量，饥寒交迫的长夜，如同露宿，可以将嘴里的热气呵出一尺余，醒来，脖子一圈的被子僵成冰条。瓦顶是用石灰泥巴将筒瓦和板瓦翻覆相扣"撒"成的，其实，也就是一个泥瓦的盖子，如同某种越冬兽类的洞穴，瓦顶上也是"动物世界"，最多的是"瓦虱"——一种毛毛虫，可以吐丝从极高的瓦沟里垂吊下来，在你仰睡未安时，于眼前飘飘荡荡。这种黑棕色的小虫的侵害性不大，只是来恶心你。习惯就好，如同人世的某些群类。

　　对于孩子来说，最有诱惑力的当然是大屋顶。这么大的面积空落落实在可惜。孩子进占屋顶，是家长最不愿看到的，担心踩空跌下来，但我一次也没有看到这样的事发生，反倒是有的"孩子王"练就了"飞檐走壁"的功夫。我的一个伙伴可以从屋脊上横滚，到了屋檐边，倏忽间，陡然站立起来，观者无不胆寒，后来他去参军，成了战斗英雄。

　　从天井里望天空，是被屋檐剪裁过的多边形。

　　从屋顶上看天空，天似穹窿，笼盖四野，就这么不同。

　　一时间，天可以环抱，怎么不抓狂！

鸽子及猫的领地

　　大多屋顶，都有"通道"，就是某个厢房、耳室开窗可以踩到屋脊的去处，这是为屋顶的"捡漏"修缮预设的。孩子就从这里钻出去，你只要不踩瓦沟踩瓦脊，也就是踩凸起的筒瓦不踩凹形的板瓦就行。这里可以"赶"鸽子，就是训练放飞的鸽子，用竹竿小旗做标志，吆喝着不让倦飞的鸽子落下，以增强它们的飞翔能力。我们养的鸽子，号称南城第一，"头岗"是一只"银眼"雄鸽，眼砂是环转的银砂，眼珠宝石红，鼻泡肥大，翼展超过普通信鸽一寸，体形梭长，是很难得的纯种军鸽。训练未几，就放飞晋宁、安宁，那时交通不发达，凭孩子自身能力，至多步行到昆明周边七八十里，再远是去不了了。"银眼"能独自定向，一飞冲天，比一般鸽子早到半小时，于是，它戴上脚环，成了"信鸽协会"有档案编码的领头信鸽。鸽子放飞回巢，如"银眼"这样优秀的选手是直接落窝的，而大多鸽子则先落在屋脊上。"银眼"善于"裹"鸽子，就是将别家的鸽子诱惑到自己家来，按今天的说法，就是它有众多的"粉丝"，追随明星的结果就是当了俘虏。于是，屋脊上有时出现成排的鸽子，这很麻烦，容易起纠纷，当然，如果是邻家，捉来归还就是。但上门讨要自家的鸽子，有些下面子，多少有些甘拜下风的屈辱。大屋顶，首先是孩子的训鸽场。我们的鸽子也戴鸽哨，顺城街有专门市场，一个三排哨或"包哨"制作精巧，是很贵的玩意儿，但贵也要买，砸三斤废铜丝，什么样的鸽哨也买来了。"银眼"这样的头号鸽子是舍不得背哨的，通常选择身型硕大，飞翔能力特佳的鸽子来挂载这神秘武器，成为头鸽的"僚机"。于是，放飞之时，鸽哨嘹宛的鸣声，响彻昆明上空。在屋顶上观察鸽群飞翔，妙不可言！你可

视觉 / 鬼金作品
桥与桥（2015 年）

以看见自己的鸽群，如何以哨声驱离"敌人"，两个鸽群相遇，通常有两三个冲撞的回合，谁的头鸽强悍聪明，一目了然！"银眼"带领鸽群上冲又俯冲，打散冲突者的队列，完满地取得制空权！

另外，屋顶也是猫的领地，无论你愿意不愿意，这里已天然划分，权属明确，自家的猫负责在屋顶上巡视边界安全，如果遭遇野猫进犯，那里就是战场。当然，猫们一般倨傲得很，它们有自己开辟的各种秘密通道，根本不用"共享"那个捡漏的小窗。

当然，猫和鸽子共养，必须是双方达成"互不侵犯"的和平协议。这有很多密招，我们的方法是把猫"绑架"来，用鸽子的翅膀"刮耳光"，让猫们知道主人是更宠鸽子的。进食，先喂鸽子（豌豆），让猫担任守卫，驱离讨厌的鸡鸭，完了有赏，给猫备下小鱼。久之，猫鸽联盟就建立起来了。更多的时候，是猫去帮鸽子的忙，比如去寻找受伤的鸽子，保卫鸽蛋、乳鸽不受老鼠、野猫侵害等等。

猫们，挟宠成性。要霸占哪里，完全没商量，不用说屋顶。

它们闹春的时节，整个屋顶是战场，鸽子退避三舍。而夜半猫嚎，抑扬又顿，怨而又怒，彻夜呜咽，你只得偃卧侧耳。

大屋顶下，孩子是与自然万物共处的。

这样的孩子长大就聪明。

屋顶又是花园，如果日久不加打理，就长满各种野草，这是借风力从四边田园里播撒来的，当然是瓦顶有泥土粘和加之落尘积累，成为"园圃"的缘故。但屋顶长草不是好事，植物根须拉坏了瓦沟，屋顶就要漏雨，另外如同"坟头长草"，最为忌讳，象征人事的疏懒和家运的衰落。故间隔数年，就要捡漏，这是一种专门的技术活计，得花钱请捡漏师傅上屋顶拔除野草，用石灰膏补齐缝隙。这便是一项额外的负担。

土墼垒砌的墙体，被大雨冲刷，年久，外皮石灰脱落，内里吸水也要"膨泡"，慢慢剥蚀垮塌。这是更加烦人的事，须找人来维修。不济，则用撑杆顶了。权宜之计，敷衍而已。

维护一所老房子，不是一件容易的事，人力，还有不小的开支。如果家境贫困，惟徒唤奈何！用几个盆钵来接屋顶漏下的雨水，一夜叮咚。若是滴水正中床铺，那烦了，攒床，团团转。

"种人"的庄稼地

总而言之，老房子大抵上是一个半野化的环境，与周边田园的唯一差别就是有四围墙壁和一个青瓦顶子。在这里，你可以感受四时风雨，季节变换。不同的是，人不过把自己种植在六合天地，而不是种植在旷野里罢了。

雨来了，雨脚如麻，一片叮叮咚咚，狂烈时，震耳欲聋，昆明全城腾起白花花的雨雾，那是连片的屋顶上溅起的雨花，眨眼，悬瀑飞泻，瓦檐水千沟万壑，全城雨帘如幕！煞是壮观！

风来了，瓦檐成了千千万万的"哨子"，呜呜呜声，天地寒颤！

雪来了，静谧地铺就无涯银毯，最好是雪大如席，天地浑然！

一家人，一族人，几代，十几代守护一所老宅，它所以不朽，是烟火相继的关系，那些烟火，包括了不同年代散发的体味，皮袄子、蓝布衫、红缎子、白孝衣……乃至置备了等待入土而主人尚在太师椅上吸纳水烟的辛辣等等，还不用说影壁上可以剪切的悲欢故事；那种落尘中可以拣到的泪水和血珠；那些在某个时辰就轰然作响的回声；那连通幽冥可以招魂的隧道……这所有东西加在一起，才是老房子。

老房子是老皇历，是血缘谱系、宗族生死簿、故事匣子。哪间房诞生了某贡生，哪间房走出了某抗日将军；哪间房出了个光宗耀祖的名人；以及哪里祖爷爷咯过一摊血；哪口井跳下一个外讨的从良小女子于是被填埋了；哪里又夭折了一个他四婶的头娃娃；哪里又昼日闹鬼等等——今天难得出一个作家，大抵是没有住过老房子的缘故。

今天的年轻人顾恋老房子，事实上，多数人未必真真切切，"体命合一"，成年累月在那里居住过。若有，大约体验就会不同。现在拿老房子来做商业招牌干营生的，那些老房子只如同拍电影电视的"景片"，有的脱胎换骨，大力整修过，已经是"假古董"，与真正的老房子并无关系。

但就"文化层面"而言，愈接近"宿命"，人就愈神圣，愈简洁，愈干净，愈鄙夷现代的虚假、伪善以及诬枉浮华。这时，老房子只是一个符号，它被附会其他的意义而存在。与真正的断垣残壁似乎关系不大了。这似乎是所有从过往文明尸体上升腾起来的一种气象，你说它是霓霞？当然不是。但它肯定不止几种光彩，包括黑暗，最迷人的而不可见视的黑暗。所有光明加起来不如的"暗物质"——就是老房子。

"中西合璧"不合老屋顶

辛亥护国之后，云南开"共和"风气之先，政治经济标异立新，便拆了数段明清城墙，改建了作为革命标志的"大南城"，后来兴建南屏街，首度出现西式高楼（不过七八层之多），加之昆明开埠较早，西方如法国者借滇越铁路开通，在城南起建法式街道。一时，昆明便有了殖民的味道。但真把那些建筑剖开来，你会发现，门面上它是西式廊柱及方形的框架，被高高耸起的"维多利亚"和"罗马"雕花牌楼遮蔽的，仍然是青瓦屋顶，表里不一，恰若"豆面汤圆"，馅子还是中国的。直到1958年，中国"跃进"，目标就是赶美超英，彻底摧毁了"万钟楼"和清代城墙，建造了"整体水泥浇灌"的"百货大楼""艺术剧院""博物馆"等"十大建筑"，昆明方才自信进入了现代社会。

其实人们一直处于"中西""土洋"的矛盾之中。要不要"大屋顶"？一直从王城京都争论到边地小城。昆明概莫能外。只是那些方盒子式的建筑代表的是国家意志和某个时代起点，至多供人仰望，它并不容纳普通百姓的烟火气息，也没有多少人获得幸运，去那些现代楼宇中横陈偃卧，体验它的伟大。结果，青瓦房舍仍严密地包围着突兀的西式高楼。以一种不相干的姿态看着彼此的衰老乃至幻灭。但这仅只是消极的存在，一个国家还没有余力来彻底消灭"落后"，唱衰"茅屋为秋风所破"歌！

其时，中国人已经根本不知道自己为何物？他们在近代，被各种枪炮打瞎了眼以后，就开始改变身姿，俯就西方的文明。很长的共和国史里，以兴建了多少高楼来标志自己的成功，以占据地球表面的某个绝对高度来标志自己的高度，赞歌千诵，声腔一律，直到今天。梁思成警告过，你们过五十年就会后悔！过去了！后悔了？没有。某种顽性找到了附着物——"政绩"，一些人需要，权力需要，它就能滋生，且诱惑大部分人去玩命附和追随。究其实，他们与梁思成的本质不同在于梁的"政绩观"是建立在数千年积淀的根基和它所创造的精神物质之上，而他们则消灭一切，只要属于自己的"政绩"。

今天的中国人已经有了更多的机会，亲眼看看西方什么模样。他们渐次发觉，或者意外乃至惊讶，今天的中国已经拥有了比西方多得多的高楼。一个美国西海岸的旧金山的高楼，远不及昆明多。问昆明人——高楼的"寓公"们满不满足？大约总有些说不出的滋味，抑或失落。一个"苍蝇"级的贪官可以坐拥几十乃至成百套住房，撒开其他因素不言，中国人对居所近似痴迷疯狂的追求，索取侵占的野蛮恐怕是世界上任何一个民族不能比附的。

这需要去追索一个民族的文化基因？

这需要去怨怪杜甫、白居易？

"安得广厦千万间，大庇天下寒士俱欢颜。"

说的是广厦，幸好他没有说"高厦"。

"登高族"的尴尬

高楼，整体浇铸的水泥群楼，消灭的"地址"，到哪里都一样。你坐飞机飞了两千里，下来一看，以为转一圈回家了。

新房子、新高楼一开始出现就显示了纲领性的极其伟大，它帮助我们消灭了宗族、瓦解了封建、离析了血亲。单门独户，老死不相往来，见面要预约，"家族故事"要拼接，如现在的电视烂剧。

我的一个朋友，花很高的代价，买下了一座36层高楼的整个复式顶层，约一千平方米。儿女在国外，两口子见面说话要挨个打室内电话或手机："喂！你在哪里？""我在三楼3603！"……内层可上跃至"楼顶花园"。装修仿西式"罗马"，斥资之巨，辉煌之胜，可夺皇家气派，但他仍在开阔的顶楼开放式空间里兴造了一个"中式花园"，中心是座八面来风的"风雨亭"，翘角飞檐，雕龙画凤，回廊环绕，小桥流水。从这里，可以远眺滇池、西山，烟雨一带，风生雾起。问及，是否从中寻得某些快意？答：风太大！站都站不住！哪有闲心……看"空中花园"，不过两载，半是凋零半是朽坏，大约人力终不及自然力。其实，从这座高楼到大观河不过箭地；到草海口或滇池沿岸，不过三五公里。为此公着想，他是在登高的雄心与"闲心"之间徘徊，只是雄心可称，"闲心"难达罢了。这样的例子太多。

还有一位老友，亦属"登高派"，他的大排落地窗"全画幅"海景房令人艳羡。但此人尤其忌讳的，偏偏是有人临窗观景。原因自述如下：下面简直……"简直"什么？是低矮的连片平房和"城中村"，无数杂物堆积的屋顶、乱搭乱建的"纸板屋"和犹如某种对空武器的成排成列的太阳能等物，他的楼只是一个瞭望塔，他是垃圾守望者。以至他绝少开窗，由于躲避西晒，他数次更换窗帘，最后干脆用上反光布，如同息影之影院。其实斯人只要双脚落下地来，走一百米，就是水涯，垂柳婆娑，妙曼得很。

高层的商住楼有屋顶，是数十户共有一个顶子，但不是"共享"，是顶层某户专有。在销售策略上，商家费尽心机，诱惑买主"登高"，总有一些人士气旺盛愿意登高而一览天小。这里面清醒的惟有商家，故常以赠送若干面积，比如顶楼允准搭建"花园"等等。这盘账算下来，均摊在每平方米上的单价常令买主心下窃喜。问题是昆明的屋顶适不适合建造"花园"？鱼与熊掌能否兼得？至于花钱，"土豪""洋豪"各自施展，不土不洋的中平之家，也各有其路数。也就是说，攫获屋顶的"登高"一派，至少得有勇气或"理想"，要拥有昆明的风景。而顶层之下，是如同皮鞋盒一样叠加起来的住户，他们没有"屋顶"，只有2.7米至3米高的房顶。不知什么时候时兴"吊顶"的屋内装修，平面的顶再向下占据0.3米左右的"石膏顶"，房顶几伸手可及，这只是一个水泥匣子。是一个人在没有彻底躺倒之前的棺材。但昆明人不上高层去，几乎没有选择，他们的老房子早被拆迁了！"老寿材"之不寿，无人可以抵挡，拆迁大军堪比现代军队，厮杀剿灭不在话下。于是有了"钉子户"的说法。"钉子"是有钉头的，说来拼的就是屋顶下的小小家居！昆明下马村的钉子户坚守至今，哪怕断水断电，封路封桥，依然抗议侵权，国旗飘飘，你很难想象户主如何能在孤立包围中，将一个人（一户）的抗战坚持十年以上！但多数原先的"同盟军"已经随大小宋江被招安，谁个好汉依然占据"水泊"，孤舟独运，那就不知道了。

总之，老屋顶彻底地败下阵来。昆明那种登高一望，无尽的青灰瓦顶如波浪滚滚奔来的风景早已不再。

话又说回来，"败军"移居新建的高层商住楼，是胜利了还是失势了？恐怕很难一律评断。那些在几十户住家中占得先机的"登高"英雄，随即发现经营顶楼花园十分不易。

我的一个朋友中等以上富裕，管家的夫人尤其精明。她钟爱的顶层"花园"约80平方米，有梅兰竹菊四友相伴，又有大小土墒，可供四时果蔬，一时幸福不可用"指数"衡之，简直是满满而盈余！为了解决顶层供水和风大干燥的问题，她甚至动用了眼下全球最先进的自动暖房及以色列滴灌技术，蓝牙控制。无奈好景依旧不长，头年新鲜，二年惨淡，三年破败，究其原因，她的自动开闭式暖房，不再"自动"，对昆明一日有四季的气候，调控不灵，其自动测算的程序——那个编程者大约还没有诞生。于是，花园里各种病虫滋生。"哪里来的呀！"一再惊恐中，疯子似地扑救，但，到了五十岁才来"享受"高指数幸福的女人,被自己打垮了,心脏病来了——其实,以我的判断,一个拼命找钱来兑取幸福的人,已经不幸福了!至少她得放弃以极高的代价换取的"幸福",卖了个平价。接手的人对顶楼不屑一顾,那是个正经攒钱放贷的人——幸福到除了钱一无所有。

老屋顶与没有屋顶的匣式单元房区别在哪里呢?

一个龙头街的农民,即将搬迁到三十六层的高楼里。他说:到了晚上,我闭上眼睛,就看见一层层横个竖个的"挺尸"!啊,造孽造孽!

他怎么成了"透射眼"了?

那些楼群挨得很近,开窗,你看见的是我,我看见的是你,透空过去的是你的楼的一角;你开窗,透空看见的是我的楼的一角,"将仿装在一个像框里"。他是不习惯的,他的老屋,有三窝燕子!"小燕子的翅膀带着娃娃的眼睛飞得高高的"——那年,他得了孙女,如今 19 岁,是国航的空乘人员,"美眉"空姐。

还有个朋友,小康而已。十年聚虑,十年筹划,十年"空心"——也就是基本没有额外消费,老米加卤腐度日,咬碎一口牙,买下了一处高层套房,促使他下决心的是,这套房子面西南,可见金马山全景,远则盘龙山、梁王山可收——此公属马,自诉命运多舛,年年拜佛求签,却从来没个好运道,这年拆签,圆通街的"地王"指示西南有喜,真是心有灵犀,跑遍了楼市的他,瞬时心如铁石,当天就砸钱买下了这套房子。果真是"宽银幕"啊,金马伸手可及,又一日,买了个金铜奔马上了供台,面对西南金马山,以作"接引",又筑玄关两座,以防财运外泄。什么都齐备了,自检无一丝马虎差错。但两年之间,外面风景大变!先是一个楼盘拔地而起,一天一层,刷刷刷将要遮天蔽日,他天天念叨:"还要往上盖啊,我造你祖宗!"——祖宗可以造,楼还是要盖,36 层!群楼!如巨屏!金马不再!又二年,更多的楼群顶天立地,盘龙山、梁王山也隐去幕后。昆明坝子的死穴——这个坝子算来还是太小,周边山景如在眉睫,最忌遮蔽。除非你把楼盖到山顶上——现在有了,长虫山居然楼群毗连,龙头上动土,人家才不管你求签来的那一套!

就在此公最沮丧的那天,他的金马无故折了个跟斗,摔碎了,不是金铜,是玻璃钢加石膏!他可爱的老夫人只轻轻一句:你也不会掂量掂量?这忒轻啊!

"老屋顶"颓势不可逆

谁说没有掂量？是人轻人贱啊。

昆明的城市改造，与大中国一样。

在咬牙切齿问土地要钱要财政，"供应土地"成了"保增"的唯一唯二的原动力，政府自己定价，自己挂牌销售，到了这分上，洪水猛兽，你无法阻挡。人被"逼"出钱来，一辈子积蓄，三代人捆绑，壮且惨烈！自古以来，有壮烈的，就必有苟且的、有殉难的就有投降的，偏偏在关乎房子、屋顶的问题上，少有不作为的，"上无片瓦、下无锥地"怎么活？谁叫中国人造字，"家"要有那个"宝盖头"呢？于是社会的财富总量向屋顶倾斜。屋顶，成了财富博弈最大的"斗兽场"。房地产链条捆绑了中国近半的国民经济。

全民买房，全国售房——因为全部血脉冲动，而成为唯一有弹性的经济运动。如果我们还有幸往前走 50 年又有幸回头来看的话，这是人类历史上绝无仅有的疯狂。

这时候来谈屋顶上的昆明好了坏了，显然是一个特别令"小众"讨厌而无趣无力的话题。但事情有多大，话题就有多多。况且老百姓的话题，无关乎"天听"，往往又是特别无奈，话题愈多，"有奈"的，反而不言不语，某日揭发出一桩贪腐案，说某城郊派出所一个科级干部竟然贪污上亿，名下房产百数；更惊人的来了，某医院院长，名下"污"得三百套住房，创造全国纪录。它在日新月异地挑战老百姓的想象力！

"要那么多房子干什么？"——恐怕审讯机关也问过这个问题。

我敢说，被审讯的那个人自己未必能回答。

这让人想到了某种具有致幻作用的毒品，当欲望被刺激到没有边缘的地步，行为便没有常识的合理性。

正当的归宿是，非法占有三百套房的人最终成了"六合居士"——牢房中没有私有空间，结果，他最终的占有也突破了他的想象力。由最大化为全无。

一个社会如果不给出一个合乎常理的结论，这个社会就要被最简单的逻辑力量折断。

中央有关部门制作的电视节目《永远在路上》末尾，专门提取了类型化的"反腐"典型案例，即原本出身贫寒的干部如何成为巨贪。无一例外，他们都有出身贫寒，以至拼命向上，乃至曾有"政声"的经历。贫寒饥馁，以至瓦灶绳床的历史，恐怕也不是臆造出来的。因为大多数平民都"曾经"一样。

有点儿意思的话题反而是，"欲望"本身就是罪恶吗？当然不是。

那么，有哪些因素可以制约膨胀乃至侵害性的欲望呢？

公权力如何提供公正、平等的机会，而不是为少数人占有以营私呢？等等。

显然，在今天，中国人远没有达到心智健全，合乎"公民社会"要求的地步。中国人还习惯在屋顶下思考、议论。故而只有"屋顶下的结论"。

这点就不如古代，说个苏东坡的故事，东坡居士得罪朝廷，一再被放逐，最后放逐到"天涯海角"。人到沦落处，苦水漫天涯。他随身的侍女也死于贫病。东坡一生莫大之愿望是"有居"，他的欲望首在"居有竹"，可有竹影壁上，墨迹如风。但到结束放逐生涯，到死，他终无"一椽"。但这个人却有"不知天上宫阙，今昔是何年？""我欲乘风归去，又恐琼楼玉宇，高处不胜寒"的吟唱。他是自由的。

"欲"只是"乘风归去"。

今天的人，知风起何处？如何之"乘"？舍得"归去"？

又几人知道"高处"犹存不胜之"奇寒"？

当然，古代大多寒士还是寄望于皇帝什么时候开恩，收回成命，好回去重新做官的。东坡只是最后的了结有点猝然而已。

昆明的天空

没有变的是昆明的天空，一切比之于宇宙、星空、风月，何其渺小。一切的忙碌不敌风雨，一场来去，涤灭荡尽。

离昆明人最近的当数担当和尚和虚云大法师。

一个在明代，一个越清末、民国、新世三朝，世寿 120 岁。

担当的画，秉承元末简远风格，他画的是何处山水，你无法印证也不需印证，姑且算是昆明吧，总之是他心中的虚实罢了。他也画屋顶，水岸山边，小桥细柳，与之相伴的总有一处小屋，不是青瓦房舍，是草寮。茅草顶子的小棚子，在他的笔下，小屋只有三只脚，有的仅两根柱，连四支的都极少。却个个有顶，"屋"这个字，在造字之初，就是"屋顶"的意思，后来附会了"墙屋"，那就是他住的小屋了。他给屋顶留白，大片的白，天空比人更神圣！

荀子说："虽隐于穷闾漏屋，人莫不贵，贵道诚存也。"——"贵"是有"道"的。道在非贵亦贵。担当避隐江湖，谈不上"贵"，但有三两只脚的草顶子，招风听雨，煮芋烹茶，万壑膝下，千山入怀，这就"贵"不可言了。虚云一生造大伽蓝无数，造一个，往身后扔一个，末了造到江西，穷山荒野，草寮栖身，归寂时贴身只一袭"大衣"，一块板子一片琥珀。那片琥珀是用来擦眼睛"明目"的，那双一百二十年的眼，自然不是寻常之眼，法眼之下，一切如袅袅"虚云"。

今天的人，当然是有眼睛的，进化悲悯，到底还是留给人睹物观景的实用器官，其实，此造化有耶无耶，已经大可怀疑，在一个没有顶子六合密闭的空间里，万幸的，是借此多看看内心的自己。

陈东东

出生并长期生活于上海。20 世纪 80 年代以来的代表性诗人，中国当代诗歌生活的重要参与者。出版诗文著作多种，主要作品有诗集《导游图》《夏之书·解禁书》，诗文本《流水》和随笔集《黑镜子》《只言片语来自写作》等。

上海浮世绘

陈冬冬

　　以文字和图像的经纬织网，从记忆之海中打捞一个"原先或将来其实应该是这个样子的"上海的企图，早已演变成热闹的戏法和时尚，可以目作总想要寻求"花样一新"的上海之又一种不大不小的新花样。在诸如此类的一大堆想要再现已逝时光的画面、一大堆想要追述曾经景象的篇章远端——仿佛是它们的尽头，摊放着几摞《点石斋画报》。它们也属于被再现和追述之列，但它们又比那些再现和追述更加确切实在地呈现和诉说着往昔的上海、当年的上海、还来不及被传奇和感怀的上海——浮世上海。《点石斋画报》，刚好是一种上海浮世绘。

　　这画报诞生自公共租界，位于汉口路、山东路附近的一所洋房，由《申报》〔英国商人安纳斯脱・美查（Ernest Major）主办〕属下的点石斋书局出品，采用当时仍算先进的石印技术，以连史纸印制。自 1884 年（光绪十年）4 月创刊，到 1898 年 8 月停刊，《点石斋画报》共出版发行 528 期，以四千余图文，报道了那十五年间的时事新知、市井情境和生活日常。首印之时，尊闻阁主人的前言这样开头："画报盛行泰西，盖取各馆新闻事迹之异者，或新出一器，乍见一物，皆为绘图缀说，以征阅者之信。"《点石斋画报》不过是将这种样式的读物搬到中国，当然主要是搬到了上海。而上海之成其为上海，最初或即因为这种性质的搬来。《点石斋画报》本身不过是搬来的一个小件，然而从它却足以见出搬来的方方面面、形形色色……尊闻阁主人预计这份中国最早的画报"一出，定将不翼而飞，不胫而走"，它当初果然很快就成了上海和其他一些城市商埠市民生活的一部分。1889 年 8 月的一期画报刊出《点石斋各省分庄售书告白》，开列了京都琉璃厂点石、金陵东牌楼点石、苏州元妙观点石、杭州青云街点石，以及点石斋石印书局在湖北、汉口、湖南、河南、福建、广东、重庆、成都、江西、山东、山西、贵州、陕西、云南、广西、甘肃等省市所设的分庄。想来《点石斋画报》也都发行到了上述地方。

　　而我读到的，已经只能是它的复制品。1983 年 6 月，广东人民出版社依样以连史纸重印这一百年前创刊的画报，共 44 册，分作 5 函，由广东省出版进出口公司发行。所以我最初见到它时，它被陈列在当时上海最大的书店，南京东路新华书店里只准"外宾"进入的一个专门区域的玻璃柜里（不知怎么我竟然混进了那个区域，在没有被赶走之前站到了那个玻璃柜前），惊讶于它被标价外汇券 660 元！牢记着这个惊讶，十年以后，当我在一家旧书店又见到这套《点石斋画报》（而且标价仅 300 元人民币），就毫不犹豫地买下，惊喜不已地抱回了家。

　　南社成员、"鸳蝴"小说家包天笑在其《钏影楼回忆录》里，写到那时候他对《点石斋画报》的少年渴望："我在十二三岁的时候，上海出有一种石印的《点石斋画报》，我最喜欢看了。……每逢出版，寄到苏州来时，我宁可省下了点心钱，必须去购买一册。这是每十天出一册，积十册便可以线装成一本。我当时就有装订成好几本。虽然那些画师也没有什么博识，可是在画上也可以得着一点常识。因为上海那个地方是开风气之先的，外国的什么新发明、新事物，都是先传到上海。譬如像轮船、火车，内地人当时都没有见过的，有它一编在手，可以领略了。风土、习俗，各处有什么不同的，也有了一个印象。"这些仍然印在复制品里的印象，一百年后被我抱回家去回看，一样（也许更加）有滋有味，然而其滋味却毕竟大不相同了。

　　譬如翻开第一册（甲·一）没几页便有《水底行船》一篇，说"地球外围皆是水，东西则通，南北则室，以日光不到，水结层冰故也。西人每于人力告穷之处，思有以通之。美国李哲礼者，精格致之学，新创一船，能行水底，盖知冰山之下仍有水也。船长三百尺，以铜为质，形如卵，中藏机器，设电灯。上下、前后、左右俱有孔，镶嵌玻璃，以通外视……"画着一个颇有童话气息的透明椭圆形沉浮于汪洋，若干"西人"着西装待在其中。画报刚刚印出来，看到这"花样一新"，定觉奇巧；一百年后看见，不禁莞尔。

　　点石斋延请的画报主笔吴友如，说自己"幼承先人余荫，玩偶无成。弱冠后遭'赭寇'之乱，避难来沪，始习丹青，每观名家真迹，辄为目热心存，至废寝食，探索久之，似有会悟，于是出而问世，藉以资生……"其来历和所为都不同于传统画家，算是还很年轻和特殊的上海城市文化塑造出来的新人。在《上海文艺之一瞥》里，鲁迅说吴友如"对于外国事情，他很不明白，例如画战舰罢，是一只商船，而舱面上摆着野战炮；画决斗则两个穿礼服的军人在客厅里拔长刀相击，至于将花瓶也打落跌碎。"这幅《水底行船》里所画的潜艇，也可以作为他"很不明白"的一个例证。而这种"很不明白"但又显得很有把握（内心未必不知其实并无把握）、绘形绘色地描述"花样一新"，正是上海性格之一个方面。《水底行船》那幅画不妨也是一种"洋泾浜"，而所谓"洋泾浜"，我想，或许也会成为创造的可能性。

汪仲贤的《上海俗语图说》里有个洋泾浜歌诀：

来是"康姆"去是"谷"，廿四铜钿"吞的福"；
是叫"也司"勿叫"拿"，如此如此"沙咸鱼沙"；
真崭实货"佛立谷"，靴叫"蒲脱"鞋叫"靴"；
洋行买办"江摆渡"，小火轮叫"司汀巴"；
"翘梯翘梯"请吃茶，"雪堂雪堂"请侬坐；
烘山芋叫"扑铁秃"，东洋车子"力克靴"；
打屁股叫"班蒲曲"，混账王八"蛋风炉"；
"那摩温"先生是阿大，跑街先生"杀老夫"；
"麦克麦克"钞票多，"毕的生司"当票多；
红头阿三"开泼度"，自家兄弟"勃拉茶"；
爷要"发茶"娘"卖茶"，丈人阿伯"发音落"……

如果有真正的上海之诗，上海话之诗，我认为，这歌诀可以是小小的经典。上海话里，羼混很多"洋泾浜"词语，应该说，"洋泾浜"在创造上海话这件事情上，起了非常大的作用。而对于"洋泾浜"的上海世界，语言的和现实的，吴友如实在都分外熟悉。成为画师以后，吴友如在上海的生活、事业和名声，就一直跟画报紧密关联着。他先是《点石斋画报》最重要的编绘者，等到他一手绘制的画报声望日增，广受欢迎以后，他甚至借故辞去《点石斋画报》的主笔，自己创办了《飞影阁画报》。新闻画报所需的眼界和浮世上海的生活，扩充了这位画师的画材，《点石斋画报》的尺幅间充盈着时尚风俗、声光化电、奇闻怪事和对它们的津津乐道。说一句拗口的话，只有全身心沉浸在《点石斋画报》所报导的那个世界里的画师，才可能如《点石斋画报》般形神毕肖地展示那个世界。譬如，寅·十八，就真的载有题为"花样一新"的一篇：

> 客有觞于尚仁里某院者，席间举一令曰：今日之饮在座者，各召一妓，此意中事也，然所召来者，苟服饰相同，当罚，依金谷酒数。盖客有意中人二，一好旗装，一好日本装，故倡此以相难也。于是众客纷纷指索，花票分投，群芳毕集，有男子装者，有道姑装者，有泰西装者，有燕赵装者，并有避熟就生而召粤妓以塞责者，花团锦簇，翠绕珠围，令人如入山阴道上，应接不暇，莫不采烈兴高，拍案叫绝……

这里展示晚清上海生意人和白相人典型的夜生活场景。在韩邦庆用苏白写成的杰作《海上花列传》里，在张春帆那本被当作嫖界指南的章回小说《九尾龟》里，都能看到对这种场景更详细的描绘。侯孝贤 1998 年的电影作品《海上花》，便据以演义。对上海而言，它是什么呢？这样的生活几乎不算一种生活。它主要是铺张，是排场，是扮演，是游戏，是一场空。而浮世上海的性格，我想说，在这种可谓"老早的上海"的画面里已毕露无遗。这一画面、场景和报导里的关键词"花样一新"，正可以用上海开埠以来的那个关键词——"时髦"来替换。"花样一新"讲述的，就是上海的赶时髦故事。这"花样一新"的"时髦"统领着"炫耀""流行"和"攀比"，成为浮世上海发展或膨胀的动力。新、奇、异、洋凸显在"花样一新"的图文报导里，它告诉阅读者：不新、不奇、不异、不洋者"当罚"。而《点石斋画报》点中这种"花样一新"穴道的那个评语——矫揉造作，更点中了浮世上海精神和文化的穴道。的确，就是因为那深藏在气息经脉间的矫揉造作，看上去，现代性的上海多么摩登！

翻看着《点石斋画报》，我去想象吴友如怎样出入于晚清上海的浮世繁华，有时候走到上海街头，我也会想象怎样的场面和故事会被他捜进《点石斋画报》。行走上海，大概他就跟现在那种端着照相机"扫街"的拍摄者一样兴致勃勃，漫无目标，却至少要收获一二才告收工。《点石斋画报》（甲·五）"奇形毕露"一篇，就事涉拍照（还有洋泾浜）：

> 自泰西脱影之法行而随地皆可拍照，尺幅千里，纤悉靡遗。人巧夺天工，洵非虚语也。沪埠之洋泾桥，桥河虽不宽阔而潮水盛涨时舟楫往来颇夥。日前有华人某乘小艇，容与中流，意颇自得，偶不谨慎，其手持之洋三十元掉落河中，辗转踌躇，拟俟潮退设

法捞摸，岸上有知之者，赤体下河，冀有所获，行人皆作壁上观。有业照相者，见人头如蚁，携镜箱杂稠人中，拍一照去。丑态奇形，活现纸上，正无俟温峤之燃犀已。

温峤燃犀说的是西晋温峤在武昌牛渚矶点燃犀角，揭照水中精怪的故事。《点石斋画报》将温峤燃犀之誉赠给令奇形毕露于纸上的照相术和照相者，实际上也正好把这一佳誉赠给了自己，表明它欲效古人燃犀照妖之心。这画报也正如照相般令浮世上海"活现纸上"。而这则图文报导对上海市井异闻，主要是丑闻的关注，则让人想到后来上海报章里一类新闻报导的样式，这种样式直接形成了在上海人的生活中不可或缺的花边新闻。配合报道的画面里对上海早期摄影情形的勾画，对如今已是高架纵贯的延安中路前身之洋泾浜及发生于其中的故事的描绘，也让我低眉细玩了很久。

我想起有一天我正是从前身为洋泾浜的延安中路走向外滩，迎面碰见了一个怪人——他也可以载入《点石斋画报》的吧——这人长得像一只雄鸡，发型和从花呢西装前襟腆出的肚子（被格子布衬衫包裹着）都像。他的两只眼睛似乎也并不正常地排列在正面，而有着尽量朝左右侧面拉开的架势。好玩的是他正做的事情：他双手端一块上面并排绑着两架同型号傻瓜相机的木板条，稍稍弓起身子，在进行特殊的摄影——他对着海关钟楼或黄浦江对岸的东方电视塔，同时按下木板条上两架相机的快门。看到我对他的作为有所注意，雄鸡先生干脆退后一步，两个快门齐下，两只闪光灯齐放，把我也同时摄进了他的两架傻瓜相机。然后他又阔步朝远处走去，扔下我和另几个莫名其妙的路人目送他的背影。

以前，在上海某一幢老房子的某个房间的老家具抽屉里，我找到过一叠每幅并列着两个几乎完全相同景观的照片。当你用一种专门的眼镜去看这种照片的时候，每幅并列着的两个景观就会在你眼前合并成一张三维效果的照片，前景里的一匹马或一艘战舰会凸现于作为背景的一片草原或海洋，跟你平时用肉眼看到的世界十分相似。我不知道，阔步在外滩的雄鸡先生，是否就在为制作那样三维效果的立体照片而拍摄。也许，他在进行更有趣的实验。

我小的时候，立体照片也算是上海弄堂里"花样一新"的一件事情，传奇过好一阵子。我猜雄鸡先生也是那时候的一个好奇者，他显然想摹仿人的双眼而同时用两架相机拍摄的怪招，则又是上海"洋泾浜"的一例。不过这提醒了对照相机这种仅以单眼观察世界的机器的反省。在摄影还难以实现的时候，只有一个口的暗箱却已经带给

视觉 / 鬼金作品
水塔 (2015 年)

人类它那独特的观察视点了。被投射进暗箱和后来通过照相机的取景框所看到的世界，对长着两只眼睛的人类而言，其实是被简化和局限了。我设想我迎面碰到过的雄鸡先生，他那对尽量朝两侧拉开的眼睛一定比别人有更开阔的视野，也更加别扭于透过一个小孔所见的局限于四条边框的世界吧。那么一只真正的鸡呢？它会同意照相机只专注于一面而全然放弃另一面的视野吗？我不知道，这能否充作关于上海视野的一个说法。

关于上海，我曾有过这样的表述：

一直存在着两个上海，一个是我窗外的上海，浮华、喧嚣、杂乱、俗艳、假时髦和假诗意、耗散精力、自以为是、喜新厌旧、轻薄伪饰，是我总想以肉体的方式远离的上海，在其中生活只带来厌烦。但另一个上海却极具传奇色彩，它有着密谋和奇迹，事变和血案，械斗和盟誓，沦陷和收复，有着镜子里凋谢的容颜，混淆视听的逸闻，昏暗的光芒，春风沉醉的良夜，有着冒险故事，黑道英雄，无稽之谈和各种旧址，隐晦、蒙尘、被遗失和深埋，它来自回忆，但更可能来自幻想，是午睡时一场反复的旧梦。这第二个上海才是我乐于经历的上海，经历的方式也当然是肉体的，譬如在某个午后骑车上街去寻访旧踪、捕捉梦影、论证一次幻想的真实性。

《点石斋画报》，记录我所说的第一个上海，但当我读到它的时候，其中所载已经都属于第二个上海了。那么，我也是热衷于打捞上海记忆的吗？然而作为上海人，我似乎只愿意上海跟我的肉体有关，从肉体生长出来的精神跟上海已经没什么关系，我的语言、构成我诗篇的语言（它跟我平时所讲的上海话也有着类似于精神与肉体的关系）也与上海没什么瓜葛……然而，事情并不是这个样子的，我会不由自主在我的诗里写到上海，令我厌烦的上海和我所亲近的上海，甚至，可能像有个批评家所说，在我的诗篇里"无处不能窥见上海身影的存在"。但愿，那也只是上海的肉体身影……

上海不是一座不能用言辞穷尽的城，而是一座无法用言辞诉说的城，一座与语言的方向相背离，朝着感性、肉体、神经和骨髓漫无节制的癫痫症黑暗疾驰的城。它在我梦中的形象永远是漏斗状的，它也确实如一个漩涡，不仅令人眩晕，而且令每一个进入其中的人最终成为漩涡本身，无限地运转，在惯性中为避免被高速抛出而努力向心，无限地沉沦。但上海毕竟是两面神式的，它甚至不止于两面，它的每一面又能如触手般繁殖出多面。在对它无法言说之时，它又已经靠对语言的否定扩大了数倍；在梦见它坍塌和深陷之时，它又似乎正如山岳耸起。在有关它的所有比喻中，我相信，有一个正是《点石斋画报》，而这份画报里的许多篇，又都是各自有关上海的比喻。那么，是否需要将《点石斋画报》这样的上海浮世绘继续画下去？可以为《点石斋画报》添枝加叶的，也许，有我所见闻或梦迷的这样的片段：

　　在这幢老城区的老房子里，以临时演员的身份，他走进自家的起居室，开始扮演他死去的祖父，一位当年曾经在阮玲玉的默片里客串的临时演员。他家的全套老式家具被留在了现场，所有妨碍回到一个视觉老上海的器物和景象，则被镜头排除在外。整个摄制组同时忙碌着。据导演考据，当年的那片电影公司，也是借用了这套公寓，由现在出场的这位临时演员的祖父担任临时演员，在自家的起居室里，扮演一位扮演着某个小角色的临时演员。他正欲演绎的刚好是这一段。透过扮演自己的祖父，他扮演那个他祖父扮演的临时演员——而那位临时演员演的是未来戏：一个轮回之后相仿佛的今日此刻，某临时演员在自家的起居室，扮演他早年作为临时演员的祖父，如何扮演着一个正扮演未来某位临时演员的临时演员……导演得意于这个绕口令般的好主意——这样一来，如此浅显单薄的场景有多么戏剧化？！只灵机一动，连环套般出现了多么丰富的层次？！小时候那个从弄堂里听来、老挂在嘴边、怎么也讲不完的无限循环故事，也算是有了不错的电影版变奏。当然，它的循环不会完全在电影里完成，它是电影和花边新闻的相辅相成。而这种怀旧热里的又一次花样一新，正可以让媒体去报导、再热炒——譬如，可以设想，善于引人入胜的娱记，一定会用上"老上海的前世今生"之类的标题……临时演员却一边扮演着一边开小差，玩味自己此刻的感觉。这种玩味，得透过想象其祖父当年如何玩味未来某个扮演他的临时演员对自己的玩味才得以玩味——这可真曲折得有点矫揉造作了。但这才是恰切的上海式怀旧：实在跟对着一面隔代的摩登化妆镜打扮自己没多少两样。就是说，把现在投影到旧光阴之上，是为了拿来旧光阴装饰现在……正这么想着，忽听得导演高声叫停——原来弄错了！——既然，这位临时演员将透过其祖父穿越老上海的旧时空走一个U形，又再次回到早已是未来的上海现在，那么这屋里的老式家具就该换成如今的时尚样式——北欧风情呢还是梅蒂奇？

　　对各类票证持续不断的高烧般热情，将他造就为一个哑嗓子。他站在上街沿小声招呼，在译制片厂门口扇形展开一组大团结用眼睛说话，不过，为了适应球赛或演唱会被爆炒起来的喧嚣和狂欢，他也曾混迹其间力竭声嘶——其发音方式绝不像牛，而是像兴奋异常的马儿……所以，他一点儿也不明白他怎么会被指为黄牛？要让那些人弄明白上海那么多票证的逻辑、句法和修辞奥妙，那才几乎是对牛弹琴呢。他所操的营生，大概可以称之为纸译——既不是口译也不是笔译。上海话无法用汉字书面化，在纸上表达和回应的上海方式，常常就是靠五花八门的各类票证。在他看来，票证正构成上海的书面语，不管是近乎绝对命令的钞票，还是有如口令的内部电影票，还是切口般可以换鸡蛋的香烟票，还是仿佛一种和数种唠叨的粮票（那种半两粮票，则几乎是肚肠里面的暗自嘀咕），还是像煞粗口的山芋票（使用它的一大结果，是不禁从后窍喷射或宛转出更甚于粗口的所谓后口语）……它们的意指切实，在市面上都有各自的约定，明确无误。然而，那是些怎样的书面语啊？它们有那么多语种，相互并不通约：认购卡是认购卡，通行证是通行证，抵用券是抵用券，国债是国债，甚至都不属于同一个语系！它们在市面上各行其是，局限在各自的狭小世界里，循环在各类专门的轨道上相互隔绝着。——这样的场面，怎能不叫他挺身而出呢？"倒卖"是一种贬低的说法，正如"黄牛"之类的指称，是对他身份的贬低。他尽其所能互译着这些上海的书面语，达成一种上海方式的表达和回应。那不是交流，而是交易！其过程艰难，还会有麻烦。光凭热情显然不行，这行当更多智慧成分。技术训练、专业态度和安全意识也一样都不能少。他在其间建立起来的意义等式是那样的繁复（譬如，到底将一张月饼票译成多少张人民币？除了市场价、当年中秋节跟国庆节的时距远近、人们口味的变化程度、月圆时分是否有乌云遮蔽良夜等因素，都得要加以过细考量……），经验还不够，还得靠灵感！所以，干得最为出色的时候，他觉得自己简直像诗人，将票证之铁点化成金。

离开了活学活用毛泽东思想讲用会，里弄生产组里那个糊纸盒的病退知青拐进小弄堂，推开黄昏半掩的石库门，上到亭子间，从草绿色帆布挎包里拿出一幅"的确良"，照着用报纸铰成的最新样式裁剪起来……好多年以后，坐在一家宣称"后装修时代"的房产公司总经理办公室，她真想要感激当初那种新型的聚酯纤维料子——它给了多少上海人透气的机会，使得他们不至窒息于政治集权的纪律性穿着。"的确良"衬衫的一度风靡，令"文革"期间的上海，又开始抒写自己的物质之诗，又开始了新的、实则早已是传统的流行追逐。她意识到，在那个黄昏，自己也许一刀剪出了当代上海装修史诗初泛的晨光。两种元素包含在她的裁剪动作里——时尚和主动：她并不全然照纸样去画一只"的确良"葫芦，她裁剪的衬衫，因自身的条件和所需而花样一新。而这正是上海的装修精神——板定要照流行标准将一套毛坯房装潢一番；也板定要照自家的心思破墙动结构，哪怕敲去承重墙，引来官司也在所不惜！讲究一步到位的上海，其装修史诗却不是一步就写到位的：经过了动手裁衣和用火钳烫发的"卖相"装修阶段，又经过打一整套家具外加组装一台黑白电视机的"家用"装修阶段，上海才有可能，也有能力正儿八经地装修"自己的"房子；其过程又从自己动手，请来朋友、小兄弟和单位同事帮忙，到找来马路装修队，再到包给什么协会的什么公司……这些还都属于捧着时尚菜谱下厨一试的初级阶段，那番艰辛和波澜壮阔却已经一言难尽……自己动手裁剪缝纫"的确良"衬衫之类属于回忆了。如今，坐在办公室里，她忙着去煞尾上海吟唱得太久的装修史诗——"后装修"，而且还"时代"！那可就省心了，真一步到位了。连捧着菜谱下厨的自主也都不必了。"后装修"给出的，是读菜单点菜那样的无选择——从室内风景到内心风景，"时代"准备了几种式样，你只要付钱，就能跟上"时代"，成为其中的某一类骄子……然而她突然有那么一闪念：这是否又一个轮回？商业化集权的纪律性正在到来或已经到来了？而她的草绿色香奈儿女包里，甚至不再有一幅"的确良"。

颠三倒四地做了一夜。将馒头放进蒸笼，却蒸出奶油蛋糕的乱梦后醒来，老山东爬下阁楼，站在租来的这间不足10平方米的街面房子里，发现自己又经历着一种更大的惊喜：他正用流利的上海话催促孩儿他妈（小囡拉娘）往发好的面里兑碱、搓揉、做馒头……他老婆却双手插在一大坨发面里，扭过脸诧异地将他打量，眼光里满是带点儿好笑的不认识。看上去，她根本就闹不清他在说什么——而早起后催促干活儿的这些话，他以前每天用家乡话不知重复过多少遍！老山东几乎晕了——记得还是孩子的时候，有个冬天，他第一次去冰河上玩，那种滑溜得没法站住，一迈步就完全失去平衡的感觉，跟现在可真是像。只是现在，他已经是老山东，他不再会兴奋得大声尖叫。可是他还是兴奋得不得了：他一向怎么也弯不转的舌头竟然安上了弹簧，他一向连听都听不懂的上海话竟然如同手中的面团，他想捏它成什么样子，就能把它捏成什么样子了。要知道，上海话可一直是他和像他那样的外地人的一大麻烦，一道障碍，一块心病。他觉得自己在上海混来混去还是个卖馒头的，原因就在于他只会操着山东腔吆喝，却完全听不懂、更不会讲半句上海话。而上海话，老山东这么想，是混进、直到混同于上海的那么条门缝儿！上海话，简直就是他的上海梦……真没想到一梦到天亮，这等好事就碰在了脑门（额角头）上：老山东挤进了门缝。在他嘴里打转转的上海话就像兑进发面的碱，会令他这暗黑泛黄的一团显得白净些；他只要让上海话继续在嘴里打转转，他那个乱梦也就应验了——蒸笼里蒸出奶油蛋糕，他老山东变成了地道的上海人……他以为可以用一副上海人口舌油腔滑调地来段山东话了。但是，很糟糕，现在他根本已不会说山东话，甚至根本就听不懂山东话了！这就是代价吗？他意识到自己立即就失去了他那招牌式的山东腔吆喝——而那些认山东馒头为正宗的上海人，可不相信蒸笼里能蒸出奶油蛋糕来！老山东的馒头生意在他的这个上海话之晨一落千丈，冷清得让他只想打瞌睡。——他深陷于高兴得太早的隐痛，尤其想不通怎么会以这种方式丧失了母语呢……老山东于是想要再试试，是否能在瞌睡醒来后忘了上海话，重新用山东腔大声吆喝？

尽管第一次走进百乐门，他却没感到半点陌生。百乐门就像上海，即使没有去过，也可以对它所知甚详……何况，在他第一次走进去之前，他已经到过那地方多次，只不过当时它不叫百乐门，叫红都电影院。正是在那座由百乐门舞厅改造的红都电影院里，他见识了百乐门——不是透过特为简朴化、革命化了的装潢，去辨认它富丽繁缛的原貌，而是从一部故事片里的狐步舞场景，去怀念它当年的摩登、绚烂、浮华和颓废。显然，他在红都电影院里看到的百乐门场景不是在百乐门拍摄的，就像那部电影拍摄百乐门场景，其意图不是要重现百乐门。那么在红都电影院里，在那部电影给出一个批判性视角，让他去看一座并非百乐门的百乐门时，是怎样的百乐门来到他眼前，而他又身在其中了呢？——答案一定不止于想象……答案里怎么也少不了欲望……答案或许能简化为梦！——散场的时候，他眯缝着眼睛从红都电影院的黑暗回到一片艳阳，同时意识到自己也许是另一个人，正从百乐门舞厅里出来，身上满是混合着烟味、汗味、香水味和啤酒味的夜生活气息，融入了更多迷离和沉醉的上海。而这个夜晚，红都电影院消失不见了；百乐门舞厅以幻觉般现实的、因而也是上海的方式重现于原址；他呢，已经从当初去红都电影院看电影的那个人，变成了另一个人。作为另一个人，他走进了由红都电影院恢复的百乐门舞厅——尽管实际上是第一次，他却熟门熟路，浑身满溢着再熟悉不过的那种感觉，回到了想象和欲望的梦中。站在一个足以展望全景的视点，他打量着那些盛装男女、在上海市面上已经少见的名媛绅士"老克勒"，他们正以一派怀旧的表情陶醉在一曲"夜来香"里，一个经理模样的年轻人，则夸耀着眼下的舞池情形，如何"克隆"了七十多年前的狐步舞场景……然而百乐门就像上海，被述说的、被怀想的、被重现的其旧，也如同他此刻经历的，仅仅是想象和欲望之梦——穿过百乐门抵达的往昔，也刚好是那些人梦见的未来。这样想着，他不知道自己会不会仍然是到红都电影院看电影的那个人，一时迷醉于故事片里的百乐门景象？

这不仅是比喻，也是提示。我甚至认为，《点石斋画报》以肉体的方式给出了浮世上海精神生活的价值标尺。《点石斋画报》的革·十二有一页，画着很长一个时期作为上海城市象征的海关钟楼，其题为"巨钟新制"的文字写道：

自鸣钟创始于西历一千三百七十九年，有德人名威克者，制以供法皇嘉利斯第五宫中所用。此为西国制钟之始。自是以来，造钟表者日多一日，灵心妙制，层出不穷。就其大者言之，如沪上法工部局，徐家汇、虹口天主教堂，学堂、跑马厅等处，皆有大自鸣钟按时锤击，惜其声不甚宏亮，未能四境之内无不倾听也。江海北关设在沪北英租界黄浦滩上，规模宏敞，轮奂聿新。近日新造钟塔一座，兀立中央，高耸霄汉，并向外洋购运大钟安设其上。此钟每开一次，可走八日。计大小钟刑有五架，权之约重五千八百八十斤。报时者最大，其声甚洪，与工部局之警钟不相上下；报刻之小钟声如洋琴，悠扬可听，亦可远闻数里。且四面皆可望，夜间则燃点电气灯，照耀如昼。每钟击时，临风送响，如周景王之无射，噌宏堂答。不独租界居人既便于流览，即浦江十里，贾舶千帆，水面闻声，亦有入耳会心之妙，不诚大有益于斯民哉。

画中新制的巨钟样式，跟我们现在所见的海关钟楼并不一致，想来后来上海又重新构造过这一标志。值得注意的是这则报导中提到了当初建造这一钟楼者的抱负：要"兀立中央"，使"四境之内无不倾听"到巨钟的报时之声。也就是说，要让浮世上海全体参与到这巨钟报告和号召的时间进步里。这则报导的图文首先是对这巨钟的赞美，转而是对时间的赞美——是对一种与时俱进的现代化追求的赞美，由这则报导所宣扬、由这座钟楼所象征的上海式的时髦和摩登，如今依然像那巨钟钟面上的指针，在一刻不停地迈向下一刻……

　　在一爿斜对着海关钟楼的旧货店里，钟表收藏家，那个怀旧者，又觅到一块后盖镌刻着特定年份的上海牌手表。他将这块表贴近有点儿斑白的鬓边，让耳朵得以从仿佛的未来伸进往昔细细去分辨：全钢，十七钻，匮乏时代的时髦货……他由此回到了特定年份的那个上海——因为匮乏，得凭票配给每件必需品，配给的数量，却刚刚不够日常用途，还得靠走后门或别的门槛才能过下去；时髦用品也一样是配给制，那需要一种奢侈的花色票——弄块上海表，一张花色票也许还不够，而一个月的必需品配额才抵一张花色票，一张花色票奖给什么人，那可得通过班组乃至革委会讨论才能定下来……也正因为匮乏，从那时候起，上海表里的时间之声让他听起来"吃价"得不得了，表芯发出的滴嗒滴嗒稍慢于心跳，却令他的心跳加快了节奏，去紧紧追随，去从每一块他幸运地拥有或遗憾地得不到的上海表里，听出一表一里的上海，一表一里的时间，它们一表一里的相互对照，又重复和变奏着无尽的时间，无限的上海……他甚至觉得，要去探究上海的表里，正不妨到上海表里去探究一番呢——就像现在，当他侧耳倾听着这块上海表，他又梦见自己，进入斜对着旧货店的海关钟楼，攀上177级台阶，到庞大的机房里校对时间……上海从来是时尚之城。外滩之钟如果是太阳，调控着上海的"时"之季候，那么上海表，就是开在上海人心田的时尚葵花（——这大概可作为其价值跟以葵花为图腾的特定年份紧密相联的又一解释）。当然，他知道，这比喻和说法是象征性的，正如在一个象征的层面上，他得自匮乏的上海表情结，可以是源于上海因城市历史相对欠缺的时间情结。实际上呢，钟表收藏家心知肚明，上海表就算是一件古董，其时间之声，滴嗒滴嗒的也只是那种逐新的心跳，而不是怀旧——上海表里的时间之声既不开始于它被造就的特定年份，更不开始于任何往昔。每一次，上好了发条，它总是从上海现在顺时针进发，用将来时态赶它的时髦；然而，每一次，上好了发条，其方式却总是有如其精神，重复又循环……

游利华

生于重庆，长于深圳。曾于各文学杂志发表小说散文几十万字，散见于《福建文学》《黄河文学》《百花洲》等刊，出版有《声声慢》《被流光遗忘的故事》等书。

深圳红岗西村

游利华

过家家

一九八五年某个夜晚,夜幕降临时,我们一家三口驮着行李,到达一个叫"红岗西村"的居民小区。人家屋内溢出的昏黄灯光,依稀照亮了狭窄的过道,我强睁疲惫的眼,深一脚浅一脚跟随大人们走进一家热情招呼我们的人家。

滚烫的白粥、炝炒土豆丝。直到现在,我还能回味起那白粥的浓稠,土豆丝的辣爽,抵达深圳的第一餐饭食,它长进我的血肉,垫在以后千千万万个日子底下,做它们的基础。

一餐饭食后,爸爸妈妈开始忙碌起来。

硬纸板、红砖、铁丝、石棉瓦、油毛毡,爸爸从单位工地拖回来一堆形似破烂之物,妈妈在一边打下手,他们像两个过家家的人,爬高爬低,弯腰垫脚,一砖一板搭起一间简陋的屋子,外壳有了,用红砖木板垒出两张床,再用同样的办法垒出灶台,引进一根自来水管,接上水龙头,而后,买来桌椅锅碗盆灶和一张绣花帘布,将绣花布往中间一挂,哗啦,小小简易棚居然有了堂屋卧室。又一个黄昏来临,屋子内飘出奶白的炊烟,隔壁阿姨送来一碗热气腾腾的汤肉,笑嘻嘻地打量我们又小又暗的屋:哟,动作好快,不错不错,挺有样儿的。

那是一九八五年末的红岗西村,也是一九八五年末的深圳。

就在这之前几个月,我仍歪歪扭扭走在故乡重庆的田坎上。七月正午的烈日,烤得我浑身如被千根烙针扎刺。灌浆的稻谷散发出燥热的气息,水鸟沉闷地从一叶草跳到另一叶草,我踢两脚探到田坎的稻穗,深深地打望一眼远天,童音浊重地骂,砍老壳的,再过两天我就去深圳了,深圳你们知道吗?是个漂亮的大城市,那里可没有你们这些讨厌的家伙。

彼时的深圳，却不大，连城市这个称呼也有些勉为其难。红岗西村，要算它屈指可数的大型居民小区之一，村子以北，有农田果林；村子以南，纵贯而下，依次是市政府、大剧院、国贸大厦、火车站，稀拉的楼房星散其间，其余，是大片大片的工地，刨松的土层中露出褐黄的血肉，水泥石沙钢筋堆作小山，泥头车鱼贯穿梭，打桩机日夜不息地咣咣咣，吊车们高高地耸立，像一个巨型怪兽，长长地伸着细手臂，又像指点江山的领袖，展怀引首，誓将日月换新天。

一切却都是新鲜有趣的。

年少不知愁滋味，初来乍到的孩子们眼里，红岗西村便是整个深圳，它是我们的乐园。

红岗西村另一个名称，叫"市一建职工生活小区"。在深圳，凡是早期带村的小区，不外乎单位小区和本地城中村。村，村庄。感谢命名的人，所有人聚居的地方，其实都是村庄。

它是一个大村庄，常住居民达两万。八十年代初期才划建起来的红岗西村，单位宿舍在陆续建设，由于职工家属们一时间大批南迁，只能暂时住进临时搭建的简易棚。

你玩过建屋造城的游戏吗？用积木搭出居民楼、写字楼、医院、学校……村内的居民，也用双手搭出一大片房屋。整齐成行排列的简易棚屋、食堂、菜场、面房、商店、开水房、公厕、卫生诊所、幼儿园，完全是一座可以自给自足的微型城市，像一个孩子过家家，又像一个努力构造未来的人，热情洋溢地建造他心目中理想的城。

屋与屋之间，还间种着各种不知名的树，爱美的居民用盆养的花。听来冠冕堂皇，有模有样，实际却都是些临时简易的，牛皮毡屋顶、硬纸板窗、水泥地板，风来，黑薄的牛皮毡掀起一角，调皮地哗啦啦响；雨来，水滴自某条缝隙叮咚流下湿了一地；夏来，硬纸板窗密不透风，热得屋内人成了蒸锅内的馒头。最好玩的，是台风。深圳夏天常有台风光临，每每收到台风预警，爸爸妈妈就慌忙地找来一堆长长的铁丝，再搬来又大又沉的石头，爸爸上顶，妈妈立檐，拉铁丝，绑大石，夜里台风像个老巫婆，凶狠恶毒地撕扯我们的简易小屋，也撕扯红岗西村里的面房、卫生诊所、商店、幼儿园，呼呼呼、枞枞枞，我跟着风声揪一阵心，没听见什么更大的动静，竟也慢慢睡着了。

记忆中村里最初的那些日子，永远依依墟里烟，远远暖人村，鸡鸣桑树颠，犬吠深巷中，散发出苦丁茶的香。一个孩童的记忆，如万里无云的晴空，朗朗地干净明亮纯粹。

尽管简陋，我们一家却过上了与从前在故乡时完全不同的生活。

白天，我们沿着不算正式但干净平整的马路去往不同地方上班上学。晚上，一颗昏黄的灯泡下，高高低低坐了三个人，我和爸爸各趴踞饭桌一角，我写作业，爸爸给家乡的亲人们写信，妈妈坐在桌子旁，细细拆一只爸爸发的劳工线手套，准备织一件毛线衣。

最忆还是黄昏。火辣的阳光变得温软，温软如黄纱，也如饴水。污水沟边上的晚饭花、夜来香都开了，晚饭花开成一支支小红喇叭，白白的夜来香香得醉人，爸爸妈妈骑着永久牌单车前后脚归来，车铃声丁零零响得若一首欢快的曲子，碧绿的青菜红白的肉在车把上调皮地打秋千。爸爸套上围裙，交给我一只红胶壳水瓶，让我去后面开水房打水。热雾气大成毛毛雨的开水房里，依然坐着一位白胖的阿姨，是某职工家属，我递给她两分钱，小心在水龙头下接开水。从一条小斜坡折下回家时，我闻见了沿途简易棚内飘出的饭菜香，那么醇那么浓，分明是肉香，大人小孩叽喳的说话声，粗壮的女人们端着一盆择好的菜利索晃进门洞，扎红蝴蝶结的圆脸女孩害羞地朝我笑，我家隔壁的小男孩半躺在门前一张竹椅上啃半熟的芭蕉，芭蕉又粗又长，他歪着头，啃得一脸蕉泥，妈妈则穿一件的确凉白衫衣，袖子挽得高高的，跟几个阿姨一起站在屋前长水池前洗衣服，也不知谁说了句什么，她们爆出一阵大笑，笑声伴着水声，水晶般泼下敲击着水泥池。

有时，爸爸妈妈下班晚了，或是累了，就干脆不做饭，拿着饭票去对面大食堂打饭吃。那可是货真价实的大食堂。铁皮棚顶足有五米高，三面架空无墙，炒菜用铁铲、煮饭用铁澡盆，锅灶都有一股气吐山河、对酒浩歌的气势。一日三餐，食堂从不冷清，热热闹闹挤满了吃饭的人们。那些家属还未迁来的单身汉们，更是把食堂当糟糠妻抬头不见低头见。

几乎每天早上，我都会去食堂买一个面包，踮着脚交给窗内人一毛绿胶饭票。简易的大食堂唯一洋气点的食物，新鲜出炉的烤面包，金黄松软。它让人欣喜迷恋，不同于我以往吃过的馒头、包子，甚至饺子，它是画在书上的面包，散发出诱人的香，那香里藏了一只小手，会将你往某个方向攥。

阳光

阳光。很强很亮的阳光。南国深圳的阳光，远比故乡重庆更强烈，更刺人。

后来我读书，看到烈士一词，总会不由地想到太阳，是的，要成为烈士一般的英

雄人物，非得经过烈日的炙烤，宛若凤凰，若不经过烈火燃烧，即不会涅槃成凤。

家门口长着几丛太阳花，肥细的碎叶间，黄的红的小小太阳花迎着太阳怒放。不知为何，八九十年代的深圳，遍地皆是太阳花，它们开在路边，开在土缝，开在花盆，也没有人种的，就那么顽强地自生自灭，迎着太阳开成一朵好看的小太阳。

妈妈说，吃了饭你就学习去吧，要听话，你看中午太阳这么大，你爸爸还在工地上打水泥呢。

我将目光从太阳花上转回来，想起不久前去工地玩的情景。

正是正午太阳最烈时。阳光歇斯底里地撒着泼，一副不将万物烤化誓不罢休的决绝凌厉。我跟着爸爸上了楼顶，一幢正在建造的楼，罩着绿网。爸爸戴一顶安全帽，没穿上衣，惟穿一条被水泥浆得又硬又脏的长裤，爸爸的裤子尽管每天晚上都用菜刀刮洗，水泥还是将它们浆得能直接杵地。只见他双手环抱水泥棒，咬腮抿嘴地上下舂打搅动，钢精墙内的水泥慢慢被搅得均匀柔软起来。

几个叔叔嘻嘻笑着过来开玩笑，有的也赤着膊，有的干脆浑身脱得只剩一条内裤，身上布满古铜色的晒痕，汗水小溪一样汩汩沿脊背流下。我是认得这些叔叔的，他们都是大食堂的常客。

形容他们，爸爸不叫同事，爱叫战友，最爱用的短句是：一个火车皮从东北拉过来的。

一九四几年至一九五几年入伍的兵们。

一九五一年出生的爸爸，是一个不安分的人。家境尚算殷实，却留不住他，爷爷不务正业年轻时丢下锄头独自跑到重庆朝天门蹦跶，爸爸比爷爷走得更远，他十六岁悄无声息自作主张参了军，一列绿皮火车将他呜呜拉去了从前传说中的东北。

每个人的基因里，都有一种叫远行的东西，它让我们魂不守舍，它让我们乐此不疲，它让我们风尘仆仆。

东北严寒的天气，相比兵营里严苛的规定、繁重的活计，已经基本可以忽略。讲起过往，爸爸很是骄傲，你以为当兵那么好当啊，简直没把你当人，还每年都考核，表现不行的就直接复员回老家，我在东北能坚持当十二年兵，那都是淘汰沉淀下来的。

东北十二年后，也就是一九八零年左右，他们这批工程兵就这样被一只大手一挥南下，命运就此改变，两万人，作为政府寄予厚望的拓荒排头兵，穿着绿军装，背着铺盖卷，坐上火车浩浩荡荡来到了深圳。一个从前完全没有听过的地方，一个完全一张白纸

视觉／鬼金作品
雪后即景（2015 年）

的地方，一个划为改革实验田的地方，位于中国大陆的南端，海风冽冽，烈日煌煌。

这一次，也是体内的远行基因在作祟。面对三个选择题，留在东北就地转业进国企，回故乡县城坐办公室，南下深圳。最终，爸爸装好爷爷妈妈的来信，选择了第三条路，选择了当时看来最不容乐观的前途。临行的前夜，一辈子不抽烟的他破例抽了三根，在月光下徘徊至半夜，摸黑找到了指导员，望一眼天，长叹一口气，字字如凿地对指导员说，帮我改了吧，我要去深圳，人年轻嘛，去闯一闯，看一看也好。

现在，爸爸他们一行战友，终于站在了深圳的土地上，一个词，热土，又让我深有感慨，热火朝天的土、热气蒸腾的土。站在罩着绿网的楼顶，爸爸意气风发地指着远方，看见了没有，那一幢楼是我们建的，还有那一幢，也是我们建的，深圳现在一半的楼和路，都是我们建的。

他们在造一座城！

去年我重读卡尔维诺的经典《看不见的城市》，脑中便频频浮现出当年爸爸站在热气蒸腾的楼顶给我指点时的景象。其时正读着一座城，无数的人在梦中见到一个红衣女人，于是，他们来到所梦之地，筑屋修路，所有一切，不过为着要围堵那个美丽得让人不安的红衣女人。

相比爸爸的辛苦，初来深圳的妈妈，简直就是艰苦。

没有多少文化，也没有单位接收，妈妈像个流浪儿，努力寻找一切工作机会。

那几年，深圳扫马路的工作也被千百个人视为珍珠，统一考试后还为此八仙过海各显神通使出走后门塞纸条的招数。妈妈相继做过仓库临活、饼干厂女工、化工厂炊事员，最苦的，莫过于仓库临活。

又是阳光。阳光热烫得如新沸的水。

妈妈从仓库管理人员那儿拖来一麻袋干辣椒。麻袋比人高，麻袋前躬腰的妈妈像个蚂蚁。

是那种最辣的小朝天椒，由于晒得足够干，更加剧了它的辣度，妈妈的任务是摘蒂，加工一公斤辣椒，大约能拿到两元钱。

中午我去给妈妈送饭，看她蹲在光光的太阳地里，光着头手不停歇地摘蒂。一双被辣椒熏得通红的手，又被蒂柄勒出一道道血痕，凌乱的发耷下来，被汗水湿透，挂成发帘挡住了脸。

脸一定被晒脱皮了。在老家时，妈妈是村里的美人，她一生爱美，头发从来梳得溜溜光，再旧的衣服也要洗得干净抻得平整整。

我要她歇歇，她三下五除二几口扒完一铝盅饭，往前走到水龙头下接了半盅凉水，仰脖咕咚一声就着饭粒油花喝净，继续头也不抬摘蒂，她干活的热情堪比这暴烈的太阳，像跟太阳比赛，看谁劲头更高。我却知道她晚上回去是要睡不着觉的，一双手又辣又痛，辣与痛都钻心，钻心得让她呻吟，然而明天，再明天，她还要再给这双手添上几道新伤。

给妈妈送完饭，我就顺着仓库折上一条铁轨，穿过马路，抄过消防大队，来到学校附近的玩具厂前。

学校附近有几个这样的玩具厂，做一些洋娃娃之类的出口玩具。不少学生在厂子扔出的垃圾堆里翻找到了芭比娃娃，甚至好看的全身闪光的小胶马。那些芭比娃娃小胶马，只在外国电影或香港片里见过，全身闪着梦幻的光，对于我们这些刚进城的孩子，俨然童话中物。午后毒辣的阳光下，我和一堆同学站在一面窗前，边不停用手揩抹脸上厚厚的汗水，边小鸟一样叽喳，兴奋又焦急地等待着有人出来倒垃圾。

快要被太阳烤熟时，窗后终于现出了几个男青年，他们抬着一个垃圾筐，看看窗外的我们，互相挤出一个心照不宣的笑，一个矮个子的男青年侧身进了屋，随即端出一大盆水，不等我们反应，"啪"，一大盆冷水结结实实泼在了身上。

尽管是炎热的午后，我还是打了个大大的寒战，冷，在男青年们夸张嘲讽的怪笑中，一股寒冷，直刺入心，我又情不自禁打了个寒战，觉得心脏都冻成了冰坨。

人们都说，童年是美好的，我的童年，回想起来却没多少美好，即使美好，也是短暂的。更深刻的，是孤独，一种身处异乡的孤独。

儿时的我，并没有多少玩得热络亲密的朋友。常常，我孤零零走在放学路上。

下再大的雨，刮再大的风，爸爸妈妈也不会出现在校门口，任凭我双眼望穿，工地要加班，仓库要赶活，我唯有顶着风雨，一路小跑着回家。

在路上，我会突然想起故乡的爷爷，他那么疼我，夜里我害怕就拉着我走回村。穿过一大片工地时，我不小心滑进了水泥池，被水泥浆得差点儿上不来。我吓得大哭，想起了故乡更多的种种，爷爷温暖的大手，伙伴们一群群前呼后拥，去摘桑葚，去掰玉米。雨越下越大，冲迷了脚下的路，我胡乱走着，被雨浇得快要晕厥。

现在跟爸爸妈妈说起往事，我仍记恨，不管不顾将一切罪过都归于他们头上。

记得暑假的一天，中午妈妈回来吃完饭就要去仓库，我拉着她，让她陪我，哭着说一个人在家害怕。

怕什么？

就是怕。我嗫嚅道，眼泪啪嗒啪嗒。

妈妈没理我，踩上踏板一溜就跨上了单车。

妈妈，不要走，不要走。我在后面追，拼尽全力扯住单车后座。

仓库的活儿还没做完呢，我要去赶活，利华乖。她为难地回了一下头。

我不让，更加用力地扯住后座，半拖半走地跟着车屁股。

两个路人好奇地看着我们母女，脸上有惊讶也有责备。

妈妈一脚猛踩，单车加了速，将我甩脱。

我疯了似的追赶上去，眼泪暴雨般倾泻而出。

妈妈，我怕，我怕。

单车已经快要出村口，妈妈回了一次头，再看时，单车已经上了村前马路。

深圳七月正午的阳光，"轰"的一声，排山倒海砸下来。砸得小小的我瘫倒在地，哭得昏天黑地。

阳光是一种伤害。

直到现在，我仍这么认为。

两年后，阳光再次成为一种伤害。

一个中午，上学路上，我的一个玩伴，也是同学的弟弟，过马路时被一辆香港大货车蓄意碾轧。

我不该去看的，那一幕，至今想来仍惊心动魄，足以让我尖叫飙泪。刚满八岁的他，孤零零地躺在宽大的柏油马路中间，脑袋被大货车碾轧成片，摊开在红红白白的液体中，阳光照耀在白胖的小身体上，他显得那么安静、那么孤独、那么无助，来往穿梭不息的车辆，在他身边砌成了一堵围墙。

鞭炮

我说我的童年有过短暂的美好，是指一九八九年到一九九一年之间的日子。

来深圳的人都说，这是一座没有方言的城市。没错，这座城市只流行一种语言：普通话。普通话正式、台面，没有方言那么多叹词、俚语、粘粘糊糊的连词尾音，它面孔生硬，一是一，二是二，一丝不苟穿着衬衣西裤，天生有种距离感。

我的普通话，是向红岗西村内一个小男孩学的。

他说，你是刚来的吧，什么都不会，我不跟你玩。小男孩白净斯文的脸高高扬起，眼角的余光打赏似的睨我两眼，哼一声转身走了。我久久发愣，红着脸支吾地对着他的背影回了一句，我也不和你耍了。

从那以后，我就开始渐渐学会了说普通话，去掉乡音里土气的"耍"，取而代之以书面的"玩"。

其实深圳除了普通话，还有本地白话（粤语）。学校里，一半本地生，一半外地生。同学们一个个都慢慢说起了白话，尽管夹杂家乡口音，也大声侉气指手画脚地说得热闹。我从不当着人面说白话。不止是白话，固执敏感的我，不在人前说任何除故乡方言之外的方言，一个人时，我却常常像个恶作剧又饶舌的孩子，夸张熟练地学舌各种方言。

我是在坚持故乡的唯一与纯洁性吗？

由于个性强，在学校里，少不了与同学吵架。作为副班长，一次轮到我检查值日，两个负责包干区打扫的本地男生随便划了几扫把，就坐在花圃边聊天。性子急躁的我一看就气胀如鼓，发誓要罚他们做一星期值日。

滚，滚回去，外地佬。他俩也气胀如鼓，被我一击就"嘭"一声顶回来。

好，你们还骂人，更要告老师了。我涨红了脸。

骂你又怎么了，滚，滚回你老家去。他俩被我激怒，索性抢起竹扫把朝我划扫。

我这面鼓也不是轻易偃旗息鼓的，迭迭回骂了几句，"哼"地转身上了楼。

后来我却没有将这件事告诉老师，更没有罚他们做一周值日，只在那天回家路上，泪飞顿作倾盆雨。连迎面的路人都不免朝我多看两眼，这个不断抽泣擦泪的小女孩，她为了何事，咬唇无声哭得像个懂事的大人？

然而，春光灿烂的一九八九年终于还是来了。像一株植物的自然生长，萌芽、抽枝、开花、结果，无论它植根于何地。

我们一家搬进了崭新的单位职工楼！

依稀是三月，南国短暂的春天时节，树们换上嫩绿的新叶，草们恣意疯长。至今，我仍不能忘怀那种巨大的喜悦，这套现在爸妈仍居住的二厅二居室，标志着，我们在深圳这个城市从此有了一个正式像样的家！

红岗西村二十三幢四零五。我会记着这个地址，它是我身体内一个深深的烙印，在来生，再来生，以后千千万万次的轮回里，我的灵魂也会在一个个夜晚，独自回去，在属于我一个人的房间里，静静待上片刻。

搬家那天，我不停跑上跑下，像只欢快的小鸟。在我的房间里兴奋比划，哪儿摆桌子，哪儿摆椅子，我收集的小玩意该怎么摆，我得的奖状又该怎么贴。爸爸妈妈比我还高兴，一边招呼过来帮忙搬家的叔叔阿姨，一边忙着在厨房烧鱼炖肉。尤其是妈妈。退休后，她跟我闲聊，说起往事，那时候我还在农村，每次赶集去镇里卖菜，看见那些镇里人干干净净地过来买两把小菜，然后慢悠悠地拐进单位职工楼，心里羡慕得通红，觉得那才是人过的日子嘛，自己这一辈子恐怕是没有指望了。

其时，村子里的人们也前前后后搬进了新建的职工楼，简易棚屋的时代，结束了。

红岗西村有了一副可以大大方方见人的面目，几十幢结实敦厚的多层灰体楼，整齐排作几列，是那种八十年代流行的标准单位宿舍，板式，水泥楼梯，宽敞的三房或是二房，墙壁雪白，地面铺着绿白水磨薄砖，前后各缀一个可种果树的长方大阳台，楼下围绕精心修饬的花圃，还有一溜长长带雨篷的单车棚。

村子里依然有食堂、诊所、幼儿园、百货商店、菜市场，也都光光鲜鲜地搬进了新家，卫生诊所门前，还种了一丛蓬蓬勃勃的葡萄，夏天静谧的午后，吃饱的知了长长地鸣叫，碧绿的葡萄叶淑女气十足地颔首低眉，欲语还休地将点点碎影投在青玉般的葡萄串上。

还有一件好玩的事，搬进新家，从前只忙着加班的爸爸，突然聊发了兴趣，馋瘾雨后春笋一样萌发。爸爸买来一堆糯米、杂粮、面粉，像个调皮的孩子，下班回来一头钻进厨房，翻着花样蒸肉包、炸米糕，还别出心裁地将发好的面团捏成花炸得金黄酥脆。那一年，十六岁的表姐苹来深圳打工，说是打工，其实是姨妈想让她早早独立自主，半押半逼着来的。苹表姐不习惯深圳的天气、水土，不习惯工厂的繁忙，甚至不习惯深圳人的脸，一得空闲，她就趴在桌上写信，一次要写好几封，给家乡的男友姐妹们写。妈妈于是每个周末上午都去附近的厂房接她，拉她来家吃老家的美食。一进屋，爸爸早已磨好了黄豆，浓稠的豆浆在铁锅内咕嘟嘟翻白泡，妈妈赶紧洗了手，慢慢将一碗卤水渗进浆里点豆花。另一只煤气灶上，锡锅盖扑哒扑哒跳窜，卤得烂熟的鸡腿鸡翅猪蹄们迫不及待要跳出来见世面。

最快乐的，当然还是村里的孩子们。由于爸爸们几乎是同龄人，我们这些孩子也几乎同龄，前后相差不过五岁。

恰逢豆蔻好年华。

每逢节假日，村里都要放露天电影，篮球场上，支一块大大的白布，我们像一群小鸟，端着小马扎挥臂撒腿呼叫着赶着占前排位置。大人们一般是不爱看的，他们宁愿在家抱着电视看没完没了的《渴望》。我们一群孩子，其实也从来没能将电影看到尾，无非吵吵嚷嚷打打闹闹，连名也没记住就又转移阵地继续打打闹闹去了。

那时候的夏天，除了台风隔三差五地来串门，还爱停电。总是这样的夜，月亮清朗地悬在中天，灰黑的楼体上镶着方形琥珀，猛地，琥珀们就消失了。

停—电—啦！

不知哪一面窗内，促狭的男孩大声拖腔拖调吼叫，兴奋又夸张，我于是名正言顺搁下作业，趿上凉鞋就摸黑冲下楼，楼下早已聚集了一堆人，月光那么亮，照着他们摇晃的蒲扇如白玉。

停电的夜晚，我们总是可以玩到很晚，没有大人会呼唤孩子，因为他们知道，孩子就在村内，再黑的夜，无非嗑破点皮。

游戏的孩子，他们不关心天色。丢沙包、跳皮筋、三个字、躲猫猫、抓石子。难得村里有人过来爆米花，我们也把它当游戏玩，故意从家里偷来大米，瞪大眼睛安心守着爆米人，看他黑黑的大手不停摇动一只形如长胆的黑铁罐。

"嘭"。

启罐那一刻，米花们烟花一样爆窜而出。

"嘭"。

冲天炮像条银蛇窜上空中，不及人想，又是"嘭"一声，银蛇在空中炸开来点点璀璨的烟花。那边还有人在放地老鼠，银光四溅的地老鼠，疯狂的在地上打着圈圈，看得人目眩。

千门万户瞳瞳日，总把新桃换旧符。除夕钟声敲过后，更是我们狂欢的节日，大人们在楼道间放炮，我们则冲上楼顶，比赛看谁的炮火最炫。天地被不息的烟火点亮，如白昼，还欢天喜地敲锣打鼓。

租客们

九十年代的深圳，骚动而迷离。

在这个年代开始之时，它有了一个新名：一夜城。人们说，十年即一夜，弹指一挥间，沧海变桑田。十年，桑田又变成了楼宇。从昔日的小渔镇，到如今大道如青天，高楼可摘星的摩登之城。

高楼大厦发豆芽般噌噌噌冒出时，无数新面孔也如迁徙的鸟飞进了这个新新城市。

人口一夜间呈几何级数往上递增。每隔几天，班里都会来个新同学，他（她）努力咬着舌头，用极不标准的普通话对我们害羞地说，我叫……我来自……

那时在我的家乡，沸沸扬扬流行一句话，到南方去，到广东去，打工去。或许不止在我的家乡，整个中国，都在反复回响这句话，到南方去，到广东去，下海去，打工去。没完没了的电视剧《渴望》终于过完了它零碎的烟火日子，取而代之热起来的，是《外来妹》，许多人苦追着它，看见零乱忙碌的工厂流水线，看见岭南水塘边一望无际的甘蔗林，还看见灯红酒绿时尚繁华的大城市。

那年还懵懵懂懂的我，惟记得我们刚刚住出人味的小家，陆陆续续来了许多客人，其中有两个，音容与《外来妹》中的两位几可乱真。铁打的营盘流水的兵，小家成了旅馆，每隔一段时间，客厅沙发上，总会坐着几张熟悉的面孔。往往在黄昏到来之前，他们抵达，蓝黑的土布衣裳被火车摇得又旧又脏，我放学进屋，他们枯槁的脸有几分羞涩，热情地用乡音唤我的小名。鼓胀的蛇皮行李袋还堆在脚下，桌上搁着几包老家特产的陈皮糖桃片怪味胡豆，他们又有些拘谨地朝我讪笑，像个做了什么错事的孩子，眼睛迅速扫遍客厅，不停上下眨巴着，双手搓握。

伴随着老家来客的，还有口音不同的租客。

红岗西村里，家家几乎都有这样的租客，他们不是进工厂的工人，他们是最初的创业者、白领，当然，还有那些霓虹深处的欢场女子。那时深圳可以住宿的地方不多，没有现在林木般密集的居民区，本地农民村也没有建起七八层的握手楼，工人们有宿舍，他们这样的准老板、准白领、小姐，唯有拿出高额租金，住进居民家。

爸爸于是让人重新装修了家，两房变三房，还将客厅阳台夹出一间小小的房间。

那些日子，每个角落里都放着床，大床小床单人床上下床，男人女人大人小孩，将一个不算大的家挤成一家生意爆棚的客栈。客栈里，有说四川话的，有说湖南话的，有说东北话的，有人冲凉，有人炒菜，有人聊天，有人看电视，热闹如市场。

此般情形，一直延续到九十年代中后期，七八年间，家里租客来来往往，有短期停留两三月的，也有长期租住二三年的，这些有呼吸有思想的生命，每个人都够写出一个长篇故事，记忆深刻的，有东北大学生、小红姐，以及一对夫妇。

东北大学生是个帅小伙。戴一副厚厚的眼镜，说话尖声尖气，喜欢像个领导边说边比画。

他说他毕业没多久，丢了分配的研究所工作就只身直奔深圳了，现在在附近工业区的一家私人公司做工程师。

他是我家第一批租客，九二或九三年的样子吧。他话多，拉着人就聊，聊工作，聊家庭，聊个人烦恼，一开始还新鲜，没几天，连家里最爱跟人说话的爸爸也不跟他聊了，他聊天时，从不要人插话，尖利的嗓音因为激动更尖利，像锯子拉划破璃，让人浑身起鸡皮疙瘩。

他是个闲不住的快乐单身汉，每天很晚下班还能边煮饭边哼歌，洗澡时也哼，依然大学生一样光着上身套一条松紧短裤满屋子乱晃悠。

家里人一多，妈妈免不了抱怨，抱怨洗了澡不刷厕所墙，抱怨把洗脸池弄臭了。大学生一听就激动地扯起他的尖嗓门，你自己心多，我可是什么也没乱来，别一天到晚指桑骂槐的。

他爱看足球，简直爱球如命，世界杯开踢那阵，他天天通宵守球赛。电视放在客厅，客厅又正对着爸妈的卧室，大学生一看球赛更激动，又是拍掌又是喝彩的，妈妈睡眼惺忪地爬起来，不客气地训了他几句，想必他一定也还了嘴。接下来两天，他依然起来看球赛，将声音调到静音，但他仍要激动，一激动，妈妈又起床了，黑着脸二话不说关了电视。

大学生对此非常生气，又是吼又是叫又是讲道理。

阿姨，我就好看个球赛，我们以前上大学时，半夜边喝酒边看球赛，看完了还要扔酒瓶唱歌的，现在我都关掉声音了，我保证，下回再不拍掌说话行了吧。

不行，我们要睡觉。

妈妈态度强硬。

大学生就口水四飞地叫，你也太不通人情了，比资本家还恶毒，不就看个球赛吗，四年一次，就几天。

无论如何，妈妈都不答应，末了，他无奈地哭丧着脸，哼哼几声，气冲冲地关了门。而后他又骂骂咧咧了几句资本家，半夜偷偷摸摸捣鼓了两天，终于抵不过妈妈的反对，彻底举手投降。

以为得罪他了，仅仅过了一天，忍不住寂寞的他又主动嘻嘻哈哈来找我们聊天了。

这一回，是我要填报中考志愿。他认真地看了看我的志愿表，郑重地问深圳哪个

高中最好。我说深圳中学、实验中学。他猛地一拍桌，像个法官宣布审判结果。

那就填它们俩，别的都别填。

我低着头嗫嚅道，我的模拟分差太多了。他白我一眼，切一声，抑扬顿挫说，人生能有几回搏，你不填，将来后悔一辈子。

就是这个志愿，还真让我后悔了一辈子，不过，这已是后话了。

至于大学生的后话，是不久后他回了东北，具体原因不清楚，他就像一阵大风，呼一下来了，呼一下又去了。

东北夫妇则是在大学生离开后。

他们是一对奇怪的夫妇，一对真正为了生活本身，不附加任何其他内涵的夫妇。

女的，在一个早上突然搬进了我家，说是昨晚上刚从拘留所出来，听说住在红岗西村派出所不来查暂住证，匆忙收拾了行李就来了。

至今，我都没有见过那样的女人，高大白皙，丰乳肥臀，与书中形容的那种大洋马女人相似。

就在当天下午，我们一家就都知道了她的职业。这头我们做晚饭，那头，她和一个陌生的男人关进屋里，稀里哗啦了十几分钟，男人穿上鞋，不等我们看清脸就咚咚下了楼。

从此，女人每天都要拉来一二个男人，男人大多说香港白话，眼神泥鳅一样滑溜。送走男人们，女人就大大咧咧地笑，也不介意有没有异性小孩在旁，没心没肺地说那些男人一见她胸前那东西就呆了，虎狼一样猛扑过来。

臭男人，都一个样。她皱起好看的鼻子嗔怪，咯咯咯爆出一串脆亮的笑，露出一口整齐雪白的板牙，一只手还拍了拍高耸的胸。

一个月后，女人的老公从老家来了深圳，女人把他的行李往客厅一扔，不冷不热地对妈妈说，大姐，你们就随便找个角落给他搭张床，跟老鼠睡也没关系。

从此，东北夫妇就在我家双双落了脚。

白天，女人与客人在大卧室稀里哗啦，被翻红浪，男人半垂着头，闷坐在客厅看电视，或是下楼闲逛。夜里，女人打扮得花枝招展背着坤包出门，男人就一个人回阳台上的小小阁间，磨砂玻璃后，能看见他并没有睡，木桩一样枯坐在床沿。

女人带着客人回来，与男人在屋里狭路相逢，女人淡淡地指指男人对客人介绍：我哥，也住这儿。男人微微抬起脸，眼风一扫，迅速埋下，默默侧过身。

　　我只是奇怪，这样一个高大丰满漂亮的女人，如何会嫁给一个如此矮小、瘦黑的男人。不只我，爸爸妈妈也好奇，东北夫妇却从不主动说起过往。我们也聊天，夜里无事时，围坐在客厅，边看电视边聊。

　　家里挣不到什么钱，深圳来钱多快。女人大声侉气。

　　男人微垂着头。

　　我们家那房子该修整了，回去我把屋顶换了。女人说。

　　还有院子，也要修整一下，篱笆得弄起来。女人说。

　　再打一口井，有了井方便多了。女人又补充。

　　声音洪亮，连带几个比划。

　　男人一直不说话，也不表态，像截影子杵在沙发上。

　　其实那些日子，我几乎没听见男人说过话，他像个哑巴，总是无声地半垂着头，轻飘飘地穿行在屋里，除了吃饭睡觉看电视，也不见他做别的。

　　他努力缩紧自己，努力不发出一星声音，像一株被刺激的含羞草，无论当时还是现在，我都不知道他的模样，他没有脸，只一片轻飘飘的身体。

　　这年的春节前两天，村里还发生了一件轰动一时的事：一位单身女租客被人半夜捅死在床上。主人一家第二天看见门缝里流出的血后报了警。谁也说不清个中原由，更不知道凶手是谁，夜里睡着香甜的主人一家也语焉不详。漆黑午夜里那场斗室内惊心动魄、鲜血惨烈的搏杀，成了一个黑洞似的不解之谜。空气阴冷刺骨，天灰得像块脏抹布。人们在楼下围成黑压压的蚁群，嘤嘤嗡嗡议论着，一块白布严严实实捂盖了死去的女孩，由两个民警缓缓抬下楼送往火葬场。一天后的除夕，村里热闹如昔，家家户户贴对联，包饺子，看春晚，放鞭炮，我从阳台上瞟了瞟，发生凶事的那家，屋里亮起了红红绿绿的节日彩灯。

　　等到小红姐来红岗西村时，我家这个小客栈已经冷清下来了。租客们开开谢谢，一场热闹的花事，渐渐走向萎靡。

　　第一眼见到小红姐，我就呆住了。多漂亮的女孩，漂亮得吓人，樱唇、杏眼、胆鼻、柳眉、鹅脸。一张标准的中国古典美人脸。

　　我竟然，忘了小红姐是哪里人！不过也不重要，那个年代，甚至这个年代，像小红姐这样的女孩，野花一样星落在繁华的城市，浮萍一样随波逐浪。

　　小红姐无疑也是欢场女子。每每夜幕降临，霓虹闪烁如彩虹，小红姐就顶着浓艳的妆，踩上细高跟鞋，挎上小坤包扭着步子去夜总会坐台。

那些男人们，一定会为她迷醉。手如柔荑，肤如凝脂，领如蝤蛴，齿如瓠犀，螓首蛾眉，巧笑倩兮，美目盼兮。他们为她买来一杯杯美酒，他们为她点上一首首情歌，午夜时分，紧紧抱揽着归来，天亮之前，男人们都消失不见，宛若阳光下蒸发的露水。

由于年纪相差不多，小红姐爱跟我玩，还给我看她珍藏的相册。

相册上，一半是她的个人照，一半是一个男孩的个人照及俩人的合影。

男孩高高瘦瘦，穿着绿军装，挺立如白杨。

我男朋友，去当兵了。小红姐说，脸上泛过一丝红晕。

很远的地方，都不知道什么时候回来。她轻叹一口气，接着说。

我没问她更多，因为她似乎有些欲言又止。

暑假里荷花开时，我们相约去公园。

七月骄阳下，一池塘的荷花都开了，粉的白的，高高低低含苞或怒放，穿上田田碧叶裙，宛若一池亭亭少女。

两个路遇的中年男人提出要为我们拍照。男人们眼色有些奇怪，虚眯极不老实地四处乱钻，缠绕机敏里透着狡猾。小红姐却很高兴，不但大方同意，还主动脱了外衣，惟穿一件半透明的齐腰胸衣。

当时图景现在忆起仍是刺目。漂亮得吓人的小红姐，双臂后撑仰头斜坐在荷花池前，胸衣透明，大腿雪白，接天映日的荷花，亭亭少女般的荷花，被风吹得层层波涌，两个半秃的黑衣男人，苍蝇一样围着她，不停咔咔按下相机快门。

斜阳岸

行经市内罗湖区红岭北路的公交车，都会停泊一个叫"红岗西村"的站。从前是，现在仍是。

进入罗马柱旁的大门，往前走几步，就到了菜市场，菜市场紧邻着文化广场、物业综合楼，老人们都喜欢带着孙儿来这一带散步、嬉戏。他们手中提一把鲜嫩的小菜，两两相对，或是三五成群，一边招呼疯跑的孙儿，一边摆些没完没了的龙门阵。那些职工住宅楼，就围在文化广场、物业综合楼身边，像一群看热闹的人围了里三层外三层。

只是他们都是些灰头土脸的老人了。水泥色外墙，矮壮身躯，窗户下流挂着经年的雨痕，改装得歪七扭八的阳台上，凌乱地堆满了杂物。一排排高大的树木掩映着宽敞的人行道，树下，白漆铁靠椅上坐着歇凉或搓麻的老人，他们皆是本单位职工，如今都已年过六十，退休无事，喜欢流连健身区、牌阵、麻将桌。花圃旁的单车棚早在十几年前就没了，改成了健身区、停车场，或是安上了打麻将的桌椅。打麻将时，他（她）们不喧哗，反正是无聊当耍子，脚边的宠物狗也乖顺地伏在地上闭着眼打盹，安静，唯有哗哗的洗麻将声，伴随着树间偶尔一声鸟叫虫鸣，阳光软软的，天上几丝棉絮云，迈着蜗步松散悠闲地浮游。

此般场景，尤其闲和宁谧的夏日午后，总让我想起故乡一词。牛衣古柳，一簇烟村。日暖桑麻光似泼，风来蒿艾气如薰。酒困路长惟欲睡，日高人渴漫思茶。

一位初次来家玩的朋友说，你们小区怎么这么黑呀。我后来想想，是的，黑，那种暮年的黑，没有什么朝气，也没有了躁动，像墨一样收敛了百般色彩，甘心情愿地就着光阴细细研磨。

二零零五年，我搬出了红岗西村，住进了时尚漂亮的新小区。自那以后，红岗西村在我眼中，像一个步入了暮年的老人，鲜有故事。

其实也是我的粗心与隔离，村子里，故事仍在继续。过半的当年老住户搬走了，甚至售卖了房屋，留下几个恋旧的老人不成气地守着，那些空出来的房屋，走马观花地换着租客。记性再好，我也没能记住他们中的任何一张面孔，惟记得都是年轻的，二十出头的模样，上楼梯时步子有力轻盈。他们也许只在此借住几个月，他们也许，只在深圳待几个月，明年，再明年，他们会出现在另一个城市，另一个小区，另一间房屋。

他们会记起一个曾经停留过叫"红岗西村"的小区吗？它陈旧、阴暗、缓慢，宛若故乡。

我也只是有时回去，节日假日。爸爸妈妈一再催促甚至要求我回家，不到饭菜上桌，楼道里不会响起我的脚步声，来匆匆，去也匆匆，留下过夜几乎不可能。麻辣香肠、粽子、汤圆、豆花、糍粑，全是爸爸妈妈一手手做出来的，我闭眼全情投入地品尝咀嚼，一脸孩子式的满足，它们是故乡重庆的美食，是我肠胃的初恋，万千山珍海味，终不如。

黄昏时分，我会带着这满足幸福上楼顶眺望，或是在小区里闲逛。

楼顶上种满了豆角生菜丝瓜，我背倚一架开花的黄瓜，打量眼前的深圳。

卅十载，面目全非。儿时能望见的山墙被成排的高楼挡住，连山也没有了，一圈隐隐青山环抱着一座高楼耸立、五光十色的城市，要是飞到半空，还能看见那些灰白宽阔的公路，如白丝带缠绕串连起整个城市，再于立交桥处挽个漂亮蝴蝶结，将这份精美绝伦的礼物，呈奉给上天。抛开欲望论，我无疑是热爱城市的。你到过大西北吗？一片茫茫戈壁上，走很远的路，走得你快要绝望时，远方突然横出一座城市，楼房、绿树、公园、人群，你久久地凝望，会突然想哭。人多伟大，在绝望中创造了生机与美丽，在一无所有中开辟出膏田万顷。

如梦令。

这个城市，不，一切城市，其实都是梦的产物，它们使用的材料，不是钢筋水泥砖瓦，而是一个个的梦，无数的人，怀着他们热忱的梦，从故乡出发，来到这个原本空旷蛮荒之处，披荆斩棘，筑屋修路，于是，渐渐有了家园，有了城市。

走在小区里时，我还一直这样想。

黄昏越来越深，近于昏暮。

夕阳如一层蜜纱，披沥下来，归来立马斜阳岸，隔水歌声一片。人们都归家了，如鸟儿返巢，锅铲嚓嚓声、电视声、孩子说话声，在空气中混成一支醇软的交响曲。折过一条条人行道，不时有路遇的叔叔阿姨亲切玩笑地唤着我的小名，哈哈笑着打趣，像多年前儿时那样。这世上，如此亲切玩笑地唤我小名的，除了故乡的亲人，便是他们了。

楼下花圃中的木棉树越来越高，撑到八楼的阳台了。儿时我曾将几只死去的小动物葬在树脚，还在树脚埋下一粒种子。篮球场边上的树又茂盛了，树荫宽成一片大房顶。儿时放露天电影时，我们坐在树下打打闹闹，夏天午后，就在树荫下跳皮筋。还有那条偏僻的小路，还有那幢大学生公寓楼……

我慢慢踱着步，一一走过它们，内心一片阴湿。一草一物，所有的它们，连缀起一片密实的时光，真实得可触可摸可感，从童年到少年，再到青年，再到如今的中年。不曾断裂的时光，三十年，几乎覆盖我的一生。

一个装着我一生光阴的小区，它依然，朴素、黑白、简单、健康，有浓郁的八十年代气息。三十年，于一个城市只是少年，三十年，于一个小区，已生暮气，我像一个嫌弃母丑的人，还没进屋，就皱眉嫌弃它日渐酸腐的体味，嫌弃它皮肤上隐约的老人斑，两年前，听闻它要拆迁改造的消息，对着地产商的建构蓝图喜不自禁：泳池、会所、高层……俨然时尚漂亮的现代小区，在深圳，在任何一个城市，随处可见的现代小区，如一堆模型伫立着。

前年，爸爸携我们一家回故乡办他的六十甲子大寿。以为他会久待的，反正退了休无事，却办完寿就匆匆回了深圳。一进屋，他就跟妈妈商量，等我百年之后，你把我的骨灰带回去，埋在我老汉身边，面着嘉陵江，风景多好。

爸爸的梦想，似乎也是我的梦想。在离开故乡多年后，我开始着了魔一样思念它，缘起于几年前回乡奔爷爷的丧。停留故宅那半个多月，我们为家中最后一位老人——爷爷守夜、做道场、下葬、修坟。那些夜晚，我睡在万古般寂静的夜里，心事连连，油然升起巨大的虚空与忧伤。回深圳后，就不住反复构想，等到暮年，我要一个人回到童年的故乡，住在一间小屋里，日夜安静看那门前江水流。为此，还一次次地与妈妈提起旧时景象，抱着寥寥几幕记忆，眼神发亮地说村里的李树，说村里的婆婆。妈妈却拧着眉狐疑地盯着我，是吗？我怎么不记得是这样的，好像没有吧。

差点儿一语惊醒梦中人。

所以我一直坚持只说普通话，本地同学说白话，我也固执地答以普通话，场面滑稽别扭。普通话是一种漂泊者的语言。有一天，却猛然发现，我连重庆话也说不好了，在故乡的老宅里，几个过来帮忙的女人问说着家乡话的我，你是哪省人？

你是哪省人？最初我的祖先们漂泊到嘉陵江边时，一定也有人这样问他们。

却认他乡作故乡。

我们总在马不停蹄地寻找，寻找一个地方一番感情一份事业一件物质，这些穿上梦想外衣的东西，以为它能让我们心有归属，我们义无反顾地奔赴而去，如同奔赴母亲怀抱的婴孩，黄昏时，我们带着疲累却依然骚动的身心，想要归家，繁华褪尽，抬脚无路，惟有回来，粉饰最初也是最远的原点。

然而，故乡是什么？这些年里，我一直苦苦思索。故乡也许，是用来逃离，用来怀念，用来幻想的。所有异乡最后都会变作故乡，然后，所有故乡又会变作桃花源，但是，你不会归去，也无法归去，因为它已经成了虚构的桃花源。

此身安处即故乡。再一厢情愿，也不得不承认，我和这座城市，我和红岗西村，日夜厮守，相濡以沫，相依相偎，早已你有中我，我中有你，不可分割。

若干年后，我的儿孙辈，他们会以此为原点，远行，于一个同样昏暗的夜晚，茫然孤独抵达另一个陌生的地方，开始另一段类似于红岗西村的故事。如同我在童年最幸福那年暑假，每天都要骑单车往陌生荒僻的郊野走，一直走一直走，甚至连路上累累的坟墓也不怕，直至分隔市内市外的岗哨。我会在岗哨踮起脚尖，使劲伸脖向外打望，久久，方一步三回头地骑上单车回家。

那一幕，其实是生命中的必然。

视觉 / 鬼金作品
镜中 (2015 年)

06. 观察

查娜·布洛赫

《阿米亥诗选》（The
Selected Poetry of
Yehuda Amichai）英文译
者之一，美国加州米尔斯
学院（Mills College）英
文系教授和创意写作计划
负责人。此文为 1996 年
版《阿米亥诗选》前言，
标题系译者所加。

从圣经的睡梦中撕裂的语言

查娜·布洛赫

汤晨昕／译
刘国鹏／校

一位朋友向我讲起一则有关应征参加 1973 年斋月战争（Yom Kippur War）[①] 的以色列学生的故事。接到通知后，学生们立刻返回大学宿舍，自备衣物、一把来复枪、一本耶胡达·阿米亥的诗集。这并不是一个可以轻易预见的场景：这年头，在我们的印象里，当兵的并不会将诗歌当作战火中的慰藉，而阿米亥的诗歌也并非一项标准的政府供给。诗中的文字，一般而言不具有爱国情怀，也没有叫嚷着要杀死敌人，甚至不会为杀戮与死亡提供简单的安慰。

然而，我却能理解这些年轻士兵的追求，因为我自己也时常将阿米亥的诗歌当成滋补品。尖锐、反讽、温柔、幽默与绝望交相辉映，其语言中蕴含的能量、丰富的创造力以及令整个世界焕然一新的惊人的跳跃性吸引着我，似乎，在那里一切皆有可能。当然，还有他的幽默感——那种令人倒吸一口凉气的、咸涩的犹太式幽默。某种内敛的精神品质，对一切伪饰、痛苦和自欺不假辞色，甚至坚持对其所爱的拷问的智性的怀疑，也同样令我深深着迷。

爱是阿米亥文学世界的中心，但他很敏锐地承认，爱人的双眼并不能与太阳相提并论，性则是一桩散发着迷人气息的棘手差事。而耶路撒冷，这座他钟爱的城市，被他视为爱与愤怒的混合体。没有人以更私密的方式描绘过这片土地——尘埃、石头，以及带刺的铁丝网护栏边的幽灵；老城区和城里的哭墙[②]、清真寺还有教堂，那些关于所

[①] 斋月战争（Yom Kippur War）：1973年10月6日爆发的阿拉伯国家同以色列之间的第四次中东战争，因发生于伊斯兰历的斋月期间，又称斋月战争；

[②] 又称西墙，位于耶路撒冷老城内，是环绕第二圣殿庭院的古城墙的遗存部分。许多个世纪以来，一直是犹太人祈祷和朝圣的地点。哭墙，即指"令人哭泣的地方"，据传是因为犹太人经常到此悼念消失的神殿。

罗门[①]和希律王[②]以及苏莱曼一世[③]的故事，一切都被罩上预言的气息；外国领馆和犹太定居点；犹太人和阿拉伯人；狂热的裹着黑袍的哈西迪犹太教徒[④]和游客；压抑的死亡的阴影。

阿米亥审视这块土地的方式——包括大多数他笔下的事物——是通过表象和内在，温柔和讽刺相对抗的平衡，来反映他在两个截然不同的世界中的生活经历。1924年，阿米亥出生于德国的维尔茨堡，他成长于一个严格恪守宗教仪式、崇奉保护他们的上帝的正统犹太家庭，一切正如家庭本身一般无可逃避。他的父亲是店主，祖父是一个农民，而他对童年的记忆（除却政治局势的影响）则是田园诗般的闲适恬静。1936年，他随父母来到巴勒斯坦，他的成年生活被卷入了以色列为了实现独立的阵痛式挣扎和之后这个国家的苦苦求生和自我正名之中。阿米亥以教书谋生，却研究着战争——他曾作为英国军队的一名士兵参加过第二次世界大战，之后在1948年以色列独立战争期间加入了帕尔马奇武装力量[⑤]，并在1956年和1973年跟随以色列军队参战。塑造他的，半是父亲的伦理，半是战争的残酷。

他描述了贯穿一生的回忆和回忆的重荷；同他本人生活的混乱艰难恰成对照的、盘桓在双亲生活中的幸福与单纯；意味着失去和作为防止这种失去的藩篱的爱的战争。一生中最令他不安的则是童年的失去，它被遗失在正常的生活轨迹中，并被战争摧毁。"我那有着神佑般记忆的童年"，他这样称呼它，借用了一个惯常用在死者身上的表达。

阿米亥紧紧抓住所有他失去的事物。"我再也看不见的，我也会永远爱它"，是他的首要信条。这也正是他写下了如此之多关于爱的挽歌的理由。也正是因为这样，在他的诗歌中，尽管上帝有时似乎仅仅是深埋于语言中的一种比喻，却能在不被提及

---

① 根据《圣经》，所罗门是耶路撒冷第一圣殿的建造者。著有《圣经》中的《箴言》《传道书》《雅歌》三部书。在东正教中，所罗门则被赋予了"正义先知和君主"的象征。

② 根据公元1世纪犹太史学家弗拉维奥·约瑟夫斯的著作，希律王是古以色列的国王，扩建了耶路撒冷的第二圣殿。希律王以残暴著称，在《新约·圣经》记载中曾试图杀死襁褓中的耶稣。

③ 苏莱曼一世是奥斯曼帝国的第十位也是在位时间最长的苏丹（1520-1566），同时他也兼任伊斯兰教最高领袖哈里发之职。在他的统治下，奥斯曼帝国在政治、军事、文化等各个方面都进入全盛时期，因此又被称为苏莱曼大帝。

④ 哈西迪派是犹太教极端正统派的一支，成立于18世纪，以反对当时过于强调的守法主义犹太教。

⑤ 英国管辖巴勒斯坦时期，以色列地下武装力量的精英部队。

的情况下令人强烈地感觉到他的存在。阿米亥与上帝的论辩给他的诗烙下了显而易见的犹太特色。这些论辩继承了亚伯拉罕①、耶利米②以及约伯③的庄严传统——尽管《圣经》也是他嘲讽的对象，尤其是先知们虚幻的狂热。正如他在《当我的脑袋撞在门上》（When I Banged My Head on the Door）中所写的那样，这首诗也许可以看作是他的诗艺（ars poetica）：

> 当我的脑袋撞在门上，我大叫，
> "我的头，我的头，"我大叫，"门，门，"
> 我不会大叫"妈妈"，也不会大叫"上帝"。
> 我也不曾预言世界末日的情形
> 那时已没有脑袋和门了。

　　阿米亥最喜爱的主题是怀着各自悲喜的普通人，心中的博物馆以及身边的购物篮。在《游客》（Tourists）中，他希望我们注意到的并不是罗马的拱门，而是坐在附近、带着刚为家人购买的水果蔬菜的男子。

　　阿米亥1948年开始写作；1955年出版第一本诗集。自那时起，他已出版了11部诗集，其中大部分成了畅销书，还有小说、短篇故事以及戏剧。他的诗在以色利拥有超高的人气。人们在红白喜事上朗诵他的诗歌，在学校里教他的诗歌，并谱上曲子，争相传唱。对于一个植根于其故土的诗人来说，他的作品也在以色列之外的国家享有盛誉，并被翻译成约33种语言，包括汉语、日语以及阿尔巴尼亚语。

　　本集中的诗歌选自近半个世纪以来阿米亥多产的诗歌生涯中最出色的作品，将会使我们对其作品所涉及的风格有所了解：长诗及无韵诗；格律诗与自由诗；组诗；散

---

① 是犹太教、基督教和伊斯兰教的先知，是耶和华从地上众生中所拣选并给予祝福的人。同时也是希伯来民族和阿拉伯民族、闪族的共同祖先。

② 是《圣经》中犹大国灭国前最黑暗时的一位先知，《旧约·圣经》中《耶利米书》《耶利米哀歌》《列王纪上》及《列王纪下》的作者。他被称作"流泪的先知"，因为他明知犹大国远离上帝后所注定的悲哀命运，但不能改变他们顽梗的心。最终在埃及殉道。

③ 是《希伯来圣经》中的一个人物，约伯记是诗歌是智慧书，她唱出了神救恩的伟大，她启示人有得救的智慧。

文诗以及游走在散文边缘的诗歌；情感丰沛的诗歌以及紧凑简洁的诗歌。所有的翻译都由我们两人完成：斯蒂芬·米歇尔（Stephen Mitchell）翻译了创作于 1969 年以前的诗歌，而我则负责 1969 年之后的作品。其中许多此前都还没有相应的英文译作。

这些诗歌本身因为其表达清晰直接，非常适合翻译，同时也因为阿米亥令人惊叹的隐喻承担了其诗歌深重的内涵。但是，他的语言的厚重及创造性远远超过了其所能表现的。阅读这些诗歌的希伯来语原作时，读者在每一页中都会遇到关于《圣经》以及礼拜仪式内容的隐喻。对于以色列读者而言，即使是没有像阿米亥一样接受过正式的宗教教育，也会在从小学到大学的学校教育中学习《圣经》，同时也极有可能会意识到阿米亥所提及的那些礼拜仪式内容，例如卡迪什（Mourner's Kaddish）[1]以及斋月仪式。由于这对大多数英语读者来说显然是不切实际的，我们通常会借用或模仿詹姆斯王钦定版《圣经》来指出那些会被忽略的隐喻。另外，现代希伯来语恢复为一门口头语言仅仅经过了一百年，比起我们的语言与17世纪的英语之间的关系，其与《旧约》中的希伯来语的相似度更高，而阿米亥的隐喻从来都不是带着"文学"气的。因此，当我们认为詹姆斯王钦定版《圣经》的古语生硬地破坏了阿米亥自然轻松的措辞风格时，我们会寻找其他的替代品。而当一个隐喻需要太多解释时，我们有时会选择忽略它。

用希伯来语进行诗歌创作被认为要与从圣经时代直至当下的犹太民族经历的意义相呼应，包括其奇特性和复杂性。阿米亥笔下那些具有煽动性的隐喻——从诙谐淘气的（"站在无花果树下的男人给站在葡萄藤下的男人打了个电话"）到颠覆性、打破常规的（"军用喷气机在天堂缔造和平"）——是一种与历史的天使（angel of history）[2]搏斗的方式。面对过去的必要性被融入语言本身，这正是阿米亥通过这种言语的斗争来实现自己作为诗人的独特性的成就所在：

> 现在就用这疲倦的语言说吧，
> 一门被从圣经的睡梦中撕裂的语言：眩晕着，

---

① 犹太教每日做礼拜时或为死者祈祷时唱的赞美诗。
② 源自于德国哲学家、思想家及文学批评家瓦尔特·本雅明对艺术家保罗·克利的蚀刻版画作品"Angelus Novus"中的天使形象的称呼。

从一张嘴晃到另一张嘴里。用这曾描绘过
神迹与上帝的语言，来说出汽车、炸弹、上帝。

在希伯来语中，将"炸弹"与"上帝"相提并论就是在改变这门语言的格局了。

阿米亥从未使我们忘记人类为战争付出的代价：那名刚刚失去亲人的父亲"变得骨瘦如柴，失去了／他的爱子的重量"，还有某次炸弹袭击后不断扩大的哀悼者的队伍，包括那些痛哭的孤儿。

……涌向上帝的宝座还
不肯停歇，（直至）组成
一个没有尽头、没有上帝的圆圈。

他还不断地质疑以色列早年的英雄主义理想，其中安置着对平凡生活的向往。

考虑到他是以色列最受人爱戴的诗人，以及以色列社会对诗歌前所未有的接纳，可以说他通过某种方式帮助以色列踏上了通往和平的道路。伊扎克·拉宾（Yitzhak Rabin）[①] 和西蒙·佩雷斯（Shimon Peres）[②] 在 1994 年与亚西尔·阿拉法特（Yasir Arafat）[③] 一起领取诺贝尔和平奖时也公开承认了这一点。在受邀参加当时在奥斯陆举办的颁奖典礼上，阿米亥当场朗读了写于 20 年前的诗歌《野和平》，那时，和平的愿景看似令人沮丧的遥远。在这首诗中，他一反先知们的宏大修辞——有关狼和羊的想象，或他冷嘲热讽地称之为"铸剑为犁的大肆喧哗"——而是提及作为一个简单的必要性的和平：

[①] 伊扎克·拉宾（1922—1995），以色列政治家、军事家。1974年至1977年出任以色列总理；1992年起再次出任总理，直至1995年被刺身亡。是首位出生于以色列本土的总理。1994年10月14日，阿拉法特、佩雷斯、拉宾共同获得诺贝尔和平奖。
[②] 西蒙·佩雷斯（1923—2016），以色列第九任总统。1994年由于其中东政策，与伊扎克·拉宾、阿拉法特共同获得诺贝尔和平奖。
[③] 亚西尔·阿拉法特（1929—2004），担任巴勒斯坦总统期间转变对以色列的政策，主张和平，于1994年与拉宾、佩雷斯共同获得诺贝尔和平奖。

让它来吧，
就像野花
突兀地来，因为田野
须有：野和平。

在获奖感言中，拉宾也朗读了阿米亥最有名的诗歌之一，《上帝怜悯幼儿园的孩子们》，它是这样开始的：

上帝怜悯幼儿园的孩子们。
他不大怜悯上学的孩子。
对于成年人，则毫不怜悯，
对他们听之任之，
有时候，他们不得不在燃烧的沙土上
匍匐着
爬到急救站
浑身是血。

阿米亥的文字与此后不到一年的时间里发生在一次和平集会上对拉宾的刺杀事件充满了惊人的相似。
正如年轻的士兵们将阿米亥的文字带上战场，出于同样的理由，老兵拉宾则将它们带到了缔造和平的危险舞台上。在那里，它们不断教化我们的心，提醒我们——因为我们需要被提醒——

那拳头，也
曾是伸展的手掌，和手指。

07. 笔记

甫跃辉

　　1984年生，云南人，居上海。作品散见《人民文学》《收获》《十月》《今天》等刊。出版有小说集《少年游》《动物园》《鱼王》《散佚的族谱》《狐狸序曲》（台湾）《每一间房舍都是一座烛台》《安娜的火车》，长篇小说《刻舟记》。

小说创作与分析课札记

甫跃辉

写在前面的话

2007年，复旦本科毕业后，我被保送进复旦首届文学专业就读，导师是王安忆老师。专业课不仅有王老师给我们上，也有别的一些老师，比如来自美国的约翰·舒尔茨教授。据说，约翰·舒尔茨教授做过严歌苓的写作课老师。舒尔茨教授不会汉语，跟我们交流完全用英语。

每个星期四节课，分两次上，每次课程结束后，要写两篇作业，一篇不限制篇幅，一篇要求写满四页A4纸。也就是说，每个星期要写两篇长的，两篇不限篇幅的。我的英语不灵光，不限制篇幅的，一般也就写一页；限制篇幅的，一般都会写非常多的对话，每句话一行——跟海明威似的，勉强撑到四页纸。

四个星期的课程全部结束后，舒尔茨教授要分别跟我们听课的人谈话（当时文学写作专业只有我一个人，但别的专业的同学也可以选修这门课）。我跟教授说，我英语不好，我让一个英语好的同学陪着我吧。教授说不用。同学就到教室外面去等我。我跟教授聊啊聊，基本他在说我在听，我偶尔说几句。后来实在聊不下去了，教授说，还是叫你那位同学进来吧。

有一次，听王安忆老师和我说，舒尔茨教授说我写的故事算是很成熟了，是不是我平时就写小说，是不是我把以前写的小说翻译成了英语。我想，教授真是高看我了，我要有能力把自己的小说翻译成英语那真是太好了。

舒尔茨教授回美国后，跟我有过几次邮件往来，对我说了一些鼓励的话。记得他在一封邮件里向我描述了他那儿的天气，说他要跟太太出门去滑雪。我没回复他这封邮件——因为我英语不好，信写得磕磕巴巴的，很多话想说却没法说。这成了我们往来的最后一封邮件。我们再没联系过。但他在写作课上教授的东西，必将让我终生受益。

将近十年过去了，重看当时的听课笔记，颇多感慨。

2016-4-23

第一课

舒尔茨教授让我们做的第一件事是任意说出一个词，然后想象出这个词指涉的内容，仿佛它就在自己眼前，可以看见，可以听到，可以触摸得到。训练的是对事物的想象能力。想象永远是建立在对生活的切实观察上的，只有捕捉到现实存在物的任何一个细枝末节，才能在想象中真实地将其呈现出来。我说的是"Dragon"。这不是一个实际存在物，但我能想象出来。舒尔茨教授还要求，给这个物体一个场景，我说的是"In water"。我的英语很差，只能说出这么低幼化的场景。接下去，舒尔茨教授又让我们给一个物体加上一个动词。物体是"Ball"，我加的是"Shinning"。如此，一个固定的、死的物体活动起来了，在一个动作里获得了鲜活的生命。看到一个事物，然后看到这个事物的哪怕最细微的变化，对一个写作者来说，是最基本，也是极其重要的。

接下来，训练的是故事的结构能力。舒尔茨教授以卡夫卡的《变形记》和《红楼梦》为例。当一个故事获得了"第一推动力"，故事如何按照其自身的逻辑发展下去——绝非完全按照作者的意愿发展下去，更多的，需要的是生活经验。也许我们没有足够的经验，但经验是可以"推导"的。需要注意的是，不能胡思乱想。写小说不是编故事。小说家并不等同于说谎者。小说作者应该具有最最贴近现实的想象力。如同《变形记》，格里高利醒来后，发现自己变成了一只大甲虫，这很荒谬，不符合生活逻辑，但这样一个突兀的事情，如同多米诺骨牌一般引发的一系列事情，全然是符合生活事实的。我敢说，这是纯正的现实主义。如果编造出许许多多烂漫的、奇妙的、引人入胜的故事，但这些故事跟生活本身相去十万八千里，那么，这样的小说只能成为无聊的文字游戏。

叙事的虚构是更高的真实。亚里士多德如是说。即便我们违反表面的真实和逻辑，也是为了抵达最深处的本质。这是无可否认的。八十年代以来的先锋派小说，最极端的如马原等人的，虽然以虚构作为第一要义，仍然没有违背这一点。那样的虚构仍然是"有意味的"虚构。

2007-10-9

第二课

这次课有三个部分值得注意。

第一部分，舒尔茨教授让我们静静地听，看能听到什么声音。昨天训练的是对事物视觉方面的观察和想象，今天训练的则是对声音的捕捉。加西亚·马尔克斯的短篇小说《礼拜二午睡时刻》中有一段对声音的描写特别精彩：

她两手举起枪，闭上眼睛，猛一扣扳机。这是她生平第一次打枪。枪响之后，周围立刻又寂然无声了，只有细雨落在锌皮屋顶上发出滴滴答答的声响。她随即听到在门廊的水泥地上响起了金属的碰击声和一个低哑的、有气无力的、极度疲惫的呻吟声："哎呦，我的妈！"

如此精准的描述真是来源于对生活中的声音的细心观察。更进一步，舒尔茨教授还要求我们想象出声音的形状、动作等。相对于一个实实在在的物体来说，声音是飘缈不定的，正因为这样，我们更容易注意到一个具体的事物，却往往忽视了声音。在小说中，也更多地将笔触指向事物，而非声音。但舒尔茨教授这样做，我想有一点意图是可以肯定的：让声音变得可以用视觉来感知，让声音变得跟视觉接收到的物体一样重要。

第二部分，对日常生活的观察。我们的生活是什么样的？如何用文字表达出我们每天都置身其中的生活？如何描述一场婚礼，或者一场葬礼，或者一个小市场，并且做到让他人明白，唤起他人对类似经验的联想？这是任何一个想要拥有扎实写作功底的人都应该做到的。王安忆老师有一个短篇，叫做"喜宴"，并没有复杂的情节，只是描述了一场农村的婚礼，却是异常动人。

视觉 / 鬼金作品
橱窗 (2015 年)

日常生活是琐细的，也就是说，都是一个一个细节。而对一个小说来说，细节往往是使其变得丰盈的最关键因素。

舒尔茨教授还让我们回忆上次课的情形——不是回忆主要讲了什么，而是回忆一些细节。观察到细节是第一步，将其保留在头脑中，才能对写作有用。反过来说，那种一直能保留在头脑中的细节，才是真正有用的，才应该写到小说中。

第三部分，舒尔茨教授让我们想象一个地方，然后想象这地方的两个人，继而想象一下他们在做什么。这是紧接着第二部分来的，是对生活仔细观察以后，如何在时日消逝以后将其唤醒。有时候，写作就是回忆。

2007-10-12

第三课

听声音，然后描述出声音的形状——让声音从听觉转变成视觉，以获得更具体的印象。回忆上次课的内容和细节。读文章，说说对这篇文章的印象。说一个词，然后将其想象出来，然后加一个动词，使其活动起来。这些跟前两次课的内容大略相同。这次课上，我说的一个名词是"PUMPKIN"，后来整个班便以这个词作为想象的集中点。

王安忆老师过来一起听课。我有些紧张。

2007-10-16

第四课

听声音，一遍又一遍形容其形状，通过不同的尝试，以期得到一个最贴切的路径。如同写作的时候，一次次尝试使用不同的词汇去表达同一个意思。能够将一个物体或者一件事描述清楚对写作来说是极其重要的基本功底。

回忆。上次读的文章是卡夫卡的《骑桶人》。作者通过写作，使读者看到场景以及在场景上活动的人物，这种"看到"须达到历历在目的效果。文学用单一的线条——因为文字叙述本身是单线条的，来描述多维的空间时间等，就必须顾及先后等，所以如何安排至关重要。但在考虑安排之前，作者自己看到是必须的。

单词。这一环节较之前几次课，有一个提高。起先还是让我们随意说一个名词，并且在脑海中呈现出这一物体。接着，给这一名词加上一个动词，使其由死物变成活物。再接下去，还得在这个名词的基础上，说出一个地方两个人。让物体在人的视野下活动起来。到这时候，故事也就产生了。

几个故事：

聂清风的故事：鱼、瓶子、水、汤、人、医院

乔莹莹的故事：茶室、爷爷、孙子、茶、牛奶

某男人的故事：车祸

叶子的故事：花店

最后一个环节，读卡夫卡的《变形记》。

2007-10-19

第五课

Seeing-in-the-mind

　　　　Imagination/ thinking/ meaning

↓ ↑

All audience ← voice 　　→ story movement(happen/ changes)

　　　　　　+　　　　　　　　　↓

　　Speech gesture 　storyteller

　　　intuition　　　　　　↓

　　　　　　　Point-of-view

这是舒尔茨教授在黑板上列的一个表，从中可以大略看出小说如何从现实之中诞生出来。教授在课上着重训练的，有一个环节是之前没怎么注意到的。教授在每一次课上，都会让我们读小说，要么是卡夫卡等作家写的，要么是我们自己写的，读的时候，还要我们挑选一个听众。我们得保证自己看到故事里发生的一切，同时保证听众也看到故事里发生的一切。——实际上，写作者既是读者，也是听众，其任务就是要清晰

地表达出自己的所见，然后，自己充当听众，通过所听到的能够重新浮现出原先的所见。我想，这两者——作者的所见和作者通过自己的文字唤起的场景，越加接近，那小说在描摹叙事上就越加成功。

2007-10-23

第六课

Listen to yourself and tell it so others can see it.
What happens next?

在这次课上，教授念了我的小说 A Spring Festival Memory（后来被我改写为短篇小说《初岁》，收入小说集《少年游》）。小说主要讲的是一个小孩子家里养了一头猪，这个小孩一直负责给这头猪拔草，而最后，在春节即将来临的时候，在一个早上，跟随他的父母，到屠宰场去宰杀这头猪的故事。小说故事很简单，我主要想写出一个小孩子亲眼看到自己喜爱的东西被毁坏后，心里发生的那种掩盖在日常生活表象下的裂变。小说的最后，说春节来临的时候，这个小孩听着欢庆的鞭炮声，盯着越来越浓的黑暗，感到"那只猪的血正静静地渗透进脚下的土地。"原文的结尾部分是这样的：

The butcher produced a rope with a cigarette in his mouth. The cigarette end was shinning in the darkness. The butcher walked up to the pig, hitched the rope over the pig's neck and suddenly started to pull tightly. The pig jumped and tried to run away, but failed. Another butcher rushed to catch its legs and tail, and threw it on a bloodstained desk. Others pressed it tightly so that it couldn't move any more. The boy saw all of these happening in a second, with opened mouth and horror-stricken eyes. He had not realized what was going on until the butcher knife came to sight. But it was too late. The sharp knife together with the butcher's hand thrust into the pig's soft neck and come out later.

The blood sprayed out like a river.

Seeing the pig's crying mouth and hopeless eyes, the boy felt cold inside out.

Several days past and the Spring Festival came. The whole family but the boy was in high sprits, talking and laughing loudly. The boy standing in the corner, listening to the firecracker and looking into the darkness, he felt the pig's blood was permeating into the soil underfoot.

　　另外，这次课上还念了叶子的一篇东西。大概说一个女孩子在公交车站等车，又来在车上，有个胖女人坐在她腿上。这个情节给很多同学留下很深的印象，但说实在的，我不大明白她为什么要写这样一个故事。我总觉得好的小说往往都有一个好的故事：应该是很有张力的，富有含义的。在课上，教授让我们提问，我问叶子，她为什么写这个小说，但她说这是一个很难回答的问题。

　　此外，很多同学的小说都会写一些奇奇怪怪的事，当然，很有想象力，但小说并不是"秀"自己的想象力。在故事下面，是不是应该有些值得回味的东西？

2007-10-25

第七课

　　听声音等环节与前几次课大略相同，教授又在黑板上将第五课写过的内容写了一遍。特别强调一句话：See it and tell it so someone else can see.

　　继续读卡夫卡的《变形记》。然后是读大家写的东西。

　　课后，我留下跟舒尔茨教授单独谈话。他将我的几篇小说递给我，让我看看，自己觉得哪些地方写得比较好，或者哪些地方还可以发挥一下。他问我喜欢自己写的哪几篇，我说比较喜欢A Spring Festival Memory 那样以现实为依据的，不喜欢 A Lost Toy 那样凭空虚构的。我并非只喜欢现实的东西，而不喜欢虚构的东西。关键是，很多凭空虚构的东西，往往缺乏内在的坚实的核心。卡夫卡的小说多半也是向壁虚构的，但那些故事并非将重心放在虚构上，而是现实上。譬如课堂上一直在读的《变形记》。我认为整部小说最最难写的地方，并不是格里高尔变成大甲壳虫后如何反应，而是格里高尔不得不打开门，不得不面对门外面的家人的那一刻。那一刻，虚构撞上了现实。如果功底不够，那么虚构肯定会被撞得粉身碎骨的，小说根本就撑不起来。而卡夫卡在这一部分里，让两者撞了个正着后，一下子让虚构嵌进了现实。用现实主义的手法，来叙述虚构的故事，在我看来，真是卡夫卡最厉害的地方。而《变形记》的主题对现实人类的生存状况的极其精准的揭示，更不用说了。我将这个意思简单地跟舒尔茨教授说了，他也同意我的看法，还说，希望我能沿A Spring Festival Memory的direction发展下去。

我英语不好，生怕交流时不能完全明白教授说的，想让英语很好的聂大哥留下来陪我，教授不允许，后来，可能觉得我没完全明白他说的，他又把聂大哥喊进来，但只允许将他的部分话翻译给我，不允许我说汉语，让他翻译成英语。教授还鼓励我说，其实我的英语很好，只是太害羞了。我虽然说得有点结巴，但很感谢教授。非常感谢。

2007-10-30

第八课

这是最后一次课了。

最初一个环节，仍然试听声音。接下来，全部时间都用来念上次写的小说。

我写的是 Father's Finger。小说讲的是一个木匠的手指被刨木机切断的故事（后来被我改写为短篇小说《父亲的手指》，收入小说集《练习曲》）。小说开头说，很多木匠的手都是不完整的，或者布满伤疤。这时候，有人笑了。教授接着念下去。小说里说，舅舅就是一个最好的例子，他的左手布满伤疤，而右手只有三个指头。这时候，更多的人——几乎是全部吧，都笑了。我不知道他们为什么笑，这很好笑吗？一个人的手指因为工作，被硬生生地切断了，有什么好笑的吗？那可不是游戏，也不是为了写小说虚构出来的，而是完完全全的现实。一个稍微有些同情心的人怎么能在听到别人的手指被切断的时候发笑？我感到很难受。这时，舒尔茨教授停下来了。他抬起头看看大家，问道：Is it funny? 大家不笑了，没人回答他。他说 I don't think so.

这是在这门课上，让我深深感动的一刻。

2007-11-1

323

鬼金

1974年出生，2008年开始中短篇小说写作。有小说在《花城》《十月》《上海文学》《小说界》等期刊发表，作品曾入选《小说选刊》《中篇小说选刊》等文学选刊。短篇小说《金色的麦子》获第九届"上海文学"奖。

摄影笔记

鬼金

我是一名吊车司机，在辽宁本溪这座四线小城市的轧钢厂里开了二十多年吊车。这与拍照没半毛关系。只是有一天，我这个菜鸟，突然开始用手机拍照。这也许是一时的情绪吧，是一种表达，一种释放。拍照的时候，我几乎都设置成黑白的。记得某个街头摄影大师说过，非黑即白。这说的是摄影，但我认为这说的也是人生的处境，一个人置身于这个世界的处境。就像我，一直处于工厂的生活之中，过着三班倒的生活。我更多是在黑夜中工作，我期冀从这个环境里逃出去。但这么多年，我就像一只"囚鸟"，悬于半空之上的"笼子"（我的驾驶室）的封闭中，还是没有逃出去，更别说逃出这座小城市了。

作家宁肯在微博上这样评价我的摄影："力量。冲击。你的目光看到了什么，目光必须强调什么。摄影就是一种目光，目光背后又是什么，这是不用说的。"

我只是那个按快门的人，我在瞬间保存影像。影像才是重要的。我更注重拍什么，而不是怎么拍。怎么拍是潜在的自身修养决定的。当我拍摄时，按动快门的那一瞬间，我尽可能让我的本能来控制我的拍摄，只有不刻意的考虑和理性操控的照片才会更加鲜活。

也是在那时候，我才知道有一种摄影叫街头摄影。混乱的、疯狂的、躁动的街头是活的，当我置身其中的时候，我就是街道的一部分，我能感觉到那些事物、那些人在等待我把它们保存下来。对于城市的华丽外表我不感兴趣，我更像一个侵入城市晦暗内心的人，我喜欢拍那些边缘人物，拍那些荒芜的街道，那破败的景象。

城市像一个病人，而我寻找它的病因，诊断它的病情，揭露它的本质。它们就像艾略特的诗歌《荒原》。我羡慕吕楠他们能去西藏和精神病院里拍摄那些充满宗教感的题材，我没有那样的能力，我囚禁在我的小城市里，困惑、迷茫、彷徨。直到有一天，我发现，我拍的人跟其他地方的人没有什么区别才多少感到释然。就这样，我仍旧固执地行走在街头，每天上下班路上随身携带着我的微单相机，像一个"猎人"似的四处出击。我拍那些人，拍他们在这个时代的精神情绪。我奇怪地发现，在我拍摄的脸孔上，几乎没有微笑和幸福，更多的是麻木，眼神里透着迷惘和迷失。

我也拍静物、涂鸦、海报、动物。在那一瞬间，我记录、复制下它们。但又不仅仅是复制。因为当我复制下来时，它就是我的作品了，裹挟着我个人气味的作品。对于物象，我把它们都看成是跟我一样的，是有生命、有情感的人。它们也有悲欢离合的情绪，也有灵魂，而我在那一瞬间定格下来的，应该就是那些事物的灵魂的部分。

日常生活就是我的信仰。

至于经验吗？我没有，也说不出。出现在街头的一刻，我就知道我需要什么，并知道在什么时间要按下快门。有时候，我会停下来。等。等光线，等人物出现的一个状态和表情。

说是无意识去拍摄，我想，除非偶然，还是不能拍出好的照片的，无意识也是经过个人的切身体会，用心思考，深入了解后的无意识，不注重形式，只求能表现出最直接最具冲突性的一面。

其实，拍照是会上瘾的，每天不出去拍几张就不舒服，哪怕拍得很烂，也要按几下快门。拍照和写作对于我是一种情绪的释放，是主观精神的一种延伸，是生命经验的一种延伸。拍照是写作不能替代的，我在拍照的时候找到了表达的渠道，那一刻的画面契合了我的情绪。照片的表达相对于文字而言更直接，更赤裸地触及城市的神经末梢。在这种直接和间接的两种表达中，这个吊车司机的精神生活变得充实起来。

森山大道认为，摄影并不是为了制造一张美丽的艺术作品，而是为了发现世界的片段与个人生命之间的某种关系。摄影师在街头无休无止地寻找，并非旁观生活，而是作为一个体验者，寻求与某个事物精神上的突然邂逅。在神与物游的刹那，什么布光、对焦、构图统统变得繁琐无聊——你来得及按下快门就不错了。

对于照片，我确实不喜欢太多去阐释，更多时候阐释是苍白的，无力的。它是一种呈现，照片就摆在那里，你看到什么是什么，它是否存在隐喻、象征，这并不是拍照者的事情。它的任务就是拍照，是复制，截取这个世界的片段。在这些片段的背后是一个苦楚的世界，光从苍穹之上落下来，大地上的事物出现了阴影。我更喜欢阴影那一部分。照片和小说一样，只有好和坏的标准。什么是好？什么是坏？那是读者的事情。比如我喜欢深濑昌久拍的那组《乌鸦》，在我情绪不好的时候，在我悲观绝望的时候，我都会从微信的收藏夹里找出来，发到朋友圈中，那一刻，我一下子就释然了。我承认我是自我甚至是自私的，并没有考虑到朋友圈里人的感受。每天我除了发照片，还是照片，理解的人是真的理解了，不理解的直接拉黑我。但我要为那些人活着吗？不。那些对我有治愈作用的照片，让虚无凝成一个瞬间，被记录下来。

我曾喜欢过森山大道、荒木经惟、中平卓马的极端的照片，但恰恰是荒木经惟拍摄他的妻子阳子的那些日常照片，还有中平卓马后期的那些照片，那种日常中散发出力量的照片感动了我。有一次下夜班后在家睡觉醒过来，看到手机上中平卓马后期的照片，我的眼泪竟然唰地流了出来。是什么击中了我？是一种生命经历混沌极致之后的澄澈，是一种"空"，是对生命经历的"放空"。也许正是看了中平卓马的片子后，我不喜欢那种玩世不恭了。在极端和日常中我在街头寻找我需要的照片。我自认为我的照片呈现了这个世界的真实，而不是粉饰的、虚伪的、矫揉造作的。这些不是我需要的。毕竟人到中年了。但我还不能做到那种彻底的"放空"，但随着时间的流逝，我相信我会的。就像写作一样，每个年龄写的就是每个年龄的文字，你不可能超越，除非你是天才。我用我写小说的眼睛观察街头，慢慢地我的目光变得抽象，随着思维对事物重新定义，我赋予图片故事性和含义。

我也在思考我的片子，更多还是得益于我的写作和阅读，还有对绘画的浏览。在没有街拍之前，我看过很多国外的画，各种流派的，抽象的具象的，这种阅读给我的照片提供了看不到的"营养"。我也常常看一些黑白经典电影，从里面汲取营养，学习构图、学习判断光，当这些成为我身体里的东西的时候，我会站在街头判断我拍什么，什么是我需要的……

因为个人的生命体验和人生经历，我喜欢那种有个人生命意识和生命体验的作品，照片和小说。

一个外国摄影师说过，我们不只是在用相机拍照，我们带到摄影里去的是所有我们读过的书，看过的电影，听过的音乐，爱过的人。

摄影是什么？我也不清楚。太多的人把摄影理解成拍照，这是这个时代的浅薄，就像很多人认为摄影就一定要唯美一样。这或许也是一种审美——好看是第一位的。那种糖水片，简直如心灵鸡汤一般。他们并不理解任何艺术都是深入人心的，深入到人性的深处。这也许是多年来不变的传统。我没有想改变什么。我认为摄影也是艺术。近年来国外的街头摄影在中国受到欢迎，可见人们的审美意识开始悄然改变，那种直面生活真实的照片是能让人们接受的。当一张照片呈现在你们的面前的时候，它也许就存在着隐喻象征的内涵。所以，我喜欢那些街拍摄影大师们。请允许我这样表达对他们摄影的敬意——是街头摄影打开了我生命中的另一道门（其中的一道门是写作）。

我的拍照与技术无关，我只是那个按快门的人。但在按下快门的那一刹那，我的情绪就像我的灵魂一样注入到那瞬间存留下来的影像之中。它可能是清晰的，也可能是模糊的。你会看到那种震撼，那种触目惊心。那种能让你看到你自己的照片，也是我喜欢的。可能很多人认为我的片子是垃圾，那么让他们认为好了。

在一本书里看到这些话，是说布列松的：艺术绝对不该沉溺于自恋，而是应当找出自己与对象在生活中的共鸣。布列松的作品就是如此。他永远认真去体会眼前景象的生命内涵，并找出其最厚的深度。有时，他甚至可以在日常生活中看到无尽的象征，拍出梦般的情景。

我在记录我的存在，那是我灵魂的显影，在不同的介质上，我看到我真实的存在。我不喜欢某一个固定的主题，那是一种桎梏，是对自由的限制，而我拍照和写作更多是为了自由。我可以在街道上四处游荡，拍下那些我认为可以被我保留下来的影像。可以说，我在记录着这个世界真实的存在。这些影像同样是我的存在。它们是丰富的，是有表情的，而那些道路，那些看不到尽头的道路，又是我内心的一个出口。没有尽头，我就只能在路上。是的，在路上，在路上就有希望。

我不喜欢把摄影定义为狭隘的拍照，在这个人人都是摄影师的年代，我们有手机、相机等各式各样的拍摄工具，但这类拍摄更多定格在一种空洞上。我的照片有我的情绪，我的气味，我的思考，我的人生经历。相信很多人一看到我的照片，就会认出那是我的照片。这也像文学作品一样，你一看就知道这是谁的文字。个人、个性才是艺术存在的必要。否则，千人一面，这个世界反倒是模糊的，面目可憎的。

这个时代这个世界总会莫名给人一种无力感，总有一种潜在的力在拽着我，让我停滞不前，只有在街头我才会满血复活。我喜欢街头，它让我置身在这个世界之中。它让我的写作开始变得开阔、真实、粗粝，而不是象牙塔中的写作。

我也想像森山大道那样，像薇薇安那样，但这只是一个梦想而已。这个轧钢厂的吊车司机从来就是一个理想主义的悲观者。我在黑暗中沉潜着，通过敲打键盘和按动相机快门来构建属于我自己的精神乌托邦。

诗人苏浅这样评价我的摄影："强烈的黑与白，仿佛暗夜里晃眼的大车灯直照过来，不容许你躲避，这是他眼中的世界和日常生活，以他自己不容置疑的方式呈现给你。有时，看着这些照片会感到胃部突然痉挛一下，可是，还是会再三向其中探寻……比美更令人感动的，是穿过日常的黯淡、冷漠、残缺和黑暗而活下去的坚忍，执着和

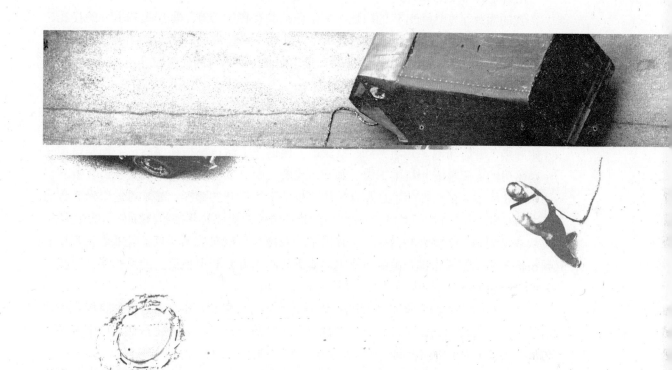

细微处不经意间流露出来的温柔，是人性中的一抹亮色。偶尔在这里停留一会儿，感觉自己在那些片段中，是人群中的某一个，可能有些孤独，却又同时感到了那样的黑与白也是无限的，往哪里都可以走下去，没有尽头……"

我的照片呈现这个时代的病灶，呈现着人类存在的苦难，呈现人和世界的挣扎、彷徨、焦躁、悲恸、嘶吼、咆哮、畏惧、冲突、呼喊、放肆、喷涌、撕裂、扭曲……某些照片也可能是这个世界的遗照，它们是生命对生命本身的质疑和寻找。是的，寻找，在街头上，我也是那个在寻找"自我"的人。

有一天，也是下夜班在家里睡觉，我突然梦见我拍摄的那些人物从幽暗里向我走来，他们就像是我的亲人一样，围绕在我的身边，而我躺在街头像一具尸体……他们开始呼唤，开始流泪，开始哭泣。默默地，他们在上演一场街头挽歌……而隐藏在一个角落里的人正拿着相机拍下这一画面，我看到那个拿着相机的人就是我。我看到了他拿着相机的表情，便随手拿起身边的相机拍下他离开的身影。那是对这个世界怅然离去的身影。世界就是一面镜子，现实中的我和镜中的我彼此寻找着，彼此按下快门……我从梦中醒来，那些人物消失了，我出了一身冷汗，坐在床头，点了支烟，我害怕看到相机，如果打开相机开关的那一刻，如果我真的看到梦中拍摄到的那张图片，我会灵魂出窍的……

也许这些照片的意义不在今天，而是更久远的未来，多年之后，你们会发现，我用照片保存了时间、记忆，还有一座城市的精神映像，我称之为"城像"的那种……我保存下来了人类的精神面貌……至少是我的精神面貌……

不知道街头摄影这条路我还会走多久，就像写作一样，总是会出现坚持不下去的那一刻，但经历过这样短暂的一刻之后，我又会再次站起来……

人生也许就像李白的诗那样："人攀明月不可得，月行却与人相随。"

大益集团
TAETEA GROUP

大 益 集 团 出 品